P9-DHQ-248

El castillo de las estrellas

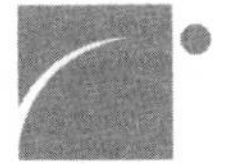

El castillo de las estrellas

Enrique Joven

Rocaeditorial

Primera edición: marzo de 2007

Marquès de l'Argentera, 17. Pral. 1.ª
08003 Barcelona
correo@rocaeditorial.com
www.rocaeditorial.com

Impreso por Brosmac, S.L.
Carretera Villaviciosa - Móstoles, km. 1
Villaviciosa de Odón (Madrid)

ISBN: 978-84-96544-94-9
Depósito legal: M. 3.317-2007

Lo que se debe interpretar debe dirigirse hacia todo lo que sea explorable.

Max Planck,
físico alemán (1858-1947)

1

El conocido como *Manuscrito Voynich* es un libro ilustrado de hace unos quinientos años. Su peculiaridad radica en que, simplemente, es un libro que no se puede leer. Como mucho, mirar los santos. A diferencia de otros libros, como la tan manida *Hypnerotomaquia Poliphili* —que ha dado lugar a una exitosa novela—,[1] el *Voynich* no hay por donde cogerlo. Su existencia es real. Hoy ocupa una recóndita estantería de la Biblioteca de Ejemplares Raros de la Universidad de Yale, en Estados Unidos. Su signatura es MS-408. Su contenido puede consultarse en Internet, donde sus imágenes inundan la red de redes. También, si uno quiere pagarlo, desde la misma Universidad te envían un CD con la reproducción fotográfica de las páginas. En realidad, su existencia no es ningún secreto. Pero sí lo es su significado. Es el jeroglífico más estudiado del siglo XX y del actual.

Comencé a interesarme por el *Manuscrito Voynich* al poco tiempo de ordenarme sacerdote jesuita, hace algo más de dos años. Un compañero de seminario trabajaba entonces en la biografía de uno de nuestros antiguos superiores, el padre Petrus Beckx. El bueno de Rafael —hoy misionero destinado al Sudeste de Asia—, no era muy ducho en las artes informáticas y me pidió un cursillo de emergencia. Sólo le expliqué cómo funciona *Google* y di la clase por concluida. Para nuestro asombro, todos los primeros resultados relacionados con Beckx del famoso buscador —unos quinientos—, hacían referencias al *Manuscrito Voynich*.

1. *El enigma del cuatro*, novela de Ian Caldwell y Dustin Thomason.

Rafael siguió con Beckx, pero yo me rendí al embrujo de aquel galimatías. Hoy formo parte —junto con otros doscientos estudiosos inasequibles al desaliento—, de lo que se conoce como la Lista Voynich. Un lugar virtual de encuentro donde compartimos nuestros hallazgos, que son pocos, y nuestras teorías, que son muchas. En la vida real las cosas son más prosaicas y doy clases de física y matemáticas a los alumnos de enseñanza secundaria en uno de nuestros colegios.

El libro conserva unas doscientas cuarenta páginas de pergamino manuscritas. Está ilustrado profusamente, lo que permite adivinar posibles secciones o divisiones en el texto. Una de ellas parece claramente dedicada a la medicina —o por lo menos a las plantas curativas—, otra a la biología, otra a la astronomía. Unos ciento setenta mil caracteres claramente separados en algo parecido a palabras —unas treinta y cinco mil— pueblan sus páginas. Pero sólo con veinte o treinta letras diferentes. La estructura del *voynichés* —que es como se ha bautizado a este lenguaje sin padre conocido— es totalmente cerrada. La historia del libro no ayuda mucho. Al contrario, sólo sirve para aumentar su leyenda. Debe su nombre moderno a un librero ruso-americano, Wilfred M. Voynich, que lo compró en 1912. Voynich lo habría conseguido de nuestras manos, precisamente. Los jesuitas nos vimos obligados a principios de siglo a vender algunas pertenencias para sufragar gastos. (No ha cambiado mucho la situación, por cierto.) Entre éstas se encontraban unas cuantas del mencionado Petrus Beckx. El padre Beckx habría camuflado como propios libros de la Orden, no por maldad o egoísmo sino, simplemente, por sentido común. Corrían malos tiempos allá por 1870 en Roma, y nuestra biblioteca iba a ser confiscada por los soldados del rey Víctor Manuel. La Compañía de Jesús había sido prohibida por el papa, y éste autorizó a los jesuitas a llevarse sólo sus objetos personales de las Casas. Pero poco se sabe de los avatares del *Manuscrito Voynich* hasta 1912.

A partir de 1912 los sucesos conocidos que rodean al *Manuscrito Voynich* son reales a la par que fantásticos, y parece que no ha dejado de ser así hasta hoy. Voynich estaba convencido de que el manuscrito era obra de Roger Bacon, que lo habría escrito de forma cifrada para esconder sus descubrimientos científicos en el siglo XIII. Así que el librero se pone manos a la obra y distribuye copias fotográficas entre los eruditos del famoso monje franciscano. Ninguno consigue descifrar nada. Pero en 1919 un profesor de la Universidad de Pennsylvania, William Newbold, enloquece literalmente con el manuscrito. Afirma que Bacon ha descubierto el microscopio y el telescopio, este último más de tres siglos antes de que lo utilizara Galileo. Dice que las extrañas ilustraciones del libro son, en realidad, células y galaxias. Para demostrarlo explica que ha encontrado un segundo texto oculto en el primero, una especie de taquigrafía y que, tras seis traducciones consecutivas de una clave de diecisiete letras, ha llegado al anagrama de un texto latino. Esta esotérica explicación del manuscrito es considerada válida durante unos años. En 1931 es desmontada por otro estudioso, John Manly, que fácilmente consigue hacer entender que la traducción del galimatías lograda por Newbold era una locura sin sentido. Voynich muere ese año y la propiedad del libro pasa a su viuda. Pero no se detienen los intentos por comprender los jeroglíficos. Las cosas no mejoran cuando, analizando los grabados, un grupo de botánicos afirma que corresponden a plantas procedentes de América, por aquel entonces tierra ignota. El reto por descifrar el enigma llega hasta el gobierno estadounidense que, terminada la segunda guerra mundial, encarga la tarea a sus más prestigiosos criptógrafos militares. A la cabeza está William Friedman, el mismo que había destripado las claves de los mensajes cifrados utilizados por la Marina Imperial de Japón durante la guerra. Friedman desvela otros textos antiguos con los primeros ordenadores disponibles, pero del *Manuscrito Voynich* sólo puede concluir que está escrito en un lenguaje sintético, construido mediante la lógica nada más. Otros intentos recientes resultan casi divertidos. En 1978 un tal John Stojko afirma que el texto es ucraniano antiguo sin vocales. En 1987, otro estudioso del enigma, Leo Levitov, asegura que es obra de los cátaros, la panacea de la literatura de bolsillo. Poco más hasta que aparece Internet y el Proyecto de Traducción Europea del *Manuscrito Voynich*, en el que ahora trabajo.

La viuda de Voynich guardó el libro en una caja de seguridad hasta su muerte, en 1961. Entonces fue vendido por su heredera a un anticuario neoyorquino, H. P. Kraus. Kraus lo compró por 24.500 dólares y lo puso a la venta por 160.000. Cansado de esperar comprador, y hastiado de la leyenda negra del ejemplar, terminó donándolo en 1969 a la Universidad de Yale, donde permanece hasta hoy. El libro se hizo más famoso, si cabe, porque sus dibujos y leyendas aparecen en una película de Indiana Jones. También en un juego de ordenador, *Broken Sword*, en el que el manuscrito es supuestamente traducido por un hacker, que más tarde será asesinado por los templarios. Al parecer, contendría información secreta de los puntos de la Tierra donde se abastecen de geoenergía. Ahí es nada. Y, sin embargo, la realidad supera en ocasiones a la ficción.

2

Aquella mañana de lunes el mundo parecía tranquilo. Tal vez se había detenido. De haber sido así, mi lección no estaría sirviendo para nada. Más de media hora llevaba junto a la pizarra, tiza en ristre, explicando las bondades de la ley de la gravedad, y más de media hora hacía que no me distraía el sonido de ningún móvil o las risas maliciosas de algún comentario chistoso que nunca llegaba a escuchar. Dudo mucho que Newton produjera tanto embeleso en mis alumnos quinceañeros, más proclives a comentar a esas horas tempranas sus progresos en los escarceos amorosos del fin de semana que a prestar atención en la clase de física, pero la situación era cómoda para el profesor.

—Para comprender mejor esta ecuación —dije, señalando la famosísima fórmula que relaciona la fuerza de atracción entre dos cuerpos como aquélla directamente proporcional a sus masas e inversamente al cuadrado de la distancia que los separa—, quizá nos vendría bien un poco de historia. ¿Alguien sabe algo de la vida de Newton que sea distinto a su afición por las manzanas?

Nadie levantó la mano. Quizá si la pregunta hubiera tenido un protagonista diferente, como Keanu Reeves o Eminem, un bosque de ellas se habría alzado. No me desanimé por eso. Al fin y al cabo, quién era Newton.

—Isaac Newton fue, muy posiblemente, el mayor pensador de todos los tiempos —me contesté—. Las cosas serían muy diferentes a como hoy las conocemos si Newton no hubiera existido. Por ejemplo, no tendríamos la localización por satélite porque no habría satélites. Tampoco ningún móvil me interrumpiría cuando hablo.

Mucho había tardado en despertar el primero. Miré hacia las últimas filas, de donde provenía el molesto soniquete, y una cara sonrojada delataba a la culpable. No quise entretenerme con cuestiones disciplinarias, y menos cuando comprobé que mi charla estaba teniendo algún efecto en la somnolienta audiencia.

—Newton no inventó los satélites, padre.

—Cierto —repliqué dirigiéndome al chico que preguntaba a la vez que dibujaba monigotes distraídamente sobre su cuaderno de notas—. Pero difícilmente podríamos poner uno de ellos en órbita sin comprender la ley de la gravedad. Sin satélites, no hay televisión digital, sistemas de localización o buena parte de nuestras comunicaciones —sentencié—. Y no sólo eso. Las leyes de Newton explican las mareas, la trayectoria de los proyectiles y, por supuesto, el movimiento de los planetas. Todos los cuerpos del universo tiran los unos de los otros de la misma forma. Un par de multiplicaciones, una simple división y ya está.

Me giré hacia al encerado, volviendo a señalar la fórmula, y continué hablando decidido a cambiar mi discurso matemático por el anecdotario, que tan buen resultado suele dar con los adolescentes.

—En apenas dos años, y estudiando por su cuenta, Newton se convirtió en el mejor matemático de Inglaterra. Era un hombre genial, a la vez que solitario, triste y enormemente distraído. Cuentan que en ocasiones se quedaba sentado en la cama varias horas, pensando en sus cosas, sin saber si era hora de levantarse o de acostarse. O que hurgaba con una aguja de tejer dentro de su ojo, para ver qué encontraba allí.

Los críos sonrieron y algunos empezaron a hacer el indio con los bolígrafos, fingiendo clavárselos entre ceja y ceja. Para evitar males mayores, continué.

—Newton se retiró durante dos años completos a pensar. Fruto de ese trabajo, nació este libro. Se lo conoce como los *Principia*.

Había llevado a la clase un ejemplar moderno de su obra maestra: *Philosophiae Naturalis Principia Mathematica* o *Principios matemáticos de filosofía natural*, los *Principia*. Lo levanté para que lo vieran todos y luego lo dejé en la mesa de la chica que ocupaba el primer pupitre, para que lo hojeara y lo hiciera circular después por toda la clase.

—Cuando apareció este libro, Newton se hizo inmediatamente famoso. Los sabios de su época se dieron cuenta enseguida de que era algo sublime, el producto de una inteligencia fuera de lo común. Durante el resto de su vida fue cubierto de honores, siendo el primer científico en ser nombrado caballero en Inglaterra. El libro —añadí— explica la fuerza de atracción que pone en movimiento los planetas, y también de forma matemática cómo son sus órbitas. De igual modo se mueve un planeta que un satélite. Así que si queréis saber cómo se mueven nuestros satélites en el espacio, ahí tenéis la respuesta.

Las caras de los chicos reflejaban cierto escepticismo. El libro pasaba de una mesa a la siguiente casi sin pausa, y algunos se limitaban a sopesarlo, como si fuera el peso lo que le diera más o menos entidad. Curiosamente, también los *Principia* se sometían a la ley de la gravedad.

—Newton —proseguí— no descubrió las cosas de la nada. Antes que él, hubo otros científicos que pusieron las bases para su trabajo. Él mismo escribió que, si bien había podido ver más allá que ningún otro hombre, esto había sido posible gracias a que se había apoyado en los hombros de gigantes. Newton se refería a las investigaciones de cuatro de los astrónomos más importantes de la historia. Coincidieron en los siglos XVI y XVII. Seguro que a muchos de vosotros sus nombres os resultan familiares.

Hice una pausa intentando levantar expectación.

—El polaco Nicolás Copérnico, el primero en afirmar que el Sol era el centro del universo, y no la Tierra.

Algunos movieron afirmativamente la cabeza, como si lo conocieran de toda la vida. Les concedí el beneficio de la duda.

—El danés Tycho Brahe, que pasó cuarenta años midiendo la posición de los astros con una perfección sin precedentes antes y después de su época.

Tycho tuvo menos éxito que Copérnico entre mis alumnos.

—El italiano Galileo Galilei, que fue el primero en fabricar telescopios.

Afortunadamente, Galileo era conocido por todos, o eso me pareció.

—Y el alemán Johannes Kepler, que descubrió que los planetas no se mueven alrededor del sol siguiendo círculos, sino elipses.

—¿Kepler es el asesino, padre?

La pregunta me dejó descolocado.

—¿De dónde has sacado eso, Simón?

—Lo leí ayer en el periódico —contestó el aludido sin darle mucha importancia. Los demás lo miraron con desprecio. Había sonado el timbre del recreo y corrían el riesgo de que yo me enrollara con otra explicación. Veinticinco móviles luchaban por volver a la vida.

—No te creas todo lo que dicen los periódicos —me limité a contestar—. Y ahora, todos fuera de aquí.

Recogí mis *Principia* de donde se habían quedado, en la última fila. Alguien les había pegado un chicle en la tapa.

El recreo, en contra de la creencia más extendida, no se instauró para que los niños descansaran de las clases sino que, con toda probabilidad, fue una argucia de los maestros para descansar de sus alumnos. Tenía media hora por delante para tomarme un café y mirar el correo electrónico en mi habitación. Así que salí al patio y encaminé mis pasos al otro extremo, donde se encuentra nuestra vivienda. La edificación completa de los Jesuitas ocupa cuatro manzanas enteras —otra vez Newton—, en el mismo centro de la ciudad. Aproximadamente la mitad de este espacio lo llena el Colegio, con casi cien años entre sus muros. Ahora mismo tienen matrícula concertada con nosotros ochocientos chicos y chicas. En el centro del terreno está el patio de recreo, con sus pistas de baloncesto y una cancha para uso polideportivo. Hay un pequeño edificio a un costado levantado seis años atrás, que hace las veces de gimnasio, porque aquí llueve con frecuencia y a los políticos no les gustaba nada que los niños se quedaran sin hacer deporte. Así que lo pagaron sin rechistar. Otra opinión muy distinta tienen respecto a los laboratorios de ciencias, en la planta sótano del gran edificio principal. No hemos podido renovar su material por más que lo intentamos, y los chicos trabajan con matraces y probetas que parecen sacados del cubículo del doctor Jeckyll. Siempre han puesto la excusa de la transferencia de competencias, y nos remiten a los organismos autonómicos para tramitar las subvenciones. Como el gobierno central y el regional están controlados por partidos políticos diferentes, se pasan la pelota mutuamente y no sueltan ni un euro. La tercera parte en discordia es el Ayuntamiento, controlado por los poderes fácticos locales: los constructores. El ecónomo había recibido por entonces una oferta desorbitada para que vendiéramos y nos fuéramos de allí.

Alcancé el otro extremo del patio sin recibir ningún balonazo. Nunca sé si tiran a dar, pero mi buena fe me obliga a pensar que no. Saludé a Matías, el hermano portero, que estaba pegado al teléfono discutiendo con el fontanero —el eterno problema de la caldera—, y entré en la Casa. Subí los escalones de tres en tres hasta llegar a la segunda planta. De camino a mi refugio hice una escala para entrar en el salón de la televisión y coger el periódico del día anterior. Mi habitación es algo más grande que la de los otros, un privilegio asociado al hecho de que es casi un lugar comunitario más. Aquí tenemos tres ordenadores conectados entre sí por un *enrutador* que tiene acceso a una línea de banda ancha. De momento es lo que hay, aunque ya no doy abasto. No podemos meternos en gastos de infraestructura hasta que no sepamos si nos vamos o nos quedamos, pero cada día son más los que necesitan entrar en Internet. Así que no suelo tener la puerta cerrada con llave salvo en las horas de colegio y por la noche. Mi particular *cibercafé* cierra sus puertas a las once.

Como de costumbre, encendí el monitor de mi ordenador. La torre principal permanecía conectada, dando servicio a los tres ordenadores de uso general. Mi programa de correo había filtrado varios mensajes de la Lista Voynich —con seguridad, nuevos avances o intentos de avances de mis colegas extramuros— que aguardaban a ser revisados. Quedarían para la noche. El filtro había sido superado por un correo de Waldo, que solía saltarse el protocolo imperante y, a menudo, enviaba mensajes privados. Waldo vivía en el Distrito Federal de Méjico así que, al menos, no tenía que usar el inglés para conversar con él. A decir verdad, Waldo resultaba las más de las veces una compañía cargante. Quizá fuera soledad, o quizá alguna enfermedad inconfesable, pero el muchacho parecía estar permanentemente pegado a la pantalla. Sus contribuciones al grupo eran bastante pobres, vaguedades, o simples comentarios llenos de ingenuidad. Aquella vez no era una excepción:

«Héctor: Sigo repasando las antiguas traducciones. Creo que alguna no tendría que descartarse tan a la ligera. "El Ojo de Dios Niño lucha por la vaciedad" puede ser una referencia astronómica a la estrella de Belén. Dime si estoy en lo correcto, tú que sabes astronomía. Podría ser un cometa surcando el vacío. No quería remitirlo a la lista sin antes chequearlo contigo. Waldo».

No me entretuve mucho en la respuesta. Esa frase llevaba más de veinticinco años dando vueltas por los libros, y aquella traducción de Stojko era disparatada de cabo a rabo.

«Waldo: Olvida esa frase, está depreciada. Tiene el mismo sentido que esta otra: "La alfalfa daña a las jakas halagadas". Héctor.»

Waldo tardaría un par de semanas en descubrir, si es que lo conseguía, que el acertijo que yo le planteaba como respuesta no era sino un ejercicio de mecanografía, una frase en castellano escrita utilizando sólo la segunda fila de un teclado tradicional *QWERTY*. En cualquier caso, me perdonaría la broma.

Me tumbé en la cama para hojear el periódico. Hasta la última página, la que habitualmente se dedica a las noticias curiosas y los chismes, no encontré lo que buscaba:

«KEPLER, BAJO SOSPECHA. Investigan si el astrónomo asesinó a su maestro para robarle documentos esenciales en sus descubrimientos. Texto de Efe. El célebre astrónomo y matemático alemán Johannes Kepler (1571-1630) se encuentra en el banquillo de los acusados: un grupo de científicos discute mañana en la localidad austríaca de Peuerbach si el hasta ahora considerado padre de la astronomía moderna fue también un asesino. "El veneno de la publicidad. Reacción a una tesis sobre una historia criminal estadounidense sobre Kepler" es el título de la contribución especial con la que el profesor alemán Volker Bialas abrirá la discusión sobre este tema. Lo hará en el III Simposio Internacional Georg von Peuerbach que se celebra en la citada localidad del estado federado de Alta Austria. El obje-

tivo del foro, que reúne hoy y mañana a destacados científicos de varios países, es presentar las etapas sucesivas del desarrollo de los modelos físicos y matemáticos que finalmente permitieron, con la obra de Newton en el siglo XVII, *calcular y describir el movimiento de los planetas en torno al sol. Así lo explican los organizadores del simposio titulado "De Peuerbach a Newton. De las teorías planetarias a la mecánica celeste. La revolución de Newton", quienes destacan, entre otros, la importancia de la obra de Kepler en esta evolución científica. Pero esta vez, además de sus reconocidos aportes al conocimiento humano, los participantes estudiarán qué hay de cierto en la teoría desarrollada por el periodista estadounidense Joshua Gilder, según el cual Kepler asesinó al matemático danés Tycho Brahe (1546-1601). Lo conoció en Praga, ciudad en la que se radicó Kepler después de haber sido expulsado de la ciudad de Graz por ser protestante, donde trabajaba como profesor de matemáticas. Brahe era matemático del emperador Rodolfo II y Kepler le sucedió en ese cargo después de haberse convertido en su discípulo preferido y su ayudante en la labor docente. La teoría de Gilder y su esposa Anne Lee, que publicaron en su libro* Heavenly Intrigue, *se basa en pruebas de cabello del difunto Brahe, las que parecen dejar demostrado que el maestro de Kepler murió envenenado con mercurio. El periodista norteamericano ha deducido que sólo el astrónomo alemán puede ser el autor del crimen, motivado, según esta tesis, por la ambición de acceder a los documentos de Brahe, que finalmente heredó y que se consideran esenciales para sus descubrimientos. Además, Gilder ve confirmadas sus acusaciones en una carta a un científico inglés en la que Kepler reconocería indirectamente su robo a la propiedad intelectual del matemático danés, cuatro años después de su muerte. Aparentemente, según recordaba la televisión pública austríaca ORF ayer en su página de Internet, Kepler dice haber aprovechado el duelo y la ignorancia de los herederos de Brahe para asegurarse la posesión de los papeles de su maestro, lo que no le evitó una disputa jurídica con ellos. Las famosas Leyes de Kepler, enunciadas en 1609 (publicadas en su obra* Astronomia Nova*) y en 1619 (*Harmonius Mundi*), permitieron comprender los movimientos de los planetas alrededor* *del sol, al establecer modelos que se mantienen vigentes hasta hoy, un logro que se considera imposible sin la obra que dejó su antecesor Brahe. En su época, el astrónomo danés fue uno de los mayores investigadores del espacio celeste y durante casi cuarenta años anotó los primeros datos precisos de astronomía que recoge la historia científica».*

En todos estos meses de pesquisas no había reparado en un pequeño pero importante detalle: dos de los mejores matemáticos de la historia habían trabajado para Rodolfo II. Y, que yo supiera, ninguno hacía mención en sus obras, cartas o diarios al extraño manuscrito. Miré el reloj y todavía tenía diez minutos hasta la siguiente clase. El escándalo provenía de un libro publicado por un periodista estadounidense. No sería difícil encontrarlo en *Amazon*. Me incorporé en la cama, sentándome de nuevo al teclado.

«Heavenly Intrigue: Johannes Kepler, Tycho Brahe, and the Murder Behind One of History's Greatest Scientific Discoveries. *By Joshua Gilder and Anne-Lee Gilder.*»

Cogí el teléfono y marqué la extensión del ecónomo. Por fortuna, Julián estaba al pie del cañón.

—Julián, soy Héctor. Necesito tu permiso para gastarme unos eurillos.

—¿Cuántos?

—Diecisiete. No, espera. Algo menos. El precio viene en dólares.

—Venga hombre, no me molestes con pequeñeces. Estoy aquí repasando la oferta de la constructora. Hay tantos ceros que ruedan por la mesa y se caen... Ya sabes el número de la tarjeta.

Rellené la petición y seleccioné el modo de envío más económico. Seguí leyendo el resumen del libro, que coincidía en lo fundamental con la reseña del periódico. Luego me fijé en los comentarios de los lectores. Alguno de ellos era harto elocuente:

«Una intriga celestial: Johannes Kepler, Tycho Brahe, y el asesinato detrás de uno de los más grandes descubrimientos científicos de la historia. *Por Joshua Gilder y Anne-Lee Gilder*[...] *Es extraordinario, además de un libro de historia de la ciencia es un libro de asesinatos en la vida real. Los autores abren una ventana a un tiempo fascinante, cuando la astronomía, la astrología e incluso la alquimia eran todas consideradas ramas de la misma ciencia. Especialmente buena es la sección dedicada a la alquimia, con una profunda investigación acerca del mercurio, lo que les convenció de que fue la droga utilizada para envenenar a Tycho Brahe. Los Gilder utilizan modernas técnicas forenses, junto con un análisis criminal de los posibles motivos para demostrar que Kepler —uno de los astrónomos más famosos de la historia— es el más que probable asesino*[…] *La obsesión de Brahe con la perfección hizo que almacenara volumen tras volumen de anotaciones. Demasiado ocupado mirando las estrellas como para poder analizar sus propios datos, necesitaba de un ayudante como Kepler. A diferencia del origen noble del danés, Kepler tuvo una infancia complicada. Su padre les abandonó en unos tiempos difíciles de disputas religiosas continuas. Sus orígenes humildes desembocaron en una arrogancia fuera de lo normal, y su enorme habilidad para las matemáticas le llevaron a idear una nueva teoría acerca del movimiento de los planetas. La prueba de su teoría se hallaba en las observaciones que Brahe había acumulado durante cuatro décadas, así que obtenerlas se convirtió en su obsesión, obsesión que finalmente le condujo al asesinato*[…] *Mi opinión es que el libro es digno de un episodio de* CSI. *Hay muchas evidencias que nos llevan fácilmente a la conclusión. Los autores no dicen que ellos puedan probar que Kepler envenenara a Brahe, pero todo apunta en esa dirección. Y han encontrado un montón de cartas inéditas. Si yo estuviera en el jurado, votaría culpable*».

Me quedé perplejo por la argumentación. Un juicio sin pruebas y una condena sin pruebas. Parecía más propia de un personaje de aquel siglo XVII que del XXI. El mismo Kepler había padecido una persecución así en su propia familia, cuando su madre ya anciana fue acusada de brujería por una vecina. Esta última había alegado que la anciana le había mirado mal, y que sufría de dolores por esa causa. Estuvo en un tris de acabar en la hoguera. En cualquier caso, esperaría a leer el libro para juzgar por mí mismo.

Ahora tenía que padecer mi propio martirio y encerrarme con los benditos niños otra vez.

Esa noche volví sobre el *Manuscrito Voynich*. Los mensajes en la Lista se acumulan día tras día, pero cada uno trabaja en una dirección diferente. Hasta siete grandes líneas de investigación permanecen abiertas, y ninguna avanza más que el resto. La más antigua establece que el libro utiliza simplemente un alfabeto cifrado. Las letras habrían sido sustituidas por caracteres, y éstos revueltos de alguna forma más o menos complicada. Sólo hay que encontrar el algoritmo adecuado para invertir el proceso. Este método se conoce desde antes de la posible fecha en la que habría sido escrito el libro, por lo que siempre se ha considerado una hipótesis plausible. El problema es que resulta demasiado sencillo para la actualidad, porque no hay cifrado que se resista a un ordenador potente realizando combinaciones y permutaciones a toda velocidad. Como no se ha resuelto, se piensa que el sistema original era tremendamente complejo, introduciendo falsos espacios entre las palabras o eliminando las vocales. Sigue siendo el sistema preferido por la mayoría de los miembros de la Lista.

Otro grupo reducido de investigadores cree que es necesario un segundo libro, o alguna clase de guía, para traducir el texto. El manuscrito podría ser descifrado si encontramos ese segundo libro desconocido de códigos. A menos que se haya incluido en el propio *Manuscrito Voynich*, la traducción será imposible. La tercera vía tiene numerosos partidarios entre los recién llegados. Aunque fue inventada en 1499 por Johannes Trithemius, está muy de moda en los manuales de seguridad informática. Se llama técnicamente esteganografía. No es otra cosa que un mensaje oculto en un mar de textos sin significado útil. Esta teoría es tan difícil de probar como de refutar, porque el camuflaje de los mensajes secretos puede ser tan enrevesado como se quiera. Por alguna razón que no sabría explicar, es una de mis teorías favoritas. Los lingüistas —que también los hay, y muchos—, son partidarios de otro tipo de explicaciones. Huyen de los argumentos matemáticos como el gato del agua. Entre ellos hay quienes piensan que simplemente se trata de un lenguaje exótico, escrito en un alfabeto desconocido. Posiblemente originario de Asia, con palabras cortas y patrones que variarían con el tono de voz. A su favor podría aliarse la historia del manuscrito, si se consigue demostrar que el libro habría venido de Oriente en alguno de los viajes de Marco Polo, o bien más tarde traído por un misionero —quizá jesuita— utilizando la ruta abierta por Vasco de Gama en 1499. A pesar de que me toca de cerca, no es de mi agrado. Existen traducciones parciales basadas en una variante del chino de Manchuria, pero carecen de sentido. El otro grupo de lingüistas aboga por un lenguaje políglota, mezcla de muchos otros. Es aquí donde intervienen los cátaros, pero más que por su lengua por la naturaleza de las imágenes que acompañan a los textos, según ellos rituales religiosos. Sinceramente, es la más descabellada de todas las posibilidades. La más moderna de las explicaciones es la que sugirió Friedman, el experto en criptografía militar. El lenguaje sería nuevo, construido de una forma lógica desde la nada. El significado de una palabra podría deducirse de una secuencia de letras y, por tanto, estas palabras nuevas serían ricas en prefijos y sufijos. El aspecto que ofrece el *voynichés* indica que puede ser así, pero el problema radica en que no se conoce el significado de estos prefijos o sufijos, aun cuando se hayan podido identificar con cierta claridad.

El último grupo es el de los escépticos. Para ellos el *Manuscrito Voynich* no es más que un camelo, un tremendo galimatías sin significado alguno; una estafa pensada para engañar a Rodolfo II, un rey tan ingenuo como crédulo.

Según la mayoría de las fuentes fiables, Rodolfo II (1552-1612) habría sido el primer propietario del *Manuscrito Voynich*. Rodolfo II fue rey de Bohemia y Hungría, y emperador de lo que se conocía como el Sacro Imperio Romano. Un cargo casi más honorífico que real, puesto que la mayor parte de sus ciudades y territorios eran autónomos, en un sentido más amplio incluso que el actual. Sobrino de Felipe II —hijo de su hermana María y de Maximiliano de Austria—, vivió durante su adolescencia en la corte española, donde desarrolló el gusto por el arte, las ciencias y las matemáticas, además de una personalidad oscura y depresiva que le acompañaría toda su vida. Rodolfo estableció su propia corte en la ciudad de Praga. Consiguió librarse así de la agobiante Viena, en cuyo castillo pasó recluido cuatro años por voluntad propia, ajeno a las continuas disputas entre católicos y protestantes y a las amenazas de los turcos. Ya recuperado de su profunda depresión, mandó construir en su nueva corte un singular museo privado, que nunca fue abierto al público y al que sólo unos pocos invitados selectos tuvieron acceso. En sus largas galerías se exhibían miles de pinturas y de esculturas, de piedras preciosas y monedas, así como rarezas de todo tipo. Una de sus colecciones más pintoresca era la de enanos. También se dice que tenía un regimiento formado sólo por gigantes. Entre 1605 y 1606 añadió tres nuevas salas al palacio, que contendrían su inmensa biblioteca y su colección de instrumentos científicos y de relojes. Por los pasillos de este laberinto de sueños el afortunado visitante podía tropezarse con multitud de animales exóticos campando a sus anchas, o cruzarse con personajes de la más variada índole. Rodolfo II acumuló todo tipo de pinturas, grabados, manuscritos y libros de aquella época, cultivando la amistad no sólo de pintores, filósofos o místicos, sino también la de científicos como los propios Tycho Brahe y Johannes Kepler, a los que sufragaba los gastos de sus investigaciones. Es en este entorno mágico donde aparece el *Manuscrito Voynich.*

Un icono parpadeando en el escritorio de la pantalla me anunciaba una comunicación entrante. Abrí la aplicación para poder leer lo que John —que era el interlocutor— quería decirme:

«*Hi Héctor: Nuevos resultados con el programa de Joanna. Te envío archivo adjunto en email. John C.*».

John Carpenter trabajaba en Cambridge, lo que le confería un aura de prestigio investigador que muy pocos otros tenían. La dirección junto con su nombre en la correspondencia no dejaba de causar impresión: «*John M. Carpenter. Ph D In Physics. Royal Greenwich Observatory, Cambridge, UK*». Aunque había notables diferencias en cuanto a rango académico, John tenía mi misma edad —treinta y cuatro—. También en lo estrictamente físico, a juzgar por las fotografías de su página web, éramos parejos. Casi idénticos en peso y altura, desgarbados, e igualmente adornados con incipientes calvicies. John visitaba con frecuencia España. En concreto, los observatorios astrofísicos de las Islas Canarias, un par de veces al año. De ahí que —persona amable donde las haya— acostumbrara a escribir los mensajes en su discreto español.

El archivo de resultados que enviaba era la transcripción de dos de los folios llamados astronómicos del *Manuscrito Voynich*. Trabajábamos en ellos desde hacía semanas, permutando caracteres en todas direcciones, con la intención de obtener alguna palabra en latín, inglés, alemán o incluso castellano que se pareciera en algo a lo que suponemos que sabían los autores del libro. Una estrella, un planeta, una constelación, un signo del zodiaco o el nombre de un mes, cualquier cosa nos podía valer. Utilizábamos una versión extendida de EVA. EVA es el acróstico de «European Voynich Alphabet», una traducción a caracteres romanos de los signos del manuscrito. La versión más conocida la crearon Gabriel Landini y Rene Zenderbergen a partir de 1990. Todo el manuscrito está ya traducido a estos caracteres, de tal forma que resulta fácil producir código para ordenador y estudiar relaciones, coincidencias o simplemente estadísticas. EVA habla más o menos así:

Ésta sería la forma en que Cervantes habría escrito en *voynichés* el arranque de *El Quijote*, aproximadamente. El proceso inverso, el que nos interesa, nos permite escribir el párrafo reproducido con anterioridad como:

qotedy qoteedy qokedy ytedy okedor
qosheol ochekdy qqochy okdy qotedy
o keal qokalr shckhey qkolo dyqoche
qoteeke ytedy okedor qoteedy qotedy

Resulta bastante divertido si se pronuncia en voz alta.

3

Divertida resultó también aquella mañana una semana después. El día era espléndido y yo acababa de programar un examen de física a los chavales. Después de tener que soportar disparates de todo tipo en las clases, una cierta sensación de dulce venganza me animaba. Según opinaba la mayoría de ellos, si hacemos un agujero a la Tierra de un lado al otro, y dejamos caer una piedra dentro, ésta saldría por el otro extremo disparada. Cruzaba el patio con paso acelerado mientras pensaba en ello moviendo negativamente la cabeza, esquivando los balones que iban y venían, como a diario. Casi del cielo uno de ellos cayó en mis manos. Instintivamente apunté a la canasta más próxima y lancé. El balón entró limpiamente por el aro, describiendo una parábola perfecta.

—Eso ha sido suerte —escuché a mi espalda—. Repítalo, padre.

Uno de mis alumnos me pasó el balón de vuelta. Otros tres o cuatro sonreían expectantes.

—Sólo hay que aplicar las leyes de la física —dije confiado.

Y volví a lanzar. Blanco.

—Tres puntos más para el equipo de los curas. —Y levanté otros tantos dedos con mi mano derecha, cual árbitro.

Entonces decidí desafiarlos en su propia cancha.

—Bien. Por una vez me pongo en las manos de Newton y no en las del Señor. Por cada tiro que falle os subiré a todos un punto en el examen del lunes.

Acordamos una serie de diez lanzamientos desde más allá de la línea de tres puntos. El reto se extendió rápidamente por el patio, y pronto me vi rodeado de medio centenar de adolescentes que me abucheaban divertidos.

Primer balón. Dentro.

Segundo balón. Dentro.

Tercer balón. Con suspense, pero dentro.

El cuarto y el quinto balón levantaron la red al pasar por el aro. Llegados a ese punto, los abucheos cesaron. No tendrían más remedio que estudiar. Así que empecé a tenerlos de mi parte, sabedores de que aquel curita desgarbado había sido cocinero antes que fraile.

Sexto balón. Otra vez suspense, exclamaciones varias y al final la pelota acabó dentro del aro. Más aplausos que pitos.

La apuesta ya no tenía sentido y no seguí tirando. Sabedor de mi triunfo me marché corriendo hacia nuestro edificio. Nunca antes había jugado con los críos en el patio, y la imagen que ellos tenían de mí hasta ese día era la de un profesor estirado, incapaz de levantar la vista de los libros y los ordenadores.

Matías me estaba esperando en la puerta, como si él fuera mi entrenador.

—Menudo alboroto que has montado en el recreo, Héctor.

Sonreí y no dije nada. Me limité a subir los escalones con grandes zancadas, al modo habitual. Las voces de Matías me detuvieron.

—Tienes un paquete de Correos aquí. Toma.

Era de *Amazon*. Dentro, el libro esperado. Comencé a leer según entraba en mi habitación.

«El ataúd estaba cubierto con un terciopelo negro decorado en oro con el escudo de armas familiar. Delante del féretro desfilaban los oficiales con hachones, enarbolando un estandarte bellamente adornado en el que se habían escrito sus títulos y honores. Detrás del ataúd, su montura, seguida por otro caballo enjaezado en negro. Los hombres después, en fila de uno, portando la armadura de Tycho y su espada. El féretro era llevado por doce nobles. Detrás caminaba su hijo más joven, escoltado por su tío el conde sueco Erik Brahe y el barón Ernfried von Minckwicz. Seguían al cortejo otros cancilleres imperiales, nobles y barones, los sirvientes y ayudantes de Tycho, su viuda apoyada en dos jueces reales y, finalmente, sus tres hijas, cada una escoltada por dos nobles. Las calles estaban tan llenas de gente que los integrantes del cortejo caminaban como entre

dos paredes, y la iglesia tan abarrotada de nobles y notables que uno apenas podía encontrar sitio dentro. Cuando el sermón finalizó, su casco, su armadura, su escudo y otras armas fueron colgadas en la cripta.»

Kepler narra así el funeral de Tycho Brahe en Praga. De él se hacen eco las primeras páginas del libro de los Gilder, en un pasaje que se repite en cualquiera de las muchas biografías de Tycho Brahe, una figura histórica de Dinamarca que, paradójicamente, recibió sepultura en el exilio. Seguí cotejando las páginas iniciales de *Heavenly Intrigue* con un par de buenos libros de historia de la astronomía que yo tenía, y con otros tantos de la antigua biblioteca del colegio. Al menos de momento, no había nada de lo que escandalizarse.

La muerte de Tycho Brahe está muy bien documentada en la bibliografía. Curiosamente está contada por Johannes Kepler, su discípulo. El final del gran danés comienza el 13 de octubre de 1601, sólo unos días después de un encuentro crucial con el emperador Rodolfo II, en el que éste contrató sus servicios para llevar a cabo uno de los más grandes trabajos científicos de la historia: la composición de unas tablas de efemérides astronómicas que se llamarían, en su honor, *rudolfinas*. Tycho Brahe habría acompañado a un amigo, el barón Minckwicz, a cenar en el palacio de Peter Ursinus Rozmberk. La cortesía entre la nobleza impedía que ningún invitado se levantara de la mesa antes que el anfitrión. Esta cuestión de etiqueta fue la que, probablemente, llevó a Tycho al lecho de muerte. Kepler proporciona en sus diarios una descripción detallada de todo lo que aconteció en aquellos días fatales:

«*Brahe permaneció sentado, aguantando su orina durante mucho más tiempo de lo que en él era habitual. Aunque había bebido mucho, y su vejiga le presionaba, él se sentía menos preocupado por esto que por la debida educación. Cuando finalmente llegó a su casa, no pudo orinar*».

Tycho tenía experiencia como médico y probó varios remedios, sin éxito. Pasó cinco días con sus noches de agonía, preso de un intenso dolor y sin poder dormir.

«*Finalmente, con un dolor espantoso, pudo orinar levemente. Pero su vejiga seguía bloqueada. Al insomnio siguieron una fiebre intestinal y, poco a poco, el delirio. El 24 de octubre el delirio cesó y, entre las oraciones, lágrimas y esfuerzos de su familia por consolarle, sus fuerzas fallaron y murió plácidamente.»*

Kepler continúa con su relato, revelando detalles íntimos que han pasado a la historia.

«Entonces, sus observaciones celestes se interrumpieron, y treinta y cinco años de trabajos llegaron a su fin. Durante la última noche, en su delirio, igual que un músico creando una canción, Brahe repetía estas palabras una y otra vez: "Non frustra vixisse vidcor. *No dejéis que parezca que mi vida ha sido en vano".»*

Esta oración sólo podía estar destinada a Dios y al propio Kepler.

La Biblioteca de Libros Raros y Manuscritos de la Universidad de Yale tiene quizá, en su ejemplar MS-408, su tesoro más preciado. No tanto por lo que en sus páginas pueda decir —a simple vista un tratado de hierbas medicinales—, sino por la fama acumulada durante estos cinco siglos de existencia. Pensé que nada mejor que recurrir directamente a esta fuente para poder hacerme una composición de lugar adecuada. Una ficha estrictamente técnica, libre de comentarios y de opiniones subjetivas. Así que volví a entrar por enésima vez en la página web de Yale.

«MS 408. Manuscrito cifrado. Europa Central (?) s. XV *o* XVI. *Texto científico o mágico escrito en un lenguaje no identificado, aparentemente cifrado, quizá basado en caracteres romanos. Algunos estudiosos creen que el texto es obra de Roger Bacon, dado que los temas de las ilustraciones parecen representar cuestiones que interesaron a éste*[...] *Pergamino en 102 folios, con numeración arábiga contemporánea —no en todos ellos—. Incluye 5 folios dobles, 3 triples, 1 cuádruple y 1 séxtuple, plegados al tamaño de 225 x 160 mm, 240 páginas en conjunto*[...] *Casi todas las páginas contienen dibujos científicos y botánicos, muchos las llenan por completo, pintados con tinta y acuarela en varios tonos de verde, marrón, amarillo y rojo. Tomando como*

base el tema aparente de las ilustraciones, los contenidos del manuscrito se dividen en seis secciones. Parte I: Sección botánica, conteniendo dibujos de 113 especies de plantas desconocidas, con especial cuidado en la representación de flores, hojas y raíces. Las ilustraciones se acompañan con texto; Parte II: Sección astronómica o astrológica, conteniendo 25 diagramas astrales en forma de círculos concéntricos y segmentos radiales, algunos con el Sol o la Luna en su centro. Los segmentos se adornan con estrellas e inscripciones, algunos con los signos del Zodiaco y mujeres desnudas, unas de pie, otras emergiendo de algo similar a latas o tubos; Parte III: Sección biológica, conteniendo dibujos de mujeres a escala pequeña, la mayoría con el vientre abultado, sumergidas o emergiendo de extraños fluidos o tubos y cápsulas. Estos dibujos son los más enigmáticos del manuscrito, y se ha sugerido que representan de forma simbólica el proceso de la reproducción humana y el procedimiento por el cual el alma se une con el cuerpo; Parte IV: Sección de medallones, nueve, muy elaborados y llenos de estrellas y formas similares a células, con estructuras fibrosas uniendo los círculos. Algunos medallones tienen una distribución de rayos en forma de pétalos, rellenados con estrellas[...]; Parte V: Sección farmacéutica, conteniendo alrededor de 100 dibujos de especies diferentes de hierbas y plantas medicinales, todas con inscripciones identificativas[...]; Parte VI: Sección de texto continuo, con estrellas en el margen interno[...] Se supone escrito en Europa Central, al final del siglo XV o durante el XVI; el origen y fecha del manuscrito son todavía motivo de debate, así como sus intrincados dibujos y textos no descifrados. La identificación de varias plantas como especímenes del Nuevo Mundo traídos a Europa por Cristóbal Colón indica que no puede haber sido escrito antes de 1493. El códice perteneció al emperador Rodolfo II de Alemania (Sacro Imperio Romano, 1576-1612), que habría pagado por él 600 ducados de oro convencido de que era obra de Roger Bacon[...] Es muy probable que el emperador Rodolfo adquiriese el manuscrito al astrólogo inglés John Dee (1527-1608), cuya numeración manuscrita permanece en la esquina superior derecha de cada página. Aparentemente, Dee poseyó el libro junto con otras obras de Roger Bacon; se cree que vivió en Praga desde 1582 hasta

1586, período en el que mantuvo encuentros con el emperador. Además, Dee dejó escrito que recibió 630 ducados en octubre de 1586, y su hijo Arturo anotó que su padre, mientras estuvo en Bohemia, "tuvo un libro lleno de jeroglíficos, pero nunca volví a saber de él". El emperador parece haber encomendado el manuscrito a Jacobus Horcicky de Tepenecz (muerto en 1622), cuya inscripción es legible en el códice usando luz ultravioleta. Un tal Marcus Marci mostró a su vez el libro a Athanasius Kircher, sacerdote jesuita (1601-1680) en 1666. El libro fue adquirido en 1912 por Wilfred M. Voynich al colegio de los jesuitas en Frascati, cerca de Roma. Fue donado a esta biblioteca en 1969 por H. P. Kraus, quien lo había comprado a Ethel Voynich.»

Esto era casi todo lo que se sabía objetivamente del *Manuscrito Voynich*. Un cóctel de jeroglíficos, emperadores, astrólogos y, por si fuera poco, jesuitas. Como para no interesarse uno.

Uno y muchos. Tenía esperando un mensaje de Joanna. Corto, muy corto:

«*Hector: Read Scientific American!*»

Joanna escribía desde una pequeña ciudad sueca cuyo nombre me es imposible recordar. No es ciertamente relevante, porque su mundo para nosotros se reducía a un estudio y a un montón de ordenadores dentro de él. Ésa era la imagen que los demás teníamos de ella, la única que nos llegaba cuando conectaba la webcam. Celosa de su intimidad, podía permitirse el lujo de trabajar en su casa para una empresa de informática que le pagaba una cantidad de dinero acorde a su enorme talento. Defensora además a ultranza del software libre, el manejo de sus programas me causaba no pocos problemas, la mayoría de las veces incompatibles con los míos. John hacía las veces de traductor, y eso nos permitía avanzar en las investigaciones conjuntamente.

La revista *Scientific American* se publica en España bajo el nombre de *Investigación y Ciencia*. Por regla general los artículos contenidos en la primera tardan uno o dos meses en aparecer traducidos en la segunda. Nuestro Colegio tiene una suscripción con la editorial, así que los alumnos que quieren —que no son demasiados— pueden consultarla puntualmente en la biblioteca. También tenemos otras cuantas revistas más de informática, que son las que gozan de mayor éxito.

No perdía nada por buscar el último ejemplar.

Salí de la habitación a oscuras e intenté sin fortuna activar el interruptor de la luz. Avería general. En algún lugar del viejo cuadro eléctrico una o varias protecciones diferenciales habrían saltado. Más razones para abandonar nuestro viejo feudo. Entré a tientas en la portería y tomé prestado el manojo de llaves de Matías. La luz volvió en ese momento como por ensalmo. Me dispuse entonces a desandar el trayecto matutino, atravesando el patio hacia el edificio principal. La noche era fría y oscura, más si cabe porque no había luna que reflejara tan siquiera un poco la luz solar. Pero el cielo estaba despejado, precioso, y las estrellas se dejaban reconocer fácilmente. Bajo el siempre amenazante arco del guerrero Orión, abrí la puerta lateral que da acceso directamente a la biblioteca. Justo a la entrada hay un revistero que ofrece las novedades al estudiante curioso. Los ejemplares de septiembre y octubre habían llegado ya, y estaban colocados allí cuidadosamente, como esperándome. Enseguida encontré el artículo buscado en el primero de ellos. El hallazgo de Joanna llevaba por tanto un considerable retraso. Me ahorraba la búsqueda en Internet y la penosa tarea de la traducción.

«*El misterio del* Manuscrito Voynich*: Un nuevo análisis de un críptico documento pergeñado hace más de cuatro siglos induce a pensar que no se trata sino de un galimatías. Por Gordon Rugg.*»

Ocupaba seis páginas, nada menos.

No bien había empezado a leer, la luz volvió a fugarse.

Y entonces alguien aprovechó para hacer lo mismo y a igual velocidad que ésta. O un poco menos, por no exagerar. Alguien que, seguramente, se había entretenido jugando con los interruptores todo ese rato. Luego oí una carrera, un salto lejano y, más tarde, un grito de dolor acompañado de unas exclamaciones que, por su naturaleza escatológica, no parecían provenir de ningún otro habitante de la casa.

Seguramente el autor de la travesura era uno de los críos, o quizá un fantasma pagado por la constructora para acelerar nuestra decisión. En el presumible esguince llevaba ya la penitencia.

4

La biografía del astrónomo danés Tycho Brahe es la menos conocida de entre los considerados como gigantes por Newton. Tal vez esto sea debido a que Tycho no hizo un descubrimiento concreto de la relevancia del sistema heliocéntrico de Copérnico, o de las observaciones telescópicas de Galileo, o del movimiento de los planetas de su protegido Kepler. Su propia concepción del universo era errónea, y el llamado sistema tychónico una mezcla bastante artificiosa de heliocentrismo y geocentrismo, de Sol y Tierra en lucha por la primacía del Cosmos. Probablemente la historia haya sido por ello injusta con él. Y la vida misma, porque no son pocos los que se preguntan qué rumbo habría tomado la astronomía si hubiera muerto sólo unos años más tarde. Diez años faltaron para que hubiera compartido telescopio con Galileo, y es casi seguro que este ingenio en sus manos habría cambiado la concepción del universo aún más si cabe de lo que logró hacerlo el italiano. Su muerte prematura supuso, por tanto, una pérdida irreparable para el mundo científico. Aunque ya no era un hombre joven —en 1601 contaba con cincuenta y cuatro años, casi un anciano para los cánones del siglo XVI—, todavía estaba en plenitud de facultades.

Según avanzaba en la lectura del libro de los Gilder —lectura que iba alternando con mis propias fuentes para evitar intoxicarme demasiado—, constataba estas circunstancias de forma inequívoca. Precisamente uno de los argumentos de más peso utilizados para atribuir algo tan horrible como su muerte a las manos de Kepler —su discípulo—, es el hecho de que la importancia de los descubrimientos de este último habrían servido como coartada histórica para el magnicidio. ¿Puede justificarse un crimen en aras del avance de la ciencia? Ésta es una pregunta capciosa que los autores se plantean a lo largo de las páginas de *Heavenly Intrigue*, y que induce al lector a pensar que, efectivamente, tal crimen se produjo como a ellos les hubiera gustado. O como han imaginado.

De lo que no cabe duda es que podría escribirse un gran guión cinematográfico con Tycho Brahe como protagonista. Su vida fue fantástica, en el más amplio sentido de la palabra. Nació el 14 de diciembre de 1546 en Skane, en el seno de una familia noble propia de la Dinamarca de *Hamlet*. Tanto es así que incluso uno de los personajes que inspiraron la inmortal obra de Shakespeare —Frederick Rosenkrantz— fue un primo suyo bastante desafortunado. (De él se cuenta que fue enviado a luchar contra los turcos para evitar perder su noble linaje, pues había dejado embarazada a una joven dama. Rosenkrantz terminaría muriendo al intentar mediar en un duelo, poco tiempo después de recibir ayuda de su famoso pariente). Hoy la localidad natal de Tycho, Skane, pertenece a Suecia, pero en aquella época gran parte de ésta, así como toda Noruega, estaban bajo la corona danesa. Una corona bastante inestable, por cierto. Su olor a podrido llevó a Tycho al exilio, a refugiarse bajo el inestable paraguas de Rodolfo II, a la postre pieza fundamental en esta trama histórica que hoy se hace y se deshace en mis notas.

Resulta difícil clasificar a Tycho Brahe. Pero es, sin duda, el prototipo de hombre del Renacimiento. Considerado como héroe nacional tanto por daneses, suecos, noruegos o incluso checos, cultivó las artes, las letras, la diplomacia, la espada, los lujos y, sobre todo, la ciencia. Sus poemas son considerados obras maestras de la literatura nórdica. Sus obras de ingeniería, sus instrumentos y sus inventos no tienen nada que envidiar a los de Leonardo. De su gusto por la espada da fe su cara desfigurada, producto de un duelo de juventud. Las crónicas cuentan que Tycho intentó dirimir a mandobles la supremacía en el dominio de las matemáticas con otro noble danés que, como él, estudiaba en la ciudad de Wittenberg. Seguramente su rival perdió la pasión por los números con la edad. Esto no ocurrió con Brahe que, por el contrario, lo que sí perdió fue la nariz de un tajo en aquel incidente que a punto estuvo de costarle la vida.

Las infecciones no eran entonces fáciles de curar. Tycho sobrevivió, pero se vio obligado a llevar una prótesis en la cara el resto de sus días. Él mismo las fabricaba. Normalmente usaba una liviana prótesis de cobre, pero cuando la ocasión lo requería vestía una costosa aleación de oro y plata de un color muy similar a la piel. La cirugía estética aún no se había inventado pero las apariencias sociales hacía mucho que sí.

El nacimiento de Tycho Brahe llevó aparejados una serie de hechos que no pueden ser calificados de otra forma que de sorprendentes. Su madre, Beate Bille, esposa del caballero danés Otto Brahe, dio a luz gemelos. Tycho no conocería esta circunstancia tan peculiar hasta muchos años después. Pero su hermano nació muerto. Un acuerdo familiar previo establecía que uno de los dos niños sería adoptado por un hermano de Otto —Jorgen Brahe, que no tenía descendencia—, y que sería educado en la nobleza para, posteriormente, heredar los privilegios y las muchas posesiones de éste. El capricho del destino dio lugar a un cisma en la poderosa familia Brahe. No queda muy claro si fue por las buenas o por las malas, pero el caso es que Tycho fue llevado a vivir con sus tíos cuando sólo tenía dos años. Y éstos lo criaron y educaron como si de su propio hijo se tratara.

Su rapto tuvo, paradójicamente, consecuencias beneficiosas. Su tía y madrastra, Inger Oxe, pertenecía a una familia cultivada, muy diferente en su forma de pensar a la de los Brahe, cuya visión de la vida no iba más allá de la educación militar y el servicio al rey. Esto permitió al joven Tycho adquirir una formación académica que hubiera resultado imposible de haber seguido viviendo al lado de sus belicosos hermanos. Muy pronto Tycho Brahe destacó como estudiante, y ya a los dieciséis años era capaz de discutir acerca de cualquier cuestión científica con las mayores autoridades académicas. Habría llegado a la Universidad de Copenhague con doce, en 1559. Tanta precocidad no resulta rara en una escala de tiempo de vida bastante diferente a la actual. La educación en las universidades luteranas iba más allá de las enseñanzas clásicas de latín, griego, hebreo, lógica, retórica y dialéctica. La influencia de Philipp Melanchthon, amigo y discípulo de Martín Lutero, era patente. La comprensión de los textos bíblicos exigía el aprendizaje de literatura e historia, y el dominio de lo antiguo y lo sagrado hacían necesarias la geometría y la aritmética. Estas disciplinas llevaban inexorablemente a la astronomía, que era considerada, por razones obvias, la ciencia más cercana a los cielos. La astronomía establecía el calendario eclesiástico, y también tenía un uso práctico como base para la astrología. Estas dos materias eran indistinguibles en aquel entonces. Melanchthon, como muchos otros pensadores de la época, creía que el destino de los hombres estaba íntimamente ligado a las estrellas y los planetas. Así que muy pronto Tycho Brahe comenzó a practicar la astrología. También lo hizo, con mayor fervor incluso, Johannes Kepler y, en menor medida, el mismísimo Galileo. El único de los grandes que no escribió horóscopo alguno fue el polaco Nicolás Copérnico.

Tanto Kepler como Tycho creían que los astros influían en el futuro de las personas, aunque no admitían la predestinación. Era la voluntad del hombre la que podía vencer —si ésta era lo suficientemente fuerte— la voluntad de las estrellas y los planetas. Uno y otro consiguieron fama y fortuna con sus predicciones, que en gran medida estaban basadas en la lógica y en lo que hoy conocemos como psicología. No eran tan tontos como para decepcionar los deseos de sus reyes y protectores, cuyo único interés en la astronomía era, precisamente, la astrología. En una ocasión, cuando Tycho fue abordado por un noble que le reprochó haber recibido predicciones radicalmente opuestas de dos astrólogos diferentes, el sabio danés se limitó a justificar el error argumentando que, posiblemente, los astrólogos habían utilizado distintas tablas de efemérides. Él mismo sabía de las diferencias —astronómicas, evidentemente— entre las llamadas *Tablas Alfonsinas* y las *Tablas Pruténicas*. Las primeras fueron publicadas en Toledo en 1252, y confeccionadas por cincuenta astrónomos árabes y judíos bajo el patronazgo de Alfonso X el Sabio, rey de Castilla. Seguían el modelo clásico de Ptolomeo, con la Tierra en el centro del universo. Las segundas estaban basadas en el modelo moderno de Copérnico, y deben su nombre al rey de Prusia al que fueron dedicadas. Ni las unas ni las otras satisfacían las observaciones de Tycho, así que decidió hacer borrón y cuenta nueva. Comenzaría por tanto a medir posiciones de estrellas y planetas desde el principio. Lo extraordinario es que tomó esta decisión... con sólo dieciséis años.

Dieciséis años es la edad media de mis alumnos, y apenas media docena de ellos había sido capaz de aprobar el examen de física. No obstante, la corrección de los ejercicios me había deparado una alegría. Uno de ellos estaba, simplemente, perfecto. No pude sacarle ni un error en las explicaciones, ni en los conceptos, ni en el desarrollo de las fórmulas. Por tener, tenía hasta buena caligrafía. Su autor era, casualmente, el chico de las preguntas impertinentes, el lector de periódicos. Un individuo curioso por naturaleza, tan extremadamente irritante como inteligente. Hablaría con él. Fuera de clase, por supuesto. No tenía intención de avergonzarlo delante de los demás, orgullosos de su ignorancia y despreocupados del futuro y de la vida.

Me había levantado ya de la mesa de trabajo para dirigirme a la clase cuando Damián, el director del Colegio, me encontró en la sala de tutorías.

—Héctor, ¿tienes alguna idea de quién puede haber sido?

—No sé a qué te refieres...

—¿No has salido al patio?

—Todavía no. Ahora iba para allá.

Salimos juntos. En la tapia lateral un enorme *grafitti* llenaba la pared. Me quedé desconcertado.

—Ha aparecido esta mañana. Supongo que algunos de los chicos saltaron anoche e hicieron de las suyas. Voy a terminar con esto de una vez por todas.

La voz de Damián revelaba un humor que no producía risa. Las faltas de disciplina eran cada vez más frecuentes, y las reuniones con los padres de los alumnos resultaban improductivas y descorazonadoras. Sus chicos eran ángeles y nosotros, por raro que parezca, encarnaciones de demonios. No teníamos mano izquierda, no éramos flexibles, no sabíamos motivar al alumnado. La impuntualidad se había convertido en norma, y las faltas de asistencia se justificaban con motivos absurdos, cómplices de las fechorías de sus hijos.

Pero esto era diferente.

No podía abrir la boca. O cerrarla, porque estaba perplejo.

—Todo lleno de garabatos —gritó Damián levantando las manos al cielo.

En efecto, toda la pared estaba adornada de grandes letras. Grandes caracteres escritos... en *voynichés*.

No sabía cómo reaccionar ni qué decir. Opté por una solución intermedia y le expliqué a Damián los sucesos de la noche anterior, los apagones de luz y el ruido de carreras y saltos. Todo encajaba con lo que él quería oír. Pero me guardé muy mucho de contar qué eran esas letras. Al menos, hasta que le encontrara una explicación convincente.

Suspendí la primera hora de clase. La excusa adecuada y perfecta era que no habría lecciones ni recreo hasta que no aparecieran los culpables. Entretanto, los chicos permanecerían encerrados en el aula, estudiando. En sus caras se mezclaban la diversión por la anónima fechoría y la desesperación por el castigo sabiéndose inocentes. Aproveché el forzado parón para copiar los dibujos en mi cuaderno de notas.

Comparé aquellos caracteres con EVA. Salvo algunos trazos que no estaban muy bien dibujados, la transcripción era evidente:

«La cólera de Aquiles caerá sobre ti.»

Y, por desgracia, el significado también.

Alguien me estaba amenazando, no sabía la razón ni su intención. Podía ser perfectamente uno de los chicos. No es que pensara que fueran muy duchos en los textos clásicos griegos, pero estaba de moda la película *Troya* y entraba dentro de lo posible que alguno de ellos supiera que Héctor, el héroe troyano, muere a manos del casi invencible Aquiles, el héroe griego.

Pero eso no me encajaba. Aun en el supuesto de que alguno de mis alumnos me odiara, la única razón para ello tendría que ser un castigo o un suspenso. No soy partidario de los primeros, y los segundos les importan bien poco. Además, si alguien era capaz de utilizar el alfabeto *voynichés* para elaborar una amenaza tan velada como concreta, con más razón podría utilizar correctamente las fórmulas de Newton. Y le costaría menos esfuerzo.

Seguí repasando la lista de posibles enemigos. Acabé pronto.

No tengo enemigos.

¿Qué está ocurriendo aquí?

Esa tarde la pasé encerrado en mi habitación. No tenía clases pero el castigo también iba conmigo. Sabía algo que los demás no sabían. El problema era que no sabía lo suficiente. En realidad, no había nada más que una simple pintada en la pared de un colegio. ¿Tenía de qué preocuparme? Al fin y al cabo, son miles de alumnos los que cada día intentan asustar a sus profesores, la mayor parte de las veces sin éxito. Sólo que, en este caso, los alumnos no eran seguramente culpables de nada. Demasiado simples para algo tan complicado. Y demasiado brutos para algo tan sutil. La ignorancia iba acompañada de la inocencia.

Desde que tomé la decisión de hacerme sacerdote, mi contacto con el mundo exterior se había reducido notablemente. Mi nueva familia estaba entre los muros de seminarios, casas de ejercicios, colegios y parroquias. Mi familia real llevaba una vida apacible lejos de la ciudad, entregada al trabajo tranquilo de la huerta y a las charlas cálidas con los vecinos. A esas mismas horas, como cada tarde, mi padre jugaría al dominó con los amigos en el casino, y mi madre estaría sentada frente a la televisión con mis tías, planeando un excitante fin de semana de compras en la capital. La vida no era complicada allí.

Más de una vez había pedido al superior ser destinado a misiones. La respuesta era siempre la misma, la de que todo tiene su momento. Casi la única fuente de ingresos de los jesuitas es hoy la enseñanza. Los donativos son cada vez más escasos y las asignaciones de un Estado no confesional dependen demasiado de los vaivenes políticos. Sin dinero no hay misioneros, así que alguien tiene que hacer el trabajo de intendencia y retaguardia. Tampoco me quejo por ello. Aquí dispongo del tiempo libre suficiente como para atender devociones y pasiones. No creo que pudiera vivir muchos meses alejado de los libros y de las matemáticas.

Animado de nuevo con estos pensamientos, y seguro de que el suceso de la pintada no tendría mayores consecuencias —conseguí convencerme de que todo era obra de algún bromista, que habría copiado los caracteres de cualquier folio abandonado en la impresora, por ejemplo—, decidí continuar con el trabajo de las últimas semanas. Empujados por Joanna, habíamos cambiado el rumbo de anteriores teorías que se revelaron como inútiles palos de ciego, y nos estábamos sumergiendo a pulmón libre en las procelosas aguas de la esteganografía. John trabajaba entusiasmado por la posibilidad de encontrar algo relevante en aquel mar de textos sin sentido, y más si el descubrimiento tenía que ver con la astronomía antigua. La vía de la criptografía clásica por sustitución parecía definitivamente agotada. Los algoritmos eran ya tan complicados que incluso su programación constituía un problema. No parecía muy lógico que alguien en el siglo XV fuera capaz de reproducir esos enrevesadísimos esquemas prácticamente de memoria, sin errores. Y es que una de las peculiaridades más inquietantes del *Manuscrito Voynich* es la de la perfección. Aunque parezca increíble, el libro no tiene enmienda ni tachadura alguna. Su autor fue capaz de codificar más de doscientas páginas a mano sin equivocarse ni una sola vez. Tal perfección no es verosímil, simplemente.

Mucho más lógica parecía la idea de que uno o varios mensajes permanecieran ocultos bajo un montón de basura. Resulta fácil escribir cosas sin sentido, e imposible equivocarse. Imposible o irrelevante, tanto da. Podríamos sentar a un mono delante de una máquina de escribir y enseñarle a pulsar las teclas. Siempre hay una probabilidad pequeñísima de que escriba una novela con sentido, pero tenemos casi la certeza absoluta de que el resultado será un disparate completamente aleatorio. El problema con lo que definiríamos como basura en el *Manuscrito Voynich* es que este disfraz es en apariencia aleatorio, pero realmente no lo es. El mono sabía lo que se hacía.

Tenía delante de mí la revista con el artículo de Gordon Rugg. Rugg, que firma en *Scientific American* como doctor en

Psicología, abogaba por la teoría del timo. Según sus análisis, el autor o autores del manuscrito habrían utilizado un procedimiento del siglo XVI para generar textos sin sentido. Siguiendo este método, Rugg y sus ayudantes conseguían páginas de texto muy parecidas a las que contiene el libro. Era algo a tener en cuenta, aunque nosotros habíamos logrado ya resultados casi idénticos —y en algunas páginas en concreto, totalmente idénticos— a los originales. El único problema era que nuestro propio modelo de codificación de texto basura no lo reproducía todo. Y era ese poco irrepetible lo que nos traía de cabeza. Algo que no era basura. Una aguja en un pajar, un diamante en el lodo.

La excitación de Joanna provenía del hecho de que una parte de los argumentos del psicólogo británico coincidían con los nuestros. Rugg los había publicado ya en una revista de prestigio y eso, en cierta forma, nos desarmaba. La Lista Voynich comenzaba a llenarse de mensajes de colaboradores escépticos. Algunos proponían abiertamente abandonar. Otros, en cambio, animaban a terminar dignamente el trabajo comenzado, apoyando a Rugg en el desarrollo de un código potente y divisible. Este código sería distribuido por Internet de forma análoga al conocido Proyecto SETI,[2] o las secuencias genéticas, por ejemplo. La recién adquirida popularidad del manuscrito haría más fácil la captación de cientos de voluntarios, que ejecutarían los nuevos algoritmos en los tiempos muertos de sus ordenadores. En pocos meses —decían—, todo estaría acabado. Tendríamos una copia exacta del *Manuscrito Voynich*, pero ninguna traducción.

Ni Joanna, ni John, ni yo mismo queríamos apuntarnos a estos nuevos proyectos. Quizá porque sabíamos más que el resto, quizá porque nuestro propio modelo era mejor que el de Rugg. Más simple y con mejores resultados. Y, sobre todo, porque no podíamos dejar de lado la idea de que el *Manuscrito Voynich* contuviera algo más que simples garabatos inventados para engañar a un rey tonto. La publicación del modelo de Rugg había puesto al descubierto algunas de nuestras bazas, pero no

2. SETI es el acrónimo del inglés *Search for ExtraTerrestrial Intelligence*, o Búsqueda de Inteligencia Extraterrestre. (*N. del A.*)

todo era negativo. Al contrario, al haber desarrollado la misma o parecida teoría del texto basura de forma completamente independiente, nuestras tesis salían reforzadas. Dicho de otro modo, ahora éramos más los que pensábamos igual. O bastante parecido.

Volví a pensar en el mono mecanógrafo. Estaba claro que, por muchos plátanos ricos en fósforo que comiera, nunca podría reproducir el grado de regularidad que presentan las páginas del manuscrito. No podría, por ejemplo, escribir dos o más veces seguidas las palabras más frecuentes. Rugg opinaba lo mismo: ¿Cómo escribir «*qokedy qokedy dal qokedy qokedy*»? Ni tan siquiera dejándole sólo la segunda fila del teclado podría el simio en mil años reproducir mi frase preferida: «*la alfalfa daña a las jakas halagadas*». En ningún idioma conocido se encuentra tampoco tal grado de repetición. Ni al azar, ni queriendo. Además de la repetición de las palabras en las frases del *voynichés,* también hay sorprendentes esquemas regulares dentro de las mismas palabras. Hay sílabas que aparecen sólo al comienzo de las palabras. Otras al final o al principio, pero nunca en el centro. Y así multitud de combinaciones.

Cansado de probar distintos esquemas, dejé el bolígrafo sobre la mesa y me acosté. A quien madruga Dios le ayuda. No debe de gustarle mucho ver a sus sacerdotes trasnochar con jeroglíficos.

5

—Simón, quédate.

Aplacé el anuncio de los resultados del examen hasta el día siguiente. Habíamos perdido un día completo con el asunto del *grafitti,* y ya estábamos demasiado retrasados con el temario. Además, las vacaciones de Navidad se nos echaban encima, lo que significaba ocio para ellos y recogimiento para mí. En cualquiera de los dos casos, la física quedaría al margen.

Los chicos salieron al patio con el habitual escándalo.

—Quería hablarte de tu examen.

—¿Tan mal está? —preguntó Simón sorprendido. Siempre parecía bastante confiado de sí mismo, y un posible suspenso lo habría descolocado por completo.

—Todo lo contrario —respondí.

—Le prometo que no he copiado.

Evidentemente no había copiado. ¿De quién podría hacerlo?

—No, ya sé que no. Está perfecto. Tienes un diez —sonreí.

—Gracias —balbuceó.

—Sólo quería que lo supieras. Es la primera vez en dos años que pongo esta nota.

Simón se quedó mirando al suelo, como si fuera culpable de algo. Luego levantó la vista y me hizo una extraña propuesta.

—Padre, póngame un ocho.

—¿Qué? —repliqué sorprendido.

—Que me ponga un ocho. O mejor un siete. No admiten carahuevos en el botellón —añadió.

Resoplé. Supuse que un carahuevo era una especie de empollón. Se había conservado la etimología desde los tiempos en que yo estudiaba, lo que era de agradecer para la comprensión adecuada de las nuevas generaciones.

—Está bien. Te pongo un siete y medio, sólo por disimular. En la evaluación final del curso te promediaré con un diez, la nota real. Por supuesto —prometí.

—Gracias otra vez —suspiró aliviado—. Por cierto, ¿sabe algo más del criminal?

—¿De Kepler?

—Sí, he estado mirando en Internet. Mi padre me ayuda con el inglés y hemos encontrado cosas interesantes.

—¿De verdad?

El chico me tenía asombrado.

—Si quiere se las cuento otro rato. Ahora me hago pis.

Dejé que se fuera corriendo. Si hay algo más humillante para un niño que sacar un sobresaliente eso es mearse en los pantalones. La etiqueta continúa vigente a su modo como en los tiempos de Tycho.

Simón en realidad se llamaba Simon, sin acento ortográfico. Su padre, estadounidense, trabajaba en el Consulado. Su madre, española, siempre venía sola a las reuniones de padres de alumnos. Nunca conseguí conocer al Simon grande —al padre—, ni tampoco insistí demasiado en ello. Me imagino que sentía una lógica aversión por los colegios de curas españoles. Evidentemente, era su mujer quien decidía en la educación de los niños.

Esa misma tarde, tras el almuerzo, comencé a tomar notas sobre Kepler. No tanto acerca de sus descubrimientos, universales, sino sobre su propia vida. Nació el 27 de diciembre de 1571, en la casa de su abuelo, en Weil der Stadt, una pequeña ciudad cerca de Stuttgart. Exactamente a las dos y media de la madrugada. La gran influencia de la astrología —una materia profundamente seria en aquella época, algo impensable hoy en día— hacía que estos detalles se apuntaran con sumo cuidado. El propio Kepler, años más tarde, elaboraría su carta natal, astral u horóscopo, como queramos llamarlo. Supongo que hace falta algo más que valor para atreverse con semejante cosa.

El mismo mes de diciembre en el que nació Johannes Kepler,

Tycho Brahe había cumplido veinticinco años. Entre ellos mediaba una generación, por lo que su relación años más tarde sería algo parecido a una colaboración maestro-alumno mezclada con amor y odio paterno-filial, pero en ningún caso una amistad o una camaradería propia de hombres de la misma edad. Y si había notables diferencias en el tiempo, mucho más separados estaban por las distancias sociales. Tycho era parte de una influyente y poderosa familia danesa, cuyos miembros podían permitirse lujos tales como perder la nariz en duelos de honor para reemplazarla después por costosas prótesis de oro. Pero Kepler lo era de una familia noble alemana venida a menos, a mucho menos. Su abuelo Sebald, la cabeza del clan, aún conservaba casa y prestigio, pero apenas dinero. Su padre Heinrich era —en palabras de su propio hijo—, bruto, inmoral, pendenciero, vicioso y maleducado. Bastante más comprensivo se muestra Kepler en sus diarios respecto a su madre, Katharina, a quien libraría de la hoguera muchos años después. En la primavera de 1575 Katharina dejó a Johannes y a su hermano pequeño al cuidado de unos parientes, y salió en busca de su marido que, para variar, la había abandonado después de una paliza para buscar fortuna como mercenario. Kepler contrajo entonces la viruela, lo que en esa época significaba una muerte casi segura. Aunque sobrevivió, su salud quedó muy debilitada y, especialmente, su vista. Nadie hubiera apostado entonces una moneda por que aquel niño de mirada estrábica se convertiría en uno de los astrónomos más importantes de la historia.

La ciudad natal de Kepler, Weil der Stadt, tenía el *status* de ciudad imperial libre —o autónoma— dentro del Sacro Imperio Romano. Aunque este pomposo nombre pueda parecer que era el legado o los restos del antiguo Imperio Romano, lo cierto es que no era santo ni sagrado, no era romano y, por supuesto, no era realmente un imperio. Lo que Rodolfo II gobernaba —y decir gobernar es una notable exageración— era un conjunto de ducados, ciudades libres, obispados y otros territorios que finalmente darían lugar a la moderna Alemania, Austria y la República Checa, así como a partes de lo que hoy son Polonia, Francia y Holanda. Con el antiguo imperio español haciendo agua por todos lados, Europa era un intrincado puzle de guerras y religiones, de intereses políticos y eclesiásticos. Como ciudad libre, Weil der Stadt tenía privilegios en cuanto a tratos comerciales e impuestos. Además era leal a los Habsburgo, la familia imperial y, por lo tanto, era ciudad católica. Pero todo alrededor de ella, incluyendo la cercana ciudad de Leonberg donde Kepler crecería, pertenecía al beligerante ducado protestante de Württemberg. Kepler cayó entre dos fuegos y no se libraría de las llamas de ninguno de ellos en toda su vida. Sólo dieciséis años antes del nacimiento de Kepler, en 1555, se había firmado la Paz de Augsburgo, que resolvía la cuestión religiosa de forma salomónica: «*Cuius regio, eius religio*». En otras palabras, era el gobernante del territorio quien decidía sobre su religión. En lo que a los Kepler respecta, no tenían dudas. Eran profundamente luteranos y de una gran devoción. Ser la primera familia luterana en una ciudad oficialmente católica no tenía que ser sencillo. De hecho, no lo fue, y menos cuando la Contrarreforma se hizo más virulenta. ¡Ah, los jesuitas...!

La pista histórica del *Manuscrito Voynich* choca con la Compañía de Jesús. Por alguna misteriosa razón, los jesuitas tenemos el don de la ubicuidad. Será de aquí de donde viene nuestra vocación misionera, el afán de estar en todas partes y de llevar las enseñanzas de Jesucristo a todos los rincones del mundo.

El manuscrito aparece en la época moderna a finales del año 1912, cuando Voynich lo encuentra en una biblioteca de nuestra casa de Mondragone, junto a Roma. Allí lo habría dejado doscientos cincuenta años antes uno de nuestros hermanos, Athanasius Kircher, que vivió entre 1601 y 1680. Éste lo habría recibido de Marcus Marci que, aunque no llegó a ordenarse jesuita, sí mantuvo estrechos lazos con nuestra Compañía. Marci era médico y profesor de la Universidad de Praga. En 1638 viajó a Roma y conoció a Kircher, un sabio de la época. Durante veinticinco años mantuvieron una larga amistad y una enorme correspondencia. La última carta de Marci a Kircher sería aquélla que acompañaría al libro en su viaje. Se guarda con el manuscrito en Yale.

Kircher, de origen alemán, pasó casi toda su vida en Roma. Quizá contagiado de la curiosidad de Kepler, Tycho o el mismo Rodolfo II, se interesó prácticamente en cualquier cosa bajo el sol. Y más allá del sol. Profesor de matemáticas en el Colegio Romano, después de ocho años de docencia consiguió dedicarse por entero a la ciencia. Visitado por docenas de científicos, clérigos y miembros de la realeza de toda Europa, de ellos recibió innumerables libros, artefactos, curiosidades de la naturaleza o ingenios mecánicos. El famoso y perdido museo del emperador Rodolfo en Praga resucitó años después en Roma, de la mano del sabio jesuita. Sin enanos ni gigantes, algo más compensado, el llamado Museo del Colegio Romano o Museo Kircherianum se convirtió en una de las atracciones de Roma en el siglo XVII.

Sin embargo, ni Rodolfo II en Praga ni Athanasius Kircher en Roma mencionan entre sus posesiones ni entre los tesoros de sus museos lo que más tarde sería llamado *Manuscrito Voynich*. El Museo Kircherianum se abrió al público en 1651. El libro llega a Roma en 1666, quince años después, con la última carta de Marcus Marci a su amigo jesuita. A la muerte de Kircher, en 1680, los sucesivos custodios del Museo elaboraron detallados catálogos de sus contenidos. Nunca aparece el libro en ellos.

Luego empiezan los problemas. En 1773 la Compañía de Jesús es suprimida por primera vez, y muchos de sus bienes confiscados. Los miles de libros de la Orden se dispersan, sobre todo gracias a que el bibliotecario del Colegio Romano, un tal Lazzari, se pone aparentemente de parte de uno de los principales instigadores del movimiento antijesuita, el cardenal Zelada, que se lleva gran cantidad de manuscritos y libros a Toledo. Sin embargo, los archivos de la Sociedad se salvan del expolio, y son custodiados por el padre Pignatelli durante la invasión napoleónica. En 1814, con el fin de Napoleón, la Orden es restaurada, también por primera vez, completándose la recuperación de bienes en 1824. Ese año los museos, las bibliotecas, e incluso el Observatorio Astronómico, nos son devueltos. Nada se sabe del paradero del manuscrito durante estos años, aunque siempre se ha supuesto que nunca se movió de Roma.

Llevo unas cuantas noches perdidas intentando resumir para el resto de miembros de la Lista Voynich las vicisitudes de mis antecesores en la Orden. No somos una confesión hermética ni secreta, ni mucho menos. No hay mayor problema en entrar en nuestros archivos, en acceder a ellos a través de la Red. No nos mueve ni el afán de poder ni el ánimo de lucro, ni tenemos nada que esconder. Si no fuera así, seguramente yo ya no permanecería aquí. Si algún hermano jesuita diera calladas por respuesta a mis preguntas, tomaría la puerta. Nuestra historia no es una novela de iluminados y rosacruces.

Hay curiosas conexiones y relaciones en la historia de los jesuitas. Por ejemplo, aquélla que cuenta que el que más tarde sería fundador de la Compañía de Jesús, Ignacio de Loyola, habría acompañado siendo joven al tesorero real de la Corona de Castilla a Tordesillas, donde conocería a la reina Juana, más conocida como la Loca. Juana de Castilla fue la bisabuela de Rodolfo II, protagonista central de la historia del manuscrito y protector de Kepler y Tycho, y de ella quizá Rodolfo heredó su propensión a la depresión, la excentricidad y la locura. Todo esto le sobrevino también, hay que decirlo, de una mezcla de sangre familiar nada recomendable.

Pero la historia de la Compañía de Jesús no puede contarse sin, al menos, conocer algo más de la sociedad en la que se originó. Eran tiempos complicados para Roma, y más con la reciente escisión de Martín Lutero. El papa León X lo excomulgaba, y animaba a Carlos V —hijo de Juana de Castilla, sacro emperador romano, rey de España y Nápoles, señor de los Países Bajos y, además de todo esto, un católico devoto al menos en apariencia— a cargar contra Lutero y sus seguidores, a capturarlos y ejecutarlos como herejes. El emperador Carlos aceptó pero, a sabiendas del gran número de conversos que ya había en Alemania y del riesgo que corría, exigió una contrapartida al papa: su ayuda en la conquista de las posesiones francesas en Italia. Tuvo éxito en las batallas hasta que un inconveniente imprevisto se cruzó en su camino: León murió, y su sucesor, el pusilánime Clemente VII, se decantó del lado francés. Esto enfureció a Carlos. Si el papa había querido castigar a los luteranos, ahora los luteranos castigarían al papa. Las tropas del hermano de Carlos, Fernando de Austria, la mayor parte de ellas formadas por soldados de fortuna crueles y sanguinarios como el mismo padre de Kepler, entraron en Roma comandadas por el duque de Borbón, primero —que moriría en el asedio—, y por Juan de Urbina, después. La represión fue terrible. Torturaron, robaron y mataron a todo aquel que se cruzó en su camino. Si el que se cruzaba era un sacerdote, su suerte era mucho peor, pues era abierto en canal y sus tripas esparcidas por las calles. Los luteranos actuaron poseídos por un odio infernal. Asaltaron los hospitales y arrojaron a sus enfermos al Tíber. Obligaron a los católicos a celebrar misas heréticas, asesinando a aquellos que se negaban a dar la comunión a los asnos. Las reliquias sagradas tampoco fueron respetadas, y así la cabeza de san Juan sirvió de improvisado balón de fútbol. Los hombres eran colgados por sus genitales, las mujeres y las monjas —sobre todo éstas—, violadas. Roma, la ciudad eterna, no parecía tal. Con la mayoría de sus habitantes muertos o moribundos, sus comercios cerrados y sus calles llenas de cadáveres insepultos, su gloria estaba casi definitivamente enterrada. Así hasta que en 1534 muere de fiebres Clemente VII. Poco a poco, la ciudad se recupera. El nuevo pontífice, Pablo III, consigue dinero para pagar a los artistas que reconstruirán sus castillos y palacios. Miguel Ángel pinta el *Juicio Final* en la Capilla Sixtina. Diez años después de la tragedia, el emperador Carlos V, el hombre en la sombra tras el asalto, visitará Roma.

Carlos V es recibido con todos los honores por una Roma que intenta curar sus heridas. Pablo III recupera para ella el aire del Renacimiento, pero algo ha cambiado en la ciudad. Roma vuelve a nacer y, al mismo tiempo, un espíritu de renovación nace con ella. Es también Pablo III el que aprueba la fundación de la Compañía de Jesús en 1540, cuyos miembros se comprometen por votos a una devoción filial hacia la persona del Santo Padre. Y convoca el Concilio de Trento, situando a la iglesia católica en el camino de la llamada Contrarreforma. Termina con los viejos demonios, la venta de indulgencias y los privilegios espirituales. Las razones que llevaron a Lutero a rebelarse son finalmente aceptadas pero, curiosamente, para combatirlo. Se vuelve de nuevo la mirada a los Evangelios, a los escritos de los padres de la Iglesia. Lutero ha conseguido lo que quería, pero ya es demasiado tarde.

A la muerte de Pablo III, en 1550, suben al papado Julio III primero y Pablo IV, después. Ferviente partidario de la Inquisición este último, aboga por la línea más dura en la Contrarreforma. Odia la desnudez, ordena quemar a los homosexuales, y a punto está de hacer borrar los frescos de Miguel Ángel. Más tarde Pío V, antiguo dominico como Pablo IV, continúa con la política de dureza y austeridad. Expulsa a las prostitutas de la ciudad, a los judíos de los Estados Papales y ordena la creación de un índice de libros prohibidos. Su sucesor, Gregorio XIII, será quien dirija los destinos de la Iglesia desde 1572 hasta 1585, período en el que nace Kepler, Tycho comienza sus observaciones y sube al trono del Sacro Imperio Romano Rodolfo II. El papa Gregorio lleva a cabo las reformas de la Iglesia y del calendario que llevan su nombre —esta última inspirada entre otros por Copérnico—, y funda el Colegio Romano, el gran colegio jesuita desde el cual los hombres llevarán el conocimiento por todo el mundo, incluso hasta China y Japón, y que con el tiempo se convertirá en la Universidad Gregoriana. Galileo visitará el Colegio Romano de vez en cuando, donde se granjeará tanto el amor de sus amigos como el odio de sus enemigos. Los gigantes en los que Newton se apoyaría años más tarde estaban juntos allí, en ese espacio y en ese tiempo.

6

—Héctor, preguntan por ti en la recepción.

Matías me había despertado al punto de la mañana con un timbrazo. Yo pensaba dormir hasta más tarde, había trabajado mucho la noche anterior y mi primera clase no comenzaba hasta las doce. Apenas hube podido lavarme la cara con agua fría —no tanto con la intención de despejarme con urgencia sino, simplemente, porque la vieja caldera había vuelto a fastidiarse—, ponerme una camisa limpia y peinarme un poco, bajé. No adivinaba quién podría ser. Quizá alguna madre de paso a la compra diaria para avisarme de que su vástago estaba en casa con gripe, o de que se había roto una clavícula montando en bici, o con resaca después de una noche de botellón. En un primer vistazo hacia la puerta de cristal corroboré mis sospechas. Una mujer de unos treinta y cinco años, alta y morena y que llevaba una enorme maleta negra —increíblemente pesada, como pude comprobar después—, me esperaba. Bastante guapa, todo hay que decirlo.

—Buenos días, señora. ¿La madre de?

Justo al estrecharle la mano, caí en la cuenta de que nadie va al supermercado con una maleta. Como un trueno enorme rompió el cielo, cambié sobre la marcha mi saludo.

—La madre de todas las tormentas —continué—. Pase y así no nos mojaremos.

Ella todavía no había abierto la boca. Parecía bastante tímida. O asustada. Tal vez había abandonado repentinamente a su marido y acudía tan temprano al colegio para recoger a su hijo y llevárselo con ella. El cansancio no me impedía imaginar cualquier tipo de extraña historia. Incluso puede que hiciera más sencillas mis ensoñaciones.

—Hola, Héctor. Soy Waldo —dijo, con un dulce acento mejicano.

Un segundo trueno más ensordecedor aún que el primero puso el ambiente preciso al momento. El aguacero era de impresión y yo necesitaba una ducha. A punto estuve de salir a la calle para intentar despejarme de golpe.

—¿Waldo? ¿De la Lista Voynich? ¿De Méjico?

—Sí —contestó a las tres preguntas con una sola afirmación—. Aunque en realidad me llamo Juana Pizarro. Waldo es el nombre de mi ordenador, se lo puso mi papá que también se llama Waldo.

Seguía sorprendido. Aquel idiota era en realidad aquella idiota, haciendo buenas las tan de moda leyes paritarias. Y se había presentado en mi colegio de repente. Intenté disimular y hacerme el gracioso, y así conseguir algo de tiempo para reaccionar.

—¡Qué bueno que viniste! —exclamé, con la mejor de mis falsas sonrisas.

—También me conocéis en la Lista Voynich por el *nick* de Joanna.

Tercer trueno. Parecían perfectamente sincronizados. O quizás aquella aparición del más allá los manejara a su antojo, quién sabe. Me restregué los ojos con las manos, renuncié a más preguntas y respuestas en aquel estado de somnolencia, y la invité definitivamente a pasar.

—Vamos, Juana —le dije tomándola por el brazo—. Nos serviremos un café en la sala de visitas. Y allí me lo cuentas todo con calma y sin truenos.

El ambiente de la sala era acogedor. Matías había encendido muy de mañana un par de radiadores eléctricos, de tal forma que los pobres profesores pudiéramos reunirnos en aquella sala enorme con alguna comodidad, cuyas mesas y sillas tenían, como el propio edificio, casi cien años. Había que andar con cuidado con estas últimas, porque la mayoría estaban carcomidas. Elegí una aparentemente sólida y fiable para Joanna. O Juana.

—Te preguntarás qué estoy haciendo aquí.

Sí, me lo preguntaba. Afirmé con la cabeza mientras conectaba la Melitta, quitaba un filtro, ponía otro y luego añadía el obligatorio café. Durante unos minutos sólo se oyó el burbujeo del agua hirviendo. Estábamos solos en la estancia, los chicos en clase, y el transistor de Matías —a Dios gracias— sin pilas. Las mías se iban recargando según empezábamos a hablar y asimilar el café.

Dos tazas y media después ya sabía algo más de su historia. Juana utilizaba dos, tres y hasta cuatro identidades diferentes en la Lista Voynich. Por lo que me contó, eso era bastante frecuente también entre los demás. Yo era una especie de pardillo por no hacerlo. Es lo que quiso darme a entender aunque, lógicamente, empleó palabras mucho más suaves y educadas. El desdoblamiento de personalidad era una forma bastante simple de apoyar o desacreditar a los otros, o a uno mismo. También John —me dijo—, solía hacerlo. Al parecer nuestro común amigo inglés tenía una segunda teoría paralela sobre el *Voynich*, tan descabellada que no quería reconocerla como propia, pero tan sugerente que no quería abandonarla. Era una de las razones por las que Juana había venido a verme. La otra me clavó a la silla y coincidió, cómo no, con un nuevo trueno.

—He recibido amenazas. Amenazas de muerte.

No sabía la razón o razones. No tenía ni idea. Pero estaba muy asustada. Así que había decidido avisarnos tanto a John como a mí en persona y, a la vez, buscar un sitio seguro mientras pasaba la tormenta. Cuando dijo esto se rio, señalando la ventana. Nunca había estado en Suecia, claro está, ni trabajaba para una multinacional ni tampoco tenía niños. Todo lo que veíamos a través de su webcam eran efectos especiales. Eso sí, hablaba perfectamente el inglés, resultado de sus años de estudio en una universidad norteamericana. Tenía una familia con mucho dinero y, por tanto, ninguna necesidad de trabajar. Los últimos tres años los había dedicado casi por completo a intentar descifrar el manuscrito.

—Así que cuando empezaron a llegar esos correos electrónicos también a mi cuenta personal, la que sólo uso con mis amigos íntimos, me entró miedo de verdad. Puede que sólo se trate de un chalado, de un gracioso, pero sabe muchas cosas de mí. Muchas más que cualquiera de vosotros no podéis ni imaginar.

Entonces sonrió. Hasta ese momento había permanecido seria, con gesto preocupado.

—Claro que tú también tenías un secreto. ¿No tendrías que llevar hábitos?

—El hábito no hace al monje. O eso dice el refrán —sonreí igualmente.

—Me gustas en persona, Héctor. No te imaginaba así.

—Yo, evidentemente, tampoco.

—¿Crees que soy una histérica?

Entonces me levanté de la silla, me acerqué a la ventana y le hice un gesto para que se asomara conmigo. Había dejado de llover. Le señalé la tapia lateral del patio del colegio y el *grafitti*.

—Lee.

Juana fijó su vista y empezó a balbucear la traducción. Estaba mucho más familiarizada que yo con el *voynichés*.

—La cólera de aqui...

—La cólera de Aquiles caerá sobre ti —la ayudé a terminar—. No tenía ni idea de qué significaba hasta que tú has llegado.

Entonces sonó un nuevo estampido y Juana se quedó pálida, mirándome. Luego, como si no fuera con ella, protestó.

—¡Pero si ya ha pasado la tormenta!

—Son sólo niños —le expliqué—. Es la hora del recreo. Ahora el patio se inundará de ellos.

Ahí arriba estábamos a salvo.

Juana se alojó en un hotel cercano de muchas estrellas. Estaba de paso hacia Canarias, donde había planeado reunirse —o más bien refugiarse— con John. Así pues se familiarizaba de antemano con los astros a lo grande. Éste estaba perfectamente al tanto de los viajes y la auténtica personalidad de la otrora Joanna, así que yo tenía la sensación de ser un convidado de piedra en esta historia con la palabra tonto escrita en la frente. Además de amistad, era evidente que existía algo más entre ellos dos. Esto no me molestaba en absoluto, pero sí el absurdo secreto que se habían traído entre manos todos esos meses. John había viajado a Méjico el verano pasado, y ella a Londres a continuación.

Obviamente, yo no podía saber realmente de dónde me llegaban sus correos electrónicos.

Supongo que el susto por las amenazas recibidas —así como cierta incomodidad por el papel secundario que me habían reservado—, le hizo revelarme su secreto. Juana intentó además convencerme para que la acompañara a Tenerife y así conocer también a John. Éste tenía un período de observaciones astronómicas allí a finales de ese mismo mes, y había decidido adelantar su llegada para estar más tiempo con Juana. Habían pensado en mí —dijo— para elegir el lugar. Mi país ponía la isla y el idioma, y ellos todo lo demás, incluyendo el alquiler de un lujoso chalet que pagaba Waldo —esta vez nombre verdadero—, pues no era otro sino su padre el que corría con todos los gastos. Volví a sentirme como un perfecto imbécil. Puse mil excusas razonables —aunque me bastaba con una principal, que era la obligación académica para con mis alumnos—, y educadamente lo rechacé. La situación me había disgustado profundamente, y a punto estuve de abandonar el *Voynich* si no hubiera sido por el hecho de que los descubrimientos que ambos dejaban traslucir —pero que no terminaban de contarme— me mantenían en ascuas. En cualquier caso, no quería interferir en escarceos románticos que ni me iban ni me venían, y tres éramos multitud. Ya los casaría si llegaba el momento y me lo pedían. Seguiríamos utilizando el correo electrónico —e incluso ahora ya el teléfono— en las cuestiones estrictamente relacionadas con la investigación. En cuanto a las recientes amenazas, de las que John era el único que se libraba, pensamos en si sería prudente ponerlas en conocimiento de la policía. A la vista de la fama creciente que tomaba Internet en las comisarías y en la prensa amarilla, con espectaculares detenciones de pederastas, piratas, terroristas, estafadores, suicidas y neonazis, juzgamos más prudente que siguieran en la ignorancia. Al fin y al cabo, no había más que una pared pintarrajeada que, por cierto, Matías se encargó de volver a blanquear esa misma tarde. Borradas las pruebas, casi se borró también nuestra preocupación. Volvimos a la normalidad.

—Mire padre. Esto lo bajamos de Internet.

Simón se había quedado en clase mientras sus compañeros se desahogaban pateando un cuero que, por más coces que sufriera, nunca estallaba. Este pensamiento venía a cuento del papel que Simón me había traído. Era un artículo científico publicado en una revista danesa de hacía escasamente un año. Los autores, de nombres tan genuinamente nórdicos como Jacobsen y Petersen, dirigían un museo de ciencias naturales y un planetario, respectivamente. Un nutrido currículum de investigaciones históricas avalaba sus hallazgos. El título era ya de por sí clarificador: «How Tycho Brahe Really Died», o «Cómo murió realmente Tycho Brahe». Simón no quiso esperar a que lo leyera y empezó a resumirlo con precisión.

—Parece que aunque alguien tenga muchas ganas de mear, nunca le puede explotar la vejiga.

Mientras Simón continuaba con las explicaciones recordé, en efecto, que los primeros balones se fabricaban con vejigas de animal hinchadas con aire.

—Así que ese Tycho tuvo que morir de otra cosa —siguió—. Como los síntomas coincidían con envenenamientos, la gente empezó a sospechar.

En efecto, los detalles de la agonía de Tycho Brahe habían sido bien descritos tanto por el ya mencionado Kepler, como por su médico, el doctor Johann Jessenius: grandes dolores, desórdenes en el sistema urinario con uremia, insomnio, fiebres y delirios. Estos síntomas son los mismos que produce un envenenamiento con metales pesados, o con ciertas plantas. El motivo podía haber sido político o religioso —decían los autores—, dado que ni el consejo católico ni la nobleza se sentían cómodos con la gran influencia que este astrónomo danés protestante había conseguido sobre el frágil emperador católico Rodolfo II.

—En 1991 se hizo una autopsia —siguió Simón—. En su tumba no encontraron ni la nariz, ni ninguna piedra que se hubiera formado en su vejiga.

Simón ignoraba el incidente de juventud de Tycho con la espada, y se mostró entusiasmado cuando se lo conté. No esperaba encontrarse a D'Artagnan entre uno de los mejores científicos de la historia. Esta primera investigación médica que

Simón citaba se había llevado a cabo con restos de la barba de Tycho Brahe. Al parecer, la tumba de Tycho en Praga fue abierta en 1901, en la conmemoración del tercer centenario de su muerte. Las autoridades pretendían restaurar el sepulcro y, además, asegurarse de que el cuerpo del astrónomo seguía en su sitio, ya que había rumores de que éste había sido exhumado en 1620 cuando los católicos se apoderaron de Bohemia. Por fortuna los restos de Tycho Brahe seguían allí, así como los de una mujer, probablemente su esposa Kristine, que le sobrevivió unos años. Entonces se guardaron algunos trozos de su mortaja y de su barba, los mismos que noventa años después fueron regalados por el Museo Nacional Checo al gobierno danés. Cuando estas muestras llegaron a Copenhague fueron inmediatamente llevadas al Instituto de Medicina Forense de la universidad capitalina, para intentar arrojar luz sobre los antiguos rumores acerca del posible asesinato del héroe de Dinamarca. Utilizando un espectrómetro de absorción, se midieron las concentraciones de arsénico, plomo y mercurio.

—Y encontraron mucho plomo, como si lo hubieran matado a tiros, aunque no lo bastante —bromeó el chico.

El análisis de los pelos de la barba arrojaba una cantidad anormalmente alta de plomo, por lo que entraba dentro de lo posible una muerte por envenenamiento con este metal. Sin embargo, esta teoría había sido rechazada porque era bastante frecuente encontrar restos humanos de aquella época con altas concentraciones de plomo, usado comúnmente en utensilios de cocina, cañerías, y también como ingrediente para endulzar el vino. Además el material de su ataúd contenía plomo, por lo que su barba se podía haber contaminado con posterioridad a su muerte.

—Y de arsénico, el veneno clásico, no había ninguna cantidad especialmente relevante —añadió.

—Entonces fue el mercurio, ¿no es así, Sherlock?

—Elemental, padre Watson —respondió de forma cómplice y divertida Simón—. Los síntomas corresponden exactamente a los de un envenenamiento con mercurio. Y parece ser que ese Tycho además de astrónomo era alquimista.

En efecto, Tycho había estudiado prácticamente cualquier materia del conocimiento humano, y ni la alquimia ni la medicina eran desconocidas para él en absoluto. Seguía los métodos de Paracelso, un médico heterodoxo del siglo XVI. Tycho elaboraba sus propios remedios, muchos de las cuales recetaba al mismo Rodolfo II para intentar paliar sus crisis de ánimo y depresiones. El mercurio era un ingrediente muy bien conocido en aquellos días, y no debió de faltar en sus laboratorios. Era posible que la ingestión prolongada de medicinas basadas en mercurio fuese la responsable de la alta concentración de este metal hallada en el análisis forense. ¿Podía esto haber matado a Tycho? Simón continuó:

—Como no se sabía si el mercurio era el causante final de su muerte, se recogieron más muestras de pelo de Tycho. Esta vez los cabellos utilizados conservaban la raíz, por lo que era posible averiguar, en función del crecimiento del pelo, cuánto tiempo antes se había ingerido el veneno. En 1996 se utilizó un chisme de la Universidad de Lünd, en Suecia.

Leí que se trataba de un análisis moderno basado en el método PIXE.[3] Las conclusiones eran, en apariencia, inequívocas: Tycho Brahe habría ingerido una gran cantidad de mercurio justo el día antes de su muerte, lo que con toda seguridad sería la causa de ésta. ¿La razón? Probablemente lo que hoy llamaríamos automedicación.

—¿Y qué pinta Kepler en todo esto? —pregunté.

—Pasaba por allí —respondió Simón—. En todas las películas tiene que haber un malo, y nunca el crimen queda impune. Al menos en las americanas.

—Seguramente se trata de eso, de la fantasía estadounidense —sentencié—. En fin, vamos a llamar a los otros, que ya va siendo hora de resolver unas cuantas ecuaciones con sus correspondientes incógnitas. Más difíciles si cabe.

Al terminar la clase de matemáticas, y antes de la comida, me fui a despedir a Juana. Cuando llegué ya estaba a la puerta del hotel, con la maleta a su vera, esperando el taxi que la llevaría a la estación. Haría noche en Madrid y volaría temprano al

3. Siglas de *Particle Induced X-ray Emission.*

día siguiente hacia las Islas Canarias. Allí la esperaba un inquieto John, cuyo chárter —en vuelo directo desde Londres—, había aterrizado en Tenerife esa misma mañana.

—Perdona por haber llegado tan tarde. Me entretuve hablando con unos padres —me excusé nada más ver su aspecto nervioso y su constante mirar al reloj.

—No tengo nada que perdonarte —me cortó—. Al contrario. Soy yo quien está en deuda contigo. Al fin y al cabo aparecí sin avisar y vestida de mujer.

Sonrió. Luego hizo una mueca como de lástima y disculpa a la vez. Su taxi acababa de doblar la esquina y se dirigía hacia nosotros. Siguió hablando:

—Héctor, no sabes cuánto me ha gustado conocerte por fin. Eres amable, cariñoso y listo, muy listo. Seguro que entenderás esto.

Me entregó un sobre marrón al mismo tiempo que me besaba en ambas mejillas. Enrojecí un poco.

—Siento no haberme podido quedar más días. Apenas hemos tenido tiempo de hablar del *Voynich*. ¿Seguro que no quieres venir el fin de semana a Tenerife y conocer a John? Hay vuelos chárter muy económicos.

—Seguro —respondí—. Tengo un montón de trabajo con los niños y estamos de reuniones hasta el cuello. Tenemos que decidir sobre el traslado del colegio y cien cosas más. De verdad que no. Habrá más ocasiones.

Juana ya había subido al coche y el conductor peleaba con su enorme maleta. Esta circunstancia pugilística nos otorgó unos cuantos segundos más.

—Pues entonces escribe a diario. Y piensa en eso que te he dado.

—Lo haré, no te preocupes. Saluda a John de mi parte.

—*Ciao*. Y cuídate.

—Venga, vete ya. Adiós.

El taxi arrancó. Me quedé un rato allí, mirando alejarse al coche. Luego me fijé en el sobre. No tenía nada escrito en el exterior y estaba cerrado. Lo rasgué mientras comenzaba a caminar de vuelta al colegio. Dentro había un CD, otro sobre igualmente cerrado, y unas notas con instrucciones sobre qué hacer con ambas cosas. Juana apenas había estado un día y medio en la ciudad. Después de la tormenta vino la calma, y aquella tarde la habíamos dedicado a recorrer la ciudad. Visita turística guiada por las viejas iglesias, la catedral, el centro histórico y las ruinas romanas. Durante el paseo prácticamente no hablamos sobre las amenazas, y ella monopolizaba la conversación contándome sus años de estudiante en Estados Unidos e, irremisiblemente, lo mucho que quería a John. Decidimos bromear cenando en un restaurante mejicano, donde se escandalizó entre bromas de lo mala que era la comida, pero sobre todo del precio que tenía. Eso había sido casi todo. Ni hablamos de miedos, ni hablamos del *Voynich,* salvo como el nexo de unión entre los dos. O entre los tres, porque el nombre de John no se caía de su boca. Supuse que toda esa información tan confidencial que ellos se traían entre manos estaría allí, en ese disco y en ese sobre.

Muy misterioso todo. Como de novela.

7

El comedor estaba revuelto. Sólo la oración de acción de gracias al comienzo de la comida puso algo de silencio.

—¿Que nos van a expropiar, Julián? ¿Se han vuelto locos?

—Eso parece, Matías —respondió el interpelado—. Con la ley en la mano, pueden hacerlo. Será el juez y sus peritos quienes determinen un justiprecio por la finca. Tenemos que irnos de aquí, nos guste o no —añadió.

—¿Y la oferta de las inmobiliarias? —pregunté sorprendido.

—La han retirado al saber que el Ayuntamiento nos echa para hacer lo que denominan «obras de interés social». Aquí hay gato encerrado, me temo.

—Más bien leones —volvió a la carga Matías—. O buitres. Están todos compinchados y algo tendríamos que hacer.

—He llamado al abogado. Vendrá esta tarde. Pero pinta mal la cosa.

—Entonces, ¿cuánto crees que podríamos sacar?

El que hablaba era Carmelo, el prior. Los demás nos quedamos expectantes a la espera de la respuesta del ecónomo.

—Con suerte, la cuarta parte de la oferta que teníamos —contestó quedamente Julián—. Menos de la mitad de lo que realmente vale. Esto suponiendo que la notificación que he recibido esta mañana de la concejalía de urbanismo se lleve a efecto en los términos que recoge.

—¿Nos dará para un nuevo colegio? —preguntó Damián, el director.

—A duras penas. Tal vez para el terreno y la edificación, difícilmente para el equipamiento. Luego habrá que amortizar. Y ver qué pasa con las subvenciones. Habrá que pedir créditos, en cualquier caso.

—¿Y cuánto nos quedará? —Matías continuó preguntando.

—¿Para enviar dinero a las misiones? —contestó Julián con otra pregunta—. Nada hasta dentro de, al menos, tres o cuatro años. Suponiendo que podamos mantener el número de alumnos, claro.

Las caras de todos reflejaban impotencia. Carmelo intervino de nuevo intentando levantar la moral de la tropa.

—Vamos a esperar a ver qué dice ese abogado. Y hay más hilos que podemos mover todavía.

No sabía a qué podía referirse el prior. Tal vez a antiguos amigos con influencia en el Ayuntamiento. Carmelo llevaba casi veinte años al frente de nuestra comunidad jesuita, y en todo ese tiempo había conocido mucha gente y muchas personas le debían favores. Era un buen hombre que nunca tenía un no por respuesta a quien le demandaba ayuda.

—Héctor, quédate después de la oración en la capilla. Tengo que hablarte. Si no tienes clases, claro —me rogó.

—No te preocupes, Carmelo. Esta tarde sólo tengo un grupo de apoyo, y eso es a las seis. Antes soy todo tuyo.

A las cuatro llegó el prior a reunirse conmigo. Traía unos papeles viejos en una mano y una linterna en la otra.

—Sujeta.

Aguanté la linterna mientras sacaba de la sotana un manojo de llaves herrumbrosas. Luego se dirigió hacia el altar y movió ligeramente el retablo barroco del lateral. Allí había una puerta que parecía dar a una especie de almacén, o quizás a un pequeño y antiguo habitáculo donde los primeros sacerdotes jesuitas habían guardado albas y casullas. Conocíamos aquella puerta, pero todos dábamos por hecho que se encontraba condenada.

Carmelo abrió la puerta con una de las llaves. Luego me pidió la linterna, la encendió, y se adentró en la oscuridad. Le seguí.

—Esto que ves, o mejor dicho, esto que adivinas, es un antiguo corredor que data de antes de la construcción del Colegio —explicó—. Cuidado con los escalones que vienen ahora, Héctor.

Me fijé en el suelo y en las paredes. Había humedad por todas partes.

Descendimos unos veinte metros. Yo estaba perplejo y durante la bajada no abrí la boca. No era capaz de asimilar que aquella especie de catacumba hubiera estado siempre debajo de mis pies. Y en el centro de la ciudad.

—Fin del camino —dijo Carmelo al llegar a un amplio rellano—. Al menos, hasta donde me he aventurado a explorar. Más allá hay túneles con aguas fecales y ratas del tamaño de perros. El alcantarillado moderno se junta con el antiguo en ese punto, aproximadamente.

Señaló a un lugar donde grandes sillares de piedra sostenían una bóveda de aspecto antiguo, muy antiguo.

—Son las cloacas romanas, ¿no? —pregunté.

—En efecto, Héctor. El antiguo convento jesuita tenía un laberinto subterráneo. No es que esto sea Roma, pero se da un aire. Hubo malos tiempos.

—Ya. Y supongo que de esto el Ayuntamiento no sabe ni una sola palabra.

—Ni una. Bastaría una llamada a los de Patrimonio Nacional para que pararan cualquier construcción, ya fuera de ellos o nuestra. De hecho, el Colegio se edificó con bastante sigilo. Te he traído algo al respecto.

Me tendió los papeles que llevaba. En la penumbra apenas pude leer nada.

—Se trata de una serie de notas del prior de aquellos días, junto con algunas cartas más. Su diario completo está en el archivo. Ya adivinarás para qué te he traído.

—Lo voy barruntando. Supongo que tengo merecida fama de ratón de biblioteca.

—Más o menos —rio mi prior—. Quiero que estudies todo esto y veas qué podemos hacer. Si conviene o no sacar a la luz estas ruinas.

Me quedé pensando. Comprar nuestra finca era un mal negocio para cualquiera, ya fuera el Ayuntamiento o una inmobiliaria, si al final intervenía el Ministerio. Habría que pensar la jugada con cuidado.

—Volvamos. Me estoy calando hasta los huesos —se quejó

Carmelo—. Por supuesto, todo esto que has visto y oído ha sido bajo secreto de confesión, Héctor.

Sonrió. Le devolví la sonrisa cómplice y emprendimos la angosta subida en silencio.

Tenía tres montones de papeles encima de la mesa. Por primera vez en meses, desconecté completamente el ordenador. A mi izquierda el misterio de John, Joanna y Juana, todo un trío de Juanes. A la derecha, la antigua historia del convento. Y en el centro —pintada incluida—, mis últimas traducciones del *voynichés*. No sabía por dónde empezar. Tenía además el papel que me había traído Simón, del que ya había leído una buena parte. No era cuestión de dejar nada aparcado. Podía tomármelo con calma e incluso con un café. Era noche de viernes y los curas no acostumbramos a salir de copas. Bastante novedad había sido cenar el día anterior con aquella guapa e inquietante mujer mejicana, incluso haber pasado por novios para el personal de aquel restaurante. Ahora estaba otra vez a solas en mi habitación, y delante de mí varios rompecabezas por encajar me esperaban. Con toda la noche por delante.

Lo primero que pensé era que perfectamente podía hacer un único montón con todas las piezas. Era una idea en principio absurda, pero tenía algo de lógica. Supongamos que abrimos la caja de un enorme puzle. Una forma práctica es separar las piezas por colores. Aquí las azules del cielo, allá las verdes de los árboles, acullá las que tienen pedacitos de personas. Las piezas en ángulo son sólo cuatro. Las piezas con cantos, las de los bordes, unas pocas también. Pero no hay por qué seguir este método. Nada nos impide guiarnos por las formas o por la simple intuición. Hay piezas que tienen un pedazo de mar y un pedazo de cielo. No es fácil clasificarlas pero, paradójicamente, resulta sencillo que encajen. Normalmente entre ellas forman una línea, o varias, que suelen coincidir. Con esta analogía podríamos decir que, en lugar de intentar resolver los distintos problemas de forma individual, primero había que buscar las conexiones entre ellos.

Yo era jesuita y el *Manuscrito Voynich* había pertenecido a los jesuitas.

Yo era jesuita y el convento en el que vivía también. Y tenía cosas ocultas a la luz. De esto y lo anterior no resultaba un silogismo —el *Voynich* nunca habría estado oculto entre estos muros—, pero jesuitas y misterios parecían relacionarse con cierta facilidad. Era una línea discontinua.

Yo estudiaba astronomía y enseñaba física y matemáticas en un colegio de provincias. Kepler y Tycho Brahe eran astrónomos y matemáticos reales. Yo intentaba desentrañar un antiguo galimatías de la época de Kepler y Tycho. Incluso ese galimatías podía haber pasado perfectamente por sus manos. Conclusión: yo era un ingenuo si pensaba que podía descifrar lo que dos gigantes como ellos no habían hecho. Ésta era una línea imposible.

Seguí encadenando pensamientos. ¿Tenía algo que ver el supuesto envenenamiento de Tycho Brahe con todo esto? Era una pregunta cogida por los pelos. Parecía claro que él mismo se había quitado inadvertidamente la vida. ¿O no? ¿Por qué el empeño de los autores de *Heavenly Intrigue* en demostrar lo contrario cuatro siglos después? ¿Y por qué había otro empeño similar en zanjar el asunto *Voynich* de una vez por todas? Muchas preguntas sin respuesta. Tenía aquí una línea de trabajo.

Las últimas piezas eran las que menos me gustaban. Encima de que nos tomábamos tantas molestias, nos amenazaban. ¿Quién o quiénes? ¿Por qué y para qué? Era una línea que no había que cruzar. Bajo ningún concepto.

Volvería entonces a la muerte de Tycho.

¿Qué sabía yo de la alquimia y la medicina de finales del siglo XVI?

No demasiado. Mi idea de la alquimia no iba más allá de la que podía tener Harry Potter buscando la piedra filosofal. Una sustancia desconocida que convertiría cualquier metal en oro. Y para muchos —como el propio Tycho Brahe—, esta búsqueda era una empresa inútil. Al igual que había hecho con respecto a las efemérides astronómicas, Tycho decidió investigar en resultados prácticos por sí mismo. Y como él, muchos otros alquimistas de su época. Consideraban que la alquimia era sólo química aplicada a la medicina. El fin era elaborar drogas que curaran enfermedades. En este aspecto, tanto Tycho como los demás *físicos* eran seguidores del controvertido Philippus Theophrastus Aureolus Bombastus von Hohenheim. Personaje que hoy es conocido simplemente como Paracelso.

Paracelso intentó terminar con catorce siglos de medicina galénica. La medicina de Galeno se basaba —como también la antigua astronomía con la que Tycho igualmente batallaba— en los conceptos aristotélicos. La enfermedad provenía del desequilibrio entre los cuatro humores fundamentales o fluidos corporales: la sangre, la bilis amarilla, la bilis negra y la flema. Estos humores producían vapores, y eran los responsables de las características físicas y mentales del individuo. Básicamente la sangre tenía que ver con el lado positivo. Era la responsable del temperamento amable y templado. La bilis amarilla se relacionaba con el mal humor, la cólera y la violencia. La negra con la melancolía y la pereza. Y las flemas con la serenidad. Aún hoy seguimos utilizando el término flemático para describir a aquella persona que denota este carácter. Los cuatro humores estaban relacionados a su vez con las cuatro cualidades básicas de la materia: fría, caliente, seca y húmeda. Así que la curación de la enfermedad se basaba en la regulación de los humores por la aplicación de la cualidad necesaria. Así el médico determinaba si era necesario sangrar, purgar, recetar diuréticos, calentar, enfriar o aplicar ungüentos.

La idea de buscar el equilibrio en el cuerpo enfermo era la más común para luchar contra el mayor de los males de la época: la peste. Sin embargo, a raíz del descubrimiento de América, una nueva enfermedad se reveló tan devastadora como ésta: la sífilis. No se conocía antes y, por tanto, resultaba extraña para los galenos. Paracelso dijo al respecto que nuevas enfermedades requerían nuevas curas y sus teorías comenzaron a ganar adeptos. Propugnaba que el cuerpo humano era en sí mismo un modelo reducido del cosmos, un microcosmos. Y, por ello, los mismos equilibrios y relaciones se aplicaban tanto a lo grande como a lo pequeño. Así, tanto para Tycho como para los seguidores de Paracelso, había siete planetas en el cielo porque había siete metales en la Tierra, y siete eran también los componentes principales del cuerpo humano. Unos se correspondían con los otros, y su naturaleza y comportamiento tenían que ser similares. Lo que era aplicable a la química de los metales, lo era también a los órganos del cuerpo. Y lo que se veía en el cielo igualmente podía influir en la salud. Si tenemos en cuenta que en aquel entonces la Luna y el Sol eran considerados planetas, por ser cuerpos errantes, y que hasta casi el final del siglo XVIII no se descubrirían nuevos astros —William Herschel encontró Urano en 1781— la singular equivalencia quedaba establecida de forma unívoca.

El Sol estaba, lógicamente, asociado al oro. Y dentro del cuerpo humano, al corazón. Todo muy evidente. La Luna tenía su equivalente metálico en la plata. Y en el cuerpo, tal vez por su color grisáceo, tal vez por su componente emocional, al cerebro. Aunque entonces el cerebro no era lo que ahora es, ya que se pensaba en el corazón como la parte fundamental del individuo. No se conocían los trasplantes —eso está claro—, aunque el propio médico de Tycho, Johann Jessenius, fue el primer cirujano en realizar una autopsia pública en Praga en 1600, un año antes de la muerte de su amigo.

Júpiter llevaba asociados el estaño y la sangre, aunque en la mitología clásica era otro planeta, Marte, el asociado con la misma sangre, las guerras y la muerte. En esta clasificación de la medicina alquímica Marte, sin embargo, se asocia a la vesícula y al hierro. Venus se relaciona con el cobre y los riñones. Saturno con el plomo y el bazo. Y finalmente Mercurio —el mensajero de los dioses— se asocia, como no podía ser de otra manera, con el metal del mismo nombre. Dentro del cuerpo humano el mercurio está relacionado con los pulmones.

Hoy en día no vemos muchas ventajas de esta nueva medicina alquímica sobre la clásica de Galeno. Es más, ya entonces se conocía que muchos de los metales, como el plomo, el antimonio y, por supuesto, el mercurio, eran venenosos a partir de ciertas dosis. Tycho, como discípulo de Paracelso, buscaba extraer la esencia pura de los metales en sus hornos y matraces. La diferencia entre el veneno y el remedio radicaba únicamente en la pureza de la mezcla y la dosis administrada. Una estrecha línea.

Una línea que podía separar la vida de la muerte.

8

No había dormido mucho, pero la mañana había salido soleada y con el calor me sentí revitalizado. Ese fin de semana quería dedicarlo a explorar los laberintos del subsuelo por mi cuenta. Suponía que el prior no tendría mayor inconveniente en una investigación sobre el terreno. También haría una conveniente revisión de los legajos del archivo. Iba a bajar a desayunar a la cocina cuando, antes, decidí echar un vistazo al sobre de Juana.

El papel con las instrucciones era muy escueto.

Decía simplemente:

«*Introduce el CD y sigue los pasos. Si no eres capaz de llegar hasta el final, entonces abre el sobre pequeño como último recurso*».

Bien. No entendía tanto misterio pero resultaba divertido.

Puse el disco en el lector de mi ordenador. Exploré su contenido con el administrador de archivos e hice doble clic en el único que encontré. Un muy elocuente «HECTOR.EXE». La unidad comenzó a zumbar haciendo girar al disco en su interior. El monitor parpadeó y se puso en negro. Luego un texto apareció en pantalla:

«*Hola Héctor. Tenemos que asegurarnos de que eres tú quien lee este disco. Te daremos acceso a las sucesivas pantallas mediante sencillas claves. Pulsa ENTER*».

Pulsé la tecla pedida. Un nuevo texto apareció en pantalla. Era un acertijo matemático. La solución era la clave solicitada para continuar. El programa me daba cinco minutos de tiempo.

«*Estás en un grupo de mil personas que van a ser fusiladas por un procedimiento curioso: puestas en fila, el ejecutor volará la tapa de los sesos de uno de cada dos reos, empezando por el primero. Reagrupados los supervivientes y manteniendo el orden, volverá a ejecutar a uno de cada dos empezando por el primero, y así sucesivamente hasta que sólo quede uno. ¿Qué puesto de la fila elegirías?»*

No tenía muchas ganas de pensar. ¿El 501?

Sonó un disparo como un cañón.

Bajé el volumen de los altavoces para no asustar al resto de la comunidad. Un nuevo texto apareció en pantalla:

«*Respuesta errónea. Tienes una segunda oportunidad pero ahora sólo un minuto de tiempo. No puedes apagar el ordenador. Si lo haces o transcurre el tiempo marcado, el CD se formateará. Da gracias que no hagamos lo mismo con tu disco duro. Porque podríamos*».

Buf. No tenía posibilidad ni de ponerme un café. No eran dos tórtolos, eran dos sádicos. La respuesta elegida había sido una tontería. «501» es un número impar. Por lo tanto, yo había sido ejecutado en la primera tanda. Comencé a pensar, buscando a toda velocidad un lápiz entre los cientos de papeles que llenaban mi mesa de trabajo. Sin quererlo, finalmente reduje a un único montón todos ellos. Comencé a cavilar en voz alta garabateando sobre un folio en blanco:

—Antes de empezar la ejecución somos 1000. Después de la primera ronda, 500. Luego 250, 125, 62, 31, 15, 7, 3 y, finalmente, digamos que yo solo. En total son nueve tandas de disparos, y siempre tengo que colocarme en una posición par. Si nos dividen por dos cada vez, quiere decir que para sobrevivir tengo que multiplicar por dos mi posición, y así durante nueve veces: Es decir, 2x2x2x2x2x2x2x2x2, o 2 elevado a 9, que es 512.

Me quedaban quince segundos aún. Podía repasar la respuesta repitiendo el razonamiento al revés.

—Si estoy en lo correcto, mi posición antes del primer disparo sería la 512. Luego tras el primer tiro sería la 256. Luego la 128, 64, 32, 16, 8, 4, 2 y, finalmente, me quedaría en la uno. Sobreviviré. *Voilà!*

Introduje «512».

«*Bravo, Héctor. ¿Quieres avanzar o mejor nos tomamos un café?»*

Me habían adivinado el pensamiento esa pareja de dos. Cerré el programa y bajé por fin a la cocina. Me había ganado un par de tazas por lo menos.

En la cocina coincidí con el prior. No tenía buena cara y su aspecto denotaba que apenas había podido descansar aquella noche.

—Buenos días, Héctor.

—Buenos días, Carmelo —respondí—. Me preguntaba si podrías dejarme la llave de la puerta de la capilla. Me gustaría echar un vistazo por mí mismo.

El prior me miró con cierto desánimo.

—Sí, claro —contestó alcanzándome el manojo de llaves—. Cógela tú mismo, es la más pequeña. De todas formas, quizá sea inútil.

—¿Por qué dices eso? —pregunté mientras me peleaba con el enorme llavero.

—Porque posiblemente trabajarás en balde. Ayer tuvimos una prolongada reunión con el abogado, hasta bien entrada la noche.

—¿Y?

—El proyecto del Ayuntamiento contempla la construcción de un enorme aparcamiento subterráneo debajo del solar. Más de quinientas plazas.

Eso no me aclaraba mucho. Si pretendían hacer una excavación profunda, lo más seguro era que salieran a la luz los restos romanos. Lo que significaba la paralización inmediata de las obras y el consiguiente fiasco para los promotores y los instigadores que se hallaban detrás de la maniobra especuladora.

—Sigo sin entenderlo —insistí.

—Hay demasiados intereses involucrados. Capital extranjero. Encima de los aparcamientos se levantará un gran centro comercial. Si aparece cualquier cosa medianamente sospechosa echarán cemento encima. Todo el que haga falta, bien mezclado con dinero.

—Pero no todo se puede comprar —protesté—. Unas ruinas arqueológicas que salen a la luz no pueden pasar desapercibidas ni para la prensa, ni para las universidades, ni para los ministerios.

—¿Y quién levantaría la liebre? ¿Nosotros?

—¿Y por qué no?

—Por una razón contundente que me hizo saber ayer el abogado. Si intentamos oponernos a la expropiación, nos quitarán la licencia como centro de enseñanza.

—¿Pueden hacer eso después de cien años?

—Posiblemente no, pero les da igual. Pueden llegar hasta quien decide sobre este asunto en Madrid. De hecho, parece que ya han llegado porque la amenaza es firme. Nadie sabe cuánto dinero está dispuesta a gastar esa sociedad financiera, pero sí el suficiente como para mover Roma con Santiago. Han amenazado incluso a nuestro abogado. De forma anónima, claro.

Mi cara de asombro debió de conmover a Carmelo. Amenazar se estaba convirtiendo en un plato de diario.

—Sí, Héctor. Así son las cosas —continuó—. Ayer nos dijo que dejaba de trabajar con nosotros. Tiene familia y otros clientes menos problemáticos. Tampoco hay muchas salidas más. Si, como te estarás preguntando, nos vamos a tiempo y luego revelamos lo que se esconde aquí debajo —señaló al suelo—, igualmente nos acusarían de ocultación de patrimonio arqueológico. Esto no lo sabe el abogado, pero te lo adelanto yo. La mala fe se castiga también, con mayor dureza, incluso. Así que sólo nos queda aceptar lo que nos den y marcharnos a las afueras para comenzar de nuevo.

—De todas formas me quedaré con la llave —concluí circunspecto.

—Haz lo que quieras. Por lo menos, sácale unas fotos al agujero antes de que las hormigoneras lo sepulten para siempre.

—Siempre se pueden colgar en Internet —bromeé, intentando quitar algo de hierro al asunto candente. Sin embargo, no apareció sonrisa alguna en la cara del prior. Éste volvió a hablar.

—Además está el plazo. Hasta final de curso, en junio. Poco más de seis meses. Improrrogable.

—¿Y dónde haremos los exámenes de septiembre? ¿En el salón de plenos del Ayuntamiento? —protesté—. No tenemos tiempo ni para contratar a los arquitectos.

—Ya han buscado la solución a eso. Nos prestarán las aulas de un instituto público abandonado. También para comenzar el próximo curso. Eso sí, cobrándonos el pertinente alquiler. Casi que lo dejo por ahora —se interrumpió.

Se había levantado. No me fijé bien, pero me pareció que se llevaba la mano a los ojos. Salió por la puerta sin decir nada más.

Nuestra biblioteca tiene unos veinte mil volúmenes. No es muy grande ni en fondos ni en superficie —la sala de visitas es poco más que lo que ahora se llama jocosamente una «*solución habitacional*»—, pero tiene una importancia social notable en una ciudad tan venida a menos como la nuestra. Es otro de los puntos de conflicto en el ya más que previsible desenlace. El desalojo no deja de ser ignominioso para mi comunidad. La Caja de Ahorros local, de forma supuestamente desinteresada, se haría cargo de todos los fondos trasladándolos a un edificio más acorde con las necesidades. Preservarían el nombre de la misma, no tanto por respeto o agradecimiento a los donantes —aunque los libros quedarían en depósito, ya que nunca admitiríamos un expolio de estas características—, sino como medida de precaución para que los escasos socios y visitantes siguieran acudiendo a consultar sus libros favoritos. Huelga decir que la mentada Caja de Ahorros —por otra parte uno de los principales impulsores de nuestro exilio forzoso— no pretende la difusión de la cultura por amor al arte, sino que contempla entre sus planes futuros unas inmejorables exenciones fiscales por gastos en lo que se denomina con el eufemismo de obras de promoción cultural. Con este objetivo en perspectiva, no hay semana en la que no acuda a visitarnos, tanto a mí como al ecónomo, un melifluo empleado de la entidad de ahorro insistiendo en la necesidad de la modernización y puesta al día de las instalaciones.

Éste es, de hecho, el gran problema. Utilizada normalmente como complemento del Colegio, la biblioteca está en muy malas condiciones. En los últimos años la venimos empleando como trastero. Una mesa carcomida, o un pupitre donde las manchas de tinta ya no dejen ver la madera, son trasladados inexorablemente a la sala de lectura, en la que han ido sustituyendo a muebles mejor conservados y menos utilizados. En la práctica, es casi imposible sentarse a consultar un libro o una revista sin correr el riesgo de acabar en el suelo rodeado de serrín, o de rasgarse los pantalones con algún clavo traidor. Las actualizaciones de fondos son muy escasas, en parte porque no tenemos dinero para ello, en parte porque el interés por mantener vivo este pequeño reducto del saber es cada vez menor. *Mea culpa*. Yo mismo he desaconsejado en numerosas ocasiones la inversión en el mantenimiento, optando siempre por gastar nuestros escasos recursos en la dotación de informática. A través de la Red podemos acceder a cualquier fuente de conocimiento del mundo. Eso es lo que digo cuando me preguntan.

Pero el que tiene boca se equivoca. Y la prueba de que Internet no siempre es la panacea la obtuve esa misma tarde.

La biblioteca estaba desierta. A pesar de estar abierta al público en general, y del precio simbólico del carné de socio —gratis para los alumnos y ex alumnos—, nadie había acudido ese sábado a consultar nada. La ocasional asistencia de visitantes solía coincidir con las mañanas de domingo, y la causa principal era nuestra colección de tebeos antiguos, un capricho de un grupo de jesuitas que iniciaron la compilación en la posguerra y la continuaron durante unos treinta años más. Hay que reconocer con tristeza que hoy constituyen el tesoro más preciado y cotizado de cuanto tenemos, y que no nos han faltado ofertas para su compra. El hecho de ser un colegio para niños nos hace verlos con simpatía, aunque ya hace muchos años que, obviamente, no invertimos en lo que ahora se llaman cómics. Además de los gastados tebeos hay un buen número de libros relacionados con la enseñanza. En la primera época de su existencia el Colegio prestaba los textos a aquellos alumnos que no podían comprarlos, que, por otra parte, eran la mayoría. Luego volvían a nosotros llenos de anotaciones y garabatos, poesías y obscenidades. Hoy se acumulan repetidos por docenas en las estanterías más altas. Otro buen espacio en las alturas es ocupado por los libros de consulta, literatura clásica, filosofía y ciencias naturales. Como complemento a estas últimas, y reminiscencia de aquellos años de curiosidad donde no existía ni televisión ni Internet, tenemos adornando los anaqueles una veintena de animales disecados. Grajos, búhos, palomas, un par de gatos, un zorro y hasta un águila. Un accidente el año pasado —una estantería quebró por el peso y el efecto de la carcoma— nos llevó por seguridad a donar a la Universidad otra de las curiosidades que nos acompañaban desde hacía décadas: los frascos de formol conteniendo tenias, alacranes, moluscos, arácnidos y toda clase de animales invertebrados, la mayoría de ellos traídos desde lugares exóticos por los hermanos misioneros. Ese día varios rodaron por el suelo y parecieron volver a cobrar vida, sobre todo un pulpo verde rarísimo que nadie se atrevía a tocar, salvo Matías armado con una fregona. Fue todo un espectáculo.

Bajé al sótano, donde se encuentran almacenados los documentos de la Orden y la Casa en lo que llamamos el archivo. Obviamente, esta habitación está cerrada con llave —llave que me había facilitado también Carmelo—, y no puede ser consultada por personas ajenas a la congregación salvo con un permiso especial. Las únicas prohibiciones expresas son la de no sacar los documentos del edificio y la de no hacer fotocopias de los mismos. Como la fotocopiadora está estropeada —por desgracia estaba justo debajo de la estantería que se desplomó, y no resistió el impacto de la colección de minerales que la atravesaron como meteoritos—, en la práctica las dos condiciones se reducen a una. Sea cual sea el destino de la biblioteca, el archivo se desligará de la misma y viajará con nosotros. No fuera a ocurrir que acabe regalado por fascículos con alguna imposición a plazo bancaria.

Los papeles que buscaba tenían relación con Anselmo Hidalgo, prior de la comunidad durante el período 1915-1922, año este último en el que murió de una pulmonía. En los estantes se acumulaban ordenadamente —dentro de cajas y carpetas—, los legajos, cartas y diarios de sucesivos miembros de la Orden que habían vivido en la Casa, o al menos pasado por ella, desde que en 1751 se levantara allí el primer convento hasta hoy. De aquella época sólo han sobrevivido al paso del tiempo —y a duras penas— la iglesia y la capilla aneja. Será lo único que, por su valor artístico, nuevamente se salve de la piqueta. No son un gran problema para el Ayuntamiento, ya que están enclavadas en uno de los extremos de la propiedad y no molestan demasiado. La Casa como tal data de cien años después, y el Colegio, que ocupa la mayor extensión del terreno, se comenzó a construir con el arranque del siglo XX. La primera amenaza ruina, y el segundo se ha quedado viejo y pequeño. Fue el padre Hidalgo quien acometió el entonces muy ambicioso proyecto escolar, ordenando derribar gran parte de la antigua edificación, suprimiendo cuadras, establos y una pequeña posada para peregrinos, además de la huerta que servía de ayuda al sustento de los suyos. Fue un hombre emprendedor que contó con el decidido apoyo y la aprobación de sus superiores. El colegio pronto ganó fama entre las provincias vecinas, y su residencia de estudiantes —con excepción hecha de la obligada interrupción durante la guerra civil, en la que todas las instalaciones fueron clausuradas— siempre estuvo llena. Hoy no existen ni residencia ni internado, que los tiempos son otros, pero en lo fundamental el colegio conserva el mismo espíritu y los mismos principios pedagógicos que tenía en 1916, cuando fue inaugurado.

La caja con la etiqueta «P. Anselmo Hidalgo, Prior Jesuita 1915-1922» era bastante voluminosa. A simple vista contenía al menos cuatro volúmenes que parecían ser diarios, un enorme rollo de planos —posiblemente de las muchas edificaciones que dirigió y, obviamente, del actual colegio—, y un fajo de cartas anudadas con una cinta roja que estaba sellada con lacre. Por el aspecto que tenía, nadie había abierto esa correspondencia desde hacía, al menos, ochenta años. Desenrollé el paquete de planos. En efecto, unos cuantos se correspondían con las plantas del colegio, y otros con las de la casa y la iglesia. También en otros aparecían las antiguas edificaciones ahora inexistentes. Un plano más pequeño y más antiguo tenía entre sus dibujos una serie de conducciones subterráneas. Seguramente tendría que ver con el laberinto que Carmelo me había mostrado. Era un buen punto de arranque y no tendría que volver a caminar a ciegas por aquellos pasillos estrechos y lóbregos. La última persona en examinar esos papeles probablemente habría sido el padre archivero. La figura del archivero y bibliotecario desaparecería —como tantas otras cosas— con el paso de los años. Lo más parecido hoy en día a aquellos hombres era yo. El padre internauta, el del cibercafé en la celda.

Y estaba claro que hacía falta un archivero. Porque una carpeta estaba colocada completamente fuera de sitio junto a las pertenencias del padre Hidalgo. Era muy antigua, posiblemente de lo más antiguo que contuviera el archivo. En el lomo tenía escrita la inscripción: «P. Lazzari, 1770». El nombre me resultaba familiar, no en vano Lazzari había sido el mismísimo bibliotecario del Colegio Romano durante la primera supresión de la Compañía de Jesús. Al parecer, tres años antes de que Clemente XIV declarara «extinta a perpetuidad» la Orden, el padre romano había estado aquí, en este mismo convento. Por fortuna para nosotros, la extinción no fue ni mucho menos perpetua. Parte de aquellos archivos habían llegado a Toledo de la mano del cardenal Zelada; otra parte había sido salvada por Giuseppe Pignatelli, y de una tercera, la que quizá debía de incluir la referencia al *Manuscrito Voynich*, no se sabía nada. Soplé sobre la carpeta para limpiarle algo del polvo que había acumulado durante años, y desanudé las cintas que unían sus lomos. Dentro había una Biblia y dos ejemplares clásicos. Las *Confesiones* de San Agustín junto con un pequeño volumen de escritos de Santo Tomás. Objetos de uso personal, pero sin ningún interés. Lazzari pudo haber acudido a alguna cita religiosa en aquellas fechas, tal vez a un retiro o a una reunión digamos que estratégica, en las más que discretas tierras castellanas. No en vano eran tiempos muy complicados para la Compañía, ya que tres años antes, en 1767, los jesuitas acababan de ser expulsados del Nuevo Mundo por orden de Carlos III, y sólo tres después tuvo lugar la mencionada disolución papal. Había poco que mirar allí, pero la sola idea de que un personaje relacionado con el *Voynich* —aunque fuera de forma muy somera— hubiera estado en mi propio convento, me hizo sonreír.

La luz era tan mala en el sótano, y era tanta la suciedad, que decidí sacar la caja del padre Hidalgo al completo del archivo y llevármela a mi habitación para examinar su contenido al detalle. Estrictamente hablando, la casa y la biblioteca son edificios diferentes —la biblioteca, como he dicho antes, se construyó dentro del colegio—, así que yo mismo estaba infringiendo una de las normas principales del archivo. Dado que quien decidía sobre el uso del mismo era un servidor, y que además tenía la completa confianza del actual prior, no reparé en lo que estaba haciendo. Que no fue otra cosa que un gran error. Porque las cosas siempre están mejor guardadas con llave. O *con clave*, que es lo mismo, pero en latín. ¿O no se elige así a nuestro Santo Padre?

La pesada caja quedó en el único rincón libre de papeles que encontré en mi habitación, mientras yo entraba en el cuarto de baño para lavarme. Me había puesto perdido hurgando entre el polvo y la porquería acumulada durante años. Cuando salí, todavía con la toalla entre las manos, la caja con todo lo que contenía había volado. Se había esfumado, literalmente. No habían transcurrido ni cinco minutos. Posiblemente el ruido del agua me impidió escuchar los pasos y las maniobras del ladrón. La puerta, como casi siempre, estaba abierta. No vi a nadie cuando me asomé, y tampoco ninguno de los míos vio a extraño alguno deambulando por los largos pasillos de nuestra vieja casa.

El suceso no pareció sorprender a Carmelo, pero su reacción sí que me sorprendió a mí. Esperaba alguna reprimenda por parte del prior por mi acción imprudente, pero apenas se limitó a decir unas cuantas frases tan tópicas como lacónicas.

—Qué le vamos a hacer.

—Pero ¿no llamamos a la policía? No deja de ser un robo —protesté.

—Tal vez un hurto. Papeles viejos de hace un siglo.

Seguí insistiendo con el afán de hacerle recordar la conversación que habíamos tenido apenas un día antes.

—¿Y nuestra estrategia?

—Ya te dije que no serviría para nada. Déjalo estar, Héctor.

Creo que puse cara de romper a hacer pucheros, como los niños, porque me puso una mano en el hombro e intentó consolarme. Él a mí.

—No te aflijas y acompáñame a rezar un rosario a la capilla.

Obedecí a regañadientes. No entendía esa repentina indiferencia de quien días atrás tanto había insistido en buscar nuevos argumentos para evitar nuestro exilio. El púgil estaba noqueado y quería abandonar el combate. O limitarse a rezar para no recibir más tortas.

La noticia del robo sí afectó en cambio, profundamente, al resto de la comunidad. Sobre todo porque la caja contenía los primeros planos del colegio, y posiblemente con ellos escrituras, actas de fe notariales, peritajes, tasaciones y cualquier otra clase de documentos mercantiles. Todos dieron por hecho —especialmente el siempre beligerante Matías, y Julián, nuestro administrador— que el robo había sido auspiciado desde el consistorio o la propia constructora, cuyas fuentes pecuniarias seguían siendo un misterio para todos. Enseguida asociaron también el incidente con aquel otro de la pintada, porque yo había contado entonces que esa noche alguien se encontraba husmeando en la biblioteca. En una explicación muy simplista, se trataba no sólo de robar nuestros documentos de propiedad sino también, además, de desprestigiarnos.

Y para colmo, alguien había publicado en el estúpido periódico de la ciudad —financiado y dirigido en la sombra, cómo no, por la Caja de Ahorros local— que el departamento de Biología de la Universidad había encontrado entre los especímenes donados por el Colegio de los Jesuitas unos meses atrás ¡un feto humano! (En realidad era de ternera, pero les daba igual). Huelga decir que era el mismo periódico que se había hecho eco de la noticia del presunto asesinato de Tycho a manos de Kepler. Y donde semanas atrás un colaborador del diario había publicado un artículo defendiendo el derecho de algunos estados norteamericanos de enseñar y divulgar como cierta la teoría creacionista, que niega el darwinismo y la evolución humana, otorgando todo el protagonismo a la acción directa de Dios. ¡Más papistas que el papa, incluso más papistas que los propios jesuitas!

En cualquier caso, ninguno de estos hechos explicaba los caracteres de *voynichés* aparecidos en la tapia del Colegio amenazándome. Y eso me preocupaba, porque ninguna de las piezas del puzle que tenía antes mis ojos encajaba en esa línea.

Todas las piezas azules de cielo siempre parecen iguales.

Juntarlas podría llevarme cuarenta años, casi tantos como al mismo Tycho le había llevado observar el mismo cielo. Piezas que luego Kepler habría hecho encajar y funcionar perfectamente como el mecanismo de un reloj.

Subí otra vez a mi habitación de bastante mal humor. En esta ocasión cerré la puerta, aunque ya poco tenía que guardar. Puse en marcha todos los ordenadores y activé los servicios comunes. Los programas de Joanna —tal vez debería acostumbrarme a llamarla ya Juana de una vez para siempre—, de John, y los míos propios, volvieron a ejecutarse en memorias y procesadores. No sabía muy bien qué estaba haciendo, porque ni tan siquiera los códigos estaban actualizados. Llevaba días sin repasar algoritmos ni esquemas conocidos de las páginas del *Manuscrito Voynich*, y tampoco estaba claro si los propios Juanes estaban siguiendo esa línea de investigación o algo completamente diferente como me había insinuado la guapa mejicana. Y no tenía humor para resolver más acertijos y saber qué estaban haciendo. Al menos, no en ese momento.

Pensando en todo esto comencé a reírme. Despacio al principio. Luego a carcajada limpia. Un ataque de risa tonta. Y no podía parar. Me habían amenazado. Habían entrado en mi cuchitril y me habían robado ante mis propias narices. Porque el prior parecía abducido por una extraña apatía y era indiferente a lo que nos podía suceder después de tantos años. Porque Juana me venía a la cabeza una y otra vez, con su largo pelo negro cayéndole sobre los ojos. Y porque yo estaba allí, sentado frente al ordenador, como un pasmarote. ¿Qué quería Dios? ¿Ponerme a prueba otra vez? Bastante prueba había sido ingresar en la Compañía, en una etapa tan incierta como crucial de mi juventud. ¿Realmente tenía vocación de cura? ¿No habría traspasado los límites de lo sensato con mis ímpetus ecologistas, libertarios, con mis ansias de salvador del mundo, de amor por los desheredados, de adalid de la justicia social? ¿Y no estaba, sin embargo, encerrado en una habitación ridícula? ¿Por dónde dicen que se sale al mundo? Párenlo, quiero bajar. O entrar. O salir. Párenlo de una vez, por favor.

Pero no. Dios no quiso que se detuviera el mundo. Si lo hubiera hecho, toda la ciencia que hoy conocemos habría dejado de tener sentido en ese mismo momento. Una cosa es tener fe y otra muy distinta confundirla con la razón. Newton, Brahe, Galileo, Copérnico, Kepler. Todos ellos tuvieron fe. En Dios y en lo que estudiaban. Ninguno de ellos murió en vano. En ese momento dejé de reírme y me restregué la cara con las manos. Ya había conseguido desahogarme un poco. La respuesta a la última pregunta —la más importante—, la tenía delante de mí, parpadeando, guiñándome el ojo. Al mundo se salía por Internet. Todo estaba allí, salvo unos pocos pergaminos cubiertos de polvo que ahora mancharían la mesa del concejal de turno. Tanto daba. No iba a detenerme por ello. No iba a tener otra crisis de fe a estas alturas. Si Dios anduvo en su día entre pucheros, no debe de ser menos cierto que puede hacerlo también ahora entre monitores. Para empezar, ¿quiénes eran esos periodistas y por qué estaban empeñados en acabar con la reputación de Johannes Kepler, el más formidable matemático de comienzos del siglo XVII? Todavía no me había ocupado de esta cuestión, no precisamente pequeña.

Así que abrí la página de la mayor enciclopedia del mundo, donde todos tenemos cabida por poco que hayamos hecho. A veces nos basta sólo con haber nacido para ser mencionados. Ya sea en un directorio telefónico, en un anuario de tu parvulario, en un artículo descatalogado, en un mensaje enviado a un foro de cocina turca donde explicaste cómo dorar las torrijas sin que se quemaran. Allí sale todo y sólo hay que saber buscarlo.

Google: Gilder & *Heavenly Intrigue.*

Nada demasiado sorprendente. Al contrario. Sólo diez mil cuatrocientas citas. Este número puede parecer enorme, pero era extrañamente pequeño para un periodista supuestamente de prestigio, y para un libro supuestamente bien vendido. Exploré unos cuantos enlaces. La mayoría eran reseñas de editoriales y librerías *on-line,* así que no me aportaban nada nuevo en la investigación. Otros tantos enlaces me llevaban a la nota de prensa, la misma que había visto en el panfleto local, traducida a varios idiomas. Era de una agencia de noticias internacional, así que aparecía en periódicos de todo el mundo. Pero tampoco añadía novedad a la historia. Había comentarios del libro en algún foro, las más de las veces tan insustanciales como los que había leído en *Amazon*. No parecía haber mucho más. La reseña biográfica de los autores, Gilder & Gilder —la mujer, alemana de origen, había adoptado el apellido de su marido siguiendo la costumbre anglosajona— era muy concisa. Apenas tres líneas en la solapa del ejemplar, las mismas que se repetían de forma casi idéntica en prácticamente todas las citas halladas por el buscador. Claro que las tres líneas eran en sí mismas un mundo, al menos las dos primeras:

«*Joshua Gilder ha trabajado como editor de revistas, escribiendo discursos para la Casa Blanca y en puestos de responsabilidad del Departamento de Estado*».

La tercera hacía referencia a su única novela que, por lo visto en Internet, había pasado sin pena ni gloria: *Ghost Image (Imagen fantasma)*. Vaya. El resto de su obra, con la excepción del ensayo seudocientífico *Heavenly Intrigue*, estaba claro que no iba firmada por él. En otras palabras, el autor era lo que normalmente conocemos como un *negro* literario, puede incluso que responsable de algún encendido discurso previo a cualquier invasión militar innecesaria. Todo un personaje en la sombra. Al fin y al cabo, tal vez diez mil cuatrocientas citas fueran aun demasiadas para la seguridad nacional.

9

Había planeado reservarme el domingo para realizar las exploraciones subterráneas. Pensaba bajar a examinar el laberinto después de misa de doce, cuando ya todos los demás hubieran salido de la iglesia. Pero durante la misa decidí aplazar la excursión. Sin los antiguos planos del prior Anselmo Hidalgo, la tarea se antojaba más complicada. Tampoco sabía qué buscar. Simplemente se trataba de una inspección, así que mejor esperar a hacerla con fundamento. Tal vez encontrara alguna pista revisando los pocos papeles que se habían salvado del robo. Podía esperar un poco más y trabajar ese día en cualquier otro de los frentes que tenía abiertos.

Decidí jugar un poco más con los Juanes. Faltaba más de una hora para la comida.

Ya en la habitación, introduje de nuevo el CD en el lector de mi ordenador. Repetí las operaciones anteriores —por alguna extraña razón el programa no había conservado mi situación en el juego, lo que me pareció un error imperdonable por parte de dos consumados especialistas en la materia como ellos—, y llegué a la pantalla ya conocida.

«Bravo Héctor. ¿Quieres avanzar o mejor nos tomamos un café?»

Por descontado me tomé una taza y luego pulsé *ENTER*.

Leí.

«Hemos estado revisando cuidadosamente las teorías de Gordon Rugg. Tienen bastantes similitudes con las nuestras, y esto es algo de lo que ya hemos hablado por correo electrónico. Rugg propone que el Manuscrito Voynich *es un engaño deliberado. Sobre quién puede ser el autor del timo de las estampas*

hablaremos en otras pantallas —si consigues superar las precedentes, claro—. Ya sabemos que los caracteres del libro están ordenados de una forma demasiado sofisticada como para ser un mero conjunto de palabras escritas al azar…»

Lo sabía, en efecto. Llevábamos meses combinando sílabas, prefijos y sufijos. Toda suerte de variaciones y permutaciones. Continué leyendo la siguiente pantalla de la presentación.

«*Algunas regularidades de las palabras* voynichescas *pueden reproducirse. Nosotros tres lo hemos conseguido sin demasiado esfuerzo. Pero no todas. Gordon Rugg se ha metido en la piel del posible timador y se ha hecho las siguientes preguntas: ¿Qué métodos tengo para generar un lenguaje que parezca real? ¿Qué tecnología —si la podemos llamar así— usaban en el siglo* XVI*?*»

«¿Tarjetas perforadas?», bromeé conmigo mismo, pues las había visto utilizar muchos años atrás, siendo niño.

«*El falsificador tuvo que haber usado un método distinto del azar estadístico. Además, en aquel siglo no sabían mucho de estadística. Tal vez un aparato rudimentario que pudiera generar patrones variados, muchos y diferentes, pero que finalmente terminarían por repetirse. ¿Sabes de algo así en el siglo* XVI*?*»

Sinceramente, no. Podía buscar, claro está. Seguramente lo contaría el propio Rugg en el artículo de *Scientific American* que todavía no había tenido tiempo de examinar a fondo. Pero suponía que ellos me lo iban a contar. No me equivocaba en mi sospecha, aunque tampoco iba a ser sencillo. Al menos, en apariencia.

«*Tenemos que volver a ponerte a prueba, Héctor. Por seguridad, tú ya nos entiendes.*»

Me lo temía. De nada me valió acordarme de toda su familia, la de él y la de ella. Familias que posiblemente uniría la Iglesia en breve plazo, tal y como estaban ya las cosas entre ambos.

Tenía otro acertijo en el monitor. En principio, más complicado que el anterior, porque ahora el tiempo permitido era de diez minutos. Llegados a ese punto no tenía marcha atrás. Las pantallas con contraseña bloqueaban el ordenador, y no había más remedio que seguir adelante o perderlo todo.

«*Al término de una cruenta batalla, los soldados se reagru-*

pan. Están tristes, porque gran parte de ellos han resultado mutilados en mayor o menor medida...»

«Continuamos con el sadismo y el buen gusto», pensé.

«*... un 70 por ciento de ellos ha perdido al menos un ojo. Un 75 por ciento al menos una oreja. Un 80 por ciento del ejército lo que ha perdido es, por lo menos, un brazo. Y un 85 por ciento de los soldados se ha quedado como poco sin una pierna. El general quiere saber cuántos de sus hombres han perdido, como mínimo, un ojo, una oreja, un brazo y una pierna. Para encargar las medallas y condecorarlos como los más valientes...*»

Conocía el acertijo. Lo leí de niño en un libro de Lewis Carroll. Los Juanes lo habían adornado un poco.

Eché un vistazo a las estanterías inútilmente, porque el libro se había quedado en casa de mis padres. Tendría que pensar. La solución estaba basada en la teoría de conjuntos. Como la primera vez, cavilé en voz alta:

—En el peor de los casos, que sería aquél en el que el mismo 70 por ciento de desgraciados que ha perdido un ojo, ha perdido también una oreja, un brazo y una pierna, tendríamos precisamente un 70 por ciento de soldados a condecorar. Pero éste es el número máximo, y el general es un tacaño y quiere lo mínimo.

Iba bien de tiempo. Me aseguré de los razonamientos.

—Pensemos entonces al revés. Un 30 por ciento no ha perdido un ojo, por lo que si también un 25 por ciento no ha perdido una oreja, quiere decir que un 55 por ciento como máximo no ha perdido ni ojo ni oreja, y conservan la cara completa. Con el mismo argumento, un 20 por ciento más conserva los brazos, lo que hace un 75 por ciento. Y un 15 por ciento más, las piernas. Total, un 90 por ciento de los soldados, como mucho, no han perdido todo a la vez. Por lo tanto, un 10 por ciento, como mínimo, están para el arrastre y la jubilación anticipada. Y la medalla.

Escribí «10» en la casilla de la contraseña.

«*Eres genial, Héctor, en sólo siete minutos. ¿Quieres avanzar o mejor nos tomamos un café?*»

Antes del café había que almorzar. Así que dejé el ordenador encendido y bajé al comedor con una sonrisa de oreja a oreja, como si acabara de aprobar una oposición a notarías con el número uno.

Y

Los domingos solemos demorarnos más en la comida. En el día del Señor siempre hay una carne mejor, o un mejor guiso. También mejor vino y un inmejorable postre preparado por las monjas carmelitas, a las que atendemos con un cariño especial, pues ya todas superan los sesenta años y hace mucho tiempo que están abandonadas a su suerte y a su destreza repostera, que no es manca. Como manco no era, paradójicamente, el excelente brazo de crema relleno de cabello de ángel y trufa, al que siguió un café exprés y una copa de licor. Tampoco somos cartujos como para privarnos de los pequeños placeres. La conversación es otro de ellos. El tema de ese domingo en la tertulia no podía ser sino el habitual.

—Que no, Damián. Que no podemos asumir ese gasto. Habrá que aceptar.

El ecónomo era tan inflexible como un ministro de Hacienda.

—No podemos meter a los chicos en esos barracones. La consejería cerró el edificio hace un año por orden de Sanidad. Además el barrio está lleno de delincuencia.

El director del colegio insistía. La propuesta del Ayuntamiento era casi una provocación.

—El único negocio que se mantiene es el de los bares de copas. Vamos a perder a los chicos allí. Ya están bastante rebeldes —remarcó Damián.

—Si es que encima parece que nos hacen un favor. ¿O no te ha dicho ese hijo de mala madre que los curas tenemos que atender también a los inmigrantes y a las prostitutas?

—Por favor, Matías. No hables así —terció el prior—. Además, la labor social nos corresponde hacerla tanto con los chicos del Colegio como con esos jóvenes marginados. En el fondo, el concejal tiene razón.

—Ésos son cuentos chinos —insistió un cada vez más alterado Matías—. Bien que se gastan los concejales y los políticos el dinero en viajes y dietas y tonterías. ¿Has visto ya el Museo Municipal de Arte Moderno? —argumentó—. Si es que es de vergüenza, cuatro hierros y unos sacos de pienso pegados a la pared con cemento. Con la mitad de lo que ha costado tendríamos el colegio nuevo. Y luego vienen a misa con las queridas.

—Ya vale Matías, déjalo.

Estaba claro que Carmelo no quería luchar demasiado. Como también que la política municipal era un escándalo en muchos ámbitos, silenciada por unos y consentida por otros.

—Y como pille al que ha publicado que los jesuitas nos dedicamos a meter niños en tarros de mermelada, lo tiro al río —sentenció Matías golpeando su copa vacía contra el tablero de madera.

Dicho esto, y con una sonrisa amarga en la boca, nos levantamos todos de la mesa.

Regresé a mi habitación decidido a seguir investigando la pista Gilder. Tenía unos cuantos sitios web donde mirar, y tal vez enlaces de científicos o historiadores que habrían intentado rebatir el libelo. La noticia de prensa citaba un pequeño congreso en Austria, y la ponencia en éste de un biógrafo alemán experto en la obra de Kepler, un tal Volker Bialas. A juzgar por el título, «El veneno de la publicidad. Reacción a una tesis sobre una historia criminal estadounidense sobre Kepler», presumiblemente no era nada favorable a la teoría de los norteamericanos. Por más que busqué, no pude encontrar el texto publicado en Internet. Así que envié un correo a John para que me lo localizara. Era un pequeño congreso especializado de astronomía. Seguramente él podría entrar fácilmente en las bases de datos de esta disciplina y localizar la transcripción de la charla. Suponiendo que estuviera ya publicada en los habituales *proceedings* de todo evento científico. Así que dejé a Bialas por el momento y volví con los Gilder y su carrera.

Al rato encontré un pequeño texto autobiográfico de Joshua Gilder, facilitado por él mismo a la editorial para la promoción de su primera novela. Políticamente correcto, en toda la extensión de la expresión. Nacido en Washington en 1954, su padre era un psicoanalista militar. Su infancia es narrada de forma bastante peliculera, ya que consigue con esfuerzos ímprobos superar su dislexia y convertirse en escritor de éxito. Todo un logro, ciertamente. A pesar de que tenía grandes problemas para deletrear y escribir correctamente las palabras —Gilder reconoce que cometía errores en un 30 por ciento de ellas—, el contenido de sus primeros artículos es del agrado de los directores de las revistas en las que publica; revistas de nombres tan sugerentes como *El Nuevo Líder* y similares.[4] Posteriormente Gilder trabaja como editor asociado en *Saturday Review*, revista que quiebra en 1982. Entonces, y a través de un amigo, consigue reunirse con un tal Peter Robinson, que era la persona encargada de escribir los discursos al entonces vicepresidente de EEUU, George H. Bush. Éste tenía que redactar de siete a diez charlas cada semana al político, así que contrató a Gilder como ayudante para compartir la tarea. Joshua Gilder tenía mucha imaginación, huelga decirlo. Robinson ascendió entonces a *negro* del presidente Ronald Reagan, y Gilder seguiría sus pasos un año después. Durante cuatro años más escribirá los diálogos al actor. Reconoce jocosamente que su frase más célebre, y una de las más famosas de su jefe, «*Go ahead. Make my day!*» —traducida al español como «¡Vamos, alégrame el día!»— la había sacado de un diálogo de Clint Eastwood en su papel de Harry el Sucio. Ronald Reagan haría suya esta frase durante una disputa congresista enfrentado a la oposición por cuestiones de impuestos. Salvo esta pequeña anécdota, hay pocas pistas más de lo que Gilder escribió, alumbró o instigó, obviamente. Aunque sí hace mención muy orgulloso a su discurso en la cumbre de 1988 en Moscú en la que, muy poco antes de la caída de la antigua URSS instó a los rusos —por boca de Ronald Reagan— a ser mejores. Después de ese año, es nombrado ayudante del Secretario de Estado para los Derechos Humanos. Tras recibir serias amenazas de muerte del KGB búlgaro —siempre según su propia versión—, renuncia y se establece en el sector privado, abriendo una consultoría. Su

4. La obsesión norteamericana por el deletreo no es bien comprendida por los hispanos, ya que el castellano tiene la virtud de leerse prácticamente igual que se escribe. No así el inglés, y es famosa la anécdota del vicepresidente que, leyendo un cuento en la escuela, fue incapaz de separar correctamente las letras de «patata». También me viene a la memoria un capítulo de la serie televisiva *Los Simpson* al respecto de los allí llamados *spelling bee*. Parece que los concursos nacionales de deletreos causan furor entre los colegiales de aquellas tierras, algo impensable en Europa. Al menos, en España. (*N. del A.*)

esposa, Ann-Lee, era periodista de una cadena alemana de televisión.

Como escritor de ficción, Joshua Gilder ha publicado hasta la fecha una novela. Su otra salida al mercado del libro es, precisamente, *Heavenly Intrigue*, publicado por la poderosa Doubleday en el otoño de 2003. Y es que esta editorial es nada menos que la misma que puso en la calle... *El Código Da Vinci*. Con estos padrinos, las críticas aparecidas en la prensa americana sobre el libro no pueden recibir otro calificativo que el de empalagosas. Por no decir que abiertamente sesgadas. Ahí van algunas capturadas al vuelo entre las muchas que circulan por la Red:

«*Heavenly Intrigue* es una delicia, una lectura fascinante... un asesinato investigado cuatro siglos después. Entretenido y formativo.» – *WASHINGTON POST BOOKWORLD*.

«Los Gilder han escrito un trabajo histórico original y brillante, que debe convencer a los lectores de que uno de los más grandes científicos de la historia cometió un asesinato a sangre fría.» – *NATIONAL REVIEW*.

«Kepler tenía el motivo, el conocimiento y la oportunidad para destruir a su mentor, de cuyas observaciones derivó las leyes del movimiento planetario. Los autores hacen una recreación histórica de una época fascinante.» – *KIRKUS REVIEWS*.

¿Y los astrónomos? ¿Qué tenían que decir de todo esto?

Me costó casi una hora localizar una reseña documentada del libro. Fue en *Journal for the History of Astronomy*, la publicación científica más seria sobre astronomía antigua. En el volumen 35 del ejemplar de febrero de 2004, Marcelo Gleiser escribe lo siguiente:

«*Hay muchas formas de contar una historia, especialmente cuando los personajes han muerto y no pueden regresar de la otra vida para defenderse o acusar a otros. Los Gilder aseguran que Tycho ingirió una dosis letal de mercurio trece horas antes de su muerte, y que el veneno fue administrado fríamente por un calculador y medio loco Kepler, resuelto a conseguir de cualquier forma los datos de Tycho. En la argumentación de los autores, hay tres pasos: la gran ingesta de mercurio; el hecho de que esta sustancia fue administrada a Tycho con la intención de asesinarlo y, por último, la acusación explícita a*

Kepler. El primer punto es creíble, el segundo es dudoso, y el tercero es, simplemente, ridículo».

Gleiser no tiene, por descontado, ningún eco en la prensa, y su artículo sólo habrá sido leído por unos pocos curiosos como yo. El colaborador de *Journal for the History of Astronomy* continúa desmenuzando los argumentos de los periodistas. Admite el envenenamiento como causa última de la muerte de Tycho Brahe, algo que ya habían hecho antes los investigadores suecos mediante un serio análisis forense de los restos de la barba del danés, coincidiendo palabra por palabra con los datos que el bueno de Simón me había facilitado unos días atrás. Luego analiza con rigor erudito los argumentos siguientes de los Gilder.

«¿Fue asesinado Tycho? Los autores del libro se deshacen durante páginas en elogios hacia Brahe. Un hombre magnánimo, honesto, amistoso, incapaz de hacer daño a nadie ni a sí mismo. Por otra parte, Kepler es descrito como un enfermo mental, un hombre frustrado y neurótico, egoísta y capaz de cualquier cosa con tal de demostrar su ideal geométrico del orden cósmico. Sin embargo, entre los historiadores de la ciencia hay una evidencia absoluta de que Tycho no era precisamente generoso, sino más bien agresivo y de carácter colérico, pretencioso e incluso tiránico con sus discípulos. Y que Kepler era una persona compleja, emocional y muy religiosa. Y no hay nada en sus escritos que haga pensar que fuera capaz de matar. Estamos de acuerdo con el hecho de que Kepler quería las observaciones de Tycho, pero eso no significa que pudiera asesinar por ello.»

Marcelo Gleiser termina su reseña aportando datos muy conocidos sobre Tycho Brahe. Su biografía ha sido cuidadosamente reconstruida durante estos cuatro siglos, especialmente gracias a que el danés y sus discípulos lo anotaban absolutamente todo. No en vano Tycho es, posiblemente, el primer gran científico experimental. Gleiser especula —de forma tanto o más brillante que los Gilder y en mucho menos espacio—, con un posible suicidio de Tycho o la más que probable muerte accidental. Decidí seguir investigando más a fondo todo esto. Cerré el ordenador por esa noche y me preparé la clase de matemáticas del día siguiente.

Volvíamos a la rutina.

10

O tal vez no.

Simón había trabajado durante todo el fin de semana. No bien hubo terminado la clase, y sus compañeros salido de estampía con el habitual guirigay de música polifónica como fondo, se acercó a mi mesa.

—Padre, tengo una historia curiosa que contarle. Aunque quizá no le guste el tema.

—¿Por qué no me va a gustar?

—Porque es una historia romántica.

—¿Has ligado por fin este *finde*? —me burlé de él. Él trataba de burlarse de mí.

—No he tenido opción por ahora. Me enganché al ordenador por su culpa.

—Lo siento entonces. Posiblemente te estoy llevando por el mal camino y tendríamos que haber salido juntos a tomar unas *birras* y ligar unas *pibas*. Yo no soy tan mayor.

—Lo sé. Ya ha corrido la voz de su escapada a cenar a *La Tasca Mariachi*. En buena compañía, a juzgar por los comentarios —rio.

—Joder —se me escapó del alma—. Anda, cuenta. Y era sólo una amiga.

—Es sobre Tycho Brahe.

Me interesó desde el principio. No era, como me había parecido, una historia de amor del propio Tycho —que siempre se mantuvo fiel a su esposa Kristine, hija de un humilde pastor protestante— ni tenía, por tanto, relación directa con su muerte, o la angustia de los momentos que habían precedido a ésta como sugería el astrónomo e historiador Marcelo Gleiser.

—Tycho tuvo una hermana alquimista que estuvo enamorada de otro alquimista que era un auténtico sinvergüenza. Un tipejo capaz de cualquier cosa por conseguir dinero.

Simón se refería a la peculiar historia de Sophie Brahe.

Sophie tiene el honor de figurar en los libros de Historia de la ciencia como la, para muchos, primera mujer que se dedicó a la astronomía. En aquellos tiempos, cuando la paridad era una palabra desconocida, Sophie Brahe fue una mujer excepcional. Las crónicas también la catalogan como la mujer más cultivada de su tiempo. Fue experta en jardinería, horticultura, arte, astrología —aunque no se la puede definir estrictamente como una echadora de cartas—, remedios alquímicos —basados también en la medicina de Paracelso—, literatura y, especialmente, en el estudio de la genealogía. Era la hermana menor de Tycho —doce años más joven que él— y su preferida. A los catorce años ya ayudó a su hermano en las observaciones de un eclipse lunar y, desde entonces, compartió con él la devoción por los cielos. Sophie, además, jugó un curioso papel en la vida de su hermano. Dado que su mujer Kristine era plebeya, no podía situarse junto a su esposo en los actos oficiales a los que asistía el noble Tycho. Ni recibir a reyes y príncipes en su isla-observatorio de Hven. Por tanto, este papel diplomático tenía que asumirlo y desempeñarlo la noble Sophie, mientras su cuñada permanecía tristemente oculta en una segunda fila.

—La vida de Sophie Brahe es todo un poema —continuó con su narración Simón—. Tal vez por eso su hermano le dedicó algunos de los versos más hermosos que se conservan en la literatura danesa.

Todo un punto para mi alumno, combinar ciencias y letras además de ingenio. Continuó.

—Siguiendo las costumbres de la época, el matrimonio de Sophie se concertó siendo ésta casi una niña, y su marido casi un viejo, pero noble y rico. Al enviudar, con menos de treinta años y un niño pequeño, Sophie Brahe pasa a depender anímicamente de su querido hermano Tycho. Hasta que aparece Erik Lange. Parece ser que ambos se conocieron en la isla de Hven, que el rey Federico II de Dinamarca había regalado a Tycho para que estableciera allí su observatorio astronómico. Tycho gobernaba la isla y todo lo que en ella había, y enseñaba a sus discípulos el manejo de los instrumentos y las técnicas de observación de estrellas y planetas.

—Sí, conozco a fondo la historia de Uraniborg, el fantástico observatorio del que me hablas —le interrumpí—. Uno de los episodios más bellos de la historia de la astronomía. Posiblemente nunca haya existido otro lugar así, y difícilmente lo habrá de nuevo. Prometo contarte cosas de Uraniborg otro rato, pero ahora sigue con tu historia no vaya a ser que tus colegas vuelvan antes de tiempo del recreo locos por aprender matemáticas —ironicé.

—Tycho y Lange eran amigos y compartían experiencias y conocimientos sobre alquimia. Uraniborg contaba con laboratorios para estas investigaciones. Lange, que era también de estirpe noble como Tycho, estaba convencido de que se podía convertir cualquier metal en oro. En uno de aquellos encuentros entre ambos apareció Sophie y surgió el flechazo. Pronto se arruinó o fue arruinado, quién sabe. El número de caraduras que sacaban dinero a nobles y reyes con la excusa de conseguir la piedra filosofal era muy grande esos días.

Me acordé del *Manuscrito Voynich*. Algo había leído sobre ello. La teoría más probable que explicaba cómo fue a parar a manos de Rodolfo II, era que un par de sinvergüenzas que decían poder transformar el plomo en oro se lo habían vendido por 600 ducados. Un punto de conexión que hasta entonces me había pasado desapercibido. Una primera pieza en el puzle que, por fin, hacía encajar cielo con tierra. Mientras pensaba sobre ello Simón continuaba hablando, cada vez más deprisa.

—El caso es que Lange se arruinó y tuvo que empezar a huir de sus acreedores, cosa que le llevó por toda Europa. Arruinó a toda su familia, a todos sus amigos y a punto estuvo de hacerlo también con su ya por entonces enamorada prometida. Si no llegó a hacerlo fue porque los bienes de ésta pertenecían a su hijo. No se casaron hasta un año después de la muerte de Tycho, en 1602. Por aquel entonces sus finanzas mejoraron milagrosamente, pero Lange no abandonó su obsesión. Volvió a viajar y a arruinarse, dejando sola a Sophie. Erik Lange murió, al igual que Tycho, en Praga. Era el año 1613.

Simón estaba consultando un papel con notas. Ya casi había acabado.

—Sophie Brahe vivió mucho más. Murió con ochenta y cuatro años, inmensamente rica. No porque Lange finalmente consiguiera la piedra filosofal, sino por el fruto de las rentas de su primer marido y su hijo.

—¿Y qué conclusiones sacas de todo esto que me has contado? —pregunté.

—Pues que Tycho era rico y Lange estaba arruinado. Los hijos de Tycho eran considerados como ilegítimos por la nobleza, ya que su esposa era plebeya. Por tanto, Tycho Brahe podía haber confiado en su hermana y en su futuro cuñado para administrar sus bienes en el caso de que él falleciera, como ocurrió.

—Eso está cogido por los pelos, Simón.

—También las pruebas de los Gilder —protestó—. Justamente por los pelos, por los pelos de la barba. Además —añadió—, Kepler no tenía ni idea de alquimia, ni de medicina, ni sabía de más mercurios que el primer planeta del sistema solar.

—Cierto. Razones no le faltaban, ni medios, a ese Lange. Pero no resulta espectacular ni mucho menos comercial para Doubleday.

—¿Para quién?

—Nada, déjalo. Cosas mías.

Tenía la tarde del lunes libre. Ocupé un par de horas en resolver unos asuntos en la ciudad. Actividades tan prosaicas como acompañar a Matías al médico —su úlcera había vuelto a abrirse—, o pasar por la oficina del abogado a recoger unos papeles que Julián debía rellenar. También aproveché para comprarme un par de camisas nuevas y un suéter en las rebajas. Me había sentido francamente violento paseando con Juana, sobre todo cuando me tomó del brazo y la rechacé. Ella posiblemente pensó que fue por mi condición de sacerdote, pero la verdad es que temí, lleno de vergüenza, que sus manos se hundieran en alguno de los boquetes que poblaban las mangas de mi viejo jersey. Fue al salir de los grandes almacenes cuando me encontré con un atasco fenomenal. Por fortuna yo iba caminando, y avanzaba mucho más deprisa que cualquiera de los vehículos atrapados. Pero la conversación que llegó a mis oídos me dejó tan descolocado como desanimado.

—Señora, arranque de una vez.

—No puedo, señor guardia. Estoy esperando a que el chico salga de clase de inglés. A las cinco en punto.

—¿Pero no ve cómo está el tráfico? ¿No ve el tapón que hay formado? Muévase y deje al chico quedarse a tomar el té.

—Tengo derecho a parar aquí un minuto, gracioso. Y, si no, que el ayuntamiento construya los aparcamientos prometidos —respondió con malos modos la aludida.

—Pero si los curas no quieren vender. Ya sabe cómo son. Especulan como el que más y luego van de pobres.

—Pues que los echen —zanjó la conductora—. Además, vaya escándalo están dando. A saber qué han pensado los padres al ver esa criatura en un bote de alcohol en los periódicos. Varias de mis amigas piensan sacar a los chicos de allí. No quieren que sus hijos sean los siguientes.

—No es mala gente en el fondo. Recogerían al chinito en algún basurero. Ya sabe que allí los comunistas los tiran. Yo estudié con los jesuitas —rebajó el tono de enfado el guardia, al comprobar aliviado que el tráfico comenzaba por fin a descongestionarse—, y no me quejo.

—Así ha salido usted. Un intolerante y un autoritario. Y no se preocupe más, que ya me voy —continuó gritando cada vez más airada la mujer—. Ahí viene mi hijo. Ahora tendré que llevarlo a toda hostia a la catequesis para no perderme yo la sesión de yoga. Hoy tengo la energía muy negativa, seguro que por debajo de cero. Joder con los hoteles y los restaurantes, ya no encontramos sitio para la primera comunión del niño. Estoy de los curas hasta las tetas.

—Pues andando, señora, que es gerundio. Pero la próxima vez la multaré —dijo el guardia alejándose, al mismo tiempo que gesticulaba con las manos hacia otro coche que acababa de saltarse el semáforo.

La mujer aún esperó a que el niño abriera el *bollicao* de la merienda para arrancar el motor. Después de amenazar a su vástago con darle dos tortas si tiraba el envoltorio pegajoso del pastelillo dentro del coche —que, por tanto, se quedó en la acera—, aceleró y se fue.

Como suelen decir de forma harto cursi en televisión, esa tarde yo había pulsado la opinión de la calle. Al menos, nuestro ex alumno no había olvidado las formas verbales. La conductora no parecía haberlas conocido nunca, ni las verbales ni ningún otro tipo de formas.

Volví al reto del CD.

Nuevamente tuve que contestar preguntas ya conocidas y tomar cafés ya fríos para enfrentarme a futuras revelaciones.

«*Eres genial Héctor, en sólo siete segundos. ¿Quieres avanzar o mejor nos tomamos un café?*»

Pulsé la tecla para avanzar. Como es natural, en la segunda pasada del programa no me había demorado tanto en la respuesta sobre los mutilados.

«*El* Manuscrito *fue escrito entre 1470 y 1608. En este período cubrimos las dataciones arqueológicas, así como las suposiciones de que son ciertas las imágenes de especímenes procedentes de la recién descubierta América. Y, también, llegamos hasta las primeras referencias sólidas de su presencia en poder de Rodolfo II. Si damos más peso a la posibilidad de la autoría de John Dee o Edward Kelley…*»

Ahí estaban ellos, los posibles falsarios. Alquimistas ambiciosos, como Erik Lange, el cuñado de Tycho Brahe.

«*… nos encontramos con el criptógrafo italiano Girolamo Cardano. Cardano describe un procedimiento para codificar mensajes en 1550. Se lo conoce como "la rejilla de Cardano". Esta rejilla no es otra cosa que un trozo de papel o cartulina con perforaciones en forma de ranuras, de tal forma que todo un texto se oculta excepto las letras que dejan ver las ranuras. Podemos escribir una frase clave palabra por palabra en el lugar que ocupan las ranuras. Luego, rellenar de texto sin contenido el resto. La única forma que tendrá alguien de descubrir el mensaje original es poseer la cartulina para ocultar las palabras sin sentido y dejar a la vista únicamente la clave.*»

Era algo bastante simple. Los diagramas ayudaban a entenderlo. Había acertado en mi jocosa suposición proponiendo tarjetas perforadas. Los primeros ordenadores descubiertos en el siglo XVI.

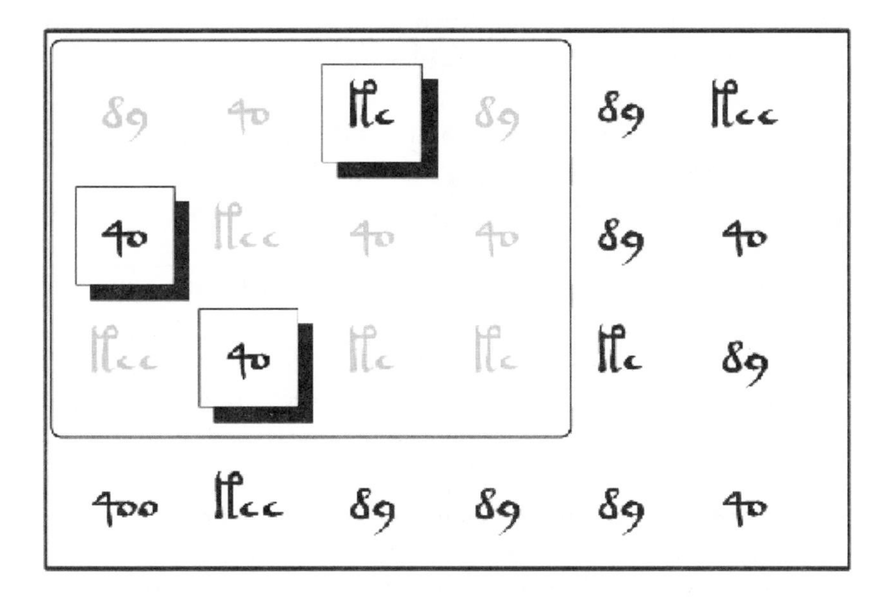

«Pero el método puede utilizarse al revés. Pongamos que construimos una tabla de tres columnas y la rellenamos escribiendo en cada una de ellas prefijos, sílabas intermedias y sufijos. Todos sin sentido. Y que incluso dejamos casillas de la tabla vacías. Podemos generar palabras de forma casi aleatoria moviendo una rejilla de Cardano con tres ranuras, una por columna, por encima de la tabla. No todas las palabras tendrán tres sílabas, porque hay casillas vacías. Si movemos la rejilla en distintas direcciones, la giramos, le damos la vuelta, o hacemos cualquier operación que se nos ocurra con ella, cambiamos los patrones. Casi de forma irreproducible, casi aleatoriamente. Según Gordon Rugg, los timadores habrían hecho algo así. Copiar cuidadosamente cada palabra generada por este método. Una tras otra.»

Los Juanes explicaban a continuación en detalle los resultados del psicólogo e investigador inglés. En apenas tres meses dos personas podían haber generado por completo el manuscrito, añadiendo además dibujos inverosímiles bastante mal terminados. Luego insistían en las distribuciones binomiales, la repetición de patrones, varios conceptos estadísticos y toda suerte de razonamientos modernos para asegurar que, efectivamente, la explicación propuesta y publicada en la prestigiosa revista americana tenía visos de ser verosímil. Con un único problema. Podíamos reproducir algo parecido al *Manuscrito Voynich*, pero renunciábamos desde ese momento a descubrir algo oculto. El método implicaba la aceptación del timo. Y no era exacto al cien por cien. Había margen, pues, para seguir trabajando en nuestra propia dirección.

«*Hemos trabajado un tiempo en nuestro propio modelo de tríadas, modelo que tú sugeriste, y que está influenciado por los hallazgos de Friedman en la década de los cincuenta. La potencia de cálculo de nuestros ordenadores nos da resultados mucho mejores que a él, y más próximos al original que los que puede obtener Gordon Rugg con sus rejillas en años. Pero tenemos que ser realistas, Héctor. En el siglo* XVI *no había procesadores ni lenguajes de programación. Y lo más que podemos conseguir después de cotejar millones de combinaciones sería una copia del* Manuscrito. *El mensaje, si existe, quedará oculto para siempre.*»

Llevaban razón. Habíamos reproducido ya palabra por palabra varias páginas del *Voynich*. Pero no había ninguna relación entre ellas. Cada una era el resultado de cientos de horas de cómputo. Fuerza bruta.

«*Teníamos que empezar a razonar de otra forma. Y, por fin, creemos tener algo nuevo. Para compartirlo contigo, demuéstranos que, en efecto, eres capaz de razonar de forma diferente.*»

¡Malditos roedores! ¿No llevábamos juntos más de un año? ¿A qué venía ahora esa desconfianza? Estuve tentado de apagar definitivamente el ordenador, destruir el CD, y borrar sus direcciones de mi agenda y de mi memoria. En realidad, me sentía engañado, desengañado y vuelto a engañar.

Pero la curiosidad fue más fuerte que mi enfado. Así que pulsé la tecla para continuar. El nuevo acertijo tenía que ser, por lógica, más complicado que los precedentes. El plazo de tiempo disponible para resolverlo, veinte minutos, era más que generoso.

«*Un oso sale de su cueva. Camina primero diez kilómetros hacia el Sur. Luego gira y cubre una distancia igual hacia el Este. Por último, recorre otros diez hacia el Norte. Cuando se cansa y da por terminado el paseo, descubre que ha vuelto a su cueva. ¿De qué color es el oso? Introduce la palabra clave y pulsa la tecla Enter.*»

Al principio me pareció una adivinanza sin sentido. Pero luego advertí que era algo bastante simple. Si la cueva del oso está situada justo en un Polo, al desplazarse el plantígrado en dirección Norte o Sur siempre lo hace por un meridiano. Yendo en dirección Este —u Oeste—, no hace sino cambiar de meridiano. Como todos los meridianos convergen en los polos, siempre llega a su casa. Apenas habían pasado un par de minutos y ya sabía que nuestro oso tenía que ser un oso polar. ¿De qué color es un oso polar? Pues blanco, claro.

Introduje la palabra «blanco» en la casilla y pulsé la tecla pedida.

Sonó un rugido por los altavoces. Un rugido terrible.

«*Respuesta errónea, Héctor.*»

El programa me dejaba sólo un minuto para hacer otro intento. En caso contrario me advertía del fatal desenlace. El resto de la información que contenía el disco se borraría.

Me quedé helado, mismamente como si estuviera en el Polo y tuviera a un oso enorme echándome su aliento en el cogote. La respuesta era, indudablemente, correcta. ¿Estaba mal el programa? No parecía probable, conociendo a los programadores. ¿Qué otros colores les gustan a los osos? No demasiados. Hay osos grises y osos pardos. También negros, creo. Y pandas, pero esto no es un color sino una especie de cemento. Las ideas se me agolpaban a toda velocidad. Tenía que decidirme por una respuesta. Quince segundos. Diez. Cinco. Tecleé lo primero que me vino a la cabeza.

«*Enhorabuena Héctor. ¿Quieres avanzar o mejor nos tomamos un café?*»

Resoplé.

Había seguido sus propios consejos. Había razonado de la forma más simple. Sin operaciones aritméticas ni conocimientos geográficos. La respuesta estaba ahí escrita. El truco más viejo del mundo. La solución más evidente.

No en vano, John era un fanático de *El Señor de los Anillos* y Tolkien.[5]

Como es lógico, lo que había tecleado *in extremis* era la palabra «clave».

5. En la trama de *El Señor de los Anillos,* cuando los héroes se plantan ante las puertas pétreas de las minas de Moria, encuentran éstas cerradas. Sobre ellas se puede leer la frase: «Di Amigo, y entra». La contraseña para entrar es, obviamente, *amigo.* (*N. del A.*)

11

—La trigonometría que tenéis en la pizarra no es un invento nuevo. Tiene la friolera de dos mil trescientos años, más o menos.

No parecieron muy impresionados. Insistí atacando su amor propio.

—Los chicos de la Grecia del año 300 antes de Cristo ya estudiaban a Euclides. Se sentaban en bancos de piedra y no tenían recreo hasta que no conseguían resolver los problemas de los triángulos —amenacé—. El comercio en aquellos tiempos se basaba en la navegación. No existían los satélites GPS para orientarse. Ni existían los norteamericanos para inventarlos. Ni tan siquiera existía América. De hecho, si Colón descubrió el Nuevo Mundo fue porque cometió un error mayúsculo en sus cálculos. La geometría no era su fuerte.

—¿En qué se equivocó? —preguntó una de las chicas de la primera fila.

—Calculó mal la circunferencia de la Tierra —respondí—. Ya en su época los sabios de la Universidad de Salamanca conocían de sobra las mediciones de los griegos, que eran bastante buenas. En números redondos, cuarenta mil kilómetros. Colón pensaba que sólo eran treinta mil y que, por tanto, se podía llegar antes a Asia desde España navegando de Este a Oeste que al revés. A mitad de camino se encontró con el nuevo continente.

—¿Pero no se pensaba entonces que la Tierra era plana? —fue ahora el propio Simón quien intervino. Aclaré la cuestión.

—No, no. De ninguna manera. Que la Tierra es una esfera se conoce desde los tiempos remotos. No ha hecho falta salir al espacio para hacerle fotos. Cuestiones tan simples como el ver desaparecer a los barcos en el horizonte ponían de manifiesto la curvatura de su superficie. Los mástiles eran lo último en perderse de vista.

Volví al tema principal.

—Trigonometría quiere decir, simplemente, medida de los triángulos. Con las fórmulas de Euclides se medían y se miden perfectamente distancias. O alturas. Y se podían hacer los mapas. También con ellos se calculaban las posiciones de los astros, de las estrellas y los planetas.

En ese punto aproveché para llevar el agua a mi molino.

—Todos los dibujos y diagramas de Copérnico, Tycho, Galileo o Kepler estaban basados en Euclides. De hecho, la geometría ha permanecido casi inalterable hasta hace muy pocos siglos. Y por eso se sigue estudiando en los colegios, porque permite realizar la mayor parte de los cálculos necesarios en la vida ordinaria.

Pero nada. No se convencían de las bondades de las matemáticas. Así que volví a señalar el encerado, lleno de triángulos de toda naturaleza y condición, y terminé la clase dando las órdenes pertinentes.

—Para mañana quiero resueltos los problemas del final de la lección. Desde el 10 al 15, ambos inclusive. Sin excusas.

—¡Pero esta tarde hay *Champions*! —protestó un rezagado.

—Pues tú serás el primero en salir a la pizarra. Por hablar, te ha tocado el 13. Mala suerte. Y ahora, todos fuera.

El timbre del recreo acababa de sonar. Estaba borrando la pizarra cuando oí la voz de Simón a mi espalda.

—Padre, cuénteme algo más de la astronomía antigua. No entiendo las razones por las que Kepler podría querer matar a Tycho. ¿Había además algún triángulo amoroso oculto? —bromeó el muchacho.

—Es algo bastante simple, y no muy largo de explicar —comencé—. Hasta el siglo XVI el modelo que los hombres tenían de los cielos era el propuesto por Aristóteles. La Tierra estaba situada en el centro del universo, y todo lo demás giraba a su alrededor. Era un modelo muy sencillo, y funcionaba muy bien. De hecho, podían navegar guiándose por las estrellas sin perder la orientación.

La cara de Simón era explícita. Todavía no entendía mucho.

—Si observamos el cielo —continué—, lo primero que vemos es que las estrellas se mueven de Este a Oeste, y pensamos que nosotros estamos quietos respecto a ellas. El Sol es una estrella más. Cuando ella sale, su luz nos impide ver al resto. Al ponerse el sol y caer la noche, podemos comprobar que este movimiento estelar es casi siempre igual. Y así para casi todos los astros. Es indiferente pensar en que la Tierra esté en el centro de todo, o que quien esté en esa posición sea el mismo Sol.

—Ya —afirmó un todavía poco convencido Simón.

—Pero había algunos astros que rompían el molde —continué—. Se comportaban de forma errática, así que los griegos les llamaron así, *planetas*. El significado de esta palabra es precisamente ése, cuerpos errantes.

—¿Desaparecían?

—No. Pero su movimiento no era igual al de las estrellas. En ocasiones su trayectoria se invertía y se movían de Oeste a Este. Especialmente juguetón en estas cosas, si me permites la expresión, es Marte.

El chico seguía escuchando atentamente.

—El principal tema de discusión entre Tycho y Kepler fue, precisamente, Marte. Tycho había anotado la posición del planeta respecto a las estrellas fijas durante más de treinta años, y por muchas vueltas que le daba no conseguía encajar su trayectoria con ninguna curva conocida. Contrató a Kepler para que le ayudara en éste y otros trabajos. Ni que decir tiene que Kepler, una vez que tuvo estos datos, averiguó que Marte se movía siguiendo una elipse, con el sol en uno de los focos.

—Parece fácil —observó Simón.

—No lo fue en absoluto. Me he saltado gran parte de la historia. Cuando los astrónomos de la antigüedad descubrieron los planetas, y vieron que giraban de forma distinta a las estrellas, decidieron asociarlos con diferentes esferas. Ya no se trataba de una única bóveda celeste con las estrellas fijas en ella, moviéndose todas al unísono y girando en torno a la Tierra. El universo estaba compuesto por una serie de esferas concéntricas, cristalinas, engarzadas unas dentro de otras que se movían acompasadamente. Cada planeta, así como la Luna y el Sol, tenía una esfera propia. La Tierra permanecía inmóvil en el centro de todo. La última de todas las esferas era, precisamente, la de las estrellas fijas, inmutables.

—Si los planetas giraban en distintas esferas, ya tenían una explicación convincente para sus extraños movimientos —acotó de forma inteligente el chico.

—Sí pero no. Desde un punto de vista llamémosle filosófico, el modelo funcionaba. Pero no desde el punto de vista geométrico. No había manera de encontrar el movimiento exacto de unas esferas dentro de las otras. No había forma de reproducir fiablemente por dónde y cuándo pasarían los planetas. El modelo se fue complicando. De las ocho esferas iniciales se pasó a más de cincuenta. Unas tenían que mover a las otras de forma muy sofisticada. Fue finalmente Ptolomeo de Alejandría quien, en el siglo II, elaboró una serie de tablas y de cálculos que permitían predecir, con mucha precisión, cómo se movían los planetas. Inventó un modelo geométrico precioso, lleno de curvas y artefactos de nombres tan sugerentes como epiciclos, ecuantes o deferentes. Fue el triunfo de la geometría. Durante catorce siglos los hombres se sirvieron de él, y nadie puso en duda la idea cosmológica de Aristóteles, con la Tierra en el centro del universo.

—Me parece mucho tiempo —replicó Simón de forma escéptica.

—No es tanto si tenemos en cuenta la época en la que sucedió. La Iglesia no fue siempre tan abierta y estupenda como ahora la conoces —bromeé, señalándome como ejemplo—. El modelo aristotélico establecía que la Tierra era el centro de la creación divina, y el hombre dentro de ella. Los filósofos y teólogos cristianos, como santo Tomás, adaptaron las ideas de Aristóteles al cristianismo, y la fe ocupó el lugar de la ciencia. Fue uno de los mayores errores de la Iglesia en su historia.

—Casi queman a Galileo, ¿no?

—Galileo fue, en efecto, acusado por la Inquisición y obligado a abjurar de sus teorías. Poco años antes, otro contemporáneo de Tycho y Kepler, Giordano Bruno, corrió peor suerte y sí fue quemado en la hoguera. Los primeros astrónomos modernos fueron precavidos —proseguí—. El ejemplo más claro es el de Copérnico. Cuando publica su nuevo modelo cosmológico, con el Sol en el centro del universo en lugar de la Tierra, lo hace de forma muy prudente. Tanto que dedica su libro al papa, por lo que pudiera pasar. Copérnico muere en 1543, sólo un mes después de ver publicado su trabajo, una obra que le llevó casi veinticinco años de su vida. Su nombre era *De las revoluciones de los cuerpos celestes*, un título premonitorio. Hoy en día hablamos con normalidad en términos de revoluciones, o giros copernicanos, para referirnos a cualquier gran cambio, sea del orden que sea. Así de importante es la astronomía.

—¿Y Tycho y Kepler, cuándo aparecen?

—Apenas unos años después. El modelo copernicano no fue ni mucho menos un éxito en aquel entonces, aunque ahora nos parezca de una intuición y brillantez extraordinarias. Copérnico consideró en principio las órbitas de los planetas como círculos perfectos, así que sus cálculos tenían errores. Cuando se dio cuenta de ello e intentó ajustar los datos experimentales, tuvo que volver a recurrir a epiciclos y deferentes. Como Ptolomeo. Y las tablas de efemérides astronómicas obtenidas a partir de su modelo no eran mejores que las ya existentes. Por eso, tanto navegantes como estudiosos seguían considerando el modelo geocéntrico como el correcto, que además estaba en consonancia con la idea religiosa imperante y no contradecía la grandiosa figura de Aristóteles. De hecho, Tycho nunca adoptó el modelo de Copérnico. Empezó desde la nada, anotando las posiciones de estrellas y planetas con una precisión nunca antes vista. Y se quedó a mitad de camino.

—¿Qué quiere decir?

—Que no consiguió ajustar tampoco la geometría con la realidad. Le faltó tiempo para ello. Tycho tenía su propia concepción del universo, con la Tierra en el centro y la Luna y el Sol girando en torno a ella. Pero ahora el resto de los planetas no giraban alrededor de la Tierra, sino del Sol. Tenía las observaciones, pero no tenía el modelo correcto. Por aquel entonces Johannes Kepler era ya un matemático brillante, aunque desafortunado, con muchos problemas debido a su estricto luteranismo. El resto de la historia ya la conoces, a grandes rasgos.

—¿Kepler era partidario de Copérnico? —insistió Simón, que parecía no querer dejarme terminar la explicación.

—Sí. Y éste fue uno de los principales motivos de confrontación con su maestro. Tycho pretendía que Kepler ajustara sus cuidadosas mediciones a su propio modelo. Kepler era reticente, así que trabajaba en ello con una mal disimulada desgana. Fue una de las razones por las cuales Tycho ponía en sus manos los datos con cuentagotas.

—Ya. Interesante, muy interesante.

—Ciertamente lo es. La astronomía cambió la forma de ver el cielo. Y al cambiar la astronomía, cambió la propia ciencia y la sociedad con ella. Con los siglos fe y razón pasarían a ser cosas bien distintas, y hoy nadie duda de que si no hubiera sido por el trabajo de estos gigantes, las cosas serían de otra manera.

Simón se dio por satisfecho. Habían pasado más de treinta minutos de charla y los demás ya estaban esperando en la puerta para volver a entrar en clase. Alguno había estado escuchando.

—Padre, ¿me dejará mirar por su telescopio? —me espetó, según alcanzaba su pupitre, la niña preguntona de la primera fila.

No lo dudé.

—Claro que sí.

Al instante todo un coro de quinceañeros gritaba:

—¿Y a mí? ¡*Porfa*...!

El nombre de John Dee aparece por todas partes en la historia del *Manuscrito Voynich*. Incluso es citado en las biografías de Tycho Brahe, lo que tenía para mí un valor añadido. Dee comparte unas líneas con Tycho por el hecho de que fue uno de los astrónomos que, además del propio danés, reportaron en sus escritos la aparición de la supernova de 1572.

Antes de enfrascarme en la búsqueda de datos de la azarosa vida de este alquimista, quise saber un poco más de la famosa explosión estelar, hoy conocida con justicia como la Supernova de Tycho. Era la tarde del 11 de noviembre de 1572, y Tycho regresaba de su laboratorio alquímico para cenar. Entonces levantó la vista al cielo —probablemente alguien tan tenaz como él la llevaba siempre levantada—, y vio una estrella nueva.

Tycho se conocía la posición de las estrellas visibles al ojo casi de memoria —unas cuatro mil, más o menos, que es el número de ellas que es posible ver desde aquellas latitudes a simple vista—, y aquello le dejó perplejo. No era sólo que hubiera una estrella donde antes no había nada. Era que, además, la recién aparecida estrella era mucho más brillante que ninguna otra, mucho más que Sirio o Vega, incluso más que el planeta más brillante, Venus. Lo primero que hizo Tycho fue lo más prudente. Empezó a llamar a sus sirvientes, a sus discípulos, a sus campesinos —Tycho era el amo y señor de la isla— y a todo bicho viviente que encontró disponible por las cercanías. Todos miraron donde Tycho señalaba y todos corroboraron el descubrimiento. Las noches siguientes Tycho observó la estrella con sumo cuidado. Sorprendentemente, y en contra de las previsiones iniciales, la estrella no se movió, ni se rodeó de un halo brillante, ni tenía cola, ni se volvió borrosa. No era, en definitiva, un cometa.

El descubrimiento de esta estrella *nova*, como él mismo la bautizó, fue un acontecimiento trascendental. No se trataba simplemente de que hubiera una estrella más. Es que nunca había aparecido una estrella nueva desde los tiempos remotos. (Este dato no es totalmente exacto, ya que en el año 1054 había aparecido otra supernova, cuyos restos es lo que hoy conocemos como Nebulosa del Cangrejo. Dado que sólo fue vista —o al menos, anotada— por los astrónomos orientales de China y Japón, Tycho desconocía obviamente su existencia). El cielo era tenido en la cosmología de Aristóteles como inmutable más allá de la Luna, y de hecho los cometas se consideraban fenómenos atmosféricos, que tenían lugar en la esfera de la Tierra. Si por aquel entonces Tycho ya dudaba de la infalibilidad de la teoría aristotélica —y más cuando midió el paralaje de un cometa años después y lo situó, correctamente, mucho más allá de la órbita de la luna—, esta aparición le proporcionaba nuevos argumentos.

Recordé entonces otra de las casualidades más sorprendentes en la historia de la astronomía. La aparición de supernovas es un fenómeno rarísimo en nuestra galaxia, en nuestra Vía Láctea. Se producen cuando una estrella de gran masa, mucho mayor que la del Sol, envejece y empieza a fusionar los elementos químicos en su núcleo para conseguir la energía necesaria que la mantenga con vida. Del hidrógeno se pasa al helio, al carbono, a elementos cada vez más pesados hasta llegar al hierro. Los átomos de hierro ya no pueden fusionarse entre ellos, así que la energía se agota y la estrella se colapsa sobre sí misma en sólo un instante debido a la inmensa fuerza gravitatoria. El resultado es una explosión colosal. La Vía Láctea tiene cien mil millones de estrellas, pero este colapso sólo le ocurre a tres de ellas, por promedio, cada mil años. En este último milenio la primera supernova la vieron sólo los astrónomos orientales. La segunda Tycho Brahe. Y la tercera, aparecida sólo unos años después —en 1604—, la vio... Johannes Kepler. No ha colapsado ninguna otra estrella desde esa fecha en nuestra galaxia.

Estaba repasando la biografía más extensa de Tycho Brahe —la escrita por Victor E. Thoren y que lleva por título *The Lord of Uraniborg*—, cuando reparé en un nuevo detalle de lo más curioso. El autor narra los numerosos viajes del danés por Europa antes de levantar Uraniborg. Durante estos viajes, Tycho entabla amistad y comparte inquietudes con un buen número de estudiosos de su época. En el otoño de 1577, Tycho decide prolongar su estancia en el norte de Alemania, en Regensburg. La razón, asistir a la coronación como emperador del Sacro Imperio Romano del que años más tarde sería su mentor en el exilio, a la par que amigo, el ya conocido Rodolfo II. En aquellos años Tycho Brahe no era más que un joven noble distinguido, súbdito de su amado rey Federico II de Dinamarca, al que servía en el desempeño de misiones diplomáticas a la vez que profundizaba en sus propios conocimientos científicos. Es en esa fecha y lugar cuando conoce a un físico de Bohemia de nombre Thaddeus Hayek. Este hecho no tendría mayor importancia si no fuera por que Hayek era un conocido seguidor de Paracelso, y también un famoso alquimista, que era el tipo de personas con las que Tycho gustaba de reunirse. Hayek escribiría unos años después —según aparece en la biografía de Tycho Brahe—, que él habría presenciado con sus propios ojos la conversión de mercurio en oro por parte de John Dee y un extraño cómplice. Esto habría ocurrido en 1584. Y es precisamente en esa fecha, entre 1584 y 1585, cuando John Dee y Edward Kelley llegan a la corte de Rodolfo II en Praga.

Las historias se empeñaban en converger.

Tocaba bucear ya, sin más rodeos, en la vida, obra y milagros —que los hubo—, de este par de siniestros personajes. Cerré el libro de Thoren y recurrí nuevamente a Internet. La extraña vida de ambos, amén de sus conexiones con el mundo de lo oculto, el esoterismo, los sucesos inexplicables y toda suerte de fantasías, me arrojaron a un sinfín de páginas de datos a cuál más disparatada. No iba a ser fácil separar la realidad de la ficción en la vida de unos sujetos que decían poder hablar con los ángeles en el mismo lenguaje de Adán y Eva. Me hice un café antes de empezar a tomar notas. Ya era tardísimo pero la curiosidad vencía al sueño. Al menos John Dee era lo suficientemente conocido como para no llevarme mucho tiempo. O eso creía.

Dee es más conocido junto con su título y nombre: Doctor John Dee. Se sabe que nació el 13 de julio de 1527 en una de las Torres de la Guardia de Londres. No sabemos qué hacía ahí su madre ese día, aunque siendo su padre comerciante de tejidos, caballero y sastre de Enrique VIII, algo tendría que ver. Descendiente de galeses —su apellido *Dee* significa «negro», lo que no deja de ser premonitorio para alguien numerosas veces acusado de practicar la magia negra—, fue un estudiante brillante tanto en Essex de niño como en Cambridge de joven. Dee aprendió a la perfección latín, griego, aritmética, geometría, filosofía y, cómo no, astronomía. También como Tycho, y como Kepler, se sintió fascinado por la astrología. Dee creía que los planetas emitían una especie de rayos de fuerza que actuaban sobre los cuerpos y, especialmente, sobre las personas. Una idea bastante vaga de lo que luego acabaría siendo la Fuerza de la Gravedad, postulada matemáticamente por su compatriota Isaac Newton un siglo después.

Al igual que hizo Tycho, John Dee comenzó a viajar buscando aumentar sus conocimientos. Trabajó varios años con el famoso matemático, geógrafo y cartógrafo Gerard Mercator, llevándose consigo más tarde a Inglaterra las técnicas de éste para confeccionar los mapas. Se dice de él que fue el primero en aplicar la geometría euclídea a la navegación, y que dibujó en las cartas los pasos marítimos más alejados, tanto al Noroeste como al Nordeste. También tradujo la magna obra de Euclides, los *Elementos*, al inglés.

Me quedé pensando. Era curioso. El mismo día en que se me ocurría enseñar a mis alumnos las bondades de la geometría euclídea, me topo con uno de sus principales impulsores en Europa. Hasta ese momento la biografía de John Dee como hombre de ciencia era impecable. Lo malo vendría después.

Dee volvió a Inglaterra. Reinaba un niño de nueve años, Eduardo VI, que no viviría mucho. Eduardo murió con sólo quince años en 1553. En ese mismo año, el duque de Northumberland —al que John Dee servía por aquel entonces— había encargado al físico italiano Girolamo Cardano un horóscopo del niño rey. Se dice que Cardano deliberó durante cientos de horas previendo el fatal desenlace y guardó silencio, aunque otras fuentes establecen que el italiano se equivocó en su destino cruel. Posiblemente, el matemático obró con prudencia sabedor del peligro que entrañaba realizar una carta astral al mismo rey, ya que podía ser acusado de espía.

Éste era un episodio ciertamente oscuro. Las intrigas en la Inglaterra del siglo XVI eran continuas. En lo que a mí respecta, el dato de mayor interés era que —como había supuesto Gordon Rugg—, muy posiblemente John Dee y Girolamo Cardano habían trabajado juntos. La teoría de una codificación del *Manuscrito Voynich* usando el método del italiano cobraba fuerza.

Con la muerte de Eduardo VI, las cosas se complican para el doctor Dee. Y es que sube al trono su hermana María, que restaura el catolicismo, amén de poner toda su energía en destruir a los protestantes. Destruir y quemar eran sinónimos por aquella época. John Dee es arrestado, sus libros y pertenencias confiscados y su casa sellada. Corre el año 1555. Su delito, el cálculo. Todo aquello que tenía que ver con los números era relacionado con la Cábala, la numerología y otras artes mágicas y heréticas. Es acusado además de pertenecer a una secta protestante secreta, de escribir horóscopos acerca de la reina y de su esposo, y de dirigir encantamientos contra la misma María. Dee es juzgado y condenado, pero sorprendentemente puesto en libertad al poco tiempo de ocurrir esto. Lo que no impide que se quede en la ruina más absoluta.

Sin embargo, sigue trabajando para la reina. Al año siguiente le presenta un proyecto para construir la mayor biblioteca de Inglaterra, la grandiosa Biblioteca Real. La propuesta es, cómo no, rechazada. A pesar de ello John Dee acumula por su cuenta y riesgo volumen tras volumen, y logra juntar unos cuatro mil. Teniendo en cuenta la época y que, por ejemplo, la mismísima Universidad de Cambridge apenas tenía doscientos libros, su colección puede considerarse vastísima. Contenía ejemplares de filosofía, alquimia, astrología y astronomía —la misma cosa entonces—, medicina o teología, entre otras muchas disciplinas. Si entre ellos se encontraba ya el *Manuscrito Voynich*, eso es un misterio. En 1558 muere la reina María y sube al trono Isabel. La suerte vuelve a cambiar.

Isabel es protestante y, por tanto, Inglaterra vuelve a serlo también. John Dee es el elegido para pronosticar el día más apropiado en el que se ha de llevar a cabo la coronación de la nueva reina. Escoge el 15 de enero de 1559 y, a juzgar por la historia posterior, parece que acertó. El reinado de Isabel es largo y fructífero para Inglaterra, y esta circunstancia favorece el ascenso y posición de Dee en la corte. Se convierte en el astrólogo oficial, beneficiándose del hecho de que todas las cortes europeas tenían sus propios astrólogos y alquimistas, y se tomaban bastante en serio el asunto del hallazgo de la piedra filosofal. Parece que además de estas tareas, la reina Isabel encomienda otras menos mágicas y más prosaicas a John Dee. La más curiosa habría sido la de actuar como agente doble durante la guerra de los ingleses con los españoles. Y su identificación secreta, nada menos que 007. Muy cabalístico y muy cinematográfico. Se dice que esta anécdota inspiró al escritor Ian Fleming para denominar así a su famoso personaje James Bond.

Aún habría de encontrar otra pista que podía unir a John Dee, primero con Tycho, y luego con Girolamo Cardano. Es la mencionada aparición de la supernova. Si Tycho y Dee aparecen juntos en la biografía del primero por causa de esta explosión estelar, de igual forma también lo hacen en la del segundo por idéntica razón. El trabajo publicado por Dee recogiendo las conclusiones de sus observaciones, y donde explica los métodos trigonométricos para medir la distancia a la que se encontraba la estrella —el llamado paralaje—, es calificado como admirable por Tycho. Pero el tercer astrónomo en discordia, Cardano, se niega a aceptar el hecho de que la supernova sea una estrella nueva. Cardano afirma que la supernova es la misma estrella que guió a los Reyes Magos a Belén, y que si ha permanecido oculta desde el nacimiento de Jesucristo hasta esa fecha se debe a causas estrictamente relacionadas con su naturaleza divina. Sin embargo, John Dee es básicamente un astrónomo copernicano, y sus escritos relacionados con la ciencia de los cielos se encuentran mucho más cerca de los de Tycho que de los de Cardano. La explicación que Dee aporta a la progresiva atenuación de la supernova es que ésta se va alejando paulatinamente de la Tierra.

A partir de ese instante de su vida John Dee cambia completamente su carácter. Comienza a hablar con los ángeles y a llevar a cabo todo tipo de disparates relacionados con la religión. Incluso para un religioso propiamente dicho como yo. Así que decido irme a dormir con los omnipresentes angelitos y dejar para mejor ocasión el inicio de la mágica vida del doctor John Dee. Y de su compañero de fatigas, el más increíble aún Edward Kelley.

12

No había tenido noticias de los chicos desde que despidiera a Juana a la puerta de su hotel. Ningún correo electrónico, ninguna postal desde las playas de Tenerife o la cumbre del Teide. Tampoco John había dado acuse de recibo de mi petición del *paper* del profesor Volker Bialas acerca del libro de los Gilder. Dejándome llevar por un impulso paternal, marqué el número de móvil que la mejicana me había dejado. El teléfono dio señal de estar desconectado o fuera de cobertura, posiblemente lo primero. Era la primera vez en un año en que había perdido completamente el contacto con ellos. Y esto justo sucedía, precisamente, cuando habíamos empezado a conocernos en persona. Tampoco me habían dejado la dirección del chalet que presumiblemente habían alquilado, ni de hotel alguno. Al fin y al cabo, me había negado a acompañarles. ¿Para qué iba a quererla?

No sabía si preocuparme. Que querrían estar a solas unos cuantos días, desaparecidos del resto del mundo para disfrutar de su romance, era un hecho. Tenían derecho a su particular luna de miel. Pero no dejaba de extrañarme tanto misterio. Mi único contacto con ellos era a través de un CD cifrado que no había terminado de resolver, y que en su última pantalla había estado a punto de derrotarme. No me animaba a seguir por el momento con él. Fallar hubiera significado perder definitivamente la partida y la comunicación. Seguiría intentando con el teléfono y el correo electrónico. Tal vez no tuvieran acceso sencillo a Internet.

Tenía otro asunto urgente que me quemaba en las manos: el futuro de la comunidad. Esa misma noche fuimos agraciados con otra pintada, pero esta vez en el lado externo de la tapia, la que da a la calle. Para que se viera bien. Y en esta ocasión, escrita en caracteres latinos perfectamente legibles:

«Especuladores. Asesinos».

Ni qué decir tiene la consternación que produjeron estas palabras entre los míos. Uno no alcanza muy bien a comprender cómo el hecho de no poder disponer de un lugar para aparcar el coche en el centro de la ciudad, puede llevar a alguien a tildar de asesinos a unos semejantes. Semejantes que, por otra parte, llevaban casi cien años educando a los hijos de esos mismos ciudadanos, tal vez incluso a ellos mismos. Y unos cuantos más dando sosiego espiritual a sus almas por medio de la otrora parroquia y ahora antigua iglesia.

La iglesia. Tenía pendiente una excursión por los subterráneos.

Aunque la caja con la documentación y los planos del edificio del antiguo prior no había, lógicamente, vuelto a aparecer, aún conservaba encima de mi mesa los pocos papeles que me había entregado Carmelo el día de la primera expedición al subsuelo. La confusión en mi escritorio había sido tal en los últimos días, que éstos habían quedado justamente debajo de todos los demás. Los rescaté de allí y, tumbado sobre la cama, los hojeé.

Unas cuantas páginas no eran más que anotaciones de las actividades diarias de Anselmo Hidalgo. Bastante predecibles, por otra parte. A grandes rasgos, un dietario con anotaciones. Un *ora et labora* detallado de aquellas fechas. Misas, clases, visitas rutinarias a enfermos y fieles, pero también otras esporádicas a políticos, maestros albañiles o funcionarios de variados ministerios, junto con las citas, gastos e ingresos, perfectamente detallados en rojo y azul, respectivamente. Una página suelta contenía lo que intentaba ser un poema. Tal vez el viejo prior cultivó la poesía, pero los versos no parecían ser otra cosa que un mal remedo de aquéllos de san Juan de la Cruz. Y luego había dibujos. Muchos y mal hechos. Como los que cualquiera trazaría distraídamente en un momento de desidia en una clase aburrida. No parecían decir nada. Un caballo, un perro, un señor fumando en pipa. Unas mujeres gordas desnudas en barriles. O latas.

¿Unas mujeres gordas desnudas en latas?

Di un brinco y salté de la cama. No le pegaba nada a un prior jesuita dibujar mujeres desnudas, y menos habiendo superado de largo los dieciséis años de edad. Los dibujos me resultaban familiares, muy familiares.

En efecto. Comparé los garabatos de Anselmo Hidalgo con los grabados del *Voynich*. La similitud entre algunas figuras era grande. No eran exactamente iguales, pero se daban el suficiente aire como para descartar cualquier tipo de perversión en el antiguo prior. Estaba claro que este antiguo jesuita que había regido los destinos del convento donde yo ahora mismo vivía, también se había interesado por el *Manuscrito Voynich*. Y lo que era más intrigante, posiblemente lo había tenido ante sus ojos.

Comprobé cuidadosamente las reproducciones del original. Las mujeres que había pintado Hidalgo guardaban cierta similitud con las que aparecían en una de las páginas llamadas astronómicas del *Manuscrito Voynich*. No eran las mismas, pero seguían los mismos cánones de belleza, si es que podemos llamarlos así. Al contrario que en el libro, no había ningún carácter *voynichés* anotado o dibujado entre las hojas del prior. Sólo las mujeres. Era otra diferencia a tener en cuenta. Había más láminas con mujeres gordas —o tal vez preñadas—, sobre las que los investigadores del *Voynich* habían especulado en un sinfín de variadas hipótesis. Otra lámina fuertemente decorada presentaba al mismo grupo de mujeres sumergidas en baños de distintos líquidos, unidos por vasos comunicantes. La explicación más sugerente era la que decía que se trataba de una alegoría de la unión del alma con el cuerpo. Tal vez en el momento del nacimiento. O de la separación de ambas entidades, en el momento de la muerte.

Era hora de hacer una nueva excursión.

Tomé la llave de la entrada a los corredores y una linterna con pilas nuevas y me fui directamente a la capilla.

A esas horas estaba desierta.

Los pocos frailes que no estuvieran ya en sus habitaciones estarían en el salón de la televisión. O tal vez en la cocina, discutiendo alrededor de la mesa cómo hacer frente a la nueva situación que, inexorablemente, se nos echaba encima. Existía ya un

principio de acuerdo con el Ayuntamiento. Habíamos aceptado, al fin, marcharnos por las buenas. Pero todavía las posiciones de unos y otros estaban muy lejos en lo relativo a la indemnización a recibir por la expropiación forzosa. Tampoco aceptábamos el viejo instituto en su estado decrépito para reanudar las clases mientras levantábamos el nuevo colegio. Las reuniones de Damián, Carmelo y Julián con los representantes legales de las concejalías implicadas eran eternas. Y algunas habían terminado de muy malas maneras.

Abrí la puerta no sin problemas. Carmelo lo había hecho fácilmente, pero sin duda él conocía los trucos de la cerradura y yo no. Preferí dejar la puerta abierta a mis espaldas y, además, calzarla con un trozo de cartón. No confiaba en absoluto en los viejos y oxidados mecanismos de cierre. ¿Quién me aseguraba que no me jugarían una mala pasada si volvían a encajarse de golpe? Luego me tanteé el bolsillo del pantalón. Llevaba el móvil, aunque quizás a los pocos metros de descenso su cobertura se reduciría a la nada. Poco más. Ni siquiera un bocadillo para ir dejando migas de pan a mi paso. Ni un cordel para guiarme en el laberinto.

En principio, no había nada que temer.

Reproduje el trayecto seguido con Carmelo unos días atrás.

Tampoco había otras opciones. La escalera tenía dirección única —y un sentido, hacia abajo, lógicamente—, y ninguna bifurcación. Así hasta llegar al amplio rellano en donde terminamos el paseo la primera vez. Se oía correr el agua cercana. También se oían correr otras cosas, pero con patas. Apunté con mi linterna hacia el sonido aunque hubiera sido mejor no hacerlo. Una rata pasó como un bólido entre mis piernas. No pude contener un grito de asco y le lancé una patada que, huelga decirlo, ni le rozó. Lo mío es el baloncesto.

Enfoqué con la linterna hacia la pantalla del teléfono móvil. En efecto, no había ninguna posibilidad de llamar ni de ser llamado. Me asusté un poco, aunque pensé que era tontería hacerlo. No tenía más que dar la vuelta y subir, no era para tanto. Luego intenté hacer mentalmente un mapa de mi situación, adivinar qué tenía exactamente sobre mi cabeza. No pude. Había girado varias veces durante la bajada, y los tramos rectos tenían distintas longitudes. Decidí traer un receptor GPS la vez siguiente. Por tecnología no iba a quedar. Luego me di cuenta de que estaba pensando tonterías. Si el móvil no funcionaba, menos lo iba a hacer el posicionador global por satélite a esas profundidades. Valiente idiota.

Me aparté un poco del camino concediéndome un plazo de quince minutos para estar de vuelta en el mismo punto de referencia. Giraría siempre hacia la derecha. Siempre que tuviera esa opción, claro. Sólo cuando no pudiera, lo haría a la izquierda. La misma norma la aplicaría en el camino de vuelta. No me consideraba un mal explorador, y tenía cierto sentido de la orientación. Pero echaba de menos la estrella polar sobre mi cabeza.

Aquella primera incursión no arrojó ningún resultado interesante. Un número incontable de ratas, un olor nauseabundo y poco más. La parte romana estaba casi intacta, pero resultó aburrida. En sí misma constituía una serie de pozos cegados comunicados entre sí, y la poca cantidad de agua que arrastraban los conductos era producto de las filtraciones de las recientes canalizaciones que circulaban unos cuantos metros más arriba. Resultaba sorprendente que los arquitectos municipales no hubieran descubierto el alcantarillado romano en las distintas catas.

Aunque tal vez sí lo habían descubierto, quién sabe. Me hubiera gustado poder averiguar qué edificio había realmente encima. Y mi primera sospecha era que se trataba del Museo de Arte Moderno. Museo que se había levantado un par de años atrás en un solar que había sido propiedad de la familia del señor alcalde.

Las clases al día siguiente resultaron interminables. La física del plano inclinado no entraba en sus cabezas, y las raíces cuadradas terminaban siendo redondas en la mía. Decidí anticipar el final de la jornada de tarde con la excusa de una indisposición transitoria. Realmente, me estallaba la cabeza.

Me acosté un rato antes de bajar a cenar. No tenía sueño pero abandonar el plano inclinado para adoptar la posición horizontal resultó un alivio. Las aspirinas hicieron efecto. Mis sienes dejaron de latir y pude comenzar a pensar con claridad de nuevo. ¿Resultaba arriesgado volver a cargar el CD en el ordenador? Concluí que no. Al fin y al cabo, se trataba de amigos. También podía abrir sin más el sobre que acompañaba al disco. Permanecía guardado en el cajón de la mesilla de noche. Cajón que había cerrado con llave la misma tarde de la desaparición de las pertenencias del padre Anselmo Hidalgo. Aunque, bien pensado, si el ladrón había podido cargar con facilidad aquella caja tan grande, mucho más fácil le hubiera sido cargar con el pequeño mueble si hubiera querido. Por fortuna, seguía en su sitio. El ladrón habría supuesto, con buen criterio, que dentro del cajón de una mesilla de noche no encontraría otra cosa que una Biblia, como es curiosa costumbre en casi todos los hoteles americanos. El sobre de Juana separaba el Antiguo del Nuevo Testamento en la preciosa Biblia que mi madre me había regalado el día de mi ordenación sacerdotal. El antes y el después de la venida al mundo de Jesús. Mi propio antes y después.

Entonces reparé en otro detalle que, para variar, había pasado por alto. Al revisar en el archivo las pertenencias que el bibliotecario Lazzari había abandonado en nuestra Casa en 1770, sólo había encontrado una Biblia y unos textos clásicos. ¿Me había molestado en hojear esos libros? Naturalmente que no.

Estaba demasiado interesado en los planos de Hidalgo como para pensar en abrir una vieja Biblia. Ahora que sabía que el mismo Hidalgo podía haber visto el *Manuscrito Voynich* por sí mismo, ¿no podía haber algo de interés en las pertenencias de Lazzari que lo relacionara también?

El razonamiento era tan simple que casi me asustó. En plena huida de los jesuitas, en el desesperado intento de mantener intacta su enorme colección de libros y documentos, su bibliotecario principal toma la decisión de ocultarlos en distintas localizaciones. Parte habían acabado en Toledo, parte ocultos en la misma Roma, parte en Francia. ¿Por qué no podría haber pensado Lazzari además en nuestro humilde y casi desconocido convento? La Compañía acababa de establecerse aquí, la edificación era nueva, la población pequeña, y el posible número de molestos visitantes mínimo. A priori, un lugar muy seguro hasta que llegaran tiempos mejores.

Me levanté de la cama y volví a bajar al archivo. El dolor de cabeza había desaparecido por completo.

La carpeta con la inscripción «P. Lazzari, 1770» seguía en el mismo sitio donde yo la había dejado días atrás. Volví a deshacer los nudos de las cintas de tela que mantenían juntas las tapas de cartón, y por segunda vez en quizá cien años aquellos viejos volúmenes volvieron a sentir la luz.

Pasé con rapidez las páginas de los volúmenes de san Agustín y santo Tomás. Nada más que polvo. Los libros no tenían ni tan siquiera anotaciones. Eran de una edición barata y no había nada significativo en ellos.

Luego abrí la Biblia.

¿Quién dijo que el Espíritu Santo es un cuento?

Justo entre el Antiguo y el Nuevo Testamento encontré un sobre cerrado.

Me lo metí en el bolsillo, eché la llave al archivo, apagué todas las luces y salí pitando hacia mi habitación.

Esta vez me aseguré que la puerta estaba bien cerrada antes de empezar a examinar el contenido de aquel enigmático segundo sobre.

Y

Un papel doblado y una frase.

En latín, para más inri. Y ni siquiera en un latín muy académico, con clara falta de letras.

«*Haec immature a me jam frustra leguntur oy.*»

Así, al primer golpe de vista, el significado de esta ristra de palabras podía ser parecido a la siguiente frase:

«He intentado leer esto en vano, demasiado pronto».

Aquello no significaba nada. Salvo que, efectivamente, había intentado leer algo en vano. Y, quizá, demasiado pronto. Sin significar nada, tenía sentido para casi todo. Si no fuera porque el texto estaba escrito con pluma de ganso en un papel del siglo XVIII, y llevaba escondido entre los muros de mi convento dos siglos y medio, habría pensado que los maquiavélicos Juanes estaban detrás de todo ello.

Tenía lógica si se aplicaba al propio manuscrito. Mucha lógica.

Al fin y al cabo, que se supiera, nadie había podido leer el *Voynich*. Tampoco, previsiblemente, ninguna de las muchas manos jesuitas por las que pasó el libro lo había descifrado. Quizá lo más intrigante resultaba ser la apostilla: «Demasiado pronto». ¿Pronto para qué o por qué? ¿Había que esperar por algo o alguien?

Dejé de lado estas disquisiciones antiguas y me dispuse para enfrentarme con algunas más modernas. El CD giraba ya de nuevo en el lector de mi ordenador, las pantallas conocidas pasaban una tras otra a gran velocidad —daba gusto conocer las soluciones de los primeros acertijos de antemano—, y nuevas explicaciones proporcionadas por los *Juanes* iban a desfilar por el monitor.

«*Enhorabuena Héctor. ¿Quieres avanzar o mejor nos tomamos un café?*»

Como el café ya me lo había tomado, directamente pulsé la tecla de continuación.

«*No vemos lo evidente. ¿Qué sería lo más fácil de descifrar en el* Manuscrito Voynich*?*»

Esa pregunta ya nos la habíamos hecho varias veces. Para

John y para mí, obviamente, lo más sencillo eran los diagramas astronómicos. Los nombres de las constelaciones principales, del zodiaco, de los meses del año y de muchas estrellas, son lo suficientemente antiguos como para poder estar incluidos en el *Manuscrito*. Supongo que si fuéramos botánicos pensaríamos lo mismo acerca de las plantas. El problema para ellos está en que estas figuras aparecen sin nombres. Tenemos ventajas sobre ellos.

«*Supongo que te has contestado que los diagramas astronómicos. Lo haces siempre.*»

Chico listo. Y chica, porque el disco había sido elaborado a medias. El perfecto castellano tenía que ser sin duda contribución de Joanna. O Juana.

«*Ahí es donde hemos vuelto a mirar. Pero de otra manera.*»

¿Reflejando los caracteres en un espejo? ¿Leyendo de derecha a izquierda como los árabes? ¿Suprimiendo las vocales, como los judíos? Todo eso estaba probado una y mil veces.

«*Quizás el diagrama más famoso del* Manuscrito Voynich *es el que llena la página 67. En él se pueden distinguir doce divisiones. Aparentemente, tienen que corresponder a los doce meses del año. O a los doce signos del Zodiaco. La figura central parece ser la Luna. Nos hemos cansado de dar vueltas a esta página los tres.*

Cierto. Y cada una de las doce divisiones aparece a su vez partida en dos. Una parte contiene palabras —quizá los nombres— y la otra unas estrellas bastante mal pintadas. La fama de esta página es tal que incluso fue portada de lo que se conoce como «la imagen astronómica del día» en Internet, donde un grupo de astrónomos selecciona a diario una fotografía impactante del cielo o del espacio, bien sea por su belleza o bien por su misterio. Por curiosidad, busqué la reproducción. En efecto, el 26 de agosto de 2002, el dibujo en cuestión fue el *leitmotiv* de la conocida web.

«*Ahí es donde hemos vuelto a mirar. Pero de otra manera.*»

Se repetían mucho estos chicos. Volví a mirar yo también. Nada nuevo bajo el Sol. Ni alrededor de la Luna.

«*Piensa en el oso polar, Héctor.*»

Frío, frío, bromeé conmigo mismo.

«¿Las estrellas no te dejan ver el cielo?»
¿Había algo más que estrellas en el dibujo?
Sí, lo había.

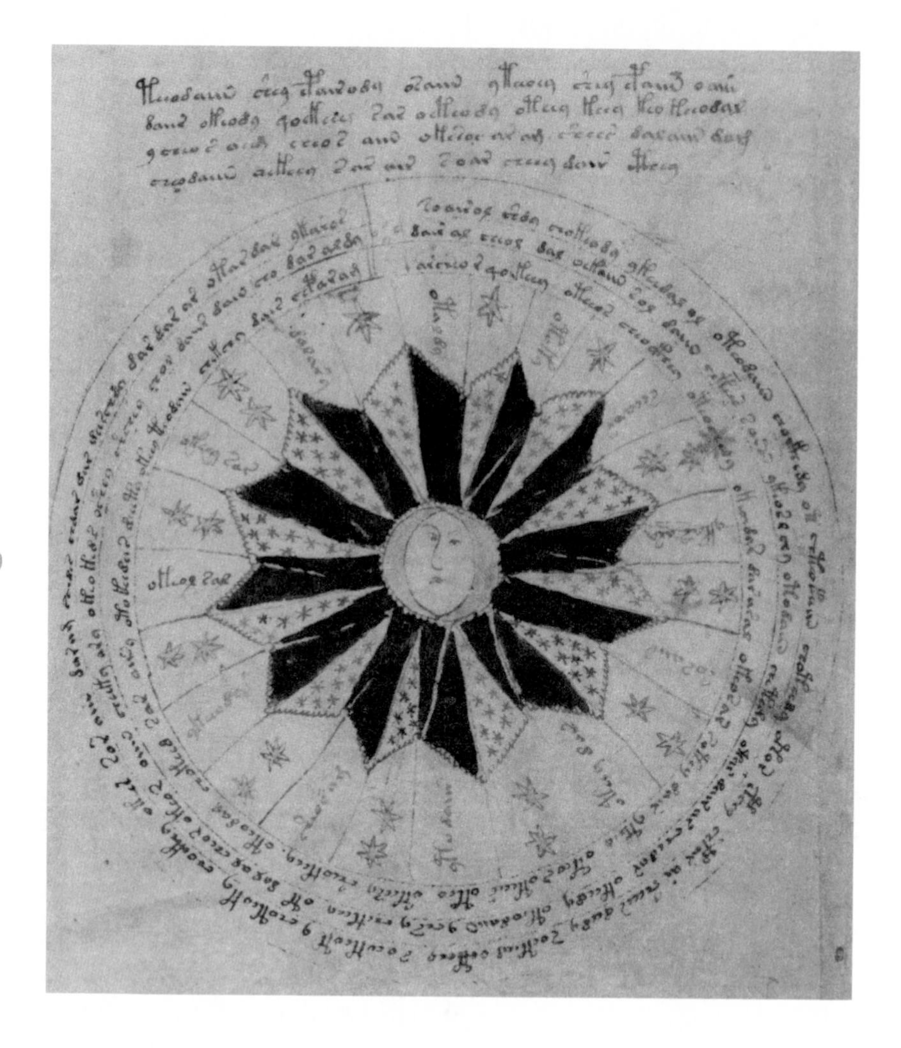

Tres círculos concéntricos alrededor del astro, llenos de palabras. Y los círculos, igual que las esferas de Aristóteles o los planetas de Copérnico, podían girar alrededor del astro central. La solución era tan evidente que me asombré de que nadie se hubiera dado cuenta antes. Salvo John, claro. Lo que había pintado en el grabado astronómico del *Voynich* no era otra cosa que la representación artística de una antigua... caja fuerte. Sólo había que girar los discos de una forma determinada para hacer encajar los mecanismos, abrir la puerta y sacar el tesoro escondido. El problema era que desconocíamos la combinación.

«En realidad Héctor, como ya habrás adivinado, todo se vuelve a reducir a combinaciones de tres elementos. Salvo que esta vez estamos un poco mejor encaminados. Hay muchas menos sílabas que combinar.»

Era una forma optimista de verlo, ya que el número de posibilidades seguía siendo, y nunca mejor dicho, astronómico. De todas formas, me entusiasmé con el descubrimiento. Sencillamente genial.

«Y ahora abre el sobre. Pero antes destruye el CD. Adiós, Héctor.»

Obedecí. Extraje el disco de la unidad lectora y lo partí. Para asegurarme de que quedara completamente destruido puse algo de alcohol en un cenicero de cerámica junto con los pedazos del disco. Acerqué la llama del mechero y le prendí fuego. Al rato sólo había un amasijo de plástico maloliente.

Entonces fui al cajón de la mesilla y tomé de entre las páginas de mi Biblia el sobre de Juana. Era el segundo sobre secreto que iba a abrir en el mismo día. Aunque esta vez tenía el pálpito de conocer su contenido de antemano.

Rasgué el papel con cuidado, a sabiendas de que, si me cargaba los tiques, Iberia no me reembolsaría el importe. Porque, como venía sospechando desde hacía días, lo que realmente contenía aquel sobre era un pasaje de avión para Canarias.

13

Esa noche dormí de un tirón. Al menos, una pequeña parte de los interrogantes que me habían mantenido ocupado los últimos días se habían despejado. El CD estaba terminado. Los Juanes habían previsto, con buen criterio, la fecha del comienzo de las vacaciones escolares para mi viaje. El billete estaba expedido justo para ese día, día en el que presumiblemente acudirían a recogerme al aeropuerto de Tenerife. Supongo que supusieron que yo sería capaz de descifrar cada paso del disco. O, en el caso contrario, supusieron igualmente que mi amor propio me habría hecho tomar el avión para averiguar la solución. Toda la parafernalia y el misterio que habían acompañado al CD no fueron sino una argucia de mis amigos para volver a engancharme completamente con el *Manuscrito Voynich*. Como si no lo estuviera ya. Tenían claro que, de entrada, yo me iba a negar al viaje. Así que recurrieron a la pesca con cebo.

Por otra parte el viaje no presentaba grandes complicaciones. El prior no puso objeción alguna para que yo anticipara mis vacaciones navideñas unos días. «Me lo tenía bien ganado», dijo. También añadió que me vendría bien airearme un poco y dejar los libros de lado por esos días, y que si los alumnos tienen ese derecho, éste igualmente es de aplicación al sufrido profesorado.

Tenía todavía una semana por delante antes de encontrarme con John y Juana. Podía aprovechar ese tiempo en dar vueltas —nunca mejor dicho— a los discos del diagrama estelar. No parecía sencillo. Las palabras que acompañaban a los rayos lunares no encajaban en absoluto con nada conocido. Ni en astronomía, ni en astrología. A simple vista, no eran sino caracteres en *voynichés* casi totalmente aleatorios. Seguían, eso sí, los vagos patrones de prefijo-sílaba-sufijo, pero éstos no se repetían. Hubiera sido más fácil si se hubieran podido encontrar terminaciones comunes. Así ocurre, por ejemplo, con los meses del año en casi cualquier idioma. En castellano, tanto septiembre como octubre, noviembre y diciembre acaban igual. Lo mismo ocurre en inglés. O en latín: «*September, October-Octobris, Novembris, December-Decembris*». Pero en *voynichés* no. Así que la cosa se antojaba complicada.

Lo cierto es que no sabía qué buscar al girar los discos. Sólo sabía que eran tres, y que las palabras del *voynichés* son, en su mayoría, tríadas. El diagrama podía representar la clave para descifrar el resto del libro. O no. También podía ser la única clave del manuscrito, y el resto texto sin sentido para despistar al traductor poco paciente. Podían ser mil cosas a la vez o ninguna. No era como para echar las campanas al vuelo. Además, si no era posible identificar doce meses, o doce constelaciones, o doce apóstoles —por decir algo ya deliberadamente disparatado—, tampoco había ninguna pista para girar los discos en una u otra dirección. ¿Girar por donde sale el Sol? ¿O por donde se pone? ¿Hay que leer el diagrama en un día determinado? ¿En un solsticio, por ejemplo? ¿O en un equinoccio? ¿Es demasiado pronto o demasiado tarde?

Dejaría estas preguntas para otra ocasión. Ahora tenía otra en mente, mucho más llevadera y entretenida.

¿Quién fue Edward Kelley?

Empecé a rastrear en Internet. Al poco rato tenía ante mí una biografía digna de un personaje de novela, un auténtico pícaro de la Edad Media.

Se cree que Edward Talbot nació en 1555, en Worcester, Inglaterra. De niño trabajó como mancebo en una botica, de donde le pudo venir su afición por los herbolarios y la alquimia. De mancebo pasó a escribano y más tarde a notario público en Lancaster. Allí comenzó su trayectoria de engaños. Descubierto en una falsificación documental, fue arrestado y desterrado. Además, y como premio, recibió las dos orejas. Las suyas propias. Se ve que el castigo tradicional para ese tipo de delitos era la amputación pública de los pabellones auditivos. Todos los dibujos o grabados que existen sobre su persona lo representan con largos pelos y barbas, y tocado con un amplio sombrero calado hasta, teóricamente, las orejas. Pura coquetería, supuse.

Talbot se refugia en Gales y cambia su apellido por Kelley. Allí empieza a difundir la historia de que posee un viejo manuscrito —¿el *Voynich*?— que nadie puede leer. Salvo él, naturalmente. El libro explicaría cómo hallar la piedra filosofal. Además, Kelley cuenta a quien le quiere escuchar que habría sido guiado por una criatura espiritual —un ángel, supuestamente— a un lugar llamado Northwick Hill. Allí, en las ruinas de una antigua abadía y dentro de la tumba de un obispo, habría encontrado el libro y una extraña tintura roja que era la base para la conversión de los metales en oro.

Esta singular historia es tan increíble que resulta, de puro absurda, creída por mucha gente. En primer lugar, porque estaba extendida la idea de que —en las tumbas de sus sacerdotes y obispos—, los católicos habían escondido gran cantidad de tesoros para evitar que cayeran así en manos de los protestantes. Se cambiaba de religión cuando se cambiaba de reina, en lo que podríamos denominar una estrategia de ajedrez. Y en segundo, porque las apariciones celestiales estaban a la orden del día. Tanto es así que el propio John Dee, hasta entonces un competente matemático y científico, cree a pies juntillas en ellas. No sólo él. La existencia angelical estaba tan extendida que, incluso, se creía firmemente en que eran los propios querubines, serafines y demás fauna angélica —que Dios me perdone la ligereza verbal— los que movían las esferas celestes.

Dee y Kelley se conocen en 1581 o 1582. El primero intentaba ya hablar con los ángeles, sin éxito. El segundo tenía fama de poder hacerlo sin muchos problemas. Dee no tenía mucho dinero —la reina Isabel no era muy generosa—, pero sí influencias en la corte, lo que hacía de él una víctima apetecible. Kelley aprovechó la circunstancia y se presentó en su casa llevando una bola de cristal.[6] Mediante este espejo mágico, Ed-

6. Esta bola mágica que luego pertenecería a John Dee se conserva en el Museo Británico de Londres. (*N. del A.*)

ward Kelley afirmaba poder comunicarse con los espíritus. Así que, durante un cierto tiempo, Dee anotó crédulamente todo lo que Kelley le decía escuchar del más allá. Pensaba además que sólo podían invocarse ángeles buenos, y que a través de ellos obtenía seguridad y adquiría conocimientos. Para comunicarse con ellos usaba como *médium* a Kelley. Y éste les hablaba en la lengua de los ángeles, la llamada Lengua de Enoc.

El *enoquiano* es, obviamente, un lenguaje inventado, pero tiene su propio alfabeto y se encuentra perfectamente documentado por un numeroso grupo de chalados en Internet. Su estructura es, por razones evidentes, muy parecida al inglés, por lo que es posible traducirlo a este idioma casi palabra por palabra. Los caracteres *enoquianos* pueden ser fácilmente sustituidos por caracteres latinos. Tiene peculiaridades propias, como palabras formadas sólo por consonantes, o sólo por vocales. En este sentido, hereda ciertas características cabalísticas. Tiene menos de mil palabras conocidas, que son las que aparecen en diecinueve poemas simbólicos. Por desgracia, cualquier parecido entre el *enoquiano* y el *voynichés* sería una auténtica coincidencia. El primero es perfectamente legible. Del segundo no hablemos. Durante un tiempo se especuló con que el *Manuscrito Voynich* estaba escrito en este nuevo lenguaje construido, a buen seguro, por el dúo Dee-Kelley. Pero luego se comprobó que lamentablemente no tenían nada que ver.

Perseguido de nuevo por la justicia, Edward Kelley convence a John Dee para salir de Inglaterra. Arranca entonces un largo periplo que comienza primero en Alemania y luego continúa en Polonia, adonde acuden invitados por el misterioso príncipe —o tal vez conde, no queda muy claro— llamado Laski. El propio príncipe alquimista les recomienda que intenten unirse a la extraña corte de favoritos del emperador Rodolfo II, en Bohemia. Un rey crédulo y depresivo, que gasta ingentes cantidades de dinero buscando mayores fortunas, tanto en el plano económico —la manida piedra filosofal— como en el personal, y que se siente acosado constantemente por la desgracia. Allá van, a Praga, no sólo esta curiosa pareja sino también algún que otro pícaro que se les une por el camino, como el católico renegado Pucci, que veía a Dee como un profeta.

John Dee y Edward Kelley habrían llegado a la capital de Bohemia en 1585. El doctor Dee contaría al emperador Rodolfo que, durante sus conversaciones con los ángeles, y más en concreto las mantenidas el 21 y 22 de septiembre de 1584 con Uriel —había que ser preciso con las cuestiones celestiales, tanto en el momento como con el interlocutor—, se le habría dado a conocer el secreto de la piedra. Gracias al manuscrito (¿el *Voynich*?), a la tintura roja y a la intermediación divina podían conseguir el oro. Más o menos. Hay una serie de acontecimientos tan poco claros como muy fantasiosos durante la estancia de Dee y Kelley en Praga, que correrán suertes bien distintas. Mientras que Kelley se convierte en favorito del emperador, John Dee cae en desgracia. Al año —1586— es expulsado por orden del papa católico Sixto V. Junto con él, algunos de sus seguidores, como el renegado Pucci. Son acusados de practicar magia negra.

Todo aquello parecía de lo más entretenido.

Aún no había terminado, ni mucho menos, la investigación. Decidí bucear un poco en el asunto religioso. Según una escuela de pensamiento de la Edad Media, se suponía que la alquimia había sido dada por el mismo Dios al mismo Adán, a través de, cómo no, un ángel. En este caso, el Ángel de los Misterios, también conocido en el cielo como Raziel. Adán habría pasado este conocimiento al mencionado Enoc. De Enoc a Abraham, de éste a Moisés y de aquí al santo Job que, después de pasar tanta penalidad, habría poseído la piedra filosofal y multiplicado por siete —el número mágico— sus riquezas iniciales. El personaje de Enoc es confuso, porque aparece dos veces en el Libro del Génesis. La primera vez como hijo de Caín. Tendría sentido su relación con Adán, porque sería su nieto. Pero es la segunda la que guarda una relación más propia con la alquimia. Según esta otra cita, Enoc era hijo de Jared, padre de Matusalén, abuelo de Lamec y bisabuelo de Noé. De nuevo en el Génesis, se habla de que Enoc era un hombre justo, que «caminó con Dios», vivió 365 años y luego desapareció, «porque Dios se lo llevó sin que muriera». Ahí es nada.

De niño me fascinaban estas historias bíblicas del Antiguo Testamento. Aquella historia sagrada. Hoy es la internetera *Wikipedia* la que nos habla algo más del celebrado Enoc:

«Enoc fue el primero que inventó los libros y las diversas formas de escritura. Los antiguos griegos creyeron que Enoc era equivalente a Hermes Trimegisto, y que enseñó a los hijos de los hombres el arte de construir ciudades, y promulgó algunas leyes admirables... Descubrió el conocimiento del Zodiaco, y el curso de los planetas; y enseñó a los hijos de los hombres que debían adorar a Dios, que debían ayunar, que debían rezar, que debían dar limosnas, ofrendas votivas y diezmos. Reprobó los alimentos abominables y la ebriedad, e instituyó festivales para sacrificios al sol, en cada uno de los signos zodiacales».

Enoc también es profeta en el Corán, aunque allí le llaman Idris. Y según el mismo *Libro de Enoc,* el texto apócrifo hebreo, Dios se habría llevado al propio Enoc y lo habría transformado en el ángel Metatrón. Que sería colega de Uriel, el favorito de John Dee y Edward Kelley. El caso es que la importancia del tal Enoc para los alquimistas era que se le suponía como el inventor de todo un alfabeto y un sistema de símbolos completo. Y que todos éstos, combinados adecuadamente, podían transmutar metales o, incluso, transformar seres humanos, ángeles y espíritus.

No creo yo que ni Tycho ni Kepler estuvieran de acuerdo con el contenido de la cita que recoge la mencionada *Wikipedia* —cita atribuida a Bar-Hebraeus, teólogo sirio del siglo III—, y que establecía que Enoc había descubierto el curso de los planetas, además de estudiar el Zodiaco. Aunque probablemente tanto el uno como el otro la conocieran. Para dos astrónomos como ellos, cualquier materia relacionada con los cielos tenía que estar mejor fundamentada.

Le expliqué a Simón las cuestiones relativas a Enoc, obviamente sin mencionar el *Manuscrito Voynich.* Una clase adicional de la olvidada historia sagrada, que era algo que yo estudié pero que, por suerte o por desgracia, ya no se estudia. Supuse que le iba a encantar conocer algo más del supuesto origen de la alquimia.

—¿Tú estudiaste que Adán y Eva fueron nuestros primeros padres? —me preguntó. Con los días habíamos ganado en confianza y ya me tuteaba. Hice extensivo el permiso en el tratamiento al resto del curso, porque me sentía raro y más viejo con el manido «usted Padre».

—Si te digo la verdad, en mi época viví una especie de esquizofrenia. Imagina —añadí— que estás en clase de ciencias naturales. Y el profesor, que era un sacerdote joven como yo lo soy ahora, te explica la evolución de las especies de Darwin. Y que todos venimos de una y otra forma de un antecesor común con los monos. Pero en la clase siguiente, un cura anciano encargado de la asignatura de religión te cuenta todo lo contrario, que Dios creó a Adán y Eva de la nada.

—Pues los americanos siguen enseñando algo parecido —me replicó.

Simón había vuelto a leer el panfleto local.

—Te tengo dicho que no te creas todo lo que dicen los periódicos. Realmente, no es así.

—¿Qué es el Diseño inteligente?

—Justamente lo contrario de lo que parece significar —contesté—. Una versión deformada de la Teoría de la evolución, más cercana a la versión clásica creacionista y contaminada por ella. La teoría creacionista habla de la aparición del hombre sobre la tierra por la acción directa de Dios, y no por efecto de la evolución natural. Pero Darwin identificó correctamente que el motor de la evolución de las especies era un mecanismo no dirigido, y que sus resultados dependían de las circunstancias y del azar del momento.

—¿Por qué le llaman Diseño inteligente?

Simón volvía de nuevo a ametrallarme con sus preguntas.

—Porque para sus partidarios la vida es demasiado compleja como para haber sido fruto del azar, por lo que asumen que una inteligencia superior ha tenido que guiar la evolución. Obviamente, Dios. Es una especie de fundamentalismo cristiano —añadí—. No nos hacen ningún favor, la verdad. Todo es mucho más simple separando ciencia y religión.

Y remarqué.

—Fíjate en el desastre que supuso para la Iglesia el oscurantismo medieval. El proceso a Galileo todavía se nos echa en cara, tantos siglos después.

—¿Qué pretenden entonces los americanos?

—En primer lugar hay que decir que sólo son unos pocos —maticé—. Aunque influyentes. En algunos estados, como Kansas, se pretende que en las clases de ciencias naturales esta creencia se estudie como alternativa a las teorías de Darwin, en igualdad de condiciones. Para ellos resulta inaceptable que la evolución no equivalga a progreso, que no haya una fuerza interna en la naturaleza o externa en el cielo que empuje a los seres vivos a mejorar. No aceptan que no haya una meta. O que no haya un diseño previo. Que todo pueda cambiar en un momento en función de las circunstancias y la casualidad. Un disparate consentido del que los científicos y las universidades de allí no quieren ni oír hablar. Pero los últimos presidentes, a excepción del demócrata Clinton, han sido muy receptivos a las peticiones de las variadas y poderosas asociaciones evangélicas.

—No entiendo cómo pueden convencer a tanta gente. Ellos han sido los únicos en llegar a la Luna. Y lo inventan prácticamente todo —me replicó de forma escéptica Simón—. Si alguien sabe de ciencia, ésos son los americanos. Y yo soy medio norteamericano.

Cierto. Recordé que su padre trabajaba en el Consulado.

—Pregúntale a tu padre entonces. Tienen dinero. Tienen abogados y políticos. Tienen cadenas de televisión. Y hábiles pastores, con discursos que calan entre los menos preparados. Gustan de tirar de Biblia y de historias rocambolescas.

—¿Por ejemplo?

—Por ejemplo volvamos a Enoc. Para los mormones, que son sólo unos pocos de los creacionistas, este Enoc fundó la ciudad justa de Zion en un mundo pecaminoso. Él y los habitantes de toda la ciudad fueron trasladados por Dios y se esfumaron de la superficie de la Tierra antes del Gran Diluvio. Dejaron a Matusalén y su familia, incluido Noé, para que las gentes justas siguieran poblando la Tierra.

—¿Trasladados dónde?

—A la Arcadia feliz, supongo.

—¿Y qué es la Arcadia?

—Joder, Simón, me vas a volver loco —me desesperé—. ¿Sabes qué te digo?

—No.

—Que me voy a jugar un rato al baloncesto. Y tú deberías hacer lo mismo.

Dediqué el resto de la jornada a continuar con la historia conocida de los avatares del *Manuscrito Voynich*. De la corte de Rodolfo II, a las manos de Marcus Marci y de ellas a las del sabio Athanasius Kircher. Entonces ya está en poder de los jesuitas. Pero desde 1680, año en que muere Kircher, hasta 1773, en el que nuestra Compañía es suprimida por primera vez y todos nuestros archivos cambian de lugar, no sabemos nada. No aparece en los catálogos, ni en museos, ni en bibliotecas de la Orden. ¿Podría su contenido haber sido motivo de algún tipo de ocultación, de algún pacto de silencio? Quizá. No en vano, muchas de sus ilustraciones, en especial las de mujeres desnudas y preñadas así como las cartas astrales, podían interpretarse como demoníacas. Cualquiera podía calificar el manuscrito de tratado de brujería, con sus dibujos de plantas irreconocibles, sus constelaciones ignotas y, por supuesto, sus extraños caracteres sin significado conocido. Un libro nada recomendable para el lector no preparado. Alguien tuvo que decidir que ese manuscrito ininteligible no viera más la luz. Pero que tampoco fuera destruido. Quizá contuviera algo de valor y bien podía llegar el momento en el que la persona adecuada con los conocimientos precisos desvelara sus misterios.

No tenía por qué ser yo, claro. Aunque me ilusionara pensarlo.

Pero el libro hacía tiempo que había dejado de pertenecer a la Compañía. A la muerte del padre Roothan —1853—, que fue nuestro General en los años posteriores a la primera restauración, Petrus Beckx fue nombrado para sustituirlo. Que el libro pasa por sus manos está más que demostrado, puesto que, cuando Wilfred Voynich lo compra en 1912, el manuscrito todavía conserva una etiqueta adherida a la tapa: «De la biblioteca privada de P. Beckx». En 1870 las tropas de Víctor Manuel entran en Roma y se adueñan de todas nuestras pertenencias, exceptuando las posesiones personales. Tal vez tuvieron miedo de la gran cantidad de católicos amigos de los jesuitas que eran ciudadanos romanos. Así que los soldados debieron de mirar hacia otro lado. A pesar de ello, el nuevo gobierno decomisó unas setenta bibliotecas, que contenían más de cuatrocientos mil libros que fueron remitidos a la Biblioteca Nacional. Entre otros volúmenes, allá fue la correspondencia de Marci y Kircher, así como todas las pertenencias de éste y que antes habían formado parte de su propio museo. El expolio fue casi total. Más tarde, con la segunda restauración, nuestras posesiones sólo consiguieron ser parcialmente reordenadas y clasificadas.

En las afueras de Roma, la Villa Mondragone —el monte del dragón— había sido construida en 1577 por el cardenal Altemps. En 1613 fue vendida al cardenal Scipione Borghese, más tarde convertido en Pablo V. La villa es posteriormente cedida —1865— a la Compañía de Jesús, y en ella se refugia nuestro general durante los difíciles años de la segunda prohibición. Con él van sus libros. En 1896, con la Orden nuevamente en auge gracias al papado amigo de Pío X, la villa es comprada a perpetuidad.

Sólo había un problema. El edificio se caía a pedazos. Había que vender para poder restaurar. La decisión era peligrosa, porque la Compañía ha sido tachada siempre —tanto antes como ahora, y a las pruebas de nuestro propio Colegio me remito— de mercantilista. La colección bibliográfica tenía más de mil libros. La venta de algunos de ellos se mantendría en secreto: sólo podrían pujar por ellos dos marchantes de antigüedades y, obviamente, el propio papa. Pío X hizo valer sus derechos y compró para las Bibliotecas Vaticanas unos trescientos libros. Esto ocurría en el año 1912. Y en ese mismo año un extraño coleccionista de libros norteamericano de origen lituano, Wilfred Voynich, consigue hacerse en secreto con otros treinta. Voynich nunca revelaría dónde sacó el *Manuscrito*, puesto que esta condición era parte del trato de la transacción. Sólo a la muerte de Voynich su viuda pudo conocer por el testamento el origen del libro.

Voynich creyó que había comprado un antiguo manuscrito del monje inglés Roger Bacon. Un fantástico libro cifrado que contendría algunos de los primeros descubrimientos científicos del franciscano. A partir de 1912 la historia ya es conocida. El libro —tal vez un timo de John Dee, de Edward Kelley o de ambos, tal vez incluso una obra antigua del mismo Bacon—, continúa con su misterio.

Del peregrinaje del manuscrito por los conventos y bibliotecas jesuitas poco más se sabe. Todo empezó cuando el libro llegó a Roma junto con una carta de Marcus Marci. Probablemente en el año 1666. Desde entonces hasta que Voynich lo saca de Villa Mondragone, también en Roma, pasan 246 años. Casi dos siglos y medio en los que el misterioso volumen pudo haber pasado de mano en mano intentando en vano que alguien rompiese su secreto, o haber permanecido inmóvil en algún anaquel ignoto acumulando polvo.

Seguía preguntándome a qué había acudido el bibliotecario Lazzari a nuestra entonces recién estrenada ubicación. Si el sobre en su Biblia tenía algún significado relacionado con el *Manuscrito*. Y por qué uno de nosotros, Anselmo Hidalgo, había reproducido dibujos del *Voynich* allá a principios de siglo. Demasiadas preguntas sin respuesta. Y, para colmo, me habían robado la caja con casi todas las pertenencias del prior Hidalgo.

En mis propias narices.

14

No faltaba casi nadie.

Había bocadillos, bebidas, termos con café caliente —una recomendación mía interesada—, guantes, gorros, bufandas y prendas de abrigo variadas.

El cielo en invierno es espectacular. Y la jornada, para aquellos valientes que aguantaran sin dormirse, prometía ser completa. Los artistas nunca faltaban a la función y el tiempo, por fortuna, acompañaba. Hacía frío, eso sí, como corresponde a las tierras castellanas superada la mitad de diciembre. Pero la noche estaba completamente despejada y las estrellas brillaban como nunca.

El chófer del autobús condujo despacio durante el trayecto. No íbamos muy lejos, apenas a cincuenta kilómetros de la ciudad, lo suficiente como para librarnos de sus molestas luces. La idea era subir a la loma del antiguo castillo y plantar junto a sus viejos muros el telescopio. La carretera estaba debidamente asfaltada así que no tuvimos que hacer ningún esfuerzo físico para llegar hasta arriba. Especialmente yo, que era el que tenía que transportar el telescopio. Y es que el trípode pesaba lo suyo.

El autobús nos dejó en el sitio.

—¿Aquí le parece bien, padre? —preguntó el conductor al llegar junto al castillo.

—Sí. Pero intente poner el autobús de forma que nos proteja del viento, haciendo un parapeto con la muralla.

Maniobró con habilidad y pegó la parte trasera del vehículo a las piedras. Luego apagó el motor.

—Esto va para largo —le advertí—. Si quiere marcharse, siempre puedo llamarle con el móvil para que venga a recogernos.

—¿Y perderme este *botellón* astronómico? —se rio—. No. Si a usted no le importa, me quedo. Yo también quiero mirar.

—No hay inconveniente. Y seguro que los chicos le dan algo para picar. Han traído comida y bebida para un regimiento.

Empecé a montar los chismes.

Era pronto, poco más de las siete y media, pero el sol hacía un buen rato que se había puesto. Me había traído unos cuantos mapas celestes, que repartí entre los chicos. Y mi portátil, de tal forma que me resultara fácil predecir cuándo un nuevo astro iba a aparecer en el cielo. Jugaba con ventaja, pero no se trataba de repetir las hazañas de Tycho, de Kepler, o de Galileo, sino de ser prácticos. La ilusión de un maestro siempre será la de ver convertido a alguno de sus pupilos en un importante hombre de ciencia. Yo no iba a ser menos.

—De acuerdo —grité a todos—. Mientras yo monto esto, id localizando los puntos cardinales. Luego mirad hacia el Oeste y decidme qué veis.

Se armó un gran revuelo entre los veintitantos chicos de la excursión intentando encontrar el punto pedido. Al final fue el propio conductor, que se llamaba Miguel y resultó ser amable en extremo, quien zanjó la cuestión. Al norte estaba la autopista del Norte —casualmente— y él conocía las carreteras. Mientras, yo luchaba con mi Celestron.

Tardé unos quince minutos en orientarlo debidamente. Una vez localizada la estrella polar, resultaba sencillo ajustar la inclinación a la latitud y fijar los ejes de giro y elevación. Con esa referencia, la montura ecuatorial automatizada del invento hacía el resto. Le conecté un puerto de mi ordenador y facilité al programa tres estrellas equidistantes para que sirvieran de guía en la calibración. Con esos puntos, el programa de control del telescopio creó su propio mapa celeste. Me costó un par de intentonas porque, para variar, introduje mal la hora en el proceso.

Luego ordené al telescopio que apuntara hacia Venus. Los motores de declinación y ascensión recta comenzaron a funcionar a toda velocidad, ante la fascinación del respetable.

—Eso es trampa.

—Esto es técnica. ¿O acaso pensabais que nos íbamos a poner a resolver triángulos con el frío que hace? —contesté riendo.

Comencé la lección.

—Bien. Primera parada del viaje por el Sistema Solar. El punto más brillante que podéis ver ahora mismo hacia el Oeste, y que no tardará en ponerse y desaparecer, es Venus. La estrella de la tarde.

Casi todos apuntaron con el dedo hacia el astro más brillante del cielo, después del Sol y la Luna. Aunque ese día no estaba especialmente luminoso.

—Venus sigue al sol y pronto lo perderemos por el horizonte. Así que id pasando y echando un vistazo. Al que me mueva el trípode le bajo un punto del próximo examen —advertí.

Uno tras otro fueron pegando el ojo al ocular, con un respeto casi religioso. Los primeros en mirar no dijeron nada. Hasta que llegó Simón.

—¿Por qué se ve tan poco? No es más que una rodaja.

—Porque Venus, al igual que la Luna, tiene fases. Las descubrió Galileo, y fueron una de las pruebas más concluyentes para demostrar que es el Sol, y no la Tierra, el astro central.

Al rato cambié completamente el apuntado del telescopio y lo dirigí al Este. Marte estaba asomando ya. Nuevamente se formó la fila de chicas y chicos para mirar por el tubo. Los comentarios más escuchados fueron que era rojo y no más grande que una lenteja. Simón se encogió de hombros después de mirar y se limitó a decir:

—No creo que yo matara por esto, la verdad.

—Ni yo tampoco —añadí—. Además, no tenían telescopios. Sólo paciencia.

Una paciencia infinita. La noche acababa de empezar y ya unos cuantos querían desertar. Les animé a hacer un pequeño esfuerzo, acompañado de algo de comer, y a mirar directamente el cielo, a simple vista.

—Ahí, muy cerquita de Marte, veréis un grupo de estrellas. ¿Cuántas?

Hubo quien dijo cuatro. Otros cinco. Y una chica de ojos claros —ignoro si el color de los ojos tiene algo que ver con la percepción— vio siete.

—Son las Pléyades. Según la mitología griega, eran las siete hijas de Atlas que fueron convertidas por Zeus en palomas para poder volar al cielo y así escapar de Orión.

—¿Escapar? —preguntó la chica con ojos de gata.

—Pues... sí —dudé—. Realmente Orión no era una buena compañía. Un tipo guapo y arrogante.

Les conté la historia de Orión, el más bravo guerrero. Su constelación ya había asomado también por el Este. Todos dijeron distinguir con claridad su cinturón y su arco, y las estrellas más brillantes: Rigel —azul— y Betelgeuse, la gigante roja que se encuentra en su hombro.

—Pues a mí me parece una cafetera —bromeó Miguel.

—Cierto. Hoy en día sería la constelación de la cafetera, pero entonces no se había descubierto el café. Y como esa palabra produce en mi organismo el mismo efecto que al perro de Pavlov —añadí—, impongo un rato de descanso. Id mirando a la Luna, que ya asoma, y a ese pequeño punto brillante que le antecede. Ése que no parpadea. Premio para quien usando el mapa celeste adivine qué es.

Me senté en una piedra con el termo de café caliente sin poder dejar de mirar el cielo. Miguel se sentó conmigo.

—No parece fácil lidiar con toda esta tropa.

—No, no lo es. Pero a veces merece la pena el esfuerzo.

—Ya lo creo —confirmó Miguel—. Yo tengo un chico de su edad, y a estas horas debe de estar bebiendo alcohol de garrafa en cualquier garito. No puedo impedírselo. Dejaría de hablarme.

—Normalmente a esta edad están desorientados. Se dejan engañar por cualquier idiota.

Y añadí bromeando:

—Como yo.

Miguel se rio, mientras levantaba de nuevo la cabeza hacia el cielo.

—Mire, cura. Yo creer no creo. Pero tiene que haber algo. Alguien tiene que haber puesto todas esas estrellas allá arriba.

Entonces me reí yo. Recordé haberle dicho las mismas palabras a mi padre, la primera vez que me enseñó las estrellas. Yo tenía diez años y no quería hacer la Primera Comunión. Luego cambiaría de idea, claro.

—Héctor, apunta el telescopio hacia la luna. *Porfa.*

Los chicos me reclamaban.

Me levanté para indicarle al ordenador que moviera el telescopio hacia la posición del satélite. La Luna estaba en cuarto creciente, bastante brillante ya. Antes de dejarles mirar, puse un filtro para disminuir la cantidad de luz que llegaba al ocular. No quería dejar a nadie ciego. Me llamaron exagerado. Claro que todavía ninguno había puesto el ojo en el tubo.

—Joder, qué guapa.

El primero se llevó un capón, por motivos obvios. Pero no se quejó mucho. Los siguientes moderaron sus expresiones de asombro.

—Vaya piedra.

—¡Y flota!

—¿Se ve la bandera americana?

—Está llena de granos, como tu cara.

—Qué pasada.

—Déjame ver otra vez, carahuevo. Me toca.

Así pasaron un buen rato, mientras Miguel y yo seguíamos hablando de lo divino y de lo humano, dando cuenta de unos bocadillos con sus respectivas bebidas. Cuando se cansaron de mirar la Luna —realmente no se cansaban nunca, pero había otros artistas ya en la pista—, moví de nuevo el apuntado de mi Celestron.

—Bien —dije—. ¿Alguien ha adivinado ya qué es ese punto que no parpadea junto a la Luna?

Ni pío.

—Vale, os he hecho trampa. Los planetas no vienen en los planisferios de cartón. Comienza la siguiente ronda. Las chicas, primero.

—¡Coño! ¡Es Saturno!

La malhablada no se llevó un capón, pero sí un buen tirón de la coleta que la apartó del telescopio. Se lo tomó a risa.

—¡Ay, Héctor, no seas cabrón! —gritó, volviendo a mirar ansiosamente.

Quizás hiciera de alguno de ellos un astrónomo, pero era un fracaso como educador. ¿Se estaban tomando muchas confianzas? Me resigné y volví a agarrarme a la taza de café caliente.

Antes de retirarme a mi piedra, les puse un ocular de más aumentos, para que pudieran disfrutar mejor del otro *Señor de los Anillos*.

El tiempo volaba. Mi reloj marcaba las dos de la mañana y los planetas seguían su curso. Marte se estaba poniendo ya por el Oeste, y Saturno estaba pasando justo por encima de nuestras cabezas.

—¿No tenéis frío?

—¡No!

La respuesta fue unánime, así que no insistí. Volví de charla con Miguel, que acababa de consumir su turno de observación con Saturno.

—Es increíble. Parece mentira que hayamos enviado un chisme hasta allí.

—Sí, así es. Incluso más lejos —añadí. Luego miré otra vez el reloj y le advertí de la hora. Se suponía que teníamos que estar de vuelta a las tres en el Colegio.

—Yo no tengo prisa. No devuelvo el autobús hasta las ocho de la mañana. ¿Cuándo sale Júpiter?

Consulté el ordenador. Aproximadamente hasta las cinco no sería visible.

—Por mí, de acuerdo. Me lo estoy pasando de miedo y tenemos munición de sobra —dijo, refiriéndose a la comida.

Reuní a la manada y les puse en situación. Júpiter merecía la pena. Y si querían terminar la faena, Mercurio salía a las siete, justo antes del amanecer. Podíamos volver de día. Les faltó tiempo para coger sus móviles y enviar el correspondiente SMS a sus padres. Ni uno sólo quiso renunciar a pasar esa noche completa en vela.

—Venga otro refresco y otro bocadillo, Miguel. Todavía nos quedan de jamón. Ibérico, nada menos.

—Muy consentidos están estos críos. En mis tiempos, salchichón y gracias.

15

Allí estaban. Sonrientes y con las manos enlazadas.

Les sonreí yo también a través de la cristalera. Mi maleta estaba tardando en salir.

El viaje había sido tranquilo. Había llegado con bastante tiempo al aeropuerto de Barajas, por lo que me había detenido a deambular por sus faraónicas instalaciones. Detenerme y deambular son verbos contrapuestos, pero no viene al caso aquí este tipo de disquisiciones. La perspectiva de unos días de vacaciones sin niños y sin padres me animaba. Por una semana volvería a ser el de antes. El que una vez había sido viajero impenitente por medio mundo. El que, deliberadamente apartado de las rutas turísticas, había podido contemplar con sus propios ojos la miseria de muchos países. Los aviones atestados de turistas —*only for men*— en busca de sexo rápido y barato, sin escrúpulos. Turistas de *shopping*. Turistas ansiosos por encontrar una naturaleza salvaje que poder domesticar con sus sofisticados equipos de montaña o senderismo. Turistas insaciables devoradores de ruinas tanto arquitectónicas como humanas. Todo un sinfín de viajeros en un sinfín de países. Y en todos, un algo común: el abismo entre el hombre rico y el hombre pobre.

Este viaje no tenía mucho que ver con aquellos otros. Cierto era que desde que había ingresado en la Compañía, por causa del seminario y mis propios estudios universitarios, no había tenido muchas oportunidades de viajar. Al menos, de viajar tan a menudo como lo había hecho hasta entonces. Y eso que había elegido, no sin intención, la orden misionera por excelencia. Había conocido personas admirables entre aquellos hombres, encontrados al azar en lugares desconocidos de África, en el sudeste asiático o en América latina, siempre dispuestos a sacrificarse por los demás, a no mirar por sí mismos. De tanto estar entre ellos, me contagié de su enfermedad. Fiebre alta e insomnio son sus principales síntomas. Los médicos la llaman malaria. A nosotros nos gusta definirla como solidaridad.

El vuelo apenas había durado dos horas. El viento de cola empujó al Airbus de tal forma que llegó a Tenerife con veinte minutos de adelanto sobre el horario previsto. Tiempo éste que fue compensado ampliamente con la espera junto a la cinta transportadora de equipaje. Siguiendo al pie de la letra la penúltima ley de Murphy, mi maleta fue la que más tardó en salir. Cuando yo ya me temía que se había cumplido incluso la peor de estas leyes, apareció. Me alegré más que si hubiera salido en primer lugar.

Con esa misma sonrisa en la cara me abracé con los Juanes. Primero con Juana, más guapa que la primera vez, con el lógico bronceado fruto de unos cuantos días de playa. Y luego con John. Más alto de lo que había imaginado o intuido por sus fotos. Y con un español mucho mejor hablado que escrito. Supongo que Juana habría trabajado ese aspecto.

—Héctor, qué bueno que viniste —empezó a bromear Juana recordando nuestra primera conversación, según me besaba las mejillas. Las tenía ardiendo. No pude evitar sonrojarme de nuevo al volver a abrazarla. John estaba como un cangrejo todo él de arriba a abajo, ejerciendo de auténtico *guiri* británico en Canarias. Así que no se iba a notar demasiado mi rubor.

—Hola Juana. Hola John. Por fin los tres juntos.

—Sí, como los *mosquiteros* —dijo eufórico John.

Al oír a John, Juana y yo comenzamos a reírnos como locos hasta que el pobre puso cara de enfadarse y sólo entonces conseguimos contenernos. No parecía que John fuese persona proclive al mal humor. Era —y lo pude comprobar con certeza a lo largo de aquellos días—, un hombre más bien sensato y tranquilo.

Después de una conversación bastante atropellada, propia de aquéllos que, sin conocerse, son, sin embargo, viejos amigos, salimos de la terminal de llegadas. Juana dirigió las operaciones.

—Vamos, Héctor. Tenemos el coche aparcado ahí mismo.

Juana hacía de chófer. John no se atrevía. Primero por aquello del sentido de la circulación, que suponía todo un infierno en las rotondas para los que estaban acostumbrados a conducir por la izquierda como él. Y segundo porque el tráfico en Tenerife es especialmente caótico, mezcla de turistas con automóviles de alquiler —que no conocen, obviamente, las carreteras—, con los vehículos de los propios isleños, cuya parsimonia al volante resulta sorprendente para los impacientes peninsulares.

Conocía vagamente Tenerife. Había estado de niño con mis padres.

El volcán Teide seguía en su sitio, ocupando imponente el centro de la isla. El resto del terreno era prácticamente un continuo de casas, apartamentos y hoteles que robaban espacio a la naturaleza hasta límites insospechados.

Enfilamos la autopista del Norte. Después de atravesar el Puerto de la Cruz, ascendimos durante unos kilómetros hacia el valle de la Orotava. En medio de un paisaje realmente espectacular, estaba emplazada la lujosa urbanización en la que Waldo, el padre de Juana —o «papá», como a ella le gustaba llamarle— había alquilado —«rentado», dijo ella— un impresionante chalet. O *bungalow*, en sus propias palabras.

—Hemos llegado. Todos abajo.

Obedecimos, claro está.

El aire era limpio y el ambiente fresco, pero la temperatura no tenía nada que ver con la que había dejado en mi ciudad. Levanté la vista y me quedé un rato contemplando el pico nevado del volcán, a casi cuatro mil metros. A su izquierda, como pequeños champiñones, podían distinguirse las torres y las cúpulas de los telescopios del observatorio astronómico.

—¿Cuándo tienes que subir a trabajar? —pregunté a John, señalándole los puntos blancos por encima de nuestras cabezas.

—Oh, dentro de unos días. Pero no aquí —añadió.

John me explicó que los telescopios británicos estaban en la isla vecina de La Palma, en el observatorio del Roque de los Muchachos. El de Tenerife estaba casi exclusivamente dedicado al estudio del Sol. Yo desconocía ese extremo. John era cosmólogo y lo suyo tenía más que ver con el trabajo nocturno.

—Me gustaría verlo. Mucho.

Mi petición sonó como un ruego. Casi una súplica. Realmente, no tenía intención de volver si no era con unas cuantas fotos sacadas junto a los grandes telescopios palmeros. Mis alumnos no me lo habrían perdonado.

—Pues si Héctor lo quiere, no hay más que hablar.

Juana continuaba dirigiendo los planes del grupo. A John le pareció estupendo cambiar de isla un par de días antes de lo previsto, y además conocía a muchos astrónomos allí, lo que nos evitaría engorrosos permisos de visita. Todos estuvimos de acuerdo en la excursión. Sin embargo, tanto a él como a mí nos descolocó ligeramente el comentario de Juana.

—Aunque la verdad, a mí me da un poco lo mismo. Igual me quedo en la playa mientras vosotros miráis el cielo.

No le dimos mayor importancia. Era el trabajo de John y también mi devoción. Juana no tenía relación alguna con el mundo de la astronomía. En su estancia universitaria en Estados Unidos había estudiado leyes y filología inglesa. Cuando se aburrió, se enganchó a la informática. No necesitaba trabajar para vivir. A juzgar por las comodidades del chalet, su familia debía de tener bien cubiertas sus necesidades económicas.

Y estaba completamente enganchada al inglés.

Ésa iba a ser la parte menos agradable del viaje. No le quitaba sus preciosos ojos negros de encima. Por lo demás, los dos primeros días allí los dedicamos casi por completo a hacer turismo. Turismo de playa y montaña, que en Tenerife hay de ambas cosas. Y turismo de compras y restaurantes, que tampoco faltan. Conseguimos así desconectar del *Manuscrito,* de las amenazas, de la rutina, y de todos los problemas. Aunque si realmente lo conseguimos fue gracias a que no conectamos el ordenador para nada. Apenas se soltaban un rato las manos el uno del otro si no era para comer. No había manera con ellos. Y cuando lo hacían era para ponerse la comida en la boca mutuamente. Demasiado empalago para mí. Así que al cabo de esos dos primeros días de convidado de piedra en el apasionado romance, decidí que ya había visto suficientes paisajes y carantoñas, y que hora era de volver a ponerse a trabajar.

Y

—¿Qué más tenéis?

Se me quedaron mirando como la vaca al tren.

—¿Qué más habéis averiguado? —insistí.

Negaron con la cabeza.

—Muy poco —contestó Juana. John, mientras tanto, se había levantado para ir a buscar su ordenador portátil—. Supongo que adivinaste el significado de los círculos concéntricos —preguntó.

—Es una buena idea —le contesté—. Podría tratarse de la clave para descifrar todo el libro, tal vez. O tal vez no.

John estaba ya conectando su *laptop*. Al rato teníamos en pantalla las palabras en *voynichés* de los tres círculos que rodeaban el gran astro central y las presumibles constelaciones.

—Mira, Héctor. Hemos hecho algo de estadística.

Abrió una hoja de cálculo. Y Juana se puso unas pequeñas gafas, lo que le quitó gran parte del poder encantador a sus maravillosos ojos negros. Me quedé ensimismado por unos instantes.

—Héctor… —me despertó John—. Fíjate en esto. En el círculo externo se pueden contar unas ciento veinte sílabas agrupadas mayormente en tríadas. En el intermedio el número es de cien. Y hay unas ochenta en el más interno.

Hice un cálculo rápido de memoria.

—Eso hace… casi un millón de combinaciones posibles.

—Novecientas sesenta mil, para ser exactos —acotó una muy cambiada Juana. Ahora tenía el aspecto de una estricta profesora de matemáticas.

—No es demasiado para un ordenador. ¿Cuál es el problema? —pregunté.

—El problema es que no sabemos qué buscar. Podemos construir el millón de tríadas, pero ¿cómo distinguimos cuál tiene algún sentido práctico?

Juana prosiguió con el razonamiento de su querido John.

—Habría que revisar una por una. Los ordenadores no piensan, no ven relaciones.

—Ni sienten ni padecen —completé.

—¿Qué propones?

John me miró fijamente como si yo hubiera llegado a Tenerife con la respuesta. Y lo más que había hecho era descifrar lo que ellos ya sabían. Empecé a pensar en voz alta.

—Por esta vez no tendríamos que recurrir a la fuerza —dije—. Las cajas fuertes no se abren con explosivos. Se quemaría el dinero.

—Bonita metáfora —acotó Juana, que se había levantado las gafas. Ahora le sujetaban el pelo como una diadema, y esto le hacía volver a estar arrebatadora. Intenté no distraerme más de lo necesario.

—Sugiero volver a las pistas históricas. Parece que la mayor parte de la Lista se inclina por un timo de John Dee y Edward Kelley. Tal vez apoyados en los conocimientos de Cardano.

—Si es un timo no hay mensaje —me interrumpió John.

—Bueno, entonces supongamos que es un timo con mensaje. Que ellos lo cifraron y escondieron algo. Seamos positivos. Empecemos por el astro central. ¿Qué es?

—Casi todos están de acuerdo en que se trata de la Luna —apuntó Juana.

—Yo no. La Luna no está en el centro de nada.

—¿El Sol? —preguntó la chica.

—No. No podemos tener al mismo tiempo Sol y estrellas —observé.

—¿Algún planeta? ¿Alguna estrella especial? —especuló John.

Claro. Eso era.

En mi cabeza había surgido el chispazo. Di un salto fuera del sofá y una enorme y sonora palmada en la roja espalda de John, que no se atrevió a quejarse a pesar de la insolación que sufría. Lo tenía. Estaba tan contento con el descubrimiento que me burlé de ellos.

—Venga. Os lo digo si sois capaces de estar diez minutos sin besaros.

Se miraron como si aquello fuera muy difícil de aguantar. Consintieron.

—Ok —se resignó Juana, que hablaba por los dos—. Suéltalo ya, cura del demonio.

—La supernova de Tycho.

Juana puso cara de no entender nada —de hecho, casi nada

sabía de astronomía—, pero John puso unos ojos como platos. Él mismo continuó el razonamiento. Tenía las mismas pistas que yo había encontrado en las últimas semanas.

—Fue en 1572. Apareció como la estrella más brillante en el cielo. La vio Tycho y la vio John Dee, y ambos compararon sus resultados de paralaje. También Cardano.

—Sí —completé—. Cardano no quiso aceptar que fuera una estrella nueva y pensaba que se trataba de la mismísima estrella de Belén. La fecha de aparición de la supernova coincidiría con las de la posible elaboración del *Manuscrito*.

—Supongo que las posiciones de las estrellas se miden en grados —nos sorprendió Juana—. Así que ahí puede estar la clave para girar los discos. Como en las novelas de detectives. Veinte a la derecha, cinco a la izquierda, y ya tenemos el botín.

Estábamos funcionando como en un equipo, ciertamente. John le hizo un rápido resumen de cartografía estelar a su novia.

—Sí, Juana. Se necesitan dos ángulos para conocer la posición exacta de una estrella en el cielo.

—Entonces nos sobra un círculo, *darling* —le interrumpió.

Era una aguda observación. Tuve que volver a intervenir.

—¿Os habéis fijado en esto?

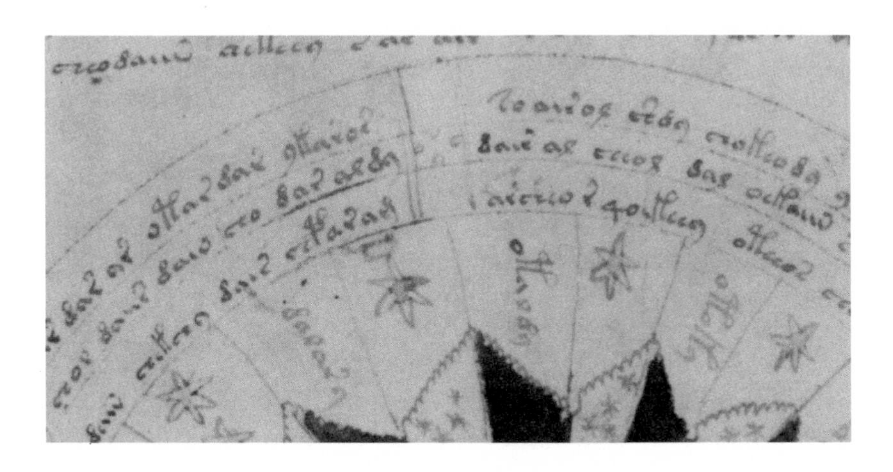

Se quedaron mirando lo que yo les señalaba.

En la parte superior del diagrama había algo extraño. Las palabras no cerraban los círculos, sino que estaban separadas por un pequeño espacio. Y en el disco intermedio había cuatro marcas. Le pedí un compás a John.

—Tal vez en la cocina, en el cajón de los cubiertos —bromeó Juana.

Para su sorpresa, John sacó un compás de su mochila. La miré burlón.

—Te llevas a un hombre casi perfecto. Una joya.

Tomé la medida exacta con el compás y la moví por el diagrama. El *gap* —como lo llamaba John, porque no encontramos palabra castellana mejor que ésta inglesa para denominarlo— venía a representar unos cinco grados, poco más o menos. Como si un ángel me estuviera soplando al oído las soluciones a los continuos jeroglíficos, volví a tomarles el pelo.

—Otros diez minutos de abstinencia y os digo qué me parece que es.

—No sé si podré —se quejó Juana— ¿Cómo podéis aguantar los curas años?

No hice caso a la última pregunta. Les expliqué mi teoría. Un círculo tiene 360°. Si lo estiramos un poquito, 365°.

—Entonces los dos círculos que no están marcados estarían incompletos, ¿no? —razonó John—. De ahí que sólo cubran 360°, por lo que podemos suponer que corresponden a las dos coordenadas angulares de la estrella.

—Y el otro círculo estaría relacionado con algo que tuviera 365 partes —terminó de razonar Juana, otra vez tocada con sus gafas de profesora.

—Blanco y en botella —asentí.

John se levantó de un brinco.

—Las dos coordenadas y la fecha. ¿Las tenemos, Héctor?

No las teníamos a mano, pero tampoco era difícil encontrar estos datos en Internet. La fecha era muy conocida: el 11 de noviembre de 1572. Por tanto, el círculo interior tendría que girarse 316 posiciones —una por día hasta el once del mes once— de las 365 posibles. ¿En qué dirección? Llegamos a un acuerdo rápidamente. El tiempo se mueve según las agujas del reloj. Giraríamos en ese sentido.

Las coordenadas de la supernova suponían un pequeño problema. Al ser una estrella que no existía, y que apenas había vivido unos meses, no aparecía en los catálogos clásicos. Sabíamos que había explotado muy cerquita de la constelación de Casiopea, pero eso nos daba un error muy grande. Al final encontramos los datos sin tener que recurrir a las notas de Tycho Brahe, algo que se antojaba complicado. Recientemente se habían conseguido fotografiar desde un satélite espacial los restos de la supernova captando sus rayos-X remanentes. Las coordenadas aparecían junto a la fotografía de la NASA:

«Ascensión recta: 00h 25m 17s»

«Declinación: 64° 08′ 37″»

Obviamente, eran coordenadas ecuatoriales.

—Tendremos que ponernos en el año 1600. Y no sólo saber qué coordenadas usaban entonces, sino también corregir la época —observó John.

—Sí —respondí—. La precesión habrá cambiado la declinación unos dos grados, más o menos. No es mucho, pero puede corresponder a una posición más adelante o una más atrás en las ruedas.

—¿Se puede saber de qué vaina estáis hablando?

Juana no parecía muy contenta. Dicen que la ignorancia proporciona felicidad, pero no era éste su caso. Su voz sonó exigente cuando se volvió a calar las gafitas de aprender. Como John estaba navegando como loco buscando ecuaciones, fui yo el que empezó la explicación.

—Las coordenadas ecuatoriales absolutas se pensaron para evitar los problemas que presentaban las coordenadas locales, que varían con el tiempo. Están referidas al ecuador celeste. La declinación es el arco del círculo horario comprendido entre dicho ecuador celeste y el centro del astro. Se mide de 0° a 90° a partir del Ecuador. Positivo en el hemisferio Norte, negativo en el Sur. Y la ascensión recta es el arco medido a partir del punto Aries hasta el meridiano que contiene al astro. Varía desde 0 hasta 24 horas.

Juana no era lega en matemáticas y lo entendió casi a la primera.

—¿Qué es el punto Aries?

—Es la intersección del ecuador celeste con la eclíptica o el punto del cielo en el que aparece el sol justo en el instante del equinoccio de primavera. El 21 de marzo. También se le conoce como punto Vernal. Es el kilómetro cero para los astrónomos —añadí.

—Ajá —me interrumpió John—. El punto Vernal es desde luego el punto cero para Tycho Brahe, por lo que vamos a suponer que también lo fue para sus contemporáneos. Al menos, así aparece en sus tablas astronómicas de 1598.

—¿Y qué coordenadas usó? —le pregunté con cierta ansiedad.

—Hum... Lo que me temía. Eclípticas. —Y continuó, dirigiéndose a Juana—: Están referidas a la eclíptica, el plano donde se mueven el Sol y los planetas. Resultan más prácticas para la astronomía planetaria, que era básicamente la que se hacía en aquella época. Tenemos que pasar entonces los datos de declinación y ascensión recta, a longitud y latitud celestes, que son las coordenadas eclípticas. La longitud también tiene su origen en el punto Aries o Vernal, y eso nos facilita las cosas. Va desde 0° hasta 360°. Así que es claramente el giro de uno de los discos.

—¿Y la latitud celeste? —preguntó ésta.

—Entre 0° y 90° en nuestro hemisferio. Bien —añadió John—, ¿alguien quiere resolver un problema de trigonometría, o busco un programa que nos lo haga solo?

—Podría hacerlo casi sin mirar, pero tenemos prisa —fanfarroneé.

John tecleó los números en su ordenador.

—*Voilà,* ya está. Apuntadlo por ahí. Con la corrección de época, la latitud es aproximadamente de 37°. Y la longitud... casi 54°.

Juana anotó los números en un papel y volvió a tomar la voz cantante.

—Resumiendo, hay que girar un disco 37 posiciones. Presumiblemente el más pequeño, pero no sabemos en qué sentido. El círculo intermedio, 316 posiciones en el sentido de las agujas del reloj. Y el externo, 54. En el mismo sentido positivo.

—«37-316-54». Suena bien la combinación. Parecemos cabalistas —añadí riendo—. John, ¿tienes también unas tijeras y unos papeles donde podamos pintar los caracteres y luego girarlos?

—No hará falta. Ya están hechos —me replicó Juana—. Aunque tú te pienses lo contrario, hemos trabajado en el manuscrito estos días.

Me enseñaron el resultado de sus manualidades. Eran tres discos del tamaño de los clásicos de vinilo, recortados en cartón. En los bordes habían pegado minuciosamente todas las palabras —unas trescientas— que aparecen en el diagrama original. Con la salvedad de que las habían descompuesto en sílabas y rotado para que pudieran ser leídas en sentido horizontal. Resultaba muy sencillo formar palabras así. John hizo girar el artefacto y preguntó:

—¿Quién quiere jugar a la ruleta?

Lo hizo Juana, cuidadosamente.

El primer intento arrojó unas cien palabras nuevas. Las repasamos una por una y en bloques. Tenían el mismo sentido que el resto del *Manuscrito Voynich*. Ninguno. Decidimos hacer más intentos. Giramos la primera rueda en el sentido contrario. Luego invertimos longitud y latitud. También probamos a leer las nuevas palabras de dentro hacia fuera, y no sólo al revés.

A las dos horas de estar girando el chisme decidimos que lo mejor era salir y tomar unas cervezas sentados en una terraza junto al mar. No era para deprimirse.

Si algo nos sobraba, eso era paciencia.

—¿Entonces crees que el *Voynich* pudo haber estado durante algún tiempo en tu propio convento de jesuitas?

—No. Eso sería demasiada casualidad —contesté a John—. Sí que tengo la certeza de que el importante padre Lazzari pasó unos días allí, pero no sé qué fue a hacer. Posiblemente a inspeccionar o supervisar las obras de la nueva ubicación de la Compañía. También tengo por cierto que nuestro antiguo prior, el que edificó el actual Colegio a principios de siglo, llegó a ver el libro. Pero pudo haberlo visto en Roma, perfectamente.

Les conté también el robo de nuestro archivo de los diarios y papeles que habían pertenecido tiempo atrás a Anselmo Hidalgo. Se quedaron muy sorprendidos y no tardaron en asociarlo con el incidente de las amenazas. Omití sin embargo, por obediencia, citar el descubrimiento de los subterráneos.

—Todos en el convento creemos que es consecuencia del problema inmobiliario. La caja estaba llena con planos de los edificios que se levantaban en el solar. Y del actual Colegio. Sólo pueden tener interés para la constructora, los periódicos o el Ayuntamiento. No le veo la relación con el *Voynich*.

—Pero a ti te amenazaron como a Juana, ¿no?

—No directamente. No he recibido ningún correo electrónico, ni ninguna llamada telefónica. Sólo aquella misteriosa pintada de la tapia escrita en *voynichés*.

—¿Y te parece poco? Yo no me lo puedo quitar de la cabeza —me replicó la mejicana—. Tengo miedo de volver a mi casa y de que el teléfono vuelva a sonar. Ya he cambiado el número del móvil tres veces.

—Puedes quedarte conmigo todo el tiempo que quieras, ya lo sabes. Mi apartamento en Cambridge no es gran cosa, pero la ciudad es pequeña y acogedora. Y estamos a un paso de Londres, que sé que te encanta.

—Gracias cariño, pero tengo que volver con papá. Ya lo viste. Está ya viejo y me echa mucho de menos.

La conversación adquiría por momentos tintes melodramáticos, y terminó con los dos abrazados y besándose cariñosamente, como si yo no estuviera presente. Así que decidí dejar de molestar durante un rato. Pagué las consumiciones y me levanté de la mesa, dejándolos allí. Además, tenía ganas de pasear a solas por la playa. Y tenía ganas de pensar. La noche era preciosa y nos invitaba a unos a la meditación y a otros, irremisiblemente, al amor.

Regresé al cabo de una hora comiéndome un helado. No estaba mal para ser pleno diciembre. Tanto en mi casa como en mi convento la calefacción estaría echando humo, literalmente. Pero yo estaba en Canarias. Había dado primero un buen paseo a solas por toda la playa, disfrutando del mar, la brisa y el paisaje, y luego había vuelto atravesando el pueblo. La localidad estaba llena de gente variopinta, la mayor parte turistas de vacaciones, ociosos y felices. Como yo mismo. Cuando llegué al punto de partida me extrañó no ver a los Juanes aún sentados a la mesa del velador. Pensé lo que se suele pensar en estos casos, y demoré mi llegada al chalet otra hora más, para darles algún tiempo de intimidad. Cansado de caminar y de comer helados —o sea, al cabo de bastante rato— volví al chalet. Haciendo bastante ruido, por si acaso interrumpía.

—No seas escandaloso —me espetó John nada más abrirme la puerta—. No te comportes como un típico español.

Me hizo gracia la frase del inglés. *Typical Spanish*.

John estaba trabajando de nuevo con los diagramas, a solas en el salón. Apenas me hubo abierto la puerta, volvió a enfrascarse en su ordenador.

—¿Y Juana? —le pregunté.

—Arriba en su habitación, con dolor de cabeza. Como yo —añadió circunspecto.

Estaba claro que habían discutido. Debía de ser la primera vez.

Encontré un periódico viejo abandonado en una estantería. Me puse a fingir que lo leía con interés. John tardó casi media hora en volver a decir algo. O en darse cuenta de que lo que yo realmente tenía entre las manos era un periódico deportivo atrasado. Y aquello no tenía mucho sentido, conociéndome.

—No lo entiendo.

—Ya saldrá —contesté distraídamente, pensando que se refería al *Manuscrito*.

—No. No lo creo. Nunca la había visto así.

Él se refería a Juana. Resoplé y me puse en el papel de confesor.

—¿Algún problema?

—Sí. Quizá tú la entiendas, que para eso eres pastor.

—Bueno, tanto como un pastor no sé. Apenas distingo una vaca de una oveja, y sólo cuando hacen ruidos —bromeé. John no se dio cuenta de la gracia hasta pasados unos segundos. Luego puntualizó.

—Ah, ya lo entiendo —sonrió—. Pastor o sacerdote, da lo mismo.

Intenté explicarle que no era exactamente lo mismo. En los países anglosajones, la figura del pastor se asocia a la del predicador, y está más enraizada en las iglesias protestantes. En los países católicos somos menos dados a los discursos, aunque también igualmente capaces de endosar buenas homilías si se presenta la ocasión. Preferimos la palabra sacerdote. O, simplemente, cura.

—¿Por qué se ha enfadado? —pregunté.

—Ha pensado que me burlaba de ella. Y después de soltarme un buen sermón, si me permites usar esta expresión, se ha ido al piso de arriba.

—Entonces esta noche haremos abstinencia los dos —volví a bromear, tratando de quitarle hierro al asunto. John intentó ser menos parco y más explícito.

—No sabía que fuera tan religiosa. Hubiera sido más cuidadoso.

—Oye, más religioso soy yo. Sea lo que sea, las prisas nunca son buenas.

Volvía a equivocarme. En ningún momento John se estaba refiriendo al sexo. Por alguna extraña razón, los curas solemos aludirlo cuando nos hablan de problemas en las parejas.

—No seas idiota, Héctor. No es eso.

—Ah.

—Juana tiene ideas… ¿antiguas? No sé cómo explicártelo.

—Inténtalo. En español, si es posible.

—Empezó a hablar como Waldo. ¿Lo recuerdas?

—Sí. Su otro «yo» en la *lista*.

—Ése. El que no escribía más que tonterías.

No era yo el único que se había dado cuenta. Waldo era peculiar. Estaba especialmente preocupado —preocupada, mejor dicho—, por el origen mágico del *Manuscrito Voynich*. Le encantaba especular con ángeles, con el origen divino del libro. Toda la simbología que encerraba tenía para él —ella— relación con la Biblia, con antiguos textos sagrados no traducidos, con el propio Enoc y las historias fantásticas de John Dee y Edward Kelley.

—Estábamos hablando de si quizá tuviera algo que ver con la clave la Estrella de Belén. Cardano asumía que ésta y la supernova eran la misma cosa.

—No es mala idea probar la fecha del 24 de diciembre en lugar del 11 de noviembre —observé—. Por si acaso.

—Eso hicimos, precisamente. Como te puedes imaginar, no encontramos nada tampoco girando el disco intermedio hasta esa fecha. El caso es que se me ocurrió proponer, bromeando, que podríamos probar también la fecha de la Anunciación. Cuando el arcángel Gabriel se aparece a María.

—No le veo la relación con el diagrama. Ni tampoco la gracia. Y menos el motivo del enfado —añadí.

—No se lo dije exactamente así. Me permití dudar de la virginidad de María —reconoció.

—Realmente eres un imbécil, John.

Se lo tenía bien ganado. Creía que este hombre tenía más sentido común.

—Perdona tú también, Héctor. No tenía intención de ofender. Ni a ti ahora ni a ella antes. Déjame seguir.

—Sigue. Pero si continúas en este plan estoy a punto de irme a dormir yo también —amenacé—. Hay dos tipos de no creyentes. Los ateos y los idiotas. Te permito figurar en el primer grupo pero lamentaría tener que incluirte en el segundo.

—Llámame idiota si quieres, pero préstame atención. Después de escuchar la gracia, me dio un bofetón tremendo. Y luego se le calentó la boca y empezó a echarme en cara todo lo que se le venía a la cabeza. Que si era un estúpido científico, que si no tenía valores, que si no creía en nada. Que me traería a cuenta leer más la Biblia. Que seguro que yo sí venía del mono.

—Puede que tenga razón en eso. Te has comportado como un gorila.

—Luego se levantó llorando y se encerró en su habitación —continuó—. Hasta ahora. He intentado pedirle perdón pero no quiere abrirme la puerta. Dice que no va a dejarme volver a tocarla nunca más.

No sabía qué decir para consolarlo. Una salida piadosa quizá, que en eso los curas estamos bien entrenados. La quería de verdad.

—Déjala tranquila por esta noche. Mañana hablaré yo con

ella. Y si resuelves tú solo el *Voynich* de aquí a entonces —añadí—, seguro que olvida lo ocurrido. Purga tus pecados, inglés.

Y me fui a dormir.

A la mañana siguiente el desayuno parecía un funeral.

—Héctor, dile por favor al inglés que te pase la mermelada y después me la alcanzas. Es que él no habla cristiano —dijo Juana con retintín.

John me pasó la mermelada, la mantequilla y los bollos de chocolate que había comprado expresamente para ella, todo en un envío. Juana ni le miró.

—Su mermelada, majestad —dije, ofreciéndole la bandeja completa acompañada de mi mejor sonrisa de circunstancias en la cara. Pero no me la devolvió. Más bien fue al contrario.

—Ese idiota no ha entendido nada. He dicho mermelada. *Only*.

Volví a dejar la bandeja en la mesa. No estaba el horno ni el desayuno para bollos. Intenté cambiar la conversación pero no hice sino empeorar las cosas.

—Entonces, ¿vamos mañana a La Palma?

—Yo no.

La respuesta de Juana había sido tajante. John se resignó.

—Claro, Héctor. Prometí enseñarte el observatorio. Iremos los dos.

No se hablaron en todo el resto del día.

16

El avión era un pequeño cuatrimotor de hélice que cada hora unía las islas de Tenerife y La Palma. Apenas podía dar cabida a treinta personas dentro, y apenas utilizaba otros treinta minutos para cubrir la ruta. El tiempo justo para comer la chocolatina que la azafata ofrecía al pasaje. Habíamos sacado billete de ida y vuelta para hacer la visita durante el mismo día. John no perdía la esperanza de que a Juana se le pasara el enfado y poder reconciliarse antes de que ella volviera a su país. El plan de viaje cambió cuando en la terminal del aeropuerto, apenas quince minutos antes de embarcar, su teléfono móvil pitó.

—Vaya. Un mensaje justo cuando iba a desconectar el aparato —comentó.

Se quedó mirando la pantalla de su Nokia con cara de pocos amigos. Intenté ser uno de esos pocos afortunados y le pregunté la razón.

—¿Qué te ocurre?

—Juana está en el otro aeropuerto. Al sur de la isla.

—¿Ha cambiado de opinión? ¿Se ha equivocado?

—No, nada de eso. Me envía su trayecto: «TFS-MAD-MEX». Ni siquiera se ha despedido —añadió, con gesto de resignación. Luego reaccionó con una mal disimulada entereza y me propuso cambiar el billete de vuelta. No tenía sentido hacer un viaje tan precipitado.

—Vamos al mostrador, Héctor. A ver cómo lo pueden arreglar.

Modificamos sobre la marcha el viaje. John se quedaría ya alojado en la residencia del observatorio —había traído su equipaje— durante las dos semanas en las que trabajaría allí. No había posibilidad de reencuentro, así que era tontería ir para volver al día siguiente. En cuanto a mí, me ofreció pasar una noche completa en el observatorio, una posibilidad normalmente vetada a los visitantes.

—No te preocupes, puedes hacerte pasar por un becario de investigación —se rio—. Claro que tampoco vas a poder dormir, si has de volver por la mañana temprano.

No me importó. Al contrario, casi agradecí la oportunidad que se me brindaba. Pasar noches en vela era algo a lo que estaba perfectamente acostumbrado. Mi billete de vuelta a Tenerife enlazaba con mi vuelo de regreso a Madrid. Con tiempo por delante como para llegar a la Península y pasar los días siguientes las Navidades en familia.

Otro pitido sonó en su teléfono.

—¿Y ahora? ¿Ha cambiado de opinión ahora?

—No —sonrió—. Simplemente envía besos. A ti, claro —añadió irónico.

John intentó comunicar varias veces con ella, sin conseguirlo. Terminó claudicando y apagando a su vez el aparato. Subimos al pequeño avión y despegamos entre un mar de nubes. El paisaje por encima de ellas, con el volcán asomando su cumbre nevada, fue espectacular.

No menos espectaculares resultaron ser los paisajes de la isla canaria de La Palma. Conocida por sus habitantes como «la isla bonita» —igual que la canción de Madonna—, se trata de una formación volcánica alrededor de un gigantesco cráter, llamado la Caldera de Taburiente. Desde el aire uno tiene la sensación de que un ser sobrenatural ha hundido una gigantesca cuchara en sus entrañas, arrancando un buen trozo de isla. El observatorio se encuentra situado justo en el filo del cráter, en el punto más alto. Allí se encuentran también unas extrañas formaciones basálticas, llamadas Roques, con apariencia casi humana. De ahí su nombre y el del propio observatorio: Roque de los Muchachos. Éstas y otras cosas nos fue contando Marco durante la subida. Marco Giuliani era un astrofísico italiano que, al igual que John, tenía tiempo asignado para utilizar uno de los telescopios del observatorio. Conducía con destreza por la nerviosa carretera que sube desde el nivel del mar hasta los casi 2.400 metros de altura en que están emplazadas las instalaciones científicas. Cuando llegamos, yo tenía media chocolatina en la boca y otra media en el estómago. Nos despedimos de él hasta la hora de comer —cosa que en esos momentos no me apetecía en absoluto— y comenzamos a caminar por la carretera interior que comunica los distintos edificios. Realmente se notaba el esfuerzo por efecto de la altitud. Tardé en acostumbrarme y al principio no pude hablar sino entre jadeos.

—Es curioso —resoplé—. Desde siempre los observatorios astronómicos se levantan en islas.

—Más que algo curioso, es algo lógico y práctico —contestó John—. Los dos mejores lugares del mundo para observar el cielo están en islas volcánicas, de altas cumbres y cielos claros. Hawai en el océano Pacífico y Canarias en el Atlántico. Mira allí —señaló con el brazo, cambiando el asunto de la conversación—. Ese enorme panal de espejos que mide más de quince metros de diámetro se utiliza para captar la radiación Cherenkov.

No tenía ni idea de qué era esa radiación y además tenía otra cosa en la cabeza.

—¿Tú sabías que Tycho Brahe tuvo una isla para él solo? —volví a la carga.

—Ajá. La isla de Hven, en el mar Báltico —contestó—. Entre la isla principal danesa de Zeland y la península escandinava. Unos pocos kilómetros cuadrados nada más. Le echó de allí el joven rey de Dinamarca, que luego arrasó el observatorio para ponerle un discreto nido de amor a su amante. Menos mal que Tycho ya se había muerto y no lo vio —añadió.

No parecía muy interesado en la vida del astrónomo danés porque volvió inmediatamente al tema anterior de la radiación Cherenkov.

—El año pasado casi tenemos un disgusto con ese chisme. Imagina que se descontrolaron los motores de movimiento de la montura, y se quedó todo el espejo apuntando directamente al sol. Una lupa de quince metros de diámetro, ahí es nada. Carbonizó todos esos matojos de allí.

En efecto, se veía un buen pedazo de superficie quemada.

Aunque yo seguía dándole vueltas al asunto de la relación entre insularidad y astronomía. Supongo que aislarse resultaba también una buena forma de trabajar.

John me llevó al edificio en el que él trabajaría las noches siguientes: allí se encontraba el telescopio William Herschel, bautizado así en honor del famoso astrónomo británico descubridor de Urano, de la posición del Sol en nuestra galaxia y de muchas otras cosas. Y el primer hombre en diseñar telescopios realmente grandes. John me remarcó este punto mientras cruzábamos la entrada. Curiosamente, la puerta de madera del edificio que alberga la enorme cúpula esférica del Herschel era casi idéntica a la de una iglesia. Se lo hice notar.

—No te extrañe, cura. Por algo se llama metafóricamente a los telescopios los Templos del cielo.

En efecto, al entrar en el telescopio William Herschel tuve una sensación idéntica a la que experimento cuando entro en una catedral. Algo intangible me atrapa y me arrastra, llevándome a lo más alto, acercándome a lo divino. Aquello era una auténtica catedral, una gigantesca construcción de vidrio y acero dedicada únicamente a la contemplación del cielo. Me quedé embobado mirando la imponente bóveda y el aspecto de la estructura que sostenía el espejo casi perfecto de más de cuatro metros de diámetro.

—Espera a que lo veas moverse esta noche. Es como un reloj de varias toneladas.

—Esperaré, por supuesto —me limité a decir, mientras sacaba ensimismado unas cuantas fotografías.

El comedor de la residencia parecía la torre de Babel. Se oía hablar en inglés, en francés, alemán, italiano e, incluso, si uno hacía el esfuerzo de discernir los lenguajes, en español. Con nosotros se sentaron Marco y un par de ingenieros españoles que trabajaban en el inmenso telescopio Canarias. Así que pudimos utilizar la lengua de Cervantes en nuestro pequeño reducto.

—Hola, John, ¿otra vez por aquí? —preguntó uno de ellos, un tipo delgado y con barba, con ojeras de no dormir bien en varios días. O de no dormir, simplemente.

—Hola, Enrique. Sí —contestó John—. Mañana comienzo un período de dos semanas de observaciones. Sigo trabajando en mis lentes gravitacionales. Dejadme que os presente a Héctor —añadió.

John me presentó a la pareja de ingenieros, y éstos amablemente me estrecharon la mano. Llevaban varios días peleando con uno de los detectores de Osiris, que se había declarado en rebeldía. Osiris, el dios de los muertos, era el curioso nombre que recibía un complejo instrumento del telescopio Canarias. Permanecí callado durante toda la comida, atento a la conversación, fascinado por aquel mundo particular de los astrónomos. Lo único que dije fue, inadvertidamente, una tontería.

—¿Traigo café para alguno?

—De ninguna manera —saltó Marco—. Esa máquina es una mierda. Nos vamos todos al Galileo, a tomar un auténtico *capuccino*.

Nos subimos al coche de Marco, que condujo hasta la misma cumbre del observatorio. Allí se encuentra enclavado el Telescopio Nazionale Galileo, la joya de la astronomía italiana. Huelga hablar del significado del nombre. El edificio es extraño, con forma de granero, en nada parecido al resto de telescopios de cúpulas blancas. Sin embargo, es un prodigio de tecnología. Modelado en un túnel de viento para conseguir las mejores prestaciones de sus espejos y sus instrumentos.

Nuestro anfitrión nos hizo pasar a una pequeña habitación con una mesa en el centro, con todo el aspecto de ser utilizada normalmente como sala de reuniones. En las paredes se agolpaban varios pósteres de congresos de astrofísica, preciosas fotografías enmarcadas de nebulosas y galaxias capturadas con el propio Galileo, y un pequeño homenaje al famoso astrónomo veneciano. Un grabado recordaba su vida, obra y milagros.

Entonces tuve todo un *déjà vu*, con mi riquísimo café en la mano.

«*Haec immature a me jam frustra leguntur oy.*»

Estaba escrito en el grabado.

En ese momento perdí la noción del tiempo y del espacio. Como si estuviera en un sueño. Me despertó la voz de John, que añadía:

—*Cynthiae figures aemulatur mater…*

—¿Qué pasa? ¿Vamos a elegir papa aquí? —bromeó Marco al oírnos hablar en latín—. ¿Alguno quiere repetir café?

—Yo, por favor —supliqué, saliendo del trance.

Necesitaba otra dosis para despejarme con urgencia.

—*Cynthiae figures aemulatur mater amorum.* Así creo que es en el original, pero no me hagas mucho caso —terminó la frase John.

—¿La madre del amor simula las formas de la Luna? —intenté traducir.

—Más o menos. Fue lo que escribió Galileo cuando descubrió las fases de Venus. Venus presenta fases creciente y menguante, como la Luna.

—¿De qué estáis hablando? —interrumpió un intrigado Marco.

John dio la explicación pertinente.

—Parece que a Galileo le gustaba envolver con un halo de misterio sus descubrimientos. No se sabe si lo hacía por miedo a sus enemigos, o porque simplemente le gustaban los juegos de palabras. El caso es que al hallar la extraña forma de Venus lo describió así, con esa frase que aparece en el grabado.

—Que es el anagrama aproximado de la frase real —acoté.

—Eso cuenta la leyenda. Un simple baile de letras —remarcó John—. El matemático del emperador no pudo resolver correctamente el acertijo. Y Galileo no quiso revelar el verdadero significado sino al mismísimo emperador, que tuvo que suplicar por la solución para calmar la ansiedad de su matemático.

—¿Quién era ese matemático? —pregunté, conociendo de antemano la respuesta.

—Kepler, claro. Un don nadie —sonrió John.

Asistir *in situ* a una noche de observaciones en un gran telescopio puede resultar decepcionante y singularmente tedioso para un aficionado a la astronomía. Sobre todo si coincide que esa noche los instrumentos tienen como misión capturar datos espectroscópicos, lo que ocurre en un buen número de las ocasiones. No hay mucho que ver, al menos mucho para los que somos profanos en esas técnicas. Sin embargo para los astrofísicos resulta excitante. Es quizá aquí donde se trazó la línea que separa astronomía de astrofísica, igual que muchos años atrás, con Kepler, Tycho y Galileo, se empezó a dibujar la que separó completamente astronomía de astrología. Hoy en día la mayor parte del tiempo que dedican los instrumentos científicos a escudriñar el cielo lo hacen para obtener «espectros», separando la luz que llega según su energía, obteniendo de ello información tan variada como cuáles son los componentes químicos que forman —o formaban— una estrella, o a qué velocidad se aleja una galaxia de nosotros.

—¿Y ya está? ¿Eso es todo? —pregunté inquieto a John al ver aparecer en el monitor del instrumento una serie de líneas paralelas bastante borrosas. Habíamos estado esperando el resultado de la lectura de los detectores más de treinta minutos.

—¿Te parece poco? —me contestó—. Es espectacular.

John intentó explicarme con escaso éxito la relación de esas rayas con el corrimiento hacia el rojo de sus galaxias. Él las consideraba ya como suyas. Al fin y al cabo, hay estrellas y galaxias para todo el que las pida.

—Hombre de poca fe —rio.

Abrió unos archivos de imágenes que guardaba en el disco duro. Las fotografías habían sido tomadas por una cámara infrarroja colocada en el mismo telescopio Herschel hacía seis meses. Resultaban mucho más entretenidas que el montón de rayas que aparecían en la pantalla cada treinta minutos.

—Esto son galaxias —dijo, señalando unos borrones en el centro—. Y esto, también. Pero mucho más lejanas.

John me señalaba con un lápiz unos arcos de luz que rodeaban el grupo de objetos central. La luz que provenía de los objetos más lejanos había cambiado su trayectoria, curvándose y produciendo el singular efecto.

—Las galaxias más próximas deforman el espacio —continuó John con su explicación, cada vez más entusiasmado—. La luz de las galaxias lejanas se mueve por ese espacio deforme, curvándose, hasta llegar así a nuestro espejo.

—Algo he oído hablar de eso —respondí, recordando una de

las frases más sorprendentes de la física moderna: «La luz no tiene masa, pero pesa».

Lo que estaba viendo aquella noche era la demostración palpable de que la teoría de la gravedad de Newton había sido corregida y completada. Para ello habían tenido que pasar más de dos siglos y el mundo alumbrar otra inteligencia casi pareja a la del sabio inglés. La de Albert Einstein. Ya no se trataba de que dos cuerpos se atrajeran con una fuerza directamente proporcional a sus masas, sino de que un cuerpo por efecto de su masa deforma el espacio en el que se encuentra. Los demás tendrán inevitablemente que moverse por esa especie de tejido espacial elástico invisible, incluso aunque no tengan masa alguna, como la luz. Y no necesariamente en línea recta.

Seguí hablando de todo esto con John durante un buen rato, mientras esperábamos la siguiente lectura de los detectores. Me planteó un curioso acertijo para hacerme ver las diferencias entre los conceptos gravitatorios de Newton y de Einstein.

—Imagina que el Sol desaparece repentinamente. ¿Qué le ocurrirá a la Tierra? —preguntó.

—Supongo que saldría despedida hacia el espacio exterior, al no verse sometida a la atracción de la enorme estrella —contesté.

—Sí, pero… ¿al mismo tiempo?

Me quedé pensando.

Si el Sol desaparecía en un instante, su fuerza sobre la Tierra desaparecía con él. Newton habría contestado que sí. La Tierra comenzaría su viaje interestelar en el mismo momento. Obviamente la respuesta correcta era la contraria.

—Al desaparecer el Sol, el espacio cambiaría su forma —contestó John a su propia pregunta—. Pero esta perturbación no llegaría hasta la Tierra de forma inmediata. De la misma manera que las olas en el mar tardan un cierto tiempo en alcanzar la orilla.

—Supongo que tenemos un límite en esa velocidad —le interrumpí—. ¿Unos ocho minutos?

—Más o menos.

—Pero como ese tiempo es el mismo que tarda en llegar la luz del Sol a la Tierra, también tardaríamos ocho minutos en percatarnos de que la estrella ha desaparecido…

—Vas bien —sonrió John, animándome.

—Así que, a efectos prácticos, saldríamos de la órbita justamente en el mismo instante en que viéramos apagarse el Sol.

—Perfecto, Héctor. Acabaremos resolviendo juntos el *Voynich*, ya verás.

La noche se nos hacía larga. El instrumento tenía que repetir una y otra vez las mismas medidas, hacer comprobaciones, correcciones y calibraciones. El telescopio se movía en silencio, apuntando con prodigiosa precisión siempre al mismo punto del cielo, moviéndose con él. Era, como John me había explicado por la mañana, un reloj en movimiento. Pero ésta era sólo la parte sencilla de todos sus mecanismos. Además sus espejos y actuadores se deformaban y movían para compensar las ráfagas de aire, las variaciones de densidad en la atmósfera, su propio peso. Por todas partes había pantallas e indicadores con las cosas que sucedían. Ninguna particularmente alarmante a juicio de John, así que derivamos la conversación durante un tiempo hacia el *Manuscrito*.

—Es curioso eso que me cuentas de la frase de Galileo en la Biblia de Lazzari —dijo.

—Cuando la vi esta tarde de nuevo escrita en el grabado me quedé bloqueado. No tenía ni idea de su origen. Pensaba que era una pista sobre el *Voynich*.

—Lo cierto es que traducida literalmente puede valer —sonrió John para luego añadir—: «He intentado leer esto en vano, demasiado pronto».

—Pero ésa es la traducción del anagrama sin ordenar. Un truco para despistar a los inquisidores del italiano.

—¿Y qué sentido tiene que aparezca escrita en un convento de jesuitas español, en un sobre cerrado y dentro de una Biblia de 1770?

—Ni idea —respondí escuetamente.

—¿Era aficionado a la astronomía ese bibliotecario? —añadió John.

—No lo sé —respondí nuevamente con sinceridad—. No necesariamente.

—Salvo que haya algún motivo para fomentar esa afición. Como querer traducir uno de sus libros más preciados.

—Puede —concedí—. Incluso se me ocurre una razón más, si esto es así como piensas.

—¿Cuál?

—Kepler.

—¿Kepler? —se extrañó John.

—Sí. Sigo pensando que resulta increíble que el matemático imperial de Rodolfo II jamás citara en sus escritos la existencia del *Manuscrito*. Y más teniendo en cuenta la fortuna que le había costado a su protector. Si yo me gastara un dineral en comprar un libro cifrado —especulé—, ¿no intentaría por todos los medios destriparlo? ¿No recurriría a mis mejores matemáticos?

—Tycho y Kepler.

—Los mismos. Lazzari habría intentado dar una pista a quienquiera que abriese el sobre. Escrito exactamente en las mismas circunstancias que Galileo. Perseguido por Roma.

—Y además con la misma frase y con un significado adicional. Porque se estaba refiriendo a un libro, a nuestro libro —remarcó John, que tenía cierta propensión a adueñarse de las cosas, ya fueran volúmenes o galaxias.

—Galileo no tiene nada que ver con el *Voynich*. Pero Kepler puede que sí. La famosa frase en latín los relaciona sin dejar lugar a las dudas —seguí especulando, cada vez más excitado.

—*Ergo* hay que estudiar un poco más a Kepler —concluyó John.

Un nuevo espectro apareció entonces en pantalla, el último por esa noche. El técnico de soporte entró en la sala de control y nos avisó de que iba a mover la cúpula. Estaba amaneciendo ya. John cerró el programa que manejaba el instrumento. Luego entre ambos programaron la posición del telescopio, que quedó mirando al cénit. Entonces dieron por concluida la jornada.

Salimos al exterior. Hacía un frío de mil demonios. Entramos en el coche y el técnico condujo despacio hacia la residencia. Aún hubo tiempo para un último café, en una mesa en la que se mezclaban aquellos que no se habían acostado aún con los que acababan de levantarse de la cama. Pude sumarme sin muchos problemas a un pequeño convoy formado por coches de astrónomos y empleados del mantenimiento del observatorio. Cambiaban los turnos y regresaban a la ciudad. Me dejarían allí, donde podría tomar un taxi para llegar con tiempo más que suficiente al pequeño aeropuerto situado a las afueras.

Me despedí de John con un abrazo.

—Escribe, inglés. Ya sabes que abro el correo cinco veces al día.

—Lo haré, cura. Y no te olvides de interceder por mí. Aceptaré cualquier tipo de penitencia por mis pecados —sonrió con algo de tristeza.

No habíamos sabido nada más de Juana, que a esas horas debía de estar cruzando el Atlántico rumbo a México.

17

—¿Por qué no habéis puesto el belén?

La pequeñaja se encogió de hombros.

Su hermano gemelo fue más explícito.

—Mamá nos castigó.

—Yo hablaré con ella. Mientras tanto —dije—, id buscando cosas que nos puedan servir entre los juguetes.

Era Nochebuena. Nevaba en el pueblo y todo era de postal. Gente yendo y viniendo con las compras para la cena, ultimando los regalos o enviando felicitaciones. Mi padre aún no había vuelto de la calle. Su partida de cartas se había prolongando más de lo habitual. Así evitaba molestar mucho en la casa, inusualmente llena. Mi madre no paraba en la cocina y mi hermana le ayudaba con los preparativos de la cena. Y mi cuñado, al igual que mi padre, también se había apartado prudentemente de la refriega culinaria y veía plácidamente la televisión en el salón.

—Hermanita —dije, entrando en la cocina—. ¿Cómo es que mis sobrinos no tienen belén? ¿No sabes qué celebramos hoy?

Le tiré de la coleta. Naturalmente, se enfadó. Pero no me insultó tanto como mis alumnas. Y menos estando mi madre delante.

—Seguís como el perro y el gato —bromeó ella—. Anda, Héctor, sal de aquí. Y monta un nacimiento a los niños. Así dejas de molestar.

—Los castigué sin belén por pelearse. No paran un momento —se justificó mi hermana.

—Igual que vosotros cuando teníais su edad —le replicó nuestra madre—. No sé de qué te extrañas.

—Vamos, tío. Ayúdanos. Que pareces un viejito —dijo el crío.

—¿Qué habéis encontrado? —les pregunté.

Alicia, la niña, llevaba un montón de cosas entre sus manitas. Acordamos que lo más conveniente para representar a la Virgen sería una Barbie vestida de novia. Daniel, el niño, se empeñó entonces en que uno de sus Action-man tenía que ser san José. Así que empezaron a pelearse, cosa que aprovechó mi hermana para echármelo en cara.

—¿Ves? Y encima tú les ríes las gracias.

Conseguí que hicieran las paces. El pequeño consintió a regañadientes que el papel de san José fuera para un monje *Jedi*, con su capucha y todo. La espada láser sería el bastón. Los Action-man no se quedaron finalmente fuera de la escena, y los pusimos agachados entre los montones de serrín que imitaban las dunas del desierto. Armados hasta los dientes.

—Así —dije—. Igualito que en la Palestina real del siglo XXI.

Mi madre salió de la cocina con la fuente de ensalada entre las manos justo en el momento en el que mi padre entraba en casa. Se echaron a reír al ver el peculiar montaje.

—Tu hijo sigue tan revolucionario como cuando se fue —dijo mi padre.

—Déjale —contestó mamá estampándole feliz un beso en la mejilla—. Que hoy estamos todos juntos. Héctor —añadió—, le he dicho al párroco que concelebrarás con él la misa del Gallo. Así que no te manches más la chaqueta.

Nada parecía haber cambiado mucho en el hogar familiar.

—¿Y la estrella?

La pequeña Alicia había notado que el belén estaba incompleto.

—No tenemos —contesté—. Habrá que hacer una. Traed tijeras, cartulina, pegamento y papel de plata. Y un compás —añadí, sonriendo para mis adentros.

Estuvimos un buen rato entretenidos fabricando la estrella de Belén. La famosa estrella que ha traído de cabeza a los astrónomos durante siglos y a la que, aún hoy, no ha podido darse explicación. Quizá fuera un cometa, quizás un meteorito o quizás, incluso, una supernova. Ningún acontecimiento astronómico coincide con la fecha del nacimiento de Jesús de Nazaret. La explicación más plausible la dio, precisamente, Johannes Kepler. San Mateo cuenta en el Evangelio —escrito entre los años 70 y 80 después de la llegada al mundo de Jesús— que «la estrella sirvió de guía a los magos y se detuvo encima de donde estaba el niño». Kepler, un religioso devoto pero también un pensador científico, supuso que Mateo habría adornado el acontecimiento con algún fenómeno astronómico. Él mismo había observado una supernova en 1604, que había formado una triple conjunción —acercamiento aparente entre los tres astros— con Júpiter y Saturno. Así que dio marcha atrás en el tiempo y buscó la conjunción de estos planetas más cercana al año cero. El resultado fue el año 7 a.C.. Las pistas históricas concuerdan aproximadamente con este dato. San Lucas habla de que «por entonces un decreto del emperador Augusto ordenaba hacer un censo del mundo entero». El decreto se produjo el año 8 a.C., y fue la causa del viaje de José y María. Otros registros, como el de la muerte de Herodes III el Grande, gobernador en la fecha del nacimiento de Jesús y que ocurrió poco después de un eclipse lunar el año 4 —según el historiador romano Flavio Josefo—, avalan esta hipótesis. El resultado es que, paradójicamente, Jesucristo nació —como mínimo— cinco años antes de nacer... él mismo.

Además los calendarios han cambiado mucho como para encajar las cosas. El calendario juliano, el que se utilizó durante toda la Edad Media, fue cambiado por el calendario gregoriano para ajustarse al tiempo astronómico. En los lugares católicos, entre ellos España, Francia y, por supuesto, Roma, se aceptó la reforma en el año 1582. En los protestantes no se adoptó hasta el 1700. Y en Inglaterra hubo que esperar hasta 1752 para que el gregoriano fuese considerado el calendario oficial.

Esto me hizo volver a pensar en el *Voynich*.

La supernova de Tycho, Dee y Cardano había aparecido en 1572, sólo diez años antes de la implantación del nuevo calendario. ¿Había algún error en las fechas? ¿Realmente fue el 11 de noviembre de 1572?

Estaba dándole vueltas a todo esto mientras dibujaba la estrella. Para asombro de mis sobrinos, el compás dividió perfectamente el círculo en seis partes iguales, y al unir los puntos apareció una estrella de David, la estrella judía de seis puntas, formada por dos triángulos que se cruzan. Todo un prodigio de exactitud matemática, números y geometría. John Dee era un geómetra consumado. Si había de dibujar una estrella y apuntar su fecha, tenía que ser preciso. La reforma gregoriana fue establecida en 1582 por el papa Gregorio XIII, después de muchos años de estudio. Tenía por objeto hacer congruentes el año juliano, el utilizado ya en la época romana —desde el año 45 antes de Cristo, para ser exactos—, y el llamado año trópico. Éste es propiamente el año astronómico, puesto que mide el tiempo transcurrido entre dos pasos sucesivos del sol por el punto Aries. Y dura 365 días, 6 horas, 9 minutos y 10 segundos. El año juliano tenía un error respecto al astronómico de 3 días cada 400 años. No era mucho, pero en la época de Gregorio XIII —la misma de John Dee, Tycho Brahe y Johannes Kepler— el error acumulado era ya de unos diez días. Poco a poco el calendario religioso se estaba desfasando del astronómico, y eso era un problema. Así que la reforma consistió, en primer lugar, en suprimir esos diez días de un golpe. Por eso en los países católicos al día 4 de octubre de 1582 le siguió el 15 de octubre del mismo año. La historia cuenta que santa Teresa de Jesús murió la noche de ese 4 de octubre, y que no recibió sepultura hasta el día 15. Al día siguiente, como era habitual.

Al volver de misa, me quedé un rato trabajando a solas en el salón, con el módem del ordenador portátil conectado al teléfono y, de ahí, a Internet. Todos los demás se habían ido a dormir. Entonces descubrí algo verdaderamente interesante. John Dee había intentado, en su etapa de consejero de la reina Isabel, que Inglaterra cambiara su calendario al adoptado por los países católicos, siguiendo así el criterio astronómico. Según sus propios cálculos, de forma incluso más precisa. La reina, obligada por el arzobispo de Canterbury, se opuso tajantemente. Creían que eso significaría devolver Inglaterra al catolicismo. Así que durante 170 años más los británicos persistirían en el error.

¿Podrían los autores haber representado en el diagrama del manuscrito una fecha astronómica real, y no una fecha que estaba en desacuerdo con la posición del Sol? Puesto en la piel de cualquiera de ellos, era lógico pensarlo. El 11 de noviembre se convertía así en el día 21. No tenía los discos de los Juanes a mano, así que decidí hacer al día siguiente un encargo a mis pequeños sobrinos. Habían quedado encantados con el uso de la cartulina, las tijeras y, sobre todo, el compás. Ya tenían trabajos manuales para el día de Navidad.

A la noche siguiente comencé mis propias comprobaciones.

Tenía ya unos discos casi idénticos a los de los Juanes; a decir verdad, con unos cuantos chorretones de pegamento de más, producto del entusiasmo frenético de los pequeñajos. Pero el resultado era el mismo. Utilicé para representar el *voynichés* los caracteres originales, y no el alfabeto de sustitución que conocemos por EVA. Aunque este último es más útil para construir algoritmos de programación, pensé que podría condicionar un experimento tan sencillo como el que me disponía a realizar. Los signos del *Voynich* son bastante claros. Muchos parecen letras latinas, como «o» o «a». Otros son como números: «9», «8» o «2». En un principio se pensó que la aparición de números mezclados con letras podría tener relación con posibles fórmulas alquímicas o fechas astrológicas. Luego se comprobó que su frecuencia de aparición era similar a la de las letras, y se asociaron simplemente con caracteres. Meros parecidos con números por aquello del azar del dibujante. También hay otros signos desconocidos, como una especie de letra doble: «ﬀ»; un signo de interrogación «?»; o incluso algo parecido a letras griegas: *nu, iota, rho* y otras usadas en fórmulas matemáticas. No tienen ningún sentido aparente. Teniendo en cuenta su frecuencia de aparición en el manuscrito, se les asignó a cada uno de ellos una letra latina. Al símbolo «c» se le asignó la letra «e», por ser la más utilizada. Al símbolo «o» la letra «o», al «2» la letra «s», y así sucesivamente hasta completar el alfabeto. Los caracteres del *voynichés* se agrupan en sílabas, aparentemente, y éstas en palabras, mucho más fácilmente distinguibles.

En la isla de Tenerife habíamos usado la combinación:

«37 – 316 – 54»

Ahora había que sumar, si mi nueva teoría del calendario era correcta, diez pasos extra al círculo central. Así:

«37 – 326 – 54»

Cogí papel y lápiz y, una vez giradas las tres ruedas a las posiciones reseñadas, comencé la lenta transcripción de caracteres. La mayoría de las palabras formadas con las tres sílabas dibujadas en las ruedas carecían de sentido. Pero había doce de ellas, las doce que precisamente coincidían con las puntas de la estrella del diagrama astronómico, que presentaban un patrón común al reordenarlas. Coloqué sílabas similares al principio como prefijos e hice lo mismo con los sufijos al final. Las sílabas desconocidas quedaron en el centro:

[illegible]	[illegible]
[illegible]	[illegible]
[illegible]	[illegible]
[illegible]	[illegible]
[illegible]	[illegible]
[illegible]	[illegible]

Deshaciendo la traducción a EVA, la mayoría de las palabras tenían sentido. No era sólo que los caracteres más frecuentes casi coincidían con los latinos, sino que además los números... se comportaban como números:

«t—va—rivs»	«0—kj—ver»
«tt—kj—ver»	«8—va—rivs»
«2—va—rivs»	«9—kj—ver»
«t2—kj—ver»	«x—va—rivs»
«v—va—rivs»	«vt—va—rivs»
«4—va—rivs»	«vtt—va—rivs»

De las doce palabras, ocho tenían la terminación «ius», lo que era bastante simple de traducir: *Ianuarius, Februarius, Martius, Aprilis, Maius, Iunius, Julius, Augustus.* Las otras cuatro acababan en «ver». Correspondían por tanto a los restantes meses: *September, October, Novembris, December*. Los números también estaban relacionados y permitían un cierto orden:

	«t—va—rivs»	Enero
	«2—va—rivs»	Febrero
	«x—va—rivs»	Marzo
	«4—va—rivs»	Abril
	«v—va—rivs»	Mayo
	«vt—va—rivs»	Junio
	«vtt—va—rivs»	Julio
	«8—va—rivs»	Agosto
	«9—kj—ver»	Septiembre
	«0—kj—ver»	Octubre
	«tt—kj—ver»	Noviembre
	«t2—kj—ver»	Diciembre

Tenía que contárselo a John y a Juana cuanto antes.

Por fin habíamos encontrado algo con sentido dentro de aquel enorme galimatías de garabatos. Algunos textos del *Manuscrito Voynich* no eran meras invenciones. Por lo menos uno de los grabados con palabras tenía una construcción lógica.

Quedaba por saber si otros diagramas del libro también estarían fabricados de ésta u otra manera. Y, sobre todo, quedaba por resolver la pregunta fundamental.

¿Y ahora qué?

Porque todos conocemos los nombres de los meses del año. Incluso los niños.

En realidad la pregunta era mucho más complicada.

¿Qué era lo que estábamos buscando?

Juana se limitó a responderme con un escueto «Felicidades» y a decirme que quería cotejar las traducciones de los símbolos que yo había hecho. Añadía jocosa que, en el caso de que me hubiera equivocado, considerara igualmente válida la felicitación por el hecho de ser Navidad. John, sin embargo, se mostró eufórico en su respuesta a mi carta en la que se detallaban los hallazgos. Le había alegrado el día —me dijo—. Había nevado en el observatorio y llevaba ya dos noches perdidas sin poder abrir la cúpula del telescopio ni conectar los instrumentos. Además estaba pasando las Navidades lejos de sus padres —que vivían en Londres— y, para colmo —o en el fondo de todo— no sabía nada aún de su amada Juana, que seguía sin querer descolgarle el teléfono.

John, realmente, había manifestado su alegría con la expresión en inglés: «*Make my day!*».

Recordé al leerle la frase de Gilder. O del dúo Reagan-Gilder. O quizá sería más preciso hablar del trío Reagan-Gilder-Eastwood. Quizá por eso aquella noche soñé algo extraño. En mi sueño Johannes Kepler desenfundaba un enorme revólver Magnum y encañonaba a un sorprendido Tycho Brahe, que sólo podía desenvainar una pequeña espada. El primer tiro se llevaba su nariz por delante. Después de acabar con la vida de Tycho, el Kepler de mi sueño registraba todos los cajones del aposento del gran danés hasta que encontraba una carpeta con una etiqueta en la tapa que decía: «He intentado leer esto en vano, demasiado pronto». Dentro estaba el *Manuscrito Voynich*. Kepler sonreía al verlo y escapaba con él.

Mis sobrinos me despertaron a la realidad.

—Vamos, tío. Mamá nos ha dicho que hoy nos llevarías al cine.

Miré el reloj.

—¿A las diez de la mañana?

Se encogieron de hombros inocentemente e insistieron.

—Vamos, vístete. Lo has prometido.

No recordaba haber prometido nada, pero los críos se merecían ver una película. Era el último día de mis cortas vacaciones navideñas antes de volver al convento y al Colegio. Habíamos acordado reunirnos toda la congregación para pasar juntos el fin de año y tomar una decisión definitiva en relación con el traslado forzoso al que nos veíamos abocados.

—¿A qué cine queréis ir? ¿Habéis decidido ya la película?

Eran dos preguntas tontas que demostraban bien a las claras lo poco que iba yo por el pueblo. Sólo quedaba ya una sala cedida por el ayuntamiento, que se llenaba de sillas de tijera en las reuniones vecinales o, eventualmente, en la representación de alguna obra de teatro parroquial, mitin político, o proyección cinematográfica, como en este caso. Los dos pequeños cines que yo había conocido años atrás habían cerrado, como tantas otras cosas en aquella localidad tan venida a menos que, incluso, su instituto de bachillerato apenas podía mantener el número mínimo de alumnos para evitar su condena. Y eso que se nutría de los chicos de los pueblos de los alrededores —aún más pequeños que el mío—, y de los hijos de los inmigrantes, la única esperanza para revitalizar el campo, el comercio y la poca industria que todavía quedaba en la comarca.

—Sí. Quieren ir a ver una de arte y ensayo. Echan una película turca muy buena sobre el Kurdistán en la sala quince —se burló mi hermana mientras vertía el café en mi taza—. En versión original subtitulada, como les gusta a ellos.

—*Star Wars* —contestó el pequeño Daniel en perfecto inglés sin hacer caso de lo que decía su madre.

—¿Todavía la ponen? ¿Tan poco hemos avanzado en el pueblo? ¿No podéis votar a otro alcalde? —respondí con ironía a la broma de mi hermana y a la petición del chiquillo.

—*La venganza de los Sith* —insistió el niño—. Es el fin de la trilogía.

—Ésa no la he visto —admití—. ¿A qué hora empieza?

—A las once en punto. Así que date prisa para coger buen sitio. Y no les compres chucherías que luego no comerán.

—¿Sesión matinal? —protesté.

—Este fin de semana sí. Por la tarde han alquilado el local para el bautismo de los evangélicos —continuó mi hermana.

—¿También tengo que llevar a tus hijos a eso? —dije, pensando que mi hermana seguía con la guasa.

Pero no era una broma.

—Hijo, no sabes cómo está cambiando el pueblo —intervino mi madre, que había entrado en la cocina con los abrigos y las bufandas de los niños en la mano—. Hay hasta un pastor y todo.

—¿Se jubiló el Porretas? —volví a preguntar riendo, sin terminar de creerme la conversación. El Porretas era un viejo que cuidaba del poco ganado de los vecinos, y que se había hecho merecedor a pulso del lógico apodo por su excentricidad. Solía fumar una extraña mezcla de plantas, que él mismo recogía en el monte, tomando el sol completamente desnudo tirado en el prado. Las ovejas no se escandalizaban por ello y nosotros, los chicos de entonces, tampoco.

—El pueblo está creciendo un poco con los sudamericanos. Es buena gente, muy trabajadora. Ecuatorianos, bolivianos, colombianos y hondureños, sobre todo.

—Eso no es malo —observé yo.

—Pues os están quitando la clientela —observó entonces mi hermana—. Mientras los jesuitas os vais a Sudamérica, los sudamericanos vienen aquí. Y cada vez quieren saber menos de los curas católicos. Sois unos pelmas.

—En fin. Me los llevo al cine —zanjé la conversación—. ¿A qué hora comemos?

—Cuando volváis, cariño —contestó mi madre dándome un beso.

Daba gusto volver a ser el rey de la casa por unos días.

Las palomitas estaban estupendas —naturalmente, no hice caso a mi hermana— y la película fue muy entretenida. Pocas leyes de la física salieron indemnes de aquella venganza, pero a los chicos no les importó. La velocidad de la luz era algo bastante normal para ellos, sólo había que tomar impulso y encontrar un agujero negro apropiado. Los asteroides tenían una gravedad similar a la terrestre, aunque estaban huecos y no tenían sino unos pocos centenares de metros de diámetro. Las batallas estelares eran auténticos estruendos en *dolby surround*. Teniendo en cuenta que el espacio está vacío, no dejaba de ser enigmática la forma que utilizarían para desplazarse las ondas sonoras por allí. Tal vez por agujeros de gusano, fluctuaciones de membrana o energías negativas. Energías incluso menores que cero, recordé con sorna. Pero aquello daba igual porque la imaginación lo desbordaba todo y los chicos terminaron la proyección aplaudiendo como locos aquel despliegue de efectos especiales y fantasía.

Aunque lo más extraño ocurrió al terminar la película.

Un joven bien vestido, con traje y corbata, salió de la primera fila y se dirigió a los niños. Una inconfundible tarjeta en su americana le delataba. Para asegurarme le pregunté a Daniel.

—¿Quién es ése?

—El *profe* de historia de las religiones.

—¿Y qué quiere?

—Recoger los dibujos para el concurso —dijo la pequeña Alicia, al tiempo que sacaba del bolsillo de su abriguito un papel doblado.

—¿Y eso qué es? —volví a preguntar, señalando el contenido del papel.

—El Arca de Noé —contestó ella, orgullosa—. He pintado todos los animales que conozco.

—¿Y no hay dinosaurios? —le dije, con una mezcla de ternura y maldad.

La niña se quedó pensando y luego contestó.

—Se me han olvidado. ¿Me ayudas, tío? —me pidió tendiéndome un lápiz.

—Claro.

Y ante el regocijo de su hermano y el mío propio, le pinté un enorme Tyranosaurius Rex en medio del barco.

18

En 1589 la fama de Tycho Brahe estaba en lo más alto. Sin haber cumplido los cuarenta, su nombre era ya conocido y respetado por todos los sabios europeos. En esa fecha Johannes Kepler era un adolescente de diecisiete años, a punto de ingresar en la universidad de Tübinga. A diferencia del noble y rico Tycho, Kepler llevó con él sólo unos pocos libros y ningún dinero. Muy pronto se daría cuenta de que la teología y las matemáticas —incluyendo obviamente la astronomía— iban juntas en su búsqueda de la Verdad, del orden del universo. Allí en Tübinga se convertiría en discípulo de Michael Mästlin, un astrónomo que gozaba del respeto del mismísimo Tycho, por aquel entonces considerado como la mayor autoridad de la materia. A pesar de que las enseñanzas oficiales sobre astronomía todavía estaban basadas en el antiguo modelo de Ptolomeo, Mästlin era uno de los pocos que creían en el nuevo sistema de Copérnico, en el que los planetas, incluyendo la propia Tierra, giraban —y siguen girando— en torno al Sol. Kepler adoptó pronto la idea como propia. En su pensamiento místico tenía sentido que el Sol, el astro más brillante, fuente de luz y de vida, simbolizara al Creador, y que éste se situase en el centro de todas las cosas. Un universo creado por Dios no podía ser otra cosa que perfecto. La búsqueda de su armonía se convertiría en una obsesión para él durante toda su vida.

Kepler obtuvo su graduación en 1591, con la esperanza de ser destinado por sus tutores a propagar la doctrina luterana. Pero a pesar de ser un cristiano devoto, su defensa del movimiento copernicano levantó las dudas entre los superiores religiosos. Eran tiempos de divisiones, de dogmas estrictos y de controversias continuas. Se le consideró afín a los calvinistas y, por tanto, se dudó de su capacidad en el púlpito. Años más tarde también se le acusaría de cultivar amistades entre los católicos, especialmente entre los científicos jesuitas —ya estamos aquí otra vez—, y por esa misma razón nunca gozaría de la completa confianza de los reformistas luteranos. En contra de sus deseos y frustrando su vocación religiosa, Kepler fue enviado como profesor de matemáticas a un pequeño colegio de Graz, en Austria. Aquél fue un cambio radical. Tanto que —cuentan sus biógrafos— incluso el calendario era diferente. En Tübinga usaban el calendario juliano, pero a partir de la frontera de Baviera se utilizaba ya el gregoriano. El viaje duró lógicamente diez días más de lo previsto en un principio.

«Bien, esto encaja con lo ya sabido», pensé.

El colegio donde Kepler enseñaba se había levantado en 1574 como respuesta a la fundación de otra escuela católica —naturalmente jesuita— un año antes. Nuevamente Kepler había vuelto a caer entre dos fuegos. La concordia en Graz entre ambas confesiones era sólo aparente y terminaría con los años. Mientras tanto, el joven protestante desarrollaba actividades paralelas a la enseñanza. La más notable era la de astrólogo. Es bien conocida la definición que de la astrología dio Kepler: «La pequeña hija locuela de la astronomía». Más tarde escribiría lo siguiente: «Si en ocasiones los astrólogos aciertan, eso se debe sólo a la suerte». Sin embargo, y al igual que Tycho, Kepler pensaba que existían débiles relaciones entre las estrellas y los hombres. Encargado de escribir las obligadas predicciones en los calendarios de esos años —por ser el matemático oficial de la comarca—, en 1595 aventuró un invierno muy frío, una sublevación campesina y un ataque de los turcos por el Sur. Acertó en todo y eso le hizo muy popular. No eran predicciones muy arriesgadas, ya que Kepler —y más aún Tycho— anotaba todos los cambios meteorológicos. Y tanto campesinos como turcos estaban en constante efervescencia y se lo pusieron fácil.

Aquel año Kepler realizó un descubrimiento excepcional —aunque curiosamente erróneo— que marcaría su vida. Estudiaba las conjunciones de Júpiter y Saturno, esto es, en qué momento Júpiter supera a Saturno en el zodiaco. Eran los planetas conocidos más lejanos en aquellos tiempos y, por tanto, los más lentos. Cada veinte años ocurre que Júpiter —levemente más rápido— sobrepasa a Saturno. Kepler dibujó las sucesivas conjunciones conocidas en su época, y se dio cuenta de que formaban triángulos que se iban desplazando, rotando alrededor del punto central. El mismo dibujo puede obtenerse con una trama de cuerda que se tense usando un conjunto de clavos equidistantes en un círculo, si hacemos que el final de un triángulo sea el comienzo del siguiente. El resultado de todo era un segundo círculo interior inscrito en los triángulos. Kepler quedó impresionado y muchas preguntas acudieron a su mente. ¿Por qué un círculo? ¿Por qué sólo hay seis planetas, ni uno más ni uno menos? ¿Por qué se mueven a una cierta velocidad que cambia de una cierta forma? Dos mil años después de Aristóteles, Kepler creyó ver el orden del universo ante sus ojos, la perfección de Dios en la armonía del cosmos en aquel diagrama. No podía haber nada aleatorio o sin sentido en el cielo. Habiendo hallado la relación entre las órbitas de Júpiter y Saturno —el triángulo, la primera figura en la geometría—, intentó lo mismo con el resto de planetas. Probó ajustar un cuadrado entre Marte y Júpiter, un pentágono entre la Tierra y Marte, un hexágono entre la Tierra y Venus, y así sucesivamente.

Kepler había sido un amante de la geometría, un matemático formidable.

Pero las formas básicas planas no se ajustaron a las órbitas planetarias. Entonces experimentó con volúmenes y usó poliedros. Sólo existen cinco que puedan ser inscritos en una esfera, o circunscribirse a la misma figura: el tetraedro, el cubo, el octaedro, el dodecaedro y el icosaedro. Para Kepler, la órbita de la Tierra era la medida de todo. Alrededor de ella se circunscribía un dodecaedro. La esfera que lo contendría sería la órbita de Marte, a su vez circunscrito en un tetraedro. Lo mismo con Júpiter y el cubo, cuya esfera exterior sería la órbita de Saturno. Razonó de la misma forma para el resto de planetas, los interiores: Venus y Mercurio. Todo tenía un orden. Cinco sólidos perfectos y la esfera para los seis planetas. Las distancias entre ellos quedaban por tanto prefijadas. Sólo faltaba hacer coincidir las observaciones experimentales con la teoría, y la grandeza del diseño divino quedaría confirmada.

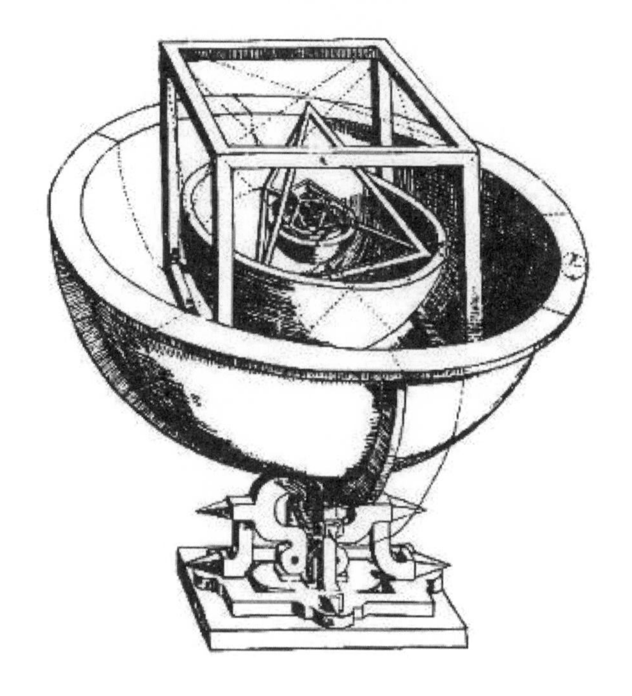

Las mejores observaciones del cielo sobre la Tierra eran, de largo, las de Tycho. Kepler escribió a su querido maestro Michael Mästlin, que se mostró entusiasmado con el descubrimiento y le animó a publicarlo. Tycho podría así estudiar el trabajo de Kepler. Éste plasmaría su teoría en un volumen editado en 1597. El libro era tan pequeño en tamaño como grande en título: *Introducción a los ensayos cosmológicos, conteniendo el misterio cosmológico de la proporción maravillosa de las esferas celestes, y de la verdad y causas particulares del número, tamaño y movimientos periódicos de los cielos*. El libro es más conocido abreviando su título como *Mysterium Cosmographicum* o, simplemente, el *Mysterium*. Kepler no tardó en enviar copias de su *Mysterium* a otros astrónomos de la época. En esa fecha Galileo enseñaba en la Universidad de Padua, pero todavía no era conocido. Aún faltaban unos años —muy pocos— para que el telescopio fuera inventado. Kepler no le remitió su libro, pero el ensayo —seguramente por mediación de una tercera persona—, llegó a las manos del italiano. Galileo escribe entonces por primera vez a Kepler, y en una elogiosa carta le dice que aunque él ya es partidario del modelo copernicano, todavía no quiere admitirlo públicamente por miedo a las reacciones y las burlas de sus colegas. Kepler le contesta animándole a ello, y le pide una crítica objetiva de su *Mysterium*. Pero Galileo no respondería a Kepler. Habrían de pasar trece años más hasta que la breve correspondencia entre los dos gigantes se reanudara.

¿Y Tycho? En un oscuro episodio de la historia de la astronomía, Tycho Brahe sufrió el plagio de su propio modelo planetario. Otro astrónomo de su tiempo, un tal Ursus, el mismo que le precedería como matemático imperial en la corte de Rodolfo II —Ursus, Tycho y Kepler, por este orden, ocuparían dicho puesto—, publicó el modelo *tychónico* como de su invención. Kepler había enviado su libro a Ursus y, sin pretenderlo, se vio envuelto en una polémica que a punto estuvo de dar al traste con sus esperanzas. Tycho no conocía, obviamente, al joven Kepler, y la primera noticia que tuvo de su existencia fue como la de un advenedizo amigo de su enemigo Ursus. Sin embargo y por fortuna, el *Mysterium* llegó a Tycho de manos de Michael Mästlin. Kepler conoció la opinión del gran maestro danés —la única que realmente le interesaba— a través de éste. A pesar del lógico enfado, Tycho se mostró interesado por las teorías de Kepler, pero rechazó educadamente el modelo poliédrico encerrado en el *Mysterium* por no ajustarse a sus datos experimentales (lo cual era estrictamente cierto). Aunque también alabó su ingenio, animando a Kepler a utilizar sus habilidades matemáticas para ajustar sus observaciones a su propio modelo *tychónico*. Poco más tarde, comenzarían a trabajar juntos.

Éstos eran los datos más interesantes que había encontrado en relación con las primeras cartas entre los tres grandes. Un sinfín de malentendidos y demoras mezclados con su pizca de orgullo y amor propio. Quizás un correo más rápido, quizá Internet, hubiera hecho todo aquello más fácil.

Mientras tanto yo tenía un correo nuevo en la pantalla.

Era de Juana.

«Hola, Héctor.

»Tu explicación de los discos astronómicos del Voynich es, sencillamente, formidable. He reproducido tus pasos exacta-

mente, uno tras otro, con los mismos resultados. No hay duda de que estás en el buen camino.

»Pero te mentiría si no reconociera que estoy desanimada.

»Y no es tanto por el Manuscrito *sino, como estarás imaginando, por John. Por eso creo que lo mejor que puedo hacer en estos momentos es abandonar nuestro proyecto común. No quiero sufrir ni tampoco hacer sufrir, y mucho menos molestar y ser una carga.*

»Pensé que él sí era diferente. Noble, inteligente y amable. Y guapo, claro. Un auténtico caballero inglés. Me equivoqué. No es menos cretino ni más sensato que la mayoría de chicos que encontré en la universidad. Hay muchas cosas de mí que él no conoce. Si las supiera posiblemente no me hubiera hablado así. Aunque también es posible que, simplemente, ni siquiera se molestara en volverme a dirigir la palabra.

»¿Me permites un secreto de confesión por carta, Héctor?

»Doy por concedido el sí.

»Supongo que tanto tú como él pensáis que no soy más que una niña rica mimada, a la que su padre —tal vez sintiéndose culpable de la muerte de su madre— no ha dejado de consentirle cualquier capricho. Cuando terminé mi etapa escolar adolescente, me fui a Estados Unidos a estudiar. Me hacía falta una excusa para marcharme de casa. Durante más de un año fui de fiesta en fiesta, de borrachera en borrachera, de la cama de un hombre a la de otro sin pararme a pensar en lo que estaba haciendo. Empecé a tomar drogas. Podía comprarlas todas. Me convertí en una farmacia ambulante y, además, podía convidar a todo el que quisiera.

»Una noche sufrí un colapso. No recuerdo casi nada de aquello. Me desperté en la cama de un hospital. Los médicos me contaron que unos excursionistas me habían recogido desnuda y sin conocimiento en el arcén de una carretera. Luego supe por las investigaciones de la policía que allí me habían abandonado otros chicos de la universidad, creyéndome muerta. Demasiado sexo, alcohol y drogas como para arriesgarse a llevarme a un médico. Más tarde vendría la clínica de desintoxicación, la mejor de Texas, que mi padre pagó religiosamente. Allí mi vida empezó a cambiar y a tener sentido. Allí me brin-

daron la oportunidad de conocer el Evangelio, de integrarme en la fe de Cristo y de aprender a vivir a través de la Biblia.

»Son cosas que tú puedes entender, porque eres creyente y has llevado tu fe hasta el extremo de dedicar tu vida por entero a ella. Pero John no puede ni podrá nunca. Su frío racionalismo me exaspera, su desdén se me hace insoportable.

»Volví a la Universidad de Texas. Dejé las leyes y me sumergí en la informática y el lenguaje de las computadoras. Tú les llamas ordenadores, y creo que esa definición encaja más con lo que quiero explicarte. Mi vida se ordenó entre las máquinas. En nuestro centro de estudios universitario intentábamos salvar la brecha que hay entre las preguntas angustiosas que todos nos hacemos y las profundas respuestas que ofrece el Evangelio. La Biblia fue inspirada verbalmente por el Espíritu Santo, es la palabra infalible escrita por Dios. Jesús es Dios, la Palabra viva, que se hizo carne a través de su concepción milagrosa y su nacimiento virginal. Vivió una vida sin pecado pero expió los pecados de los demás muriendo en la cruz. Yo no puedo estar al lado de quien se mofa del que me devolvió a la vida. A la auténtica vida.

»Espero que, si John te pregunta, sepas explicarle mi postura. Tú crees en lo mismo que yo.

»Conseguiré olvidarle y rezaré por él cada día.

»Supongo que ahora entenderás el porqué pienso que lo mejor para todos es que me aparte de las investigaciones del Voynich. *No quiero hacerlo más difícil. Bastante lo es ya por sí mismo.*

»No dejes de avisarme cuando esté todo resuelto. Ese día me sentiré feliz.

»Muchos besos y cuídate,

»Juana.»

—Héctor, baja cuando termines. Ya estamos casi todos en la capilla.

Matías había subido a avisarme. Enfrascado en la lectura de la carta de Juana había perdido la noción del tiempo. La vuelta a la comunidad después de mis vacaciones navideñas estaba marcada por la incertidumbre. El prior había creído más conveniente, en lugar del habitual salón, utilizar la capilla como sitio de reunión. No habría por tanto café.

Carmelo comenzó rezando un padrenuestro, seguido de una breve oración invocando la intercesión del Espíritu Santo para que guiara nuestras decisiones. Aquello no era un concilio ni un cónclave, pero estaban en el aire el futuro de veinte personas y la educación de varios centenares de niños.

—Hermanos, ya sabéis por qué nos hemos reunido aquí. No hay mejor lugar —dijo Carmelo al terminar las oraciones. Los demás asentimos en silencio. Tomó aire y continuó hablando, con significativo esfuerzo. El prior estaba visiblemente emocionado. No eran buenos síntomas.

—Muchos de vosotros habéis pasado unos días de asueto con vuestras familias, celebrando la natividad de nuestro Señor en compañía de padres y hermanos. Algunos, a los que Dios ya sólo nos conserva la propia Orden como única familia, hemos permanecido aquí. No han sido días fáciles.

La mayoría pensamos que Carmelo se refería a su propia realidad. Su madre, muy anciana, había fallecido hacía un año. Sólo se le conocían algunos primos lejanos. Éramos todo para él. Sin embargo, no era ésta la principal causa de su congoja.

—Hace dos días tuvimos un nuevo requerimiento por vía judicial instándonos al abandono de esta Casa.

Muchos desconocíamos este extremo. Miré a Damián, el director del Colegio, que tenía la misma cara de extrañeza que yo. Casi al unísono reclamamos una mayor información al prior sobre el asunto. Intervino Julián, que se había tenido que reincorporar al convento antes de lo previsto, dada la gravedad del caso.

—Así es, tal y como lo cuenta Carmelo.

Su voz sonó a funeral. El ecónomo continuó con las explicaciones técnicas, evitando el trance al prior.

—El Ayuntamiento ha obrado de mala fe. No ha respetado los plazos preceptivos para las notificaciones de expropiación. No ha habido acto de conciliación entre partes. Simplemente —concluyó—, ha conspirado a nuestras espaldas.

—Si es así como cuentas —intervino Damián—, sólo tenemos que interponer el correspondiente recurso para paralizar la expropiación.

—El recurso se interpuso y fue rechazado por defecto de forma —tomó de nuevo la palabra Julián—. Es más, estamos sin abogados. He tenido que pedir a nuestra casa en Madrid que haga las gestiones oportunas para que nos den soporte legal desde allí.

Entonces hablé yo.

—¿De dónde vienen las presiones?

—Si lo conociéramos sabríamos a qué atenernos —me respondió Julián—. En la última semana el periódico nos ha dedicado tres editoriales en exclusiva. El calificativo más suave hacia nosotros ha sido el de eclesiásticos fenicios. La maniobra es aún más compleja. El grupo inmobiliario promotor de la obra ha comenzado a preinscribir trabajadores. Hay más de mil personas apuntadas en una lista esperando un empleo que dan por seguro. Desde simples carpinteros hasta administrativos o personal de seguridad. En algunos casos hay contratos de trabajo formalizados e incluso se han cursado anticipos de sueldo sin intereses.

—¿Y los políticos?

—Todas las puertas están cerradas —volvió Julián con más argumentos demoledores, y no sólo de edificios—. Quien no está de vacaciones esquiando, está con la secretaria en una reunión del partido. Nadie sabe o quiere saber. Mientras tanto, los acontecimientos se precipitan.

—¿Qué salida tenemos ahora?

—Ninguna —me contestó un muy pesimista Carmelo—. Sólo rezar.

—¿Y aparte de eso?

Mi pregunta no debió de caerle muy bien al prior, porque me dirigió una mirada de desaprobación. Todos quedaron en silencio esperando algún tipo de amonestación pública por su parte. Ésta, sin embargo, no se produjo. Transcurridos unos segundos, tiempo más que suficiente como para que Carmelo hubiera ejercido su derecho de réplica, volvió a tomar la palabra el ecónomo.

—A todos los efectos, las edificaciones que forman el complejo jesuita, a excepción del Colegio, deben abandonarse antes del 1 de marzo. El Colegio permanecerá abierto hasta el 30 de junio por razones docentes que a nadie se le escapan. La modificación del plan de ordenación urbanística aprobada por la Corporación haciendo uso legítimo del procedimiento de urgencia —Julián leía ahora un papel oficial— contempla la cesión de los terrenos, excepción hecha de la iglesia de Santa Marta y el edificio anejo (esta capilla en la que nos encontramos) a la promotora adjudicataria, designada mediante concurso público y resultante de la apertura de plicas que, ante notario, se realizará el día treinta de diciembre del año en curso. O sea, pasado mañana —terminó la lectura. Y, enseñando el papel por ambas caras, añadió—: Sin vuelta de hoja.

—Entonces pasado mañana sabremos quién está detrás —acoté.

—Ni lo sueñes —dijo Julián—. Es una sociedad interpuesta. No he tenido manera de averiguar quiénes son. Capital extranjero es lo que todo el mundo dice pero nadie asegura.

El prior volvió a tomar la palabra, ya por última vez.

—Julián está haciendo gestiones para acomodarnos en el antiguo convento de las Carmelitas. El edificio es enorme y, aunque se cae a pedazos, invertiremos algo en su rehabilitación. Cuando nos vayamos de allí al nuevo colegio, Dios mediante, la veintena de habitaciones que ocupemos quedarán lo suficientemente adecentadas como para convertirse en un modesto albergue que mejore en algo la maltrecha economía de las hermanas. Ellas han acogido con alegría la propuesta. Y ahora —terminó— volvamos a nuestros quehaceres.

«Al menos allí tendremos un dulce con el que acompañar el café», pensé para mis adentros al tiempo que me levantaba del incómodo banco de madera. Luego miré de reojo la puerta lateral y me sentí atraído nuevamente hacia ella. Decidí volver al día siguiente, con más pilas, más ganas y unas buenas botas.

19

No quería adentrarme en los subterráneos de la capilla sin antes comprobar que no podía ayudarme de plano alguno. Volví al archivo y registré de nuevo los pocos papeles que habían quedado, tanto del padre Lazzari —el misterioso visitante—, como del antiguo prior Hidalgo. De nuevo hojeé la Biblia del primero, donde había encontrado la misteriosa frase de Galileo con la que Lazzari me conducía a Kepler y, tal vez, al *Voynich*. No había más papelitos, ni anotación alguna. Ni tan siquiera un subrayado.

O eso creí en un primer vistazo.

Estaba en lo cierto respecto a que Lazzari no había escrito nada en aquel libro. Pero quizá no lo hizo porque el libro, sencillamente, no era suyo. Y eso hubiera estado muy feo. Aquella antigua Biblia tenía otro nombre diferente en su primera página: Giambattista Riccioli. Y una fecha: 1666.

Resultaba extraño. La fecha coincidía con el envío del *Voynich* a Roma, a las manos del sabio jesuita Athanasius Kircher, antes de que el manuscrito desapareciera durante casi 250 años. Respecto a por qué Lazzari habría traído a España una vieja Biblia prestada o regalada, ignoraba la razón. El caso es que nuestro archivero la había guardado con las pertenencias de éste. Los libros se olvidan en las mesillas de noche con frecuencia.

O también se dejan deliberadamente allí para que otros los lean.

Y más en el caso de Biblias y Evangelios.

Giovanni Battista Riccioli no era un desconocido para mí. Y supuse que tampoco para John. El inglés estaba en lo cierto cuando insinuó la relación entre jesuitas y astronomía. Riccioli está considerado como el autor de la obra científica más importante escrita por los jesuitas en el siglo XVII: el *Almagestum Novum*, publicado en 1651. El primer *Almagesto*, su precursor, es la compilación realizada por los árabes de las antiguas observaciones de Ptolomeo, el padre de la astronomía antigua y del sistema geocéntrico. En esta obra revisada, Riccioli se entregó a la tarea de recuperar y reconstruir las viejas teorías armonizándolas con los nuevos descubrimientos fruto de la invención del telescopio. Rechazó a Copérnico —eran los duros tiempos del juicio a Galileo y del Santo Oficio—, pero no de forma absoluta. Se piensa que, en su fuero interno, era partidario de la doctrina heliocéntrica. Así que adoptó una solución de compromiso enseñando ambos sistemas en la Universidad de Bolonia, la más antigua de Europa. Obviamente, recalcando —en lo que no era sino un fraude piadoso— que el sistema de Copérnico y Kepler sólo podía considerarse como una hipótesis de estudio contraria a la ortodoxia de la Iglesia. Se le recuerda especialmente por sus detallados mapas de la superficie lunar, que llevó a cabo con otro jesuita —Francesco Maria Grimaldi— y, especialmente, por la amistad y protección que profesó a otro de los grandes astrónomos italianos del siglo XVII: Giovanni Cassini. Los nombres de Riccioli y Cassini están íntimamente ligados en el devenir de la astronomía.

Hablar de Cassini es hablar también de Huygens. Ellos fueron los primeros astrónomos en estudiar Saturno con un telescopio, pocos años después de que Galileo creyera ver unas extrañas formas a sus lados. Unos lóbulos similares a orejas que confundió con dos satélites. Huygens distinguió con claridad los anillos y descubrió el mayor de sus satélites, Titán. Cassini observó la separación central de dicho sistema de anillos —que hoy lleva su nombre—, y encontró cuatro satélites más: Iapetus, Rhea, Tethys y Dione. En su honor la misión espacial que ha posado una sonda terrestre en la superficie de Titán lleva su nombre conjunto: «Cassini-Huygens».

Cassini no llegó a ser jesuita, aunque fue un hombre piadoso y devoto, y faltó poco para ello. Estudió en uno de nuestros colegios —en Génova—, entre 1638 y 1642. De allí se marchó a la prestigiosa universidad boloñesa. Con sólo 25 años ya daba clases de astronomía. Su precocidad y brillantez son sólo comparables —o eso dicen los libros de historia— con las de Tycho Brahe. Como él, observó un cometa —era el año 1652— y, al igual que el danés, comprobó que se encontraba mucho más lejos que la Luna. Nueva contradicción —esta vez en territorio católico— de la doctrina aristotélica sobre la inmutabilidad del orbe celeste que todavía prevalecía en sus días. Cassini obtuvo en su época el reconocimiento que no logró Galileo, y sólo la enorme figura de éste ha conseguido eclipsarlo en parte con el tiempo. Ajustó el nuevo calendario gregoriano midiendo el año trópico con total precisión. Lo hizo gracias a un heliómetro que instaló en la basílica de San Petronio, en Bolonia. Y también calculó, rayando la perfección, la inclinación del eje terrestre. El error en sus números fue menor que 0,005 grados.

Y aún hizo algo más. Demostró la validez de la segunda ley de Kepler, aquélla que dice que los cuerpos celestes se mueven más rápidamente cuanto más cerca del Sol se encuentran, y más despacio cuando se alejan. Unas décadas más tarde, Newton daría una interpretación física a este fenómeno en sus famosos *Principia*.

Volvía a encontrarme con viejos conocidos.

Nuevamente Kepler. Cassini y Kepler. Jesuitas y Kepler.

Por alguna parte tenía que aparecer el *Manuscrito Voynich*.

Al igual que había hecho en la primera incursión, dejé la puerta calzada con un trozo de cartón para evitar que ésta se cerrase. Me aseguré que quedaba firmemente sujeta. A esas horas, después de la cena, nadie iba a entrar en la capilla y, por tanto, previsiblemente nadie iba a notar que la antigua puerta estaba entreabierta. La primera parte del trayecto me era ya bien conocida. Largos tramos de escalera hasta un amplio rellano en el que empezaban las bifurcaciones. En la ocasión anterior había elegido tomar siempre las desviaciones hacia la derecha, dejando la izquierda para cuando no hubiera otra opción, deshaciendo el camino al regreso. Esta vez obré al contrario. Empecé tomando las desviaciones a la izquierda según avanzaba.

Durante los primeros diez minutos nada llamó mi atención. Más pozos cegados, viejos canales subterráneos y ratas por todas partes. Me concedí otros diez minutos de excursión. Había zonas que me resultaban familiares. Tal vez los corredores estaban entrelazados. Caminaba en ocasiones sin advertirlo por tramos que ya había pisado en mi visita precedente. En cualquier caso, dado que mis maniobras eran casi siempre contrarias en dirección respecto a la primera ocasión, el trayecto no se repetía más allá de unos metros.

Hasta que oí unos pasos distintos a los míos y me detuve.

—¿Carmelo?

Quién si no él podía estar en los subterráneos.

—Carmelo, ¿eres tú? —volví a repetir con más fuerza.

Me quedé escuchando pero nadie me contestó. Los pasos se hicieron más rápidos y pronto se convirtieron en una carrera. Decidí correr yo también en esa dirección, guiándome ya sólo por mi oído y no por la regla de *boy scout* que tan escrupulosamente había seguido hasta ese momento. Para mi sorpresa, pronto aparecí en el rellano principal. Claramente había estado dando vueltas como un tonto. Los ruidos del fugitivo en su huida eran todavía perceptibles. El que fuera estaba subiendo los peldaños de las escaleras a toda velocidad.

Yo hice lo mismo.

Entonces un fuerte golpe me dio, literalmente, con la puerta en las narices. Grité un rato, por puro desahogo. Obviamente, quienquiera que fuese no iba a volver sobre sus pasos para abrirme la puerta. La llave giraba pero no abría, lo que me dio a entender que el individuo había corrido el cerrojo al otro lado. Mientras tanto, la comunidad dormía plácidamente a bastantes metros de allí, en el edificio principal de la Casa. Miré el reloj y eché cuentas. Los hermanos más madrugadores se levantaban para rezar en la capilla alrededor de las siete de la mañana. Tenía unas cuantas horas por delante para entretenerme antes de volver a dar voces y ser rescatado. También tenía abundancia de pilas y de curiosidad, por lo que decidí volver al subterráneo.

Cuando llegué de nuevo al rellano principal —donde arrancaban las bifurcaciones—, me senté en el suelo y saqué lápiz y papel. Hice un dibujo aproximado de memoria de los corredores conocidos. Tanto de los diestros como de los siniestros. Me levanté y, guiándome con el esquema que había garabateado, tomé el camino a mi juicio más corto hacia la parte principal de la cloaca romana. Salvo por un par de equivocaciones menores —que rectificaría sobre la marcha en el plano—, todo fue bien. Al llegar a este nuevo espacio principal, volví a sentarme. Esta vez en un enorme sillar que se había desplazado de uno de los arcos que sujetaban el entramado, y que milagrosamente seguía en pie. Apagué un rato la linterna para ahorrar pilas y me puse a pensar en la oscuridad sobre cuál debía ser el siguiente paso a dar. Una opción era abandonar el camino conocido y seguir el cauce del agua, cauce apenas llenado por un hilillo maloliente que escapaba de las conducciones superiores, las más recientes. Me propuse así terminar de peinar los corredores para completar el plano. Cuando ya prácticamente los había recorrido todos, descubrí algo inesperado.

«*Altissimum planetam tergeminum observavi.*»

Estaba cuidadosamente grabado en la pared. Con grandes letras.

Lo apunté. El significado literal no era muy difícil de traducir: «He visto el planeta más alto con… ¿tres formas?». Otra cosa era saber realmente qué quería decir.

Y qué pintaba eso allí. Y quién lo había pintado.

Volví sobre mis pasos hasta alcanzar la estancia principal donde me senté de nuevo y apagué la linterna. Intenté descansar un rato. Todavía faltaban unas dos horas hasta que, previsiblemente, alguien pudiera abrirme la puerta.

—¿Qué hacías ahí metido?

—Es una historia un poco larga de contar, Matías —contesté al bueno del madrugador fraile. Tenía que haber imaginado que él, como responsable de la intendencia de la Casa, sería el primero en levantarse—. El caso es que has aparecido y me has sacado de un buen apuro —continué hablando entre jadeos, desgañitado de gritar tras la puerta.

—No eres tú quien más me importa ahora, Héctor —dijo—. Supongo que allí dentro no te habrás enterado de nada.

—¿Enterarme de qué? —pregunté intrigado.

—Carmelo sufrió un colapso poco después de terminar de cenar. Estábamos tomando un café en la sala y se desplomó.

—Dios mío... —sólo pude balbucear.

Matías continuó con los detalles. Nuestro prior había sido hospitalizado a medianoche, en estado crítico. Las últimas noticias telefónicas de su estado —dos padres habían velado toda la noche en el centro sanitario— no eran nada halagüeñas. Aquella noticia me sumió en una gran inquietud. No sólo por la amistad que me unía con mi prior, sino también porque, obviamente, no podía haber sido él quien me había encerrado en los subterráneos aquella noche. Maldije mi desconfianza y me sentí tan sucio por dentro como lo estaba por fuera. Sin decir nada más, fui a mi habitación a ducharme, me tomé un café sin tan siquiera sentarme y salí hacia el hospital junto con otros hermanos.

Cuando llegamos, Carmelo acababa de expirar.

Los días siguientes fueron difíciles para todos. Comenzaron con una agria disputa con las autoridades locales, que se negaban a que Carmelo fuese enterrado en nuestra capilla alegando razones sanitarias. En el fondo asomaba el fantasma de la misma expropiación. Renunciando a nuestros derechos eclesiásticos, decidimos adoptar una solución de compromiso e hicimos incinerar los restos del antiguo prior. Luego colocamos sus cenizas dentro de una vasija en la misma capilla —en una pequeña hornacina—, allí donde tantas veces rezara Carmelo, y donde tantas veces reflexionara sobre el destino más conveniente para nuestra pequeña comunidad.

El siguiente paso fue la elección de nuevo prior. Con la preceptiva autorización del superior, procedimos a una votación secreta para designar al sustituto de Carmelo. El lugar escogido para ello fue, nuevamente, nuestra antigua capilla. Julián —el ecónomo y hombre de confianza del fallecido—, resultó elegido en la primera votación. El designado aceptó con humildad su nueva responsabilidad y se puso a trabajar de inmediato en los asuntos que tantos quebraderos de cabeza nos seguían ocasionando. Asuntos que, a buen seguro, habían minado la débil salud del anterior prior, contribuyendo a su fatal desenlace.

El día después de ser elegido, Julián me hizo llamar para ir juntos a la habitación de Carmelo. Abrió la puerta con la llave maestra y entramos en silencio, como si tuviéramos miedo de perturbar la memoria de nuestro querido hermano muerto.

—Héctor —me dijo—. Como corresponde a la costumbre, y dado que eres tú quien se encarga del archivo, tendrás que recoger sus pertenencias, ordenarlas y catalogarlas. Y luego depositarlas junto con las de los otros jesuitas para que las generaciones venideras puedan estudiar su vida y obra. Que no fue poca —añadió.

Asentí con la cabeza, mientras repasaba con la mirada los cargados anaqueles. Carmelo había reunido en su largo priorato una buena cantidad de libros. Encima de su mesa había varios cuadernos llenos de anotaciones así como un prolijo diario. Todo manuscrito. Nunca había querido tener tan siquiera una máquina de escribir. Y de un ordenador, ni hablemos. Tenía abundante trabajo por delante.

Entonces la vi. Estaba allí, tal y como yo la había sacado del archivo.

La caja con los legajos y planos de Anselmo Hidalgo.

No dije nada y cerré la puerta detrás de mí, guardándome la llave.

20

—Héctor, hay una persona que pregunta por ti en la recepción.

Al oír a Matías por el telefonillo me acordé de inmediato de Juana. ¿Una nueva visita por sorpresa? ¿Novedades respecto al *Voynich*? ¿Un cambio de actitud respecto a John? Mientras bajaba los escalones de dos en dos repasaba éstas y otras preguntas, deseando fervientemente que fuera Juana de nuevo la visitante.

Casi acierto.

No puedo decir que me sintiera defraudado al llegar a la puerta.

—¡John! —grité al tiempo que le abrazaba—. Te hacía de vuelta en tu país.

—Hola, Héctor —saludó sonriente—. No. No hasta dentro de dos días. Fue imposible terminar el período de observaciones en La Palma. La nieve lo cubría todo y lo mejor era no arriesgarse a quedar atrapado allí. Jamás había visto un temporal como ése en la cumbre. Incluso hasta aquí ha llegado —rio.

En efecto, había comenzado a nevar con fuerza. Si a Juana parecía que le acompañaba la lluvia, la nieve era sin duda el meteoro asociado con John. Siguió hablándome en su cada día mejor castellano.

—Cambié los vuelos de tal manera que salgo hacia Londres pasado mañana desde Madrid. Y qué mejor forma de aprovechar estos días que verte en tu salsa. Estoy invitado, ¿no? —preguntó con un deje de duda en sus palabras.

—Claro, amigo —respondí—. No hace falta que busques un hotel, tenemos habitaciones de sobra en la Casa. Incluso demasiadas —acoté al acordarme del reciente fallecimiento del prior—. Además —continué—, así podrás ayudarme con las nuevas pistas del *Voynich*, incluidos los tejemanejes entre los antiguos jesuitas.

—Fantástico, Héctor. Realmente increíble tu hallazgo de los meses en el diagrama astronómico. Que yo sepa, es lo primero que se ha encontrado nunca con sentido en el manuscrito.

—Gracias, John. Pero, por el momento, no nos conduce a nada que no supiéramos de antemano. En fin, tiempo tendremos de hablar de todo —zanjé—. Pasa y te busco un acomodo y luego una taza de café.

—Como ordenes, padre —bromeó.

Julián no puso inconveniente alguno al hospedaje de John. Incluso le animó a prolongar su estancia para así poder practicar el inglés con él. Le asignamos una habitación con baño en la parte reformada —es un decir— del edificio, y le fuimos presentando al resto de miembros de la comunidad según nos los cruzábamos por las estancias y pasillos. También le pusimos al tanto de los malos momentos por los que atravesábamos. La muerte del anterior prior y el problema del desalojo por parte del Ayuntamiento. John estaba informado del segundo por mis conversaciones, pero nada sabía del primero, demasiado reciente. Expresó sus más sentidas condolencias a Julián, su sucesor en el cargo, y le manifestó su vivo deseo de no molestar o interferir con su presencia en la vida normal de la Casa. John se integraría durante esos dos días como uno más entre nosotros.

Aquella tarde salimos a pasear por la ciudad, y repetí con él el mismo trayecto turístico que semanas atrás había hecho con su añorada Juana. No tardó mucho tiempo en preguntar por ella.

—Venga, algo sabes —me insistió una vez que, ya cansados de recorrer las viejas iglesias y las ruinas, nos sentamos dentro de una cafetería.

—Apenas unas líneas —sorteé su demanda con cierta piedad. Además, no traía a cuenta contarle las revelaciones de su amada, tan distante ya. Por no hablar del secreto de confesión *sui generis* que ésta me había rogado mantener.

—¿Y qué te dice de mí? —John no se desalentaba fácilmente.

—Nada —mentí—. Sólo escribe acerca del manuscrito, y

del hallazgo esteganográfico de los nombres de los meses escritos dentro del diagrama astronómico. Sigue trabajando y me ha prometido contarme todo lo que encuentre.

No le decía ni una palabra de verdad, pero en aquellos momentos juzgué que eso era lo más conveniente para ambos. Juana me había dejado bien claro que no pensaba volver con John y, por añadidura y como si todo formara parte del mismo lote, tampoco volver a estudiar el *Voynich*. En este sentido la habíamos perdido para la causa. No quise entristecer a John, que parecía contento e ilusionado nuevamente con las investigaciones.

Al fin pareció conformarse y pronto se distrajo de la cuestión, sobre todo cuando le revelé la trama jesuita que estaba detrás —o parecía estar—, relacionada con el famoso libro. También le hablé —ahora ya liberado de la promesa realizada a Carmelo sobre su secreto— de la existencia de los antiguos subterráneos del convento.

—¿Y la caja robada de la que nos hablaste? —recordó.

—Aunque te parezca increíble, la encontré en la habitación del prior. No me preguntes qué hacía allí ni cómo llegó —respondí—. El mismo Carmelo me había animado a hurgar entre esos papeles, y él mismo me impidió hacerlo después al esconderla. No entiendo el porqué de su comportamiento.

—¿Podré echar un vistazo contigo? —pidió.

—Claro —respondí—. Es más, estoy seguro de que serás de una gran ayuda. Cuatro ojos ven más que dos, y aquello es todo un revoltijo de papeles viejos que necesitan de un buen repaso.

Al terminar la cena bajamos al archivo.

Escarmentado como estaba de mi primera imprudencia, había vuelto a colocar los documentos de Anselmo Hidalgo en su lugar original para evitar nuevos problemas. Para entrar en el archivo, quienquiera que fuese —incluido el nuevo prior— tenía que solicitar mi ayuda. Estaban a salvo allí.

Encendimos las luces y cerramos la puerta por dentro. La vieja caja de madera hizo un ruido sordo y seco cuando la deposité en el suelo, provocando que una nube de polvo y serrín llenara la habitación durante unos segundos, haciéndome estornudar.

—*Bless you!*—exclamó John riendo.

—Gracias —respondí de forma automática—. Mira, éstos son los planos.

Desenrollé los viejos papeles.

El primero que acució nuestra curiosidad fue el supuesto plano de los corredores subterráneos. No era un plano muy detallado. Su desconocido autor apenas se había molestado en usar una regla. Incluso las distancias relativas no parecían muy correctas. Saqué de un bolsillo mi propia interpretación del laberinto y, durante un rato, cotejé ambos papeles.

—No lo hice tan mal —concluí—. Por lo que veo, sólo me faltan por explorar unos corredores laterales y un par de estancias en los extremos. No me atreví a llegar tan lejos.

—¿Y esta cruz? —John señalaba en mi propio plano el lugar donde yo había encontrado la inscripción latina. En el plano antiguo no aparecía ninguna marca en ese punto. Se lo expliqué.

—«*Altissimum planetam tergeminum observavi.*» Eso es lo que leí y tengo aquí apuntado. Supongo que una *pintada* romana relacionada con alguna divinidad. Tal vez Júpiter, el dios del Olimpo.

John se me quedó mirando sorprendido, sonriendo de forma burlona al mismo tiempo. Luego me dio un coscorrón en la cabeza.

—¿Hay alguien ahí? —me gritó al oído.

—¿Te has vuelto loco, John? —me revolví.

—¿No caes?

No caía. «He visto el planeta más alto con... ¿tres formas?» No me sugería nada especial. Planeta más grande igual a Júpiter, dios de los romanos. Hasta ahí llegaba mi deducción.

—Es otra de las famosas frases de Galileo, amigo Héctor. Otro de aquellos acertijos para revelar sus descubrimientos con el primer telescopio, ocultando su significado. Así que nada de indios ni de romanos —terminó.

—¿Cuál es el planeta más alto? —pregunté.

—En aquellos tiempos, el más lejano. Saturno, obviamente —respondió—. Cuando Galileo habla de tres formas se está refiriendo a los dos satélites y al propio planeta que creyó ver con su instrumento. Más tarde y con mejores medios Christian Huygens distinguió el sistema de anillos que conocemos. No eran satélites ni lóbulos a los lados del planeta. Eran los famosos anillos.

—Sí, sabía esto último —acoté—. Con la primera frase que descubrí en la Biblia de Lazzari pareciera que éste quisiera dirigirnos hacia Kepler. ¿Y con esta segunda? Muy posiblemente también la escribiera el mismo bibliotecario jesuita —sugerí.

—Sigamos mirando —dijo John, aparcando momentáneamente la cuestión de Saturno—. Vaya pedazo de iglesia que tenéis, por cierto.

John había desenrollado un segundo plano, mucho más grande y detallado que el primero. Correspondía a la planta de una basílica que, evidentemente, no era nuestra pequeña iglesia dedicada a Santa Marta.

—Plano de la basílica de San Petronio en Bolonia —leyó—. La fecha es de 1655. Y lo firma «*dottor Giovanni Cassini genovese*».

—¡Eso es! —exclamé—. Tiene todo el sentido del mundo.

John se quedó esperando mis explicaciones.

—Cassini y Riccioli. Está más claro que el agua —dije, alzando la voz y alzándome yo mismo de la incómoda postura que mantenía en el suelo.

—¿Riccioli el astrónomo? ¿El de los primeros mapas de la Luna?

—El mismo. Era jesuita y uno de los grandes científicos de la época. Bajo su protección Cassini trabajó en Bolonia. Y su Biblia, por alguna extraña razón, llegó hasta estos muros por manos de Lazzari.

—También puede explicar la cuestión pendiente de Saturno. La *sonda Cassini* nos ha llevado hasta allí —bromeó John jugando con las palabras—. No parecen tan complejas las pistas de este antiguo bibliotecario —añadió refiriéndose a Lazzari—. Suponiendo que, en el fondo de todo, quiera conducir a alguien hacia el *Voynich*.

—Quizá. Se piensa que durante esa época el manuscrito estuvo oculto en nuestras manos. Lazzari podría haber pensado que tal vez no volviera a ver la luz, y se habría dedicado a dejar pistas de su existencia por ahí. Aunque —añadí— no aparece citado como tal en ninguna parte.

—¿Y esta línea y estos números y puntos? —John señalaba nuevamente el plano de la planta de la basílica boloñesa.

—El famosísimo meridiano. Tendríamos que buscar algo en Internet al respecto, John. Vamos arriba.

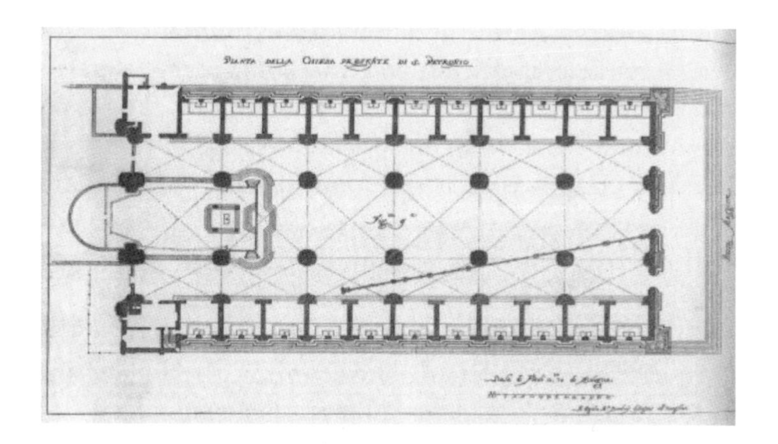

La primera sorpresa —y alegría— nos la llevamos al comprobar que, aun sin ser mencionado expresamente, el *Manuscrito Voynich* tenía relación con nuestros últimos descubrimientos. El libro se pierde al llegar a manos de Athanasius Kircher, procedente de las de Marcus Marci, seguramente en 1666. Es de suponer que el sabio jesuita intentó descifrarlo. Ya había hecho intentos similares, y con éxito, resolviendo algunos jeroglíficos egipcios. Como los que se encuentran en el obelisco *Minerva* desenterrado sólo un año antes —en 1665—, y que el escultor Bernini colocaría sobre la espalda de un pequeño elefante en Roma. Kircher era un sabio de su tiempo que intentó abarcar todas las áreas del conocimiento. Escribió sobre asuntos tan dispares como música, óptica, hidráulica, magnetismo o filología. Uno de sus principales empeños había sido el de intentar unificar toda la geografía del planeta, de la misma forma que pocos años antes se había conseguido exitosamente —al menos en la parte católica del orbe— la unificación del calendario gregoriano. Este formidable empeño cartográfico (llamado *Consi-*

lium Geographicum) tenía su razón de ser, puesto que ya los jesuitas se extendían por todo el mundo, desde América y África hasta China y Japón. Y no se trataba solamente de saber a dónde ir, sino también de dónde se estaba en cada momento. El problema de la localización geográfica no era simple, y menos aún para los navegantes. Kircher intentó fijar las coordenadas —longitudes y latitudes— de todas las misiones y colegios jesuitas, empleando para ello los conocimientos científicos de los propios sacerdotes —los mejores de la época, seguramente—, que tenían encomendada la misión de realizar las medidas pertinentes para que Kircher las interpretara y compilara. El tráfico epistolar de Athanasius Kircher en aquellas décadas fue descomunal. Se cree que mantuvo correspondencia habitual con cerca de ochocientas personas —ni tan siquiera con Internet algo así es realmente imaginable—, y el número de cartas que se conservan aún hoy, y sólo en Roma, supera de largo las dos mil. En lo que se refiere a su vasto proyecto, el asunto del cálculo de la latitud era bastante simple —bastaba con medir la elevación del Sol a mediodía, o de la estrella Polar por la noche—, pero el problema de calcular la longitud en el mar parecía insalvable. Kircher entrenó a sus enviados en la medición de la llamada declinación magnética, pero los resultados no fueron tan buenos como habría querido. Este fracaso de su proyecto geográfico —que finalmente quedó en nada—, fue una de las razones de su enfrentamiento con el astrónomo y también jesuita Giambattista Riccioli, la otra gran autoridad científica de aquellos años en el panorama católico.

—Realmente curioso —dijo John según leíamos las pantallas que el ordenador iba arrojando—. ¿Y qué sabemos del plano de la basílica? —añadió.

—La basílica de San Petronio se comenzó a levantar en 1390 y se completó en 1659, aunque su fachada principal nunca se terminó —comencé a leer—. Su diseño original es de Antonio di Vincenzo, y su estilo gótico italiano tardío. Debe su nombre al patrón de la ciudad de Bolonia. Lugar elegido en numerosos acontecimientos históricos, el más importante de los cuales fue, quizá, el de la coronación de Carlos V como cabeza del Sacro Imperio Romano en 1530. San Petronio fue también la iglesia de la universidad boloñesa, la más antigua de Europa y, por extensión, del mundo. Allí llegó en 1575 el dominico Egnazio Danti, que por aquel entonces era el cosmógrafo de Cósimo I de Médici. Danti enseñó matemáticas y astronomía, y formó parte de la comisión de expertos que prepararía el nuevo calendario. No en vano, el mismo papa Gregorio XIII había nacido en Bolonia.

—Calendario que sabemos se instauró en el orbe católico en 1582 —puntualizó John una cuestión que nos era de sobra conocida. Continuamos saltando de pantalla en pantalla.

El estudio del movimiento del Sol a lo largo del año —y la determinación precisa de solsticios y equinoccios— era fundamental para determinar el año trópico. Danti ya había diseñado un instrumento astronómico en la iglesia de Santa María Novella, en Florencia: el meridiano. La mancha de luz —la imagen del Sol— que se produce en el suelo de una gran iglesia cuando los rayos solares penetran en el interior a través de un pequeño orificio practicado en el techo, permite definir las distintas posiciones del Sol y las variaciones en su movimiento mucho mejor que los métodos conocidos hasta entonces. El más habitual era el gnomon, o reloj solar, y la medida de la proyección de su sombra.

—La meridiana se basa en los principios de la cámara oscura —volvió a interrumpir John.

—No me digas más —le corté—. Kepler.

—Para variar —rio mi amigo—. Aunque, realmente, no se sabe quién descubrió este efecto que fue la base de la fotografía. Suele atribuirse su invención a Leonardo que, como Durero, la utilizó como ayuda en sus dibujos. El orificio de la pared proyecta una imagen invertida del objeto a copiar. Pero es Kepler quien explica por primera vez cómo funciona, allá por 1604. O algo más tarde —frunció el ceño—. Esta página debe de estar equivocada. Kepler fue la persona que dio una explicación física al telescopio de Galileo en su tratado de óptica.

—Sea como fuera —acoté yo—, nuestro amigo aparece como ingrediente en todas las salsas.

—Danti reprodujo en Bolonia, dentro de su basílica, el instrumento que antes había construido en Florencia —siguió leyendo John—. Y años más tarde los responsables de San Petronio, el principal de los cuales era el sabio jesuita Riccioli, encargarían al entonces brillante y joven astrónomo Giovanni Cassini la construcción de una meridiana mejor y más precisa.

—Que es la que aparece dibujada en este plano aparentemente original y también en un montón de páginas de Internet. Sigue allí, en Bolonia —remarqué—. El heliómetro o meridiana de San Petronio.

—¿Qué hace el plano en esta caja?

—Supongo que llegó aquí por mediación de Lazzari, que era aficionado a traficar con los papeles de Riccioli —ironicé, recordando la Biblia del bibliotecario.

—Pero éstos son los papeles de otro jesuita más próximo, del tal Hidalgo —me recordó el inglés.

—En efecto. En esta santa Casa los papeles se mueven, aparecen y desaparecen como por ensalmo —volví a ironizar, algo perdido después de tantas relaciones—. ¿Y?

—¿No es el mismo fraile que hizo dibujitos del *Voynich*?

—¿Y? —repetí.

—Pues que quizá todo esto tenga algo que ver —contestó John—. Déjamelos ver —pidió.

Le saqué a John los monigotes de mujeres desnudas que un siglo atrás había copiado, Dios sabe cómo y dónde, el prior Anselmo Hidalgo. Después de examinarlos concienzudamente dijo, como quien no quiere la cosa:

—Ahí abajo tiene que haber algo más.

La petición de John de volver a los subterráneos me planteaba un serio problema. Supuestamente, sólo el desaparecido Carmelo había conocido su existencia. Cierto era que Matías me había sacado de allí la última vez. Para resolver la papeleta argumenté a éste que la puerta de la capilla era sólo la entrada a una vieja habitación para guardar albas y casullas. No había preguntado más y no pensaba que tuviera más interés en ello. Por tanto, yo era el único de aquella comunidad que conocía el laberinto. ¿Tenía que poner en conocimiento del nuevo prior su existencia?

Por alguna razón que entonces no supe darme, decidí que no.

Mantendría el secreto y desobedecería una norma fundamental de la Compañía.

Esto nos obligaba a actuar a escondidas.

El momento elegido fue la noche siguiente, la noche de fin de año.

Nadie nos preguntó por qué permanecíamos levantados ya que había una razón lógica para ello. Antes de lo esperado —un par de horas pasadas las doce—, todos los habitantes de la Casa se habían retirado a descansar. Todos excepto nosotros. Nos pertrechamos de las consabidas linternas con sus pilas de repuesto, incluyendo yo además un destornillador grande y un martillo. No podía estar seguro de que el fantasma de la vez anterior volviera a hacer de las suyas. Añadí a mi pequeña mochila la brújula, los planos —tanto el de Hidalgo como el mío propio—, una libreta para anotar cualquier cosa que se terciase y unas chocolatinas. John se comió alegremente las suyas al tiempo de bajar, sin importarle lo más mínimo la posibilidad de quedar encerrado. Y es que estos ingleses parecen adictos a las barritas de Mars y similares.

Fijamos bien la puerta y emprendimos la bajada. Sin mayor problema llegamos a la estancia principal, donde comenzaban las bifurcaciones. John miraba todo sorprendido y más cuando vio los restos de la antigua cloaca romana.

—Hasta aquí todo bajo control —dije mirando mi mapa—. Ahora podemos elegir camino.

—Por la izquierda, faltaría más —bromeó John, al tiempo que giraba por el primer pasillo sin pararse siquiera a esperarme.

Inspeccionamos los corredores durante una media hora. Todo encajaba con los planos. Llevé a John hasta el grabado con la frase de Galileo, pero ésta en sí misma fue lo único que encontramos de interés. Entonces le propuse adentrarnos en la parte más alejada, aquélla que yo no había explorado pero que aparecía dibujada en el esquema de Hidalgo. John estuvo de acuerdo. Suponíamos que después de un par de giros más a la derecha se llegaría a un ensanchamiento con una bifurcación.

Tomando el pasillo de la izquierda podríamos volver sin desandar camino, puesto que comunicaba con otro corredor paralelo que habíamos cruzado con anterioridad. El otro pasillo era una incógnita, el dibujo acababa con él. Más bien, el papel terminaba allí. Nos dimos cuenta entonces de que estaba roto.

—No importa. Vamos y lo averiguamos —dijo un muy confiado John.

Fuimos y no averiguamos nada.

Una enorme pared de unos cinco metros de altura bloqueaba el paso, construida claramente mucho después que los corredores. John la palpó con sus manos y dijo:

—No podemos seguir. Esto no hay quien lo atraviese. No te molestes en sacar el martillo, Héctor.

Y luego añadió:

—Estamos ante algo parecido al muro de Planck.

21

John se marchó a Londres al día siguiente. Antes de que saliera tuvimos tiempo de charlar unas cuantas horas. De hablar de Juana —cómo la echaba de menos—, de los diagramas y de lo agradable que le resultaba siempre venir a España. Prometió buscarme —en cuanto llegara a Cambridge—, la publicación de aquel congreso en Austria acerca del libro que difamaba a Kepler, y más ahora que él también estaba de acuerdo en que este personaje era fundamental en la historia del *Manuscrito Voynich*. Y, por supuesto, hablamos del muro.

El muro de Planck.

John me explicó el significado cosmológico de dicho muro:

—El universo habría comenzado con un estado de densidad, presión y temperatura extremadamente altas. Tanto, que se requiere de una nueva teoría para explicarlo. No sólo debe utilizar la mecánica cuántica, sino que al mismo tiempo tiene que ser consistente con la gravedad para poder comprenderlo. Estos instantes iniciales se conocen como la Era de Planck, un lapso de tiempo que se extiende durante los primeros 0,000...1 segundos de vida del universo. Cuarenta y tres ceros antes de llegar al dígito uno. Por desgracia, nadie ha sido capaz de desarrollar una teoría así. Por consiguiente las leyes conocidas de la física no están completas, ya que se rompen justo al llegar a ese instante. Así que todavía tenemos un muro que derribar, pero aún no tenemos la herramienta adecuada. La física clásica propuso un universo que, al menos en teoría, sería cognoscible y predecible con todo lujo de detalles. Uno podría suponer que con las Leyes de Newton o de Maxwell en la mano, sólo tendríamos que conocer cuál es el estado inicial de todos los cuerpos con la mayor precisión posible para conocer su posición en cualquier momento futuro. Sin embargo, esta visión determinista del cosmos, muy apetecible filosóficamente para los científicos no creyentes, quedó hecha trizas con la física cuántica de Planck, Schrödinger o Pauli, en la que no es posible conocer la posición presente y futura de un simple electrón alrededor del núcleo atómico, sino su probabilidad de encontrarse aquí o allí. ¿Cómo responder, pues, a cuestiones referidas a cómo se creó y a dónde se dirigirá el universo? El gran problema de la física actual es que las leyes del macrocosmos y las del microcosmos son diferentes. Mientras que la gravedad explica cómo se forman las estrellas, galaxias y cúmulos de galaxias y, por tanto, es útil para conocer el futuro de este vasto océano cósmico, al rebobinar la película del universo todo lo que existe en él queda tan comprimido que las leyes que lo gobiernan son las del microcosmos... y la mecánica cuántica se queda corta. El primer fotograma que la física moderna es capaz de captar con sus ecuaciones se sitúa en esta pequeñísima fracción de segundo. Ahí está el muro. Hemos llegado con la película empezada.

John estaba fascinado con aquel muro, con aquel límite que nos impedía ver más allá y conocer el instante del inicio del cosmos. El instante de la Gran Explosión. Hablamos además —cómo no—, de jesuitas, puesto que en los jesuitas se inició la educación del que luego sería sacerdote y más tarde padre de la teoría del átomo primigenio, el belga Georges Lemaître. Esta teoría sería años más tarde despectivamente rebautizada por el astrónomo británico Fred Hoyle con el nombre por el que hoy la conocemos, el famosísimo Big Bang. Ingleses y curas católicos siempre enfrentados. Nos reímos de la casualidad y nos despedimos con un abrazo rompiendo esa extraña tradición.

Decidí dedicar lo que quedaba del día a mi antiguo prior. Tenía que empezar a ordenar sus papeles en algún momento, amén de no descuidar más mis obligaciones con la comunidad. Así que fui a la que había sido su habitación y entré con la llave maestra. Cerré la puerta tras de mí. Descorrí las cortinas y el sol entró por la ventana arrasándolo todo con su luz. Cuando la estancia quedó completamente iluminada pude empezar mi trabajo.

Pronto clasifiqué los libros. Muchos me eran conocidos. De algunos existían ejemplares idénticos en la biblioteca de la Casa: Teología, filosofía, pedagogía, ética. Encontré una interesante serie de volúmenes con la historia de la Compañía que no conocía. También unas cuantas novelas. A Carmelo le gustaba distraerse con los casos de Agatha Christie. Los apilé para bajarlos.

Una vez hube terminado con los libros de las estanterías, me senté en su mesa de trabajo. Todavía permanecían abiertos un dietario actualizado y un libro de cuentas. Los aparté para llevárselos a Julián. También le llevaría una carpeta con documentos de la Casa: recibos, órdenes bancarias por firmar, cartas del ayuntamiento y cosas similares, propias de quien tiene la máxima responsabilidad al frente de una comunidad como la nuestra. Separé cuidadosamente todo lo que entendí que pertenecía al ámbito administrativo —papeles que tendrían que ser revisados por el nuevo prior— de lo que era meramente personal, que tendría que leer y archivar yo. O, si llegaba el caso y el documento en cuestión carecía de valor según mi criterio, incluso destruir.

Entre los documentos personales que conservaba Carmelo, había un antiguo diario que seguramente habría comenzado siendo novicio. En él narraba, con frases llenas de ternura, la infancia con sus padres —unos modestos ganaderos castellanos, propietarios de unos pocos cerdos—, cómo había sentido la vocación, su ingreso en el seminario, su posterior ordenación sacerdotal. Su fugaz paso por una misión en Asia, una inoportuna enfermedad y su llegada a esta Casa. Conforme avanzaba en sus páginas las fechas se iban espaciando, hasta que el diario terminaba por interrumpirse completamente en 1973. Supongo que las responsabilidades adquiridas con los años le fueron distrayendo de la tarea. Lástima.

En un par de horas ordené todo lo que quedaba sobre su mesa. Cuando me levanté pensando que ya había terminado mi trabajo, tuve que volverme a sentar.

Y es que la mesa tenía, lógicamente, cajones. Dos, para ser precisos.

El primero estaba cerrado. Y el segundo, también.

No tenía sentido perder el tiempo buscando las pequeñas

llaves. La posibilidad de encontrarlas era remota. El buen fraile las guardaría en algún bolsillo de su ropa. Y de sus viejas ropas ya se habían encargado las monjas. A esas alturas, tintinearían en los bolsillos de algún indigente.

Hice palanca con el mango de una grapadora con toda la fuerza de que fui capaz. La cerradura del primer cajón saltó arrancada de cuajo junto con un trozo de madera. Si a Matías no se le ocurría ninguna reparación al respecto, el mueble había quedado inservible para los restos. «Gajes del oficio de archivero», pensé.

Volqué el contenido de ese primer cajón encima de la mesa.

Había un sobre con fotografías antiguas, posiblemente de sus familiares más próximos, ya desaparecidos. Un reloj. Una cartera de piel con un par de billetes. Un paquete de caramelos de eucalipto.

Todas las cosas juntas no sumaban mucho valor. Al menos, valor económico. Una vez sacado el primer cajón podía acceder al segundo sin necesidad de forzar también su cerradura. Introduje la mano por el hueco y tanteé su fondo. Sólo encontré una carpeta. La extraje con cuidado. Cuando leí el título en la tapa, escrito con su característica caligrafía picuda, me temblaron las manos:

«*Voynich*».

Peor me fue al abrirla, porque estaba completamente vacía.

Al día siguiente me levanté mareado y confuso. Apenas había podido dormir tres horas.

El hallazgo de aquella carpeta, incluso vacía, no dejaba lugar a dudas de alguna relación del *Manuscrito* con el convento en el que vivía. Ya me había quedado claro que el antiguo prior —Anselmo Hidalgo— lo había visto, aunque yo no supiera dónde. Ahora también que el libro no le era desconocido al propio Carmelo, mi prior durante los años en la comunidad jesuita. Pero había más incógnitas. La primera tenía que ver, obviamente, con el destino del contenido de la carpeta. ¿Había sido robado? En ese caso, ¿tal vez la misma noche de la muerte de Carmelo? ¿Tal vez por la misma persona que me encerró en los subterráneos?

Una hipótesis que no podía abandonar era la de que, quizá, el propio Carmelo hubiera hecho desaparecer esos documentos por alguna razón. Eso justificaría su nerviosismo los días previos a su muerte.

Otro aspecto que no encajaba en el guión era mi propio papel en la historia. Que yo supiera, nadie allí conocía mi afición por el *Voynich*. Había llevado el asunto discretamente, como un pasatiempo matemático en mis ratos libres y, dado que nadie entre los hermanos era especialmente aficionado a las técnicas de cifrado o tan siquiera a los ordenadores —que sólo usaban por necesidad—, no habría tenido mucho sentido hacerlo público. Y menos en esos momentos.

Ese día había que abrir la biblioteca al público.

No esperaba que acudiera nadie, pero tenía que cumplir escrupulosamente el horario marcado. Para mi sorpresa, Simón estaba esperando al otro lado de la puerta.

—Hola Héctor. Feliz año nuevo —me saludó con una sonrisa.

—Igualmente, chaval —le respondí—. ¿Qué te trae por aquí?

Simón se moría de ganas por contarme sus últimas pesquisas. Había seguido investigando por su cuenta, leyendo todo lo que caía por la pantalla de su ordenador relacionado con la alquimia y Enoc, que era mucho.

—Tenías razón, Héctor. Enoc es para muchos creyentes uno de los padres de la alquimia, conocimientos que habrían llegado hasta él por mediación de algunos ángeles. Y sólo Enoc poseía un lenguaje completo capaz de transformar los metales en oro. O los seres humanos en ángeles —añadió.

—Eso es más de lo que incluso un cura puede admitir —reí.

—Bueno. En realidad también se dice en algunas webs que Enoc es el padre de la escritura. Y casi todas hablan de ese tipo que mencionabas: John Dee.

Recordé entonces que había explicado a Simón la relación de Dee y Kelley —los supuestos autores del *Manuscrito Voynich*—, con Enoc y sus conversaciones angelicales, nada inocentes por cierto. No recordaba haberle contado nada del mismo *Manuscrito*, así que fui prudente en ese punto.

—Y ese mago inglés, John Dee, escribió en su diario que el

alfabeto enoquiano le fue transmitido gracias a su médium, Edward Kelley —continuó su atolondrada, pero emocionada, exposición el chico—. Eso pasó en 1582. Y más tarde, cuando vivían en Bohemia, completaron todo un libro que recogía este lenguaje. Y eso fue —consultó su cuaderno— en 1585.

—¿Qué libro? —pregunté ingenuamente.

—Le llaman *Voarchadumia,* y su primer autor es... —Simón volvía a impacientarme pasando página tras página de su garabateado cuaderno— Johannes Augustinus Pantheus. Otro cura.

Respiré aliviado. No era el *Voynich*. Así que dejé explayarse a Simón cuanto quiso. Había cosas interesantes en sus hallazgos, aunque todo mezclado de una forma confusa, casi podríamos decir que alquímica.

—En la Edad Media había dos órdenes o grados en el estudio de la alquimia. Uno era la espagiria —balbuceó al pronunciar esta palabra— y el otro la arquimia. Arquimia es lo mismo que *voarchadumia* y, simplemente, es la parte de la ciencia que enseña la trasmutación unos metales en otros. La espagiria sería la parte que enseña a dividir los cuerpos, a resolverlos y a separar sus principios, sea por vías naturales o violentas. Su objeto es, pues, la alteración y la purificación de los cuerpos. Es decir, básicamente medicina.

—Curioso —dije, ciertamente sorprendido.

—Pues bien, Paracelso tiene que ver con todo esto, como precursor. Los primeros alquimistas no tenían otra meta que la transmutación de los metales, pero más tarde se plantearon muchos otros problemas. En su orgullo, creían poder igualarse a Dios y crear toda suerte de seres animados. Se tomaron muy en serio la leyenda de Alberto Magno, que habría construido un autómata de madera dotado de vida por medio de extraños conjuros. Paracelso fue más lejos y pretendía poder crear un ser vivo de carne y hueso, el llamado *homunculus*. En su tratado *De natura rerum* explica que, si se colocan juntas diferentes cantidades de humores animales y fluidos corporales, y se consiguen las influencias favorables de los planetas, basta un suave calor para que la mezcla tome poco a poco la forma humana; la pequeña criatura se agitará y hablará, y el *homunculus* habrá nacido. Paracelso explica muy seriamente en sus escritos el servicio que nos puede dar y la forma de alimentarlo.

—Toda una historia de Lovecraft —acoté.

—¿De quién? —preguntó confuso Simón.

—Un escritor de terror de principios de siglo, muy conocido por lo siniestro de sus historias, llenas de seres de otros mundos nada simpáticos —expliqué—. Te prestaré algún libro de él.

—Seguro que me gustará —sonrió—. Gracias. ¿Quieres que termine de contarte mis averiguaciones? Sólo me quedan dos páginas —se quejó.

—Claro —concedí—. Continúa.

—Los alquimistas reconocían, sin excepción, la acción de los planetas sobre los metales. Paracelso va más lejos y especifica esta acción. Según él, cada metal debe su nacimiento al planeta del cual lleva el nombre, y si los seis planetas se ligan cada uno a dos constelaciones zodiacales, los metales reciben diversas cualidades. Así, la Luna —plata— debe a Aries, Piscis y Marte su dureza y su sonoridad agradable. Y a Venus, Géminis y Libra su resistencia a la fusión y su maleabilidad. Por último, Saturno, Escorpio y Capricornio le dan su densidad y un cuerpo homogéneo. Más o menos parecido —zanjó Simón la explicación— para el resto de metales.

Yo ya conocía todo aquello, pero dejé terminar su perorata al bueno de Simón. Había trabajado de lo lindo durante las navidades.

—También es a Paracelso a quien se debe la introducción de poderes cabalísticos en la alquimia. Esto nos lleva a hablar de la Cábala. Esta materia consiste en descomponer las palabras sumándoles el valor numérico de las letras y de ahí se extraen, según unas reglas especiales, las distintas deducciones posibles. Seguro que lo sabías.

En efecto. Afirmé con la cabeza.

—Después de Paracelso, sólo dos autores trabajaron con la cábala alquímica. Pantheus, que es el cura veneciano que te nombraba antes, y John Dee. Dee trató de construir una cábala particular con la ayuda de los símbolos alquímicos. Y eso es todo —terminó de leer.

—¿Y lo consiguió? —pregunté.

—No lo tengo muy claro. Hay quien dice que todo esto se recoge en un tratado llamado *Monada Hierogliphica*, otros en la mencionada *Voarchadumia*, que habría copiado y mejorado del propio Pantheus, y finalmente otros que ocultó sus hallazgos en un libro muy famoso que dicen corre por ahí sin ser descifrado durante siglos. Posiblemente ni exista. Lo llaman el *Manuscrito Voynich*.

Me quedé mirándole perplejo. Luego afirmé.

—Sí, sí existe.

Aquella tarde intenté poner en claro las notas de Simón cotejándolas con mis propias averiguaciones. Como premio a su trabajo le invité al día siguiente a un refresco fuera del colegio. Todavía tenía —teníamos— una semana de vacaciones escolares, y ni al uno ni al otro nos convenía encerrarnos todo el día en una fría habitación a oscuras frente al ordenador. De acuerdo con sus hallazgos, existía un libro —el llamado *Voarchadumia*—, en el que se recogían las trazas del enoquiano, cuyo autor era un tal Pantheus y el propio John Dee. El enoquiano, con sus caracteres relacionados con la cábala, no tenía mayores problemas. Un lenguaje inventado perfectamente traducible, del cual se habían servido Dee y su compinche Kelley para engañar a Rodolfo II en su intento por hacerle creer que eran capaces de obtener la piedra filosofal. Este primer libro versaría sobre arquimia, simples intentos por conseguir oro a precio de plomo. Por otro lado, aparece el *Voynich*. Escrito en un lenguaje que no es enoquiano, sino algo ininteligible, pero también probablemente por el mismo autor, John Dee. O por Dee más Kelley, que resultaba equivalente. El propósito del *Voynich* habría sido, bien continuar engañando a Rodolfo II, como sugerían Gordon Rugg y otros estudiosos, bien ocultar alguna clase de conocimiento alquímico relacionado con Paracelso y su medicina. Al fin y al cabo, las ilustraciones de plantas, mujeres desnudas, fluidos, estrellas y planetas apuntaban en esta dirección. Este segundo libro estaría relacionado con la otra rama de la alquimia, la espagiria. Esto llevaba, nuevamente, a Tycho Brahe, ferviente admirador de la medicina de Paracelso. Y Tycho había aparecido por Bohemia muy poco tiempo después de que lo hicieran los aventureros ingleses.

¿Y los círculos astronómicos?

Hasta el momento, eran la única clave desvelada de todo el manuscrito. Una clave bastante oscura, que relacionaba inequívocamente a John Dee con Tycho Brahe. La única relación que se conoce entre ellos —tal vez epistolar—, eran sus observaciones de la famosa supernova. Dee la habría reflejado en el *Voynich*, pero ¿con qué propósito? Tenía sobre la mesa los tres círculos de cartulina que había fabricado días atrás con la ayuda de mis sobrinos. Los volví a girar a su posición correcta. ¿Qué más había encerrado en ese acertijo? Las sílabas encontradas, y que se ajustaban con precisión a los doce meses del año, no tenían sentido fuera de aquel diagrama. John había barrido con sus programas y algoritmos dos docenas de páginas más, intercambiando los prefijos y sufijos desvelados, pero no servían para nada. Su sólo significado hasta el momento era que, por paradójico que sonara, no todo consistía en garabatos inútiles. Una especie de mensaje implícito que diría: «Sigan buscando».

En mi mesa había más papeles, más piezas de aquel puzle que parecía crecer cada día que pasaba. Reflexioné sobre las hipótesis más probables. Partía de un hecho cierto, la presencia del bibliotecario general de los jesuitas —Lazzari—, en España. Primero en Toledo, y luego en mi propia Casa —en el año 1770, según la fecha del Archivo—, muy poco antes de la primera supresión de la Compañía. Supuestamente, para proteger los ejemplares más valiosos de la vasta colección jesuita. Que el *Manuscrito Voynich* se encontraba entre éstos es algo que parece asegurado. Primero porque desaparece en poder de un jesuita, Athanasius Kircher. Y segundo porque aparece, casi doscientos cincuenta años después, en una de nuestras casas: Villa Mondragone, en Roma. Entre tanto, el libro podía haber pasado de mano en mano, pero siempre en nuestro poder. Lazzari se habría servido inteligentemente del ingenio de Galileo para dejar dos pistas en relación con él. La primera, la frase aparecida en el sobre de la Biblia de Riccioli: «He intentado leer esto en vano, demasiado pronto». Ésta había sido la traducción de Kepler al anagrama latino relacionado con las fases de Venus, que Galileo había ocultado a los profanos. Un doble sentido, perfectamente al alcance de alguien tan sutilmente listo como Lazzari, que llevaba directamente a Kepler y al manuscrito. La segunda frase, también un anagrama de Galileo, estaba escrita en el subterráneo bajo mis pies, y se refería a Saturno. De Saturno a Cassini sólo faltaba un eslabón, y éste había aparecido claramente en los viejos papeles de la Casa, donde se incluían los viejos planos de la Basílica de San Petronio, en Bolonia. Pero, ¿por qué dos frases? ¿Por qué dos pistas?

Me hice un café. Siempre pienso mejor así, con una taza en la mano, moviéndome de un lado al otro de la habitación.

Volví a sentarme frente al ordenador para mirar por enésima vez las páginas del *Manuscrito*. Ciento dos folios adornados con escritura e ilustraciones por ambas caras. Repasé la numeración. Hay 5 folios dobles, 3 triples, uno cuádruple y uno séxtuple. Si suponemos que la numeración era en principio consecutiva, no salen las cuentas. Faltan 28 folios —o 56 páginas, que es lo mismo—. Consulté las entradas de algunos estudiosos de la Lista Voynich. En efecto, unos suponen que el libro tenía 234 páginas —el que menos— y otros 252 —el que más—. Incluso, si hay folios múltiples, el número de páginas se podría elevar hasta 310. La conclusión era sencilla: el *Voynich*, tal y como hoy se conserva en la Biblioteca de Libros Raros y Manuscritos de la Universidad de Yale, está incompleto.

¿Dónde está la otra parte?

La pregunta era de por sí excitante. Muchos ya sospechaban en la Lista Voynich que las claves para descifrar el manuscrito podían haber sido arrancadas del propio libro. De tal forma que fuera imposible su traducción sin juntar las dos partes. Nosotros habíamos conseguido descerrajar uno de los diagramas, pero bien podía no ser el único. O, incluso, podía ser que la parte a descifrar no estuviera allí. Alguien —o algunos—, podían haber separado deliberadamente las páginas. Pero ello implicaba que, cuando ese hecho hubiese ocurrido, el significado del *Voynich* habría sido ya descifrado.

Entonces me di otro paseo por la habitación, con el siguiente café.

¿Alguien había llegado a la misma conclusión que yo?

¿Ese alguien estaba buscando la otra parte desconocida del *Voynich*?

¿Ésa o esas personas sabían que el libro —entero o en trozos—, podía haber estado escondido en alguna ocasión en mi convento?

Si la respuesta a la última pregunta era afirmativa, muchas de las extrañas cosas que estaban sucediendo en relación con nuestra Casa cobraban de repente significado. Un significado nada tranquilizador, por cierto.

Aquella noche escribí un largo correo electrónico a John explicándoselo todo.

22

A la mañana siguiente ya tenía en mi bandeja de entrada un correo de John. También dormía poco ese inglés.

«*Hi, Héctor,*

»*Very, very interesting!*

»*Siempre aciertas, cura del demonio. Tiene que haber una segunda parte del* Voynich *en algún lugar, aunque no tiene por qué estar en tu convento. Sería demasiada casualidad el no tener que moverte de casa para resolver el* Manuscrito. *¡Eso sí que me haría sospechar de algún pacto tuyo con el Maligno! Yo me inclino a pensar —es más, creo estar casi seguro— que las páginas que faltan pueden seguir escondidas en Italia. ¿Qué más hemos encontrado de Lazzari? El plano de Cassini en la basílica de San Petronio en Bolonia. ¿Y qué nos marca? La meridiana. ¿Y qué marca una meridiana?*

»*Nos vemos pronto,*

»*John C.*»

Nunca entendía esa manía de John de no terminar los razonamientos. Al menos en esta ocasión no me enviaba un CD cifrado que resolver.

Para variar, me hice un café. El primero de la mañana. Con la taza humeante me asomé a la ventana. Afuera reinaba la tranquilidad absoluta. Todavía me quedaba una semana por delante sin niños, gritos ni balonazos. La comunidad había entrado en una especie de calma tensa, a la espera de acontecimientos una vez hubieran pasado las vacaciones navideñas. Los ediles y sus poderosos amigos estarían esquiando. Y ése era un buen motivo como para no precipitarse. No podían permitirse resbalar.

Una meridiana es una línea que une los centros de las imágenes —más o menos circulares—, que proyecta el sol Sobre el pavimento de una iglesia al atravesar su luz un pequeño orificio practicado en el techo. Siempre a la hora en que dicho astro está en su punto álgido, es decir, el mediodía. Una forma simple de poner los relojes en hora, y que los fieles de los siglos XVI y XVII —que no tenían relojes de pulsera— utilizaban para conocer la hora de los oficios religiosos. Era la aplicación que podríamos denominar civil de tal invento. Aunque realmente era más una aplicación religiosa y, por supuesto, astronómica. Así que la respuesta a la pregunta de John de qué marca una meridiana era, obviamente, una fecha. El Sol va siguiendo la meridiana según pasan los días, y a lo largo de la línea descrita se van señalando las estaciones, los solsticios y los equinoccios, amén de otras cosas como los propios meses del año o el mismo zodiaco.

¿Otra fecha? ¿O la misma fecha?

Me senté al teclado y contesté el correo de John:

«*Hola, John,*

»*Ok. La respuesta es una fecha.*

»*Ahora dime ¿qué fecha?*

»*Héctor.*»

No debía de andar muy lejos mi amigo británico, porque apenas tardó diez minutos en contestar:

«*Hi, Héctor,*

»*Por supuesto, la misma que hallamos en el* Manuscrito.

»*John C.*»

Abrí el *Messenger*. John ya estaba conectado. Había tenido la misma idea que yo, así que comenzamos a chatear *on-line*.

—*Hola, John.*

—*Hi Héctor.*

—*¿Por qué la misma fecha?*

—*Porque es lo más lógico.*

—*Why?*

—*Piensa, Héctor. Si rompes deliberadamente un libro separando la hoja de claves del texto a traducir, ¿no dejarías que la misma clave te llevara a dicho texto?*

—*Sí, eso está muy bien. Pero John Dee no vivió en la época de Cassini, sino cien años antes.*

—*Ya. Pero no es Dee quien esconde el libro, sino Lazzari. Se supone que este cura jesuita conocía por entonces el significado del diagrama. Y, si no, dime por qué iba a romper el manuscrito.*

—Vale, de acuerdo. Supongamos que es la misma fecha. Tenemos un punto en una recta. Y ahora, ¿qué?

—Ni idea. Así que ya he reservado los billetes de avión por Internet. Habrá que verlo in situ.

—¿Que has hecho qué?

—Tu vuelo sale mañana de Madrid a Roma a las 4 pm. Yo llegaré allí directamente desde Londres a las 5 pm. Por la tarde tenemos varios trenes a Bolonia.

—Gracias por consultarme.

—De nada. Te adjunto en un correo el resguardo del billete electrónico.

—Ya veo que no puedo resistirme.

—No, no puedes. Ah, otra cosa más. Por favor, díselo a Juana.

—¿Qué?

—Escríbele. Tal vez a ti te haga caso. A mí no me contesta.

—Lo intentaré, inglés. Cambio y corto.

Resoplé al desconectar.

La idea de John era francamente brillante. La idea de la meridiana, claro. La segunda idea, la de Juana, era descabellada. La mejicana no quería saber nada de él. De todas formas, que no quedara por intentarlo. Antes de levantarme de la mesa le envié un breve correo electrónico contándole que nos íbamos a volver a reunir en Roma y que teníamos nuevas pistas sobre el *Manuscrito Voynich*. No le di más detalles, ni le hablé de Lazzari, ni de Bolonia, ni de Cassini y su meridiano.

Para qué molestarme, si no iba a venir.

—Entonces, ¿te vas a ver al papa?

Era la excusa perfecta, tanto para Simón como en la comunidad. Unos días de vacaciones extra bien aprovechados antes de volver a empezar la rutina con los estudiantes. Además, nunca antes había estado en Italia.

—Bueno, eso pretendo. Mañana salgo con unos amigos hacia Roma. Estaré de vuelta para las clases.

Simón me miraba sorprendido, sorbiendo el líquido dulzón con una pajita de refresco. Yo, huelga decirlo, me había pedido un café. Un capuchino, por aquello de la cuestión religiosa y por ambientarme, más que nada.

—¿Cómo llegó Tycho Brahe a Praga? —me espetó retomando nuestra pesquisa común—. Murió allí. O le mataron, que aún no está claro. Así que te queda mucho por contarme.

—Como suele decirse en los cuentos, es una larga historia —le contesté—. Si quieres, empezaremos por el principio. Que es lo más natural.

—Vale —aceptó Simón.

—Intentar resumir la vida de Tycho Brahe en una hora es una tarea complicada —comencé—. Al terminar sus estudios universitarios, y de vuelta de numerosos viajes por Europa, la intención de Tycho era establecerse en Basilea. Sabedor de su fama y talento, el entonces rey de Dinamarca, Federico II, le hizo llamar a la corte.

—Sí que parece un cuento, sí —me cortó riéndose el chico—. Aunque esto del rey ya lo sabía.

—No me interrumpas y pídete otra Coca-Cola, que me pones nervioso con esos ruidos. —Simón no paraba de sorber el aire entre los cubitos de hielo, distrayéndome—. El rey Federico apeló a los sentimientos nacionales, a los vínculos familiares de los Brahe con la realeza danesa, a su amistad y, sobre todo, a una oferta económica obviamente astronómica, para que Tycho no abandonara su patria y realizara sus investigaciones en Dinamarca. En conjunto, el lote incluía varios feudos en Escania y Noruega, un par de castillos, más de cincuenta granjas, varias parroquias, y una considerable asignación anual en metálico que se iría incrementando con los años además de, y esto es lo más conocido, una isla completa: la isla de Hven. No era muy grande, apenas de cuatro kilómetros de largo por tres de ancho, pero Tycho Brahe sería el dueño y señor de la misma. Tycho podía además disponer del trabajo de sus habitantes para su propio proyecto, que no era otro que levantar el palacio-observatorio de Uraniborg.

—¿Todavía existe o es un mito?

—Podría pensarse que fue una fantasía, porque el singular

castillo ha desaparecido por completo. Incluso sus famosos instrumentos, algunos de un tamaño considerable, se han perdido. Para encontrar sus restos tuvo que excavarse el terreno un siglo después, y entonces sólo se hallaron parte de sus cimientos. Nada más. Fue completamente saqueado y arrasado por los campesinos y habitantes de Hven, poco después de la marcha forzosa de Tycho. Terminaron odiándole. También se dice que durante un tiempo fue el nido de amor para el joven rey Christian, el principal causante de la caída en desgracia del astrónomo. Allí se reunía con su amante. Pero de Uraniborg existen muchos grabados de la época, y un sinfín de crónicas, relatos y, por supuesto, decenas de diarios de observaciones y experimentos de casi cualquier área del saber, no sólo de astronomía. Por supuesto que de alquimia también. Tú mismo averiguaste datos muy concretos sobre ello, relacionados con su hermana Sophie y su cuñado Erik Lange, un vividor. El aspecto que tenía Uraniborg era, ciertamente, de cuento de hadas. Todo pensado y diseñado por Tycho, hasta el más mínimo detalle. Construido sin reparar en gastos, con gran lujo y elegancia, por Uraniborg pasaron los personajes más importantes de la nobleza europea de aquella época y, por supuesto, cualquiera que tuviera algo que aprender o que enseñar. Se considera que Uraniborg fue el primer gran laboratorio científico levantado en Europa, y Tycho, el primer gran hombre del Renacimiento. Aún hoy, aquéllos a quienes les gusta poner precio a las cosas opinan que nunca gobierno alguno, ni entonces ni ahora, otorgó a un sólo hombre de ciencia tantos medios para sus investigaciones. Aproximadamente el uno por ciento de toda la riqueza danesa de la época (que, por entonces, comprendía no sólo lo que hoy es Dinamarca sino también toda la península escandinava, con Suecia y Noruega) fue para Tycho. Ni tan siquiera el proyecto Apolo norteamericano para llevar al hombre a la Luna dedicó tal porcentaje de los ingresos de un país a una causa así.

—Exageras —fue lo único que acertó a decir Simón.

—Es posible. Pero es parte de la leyenda de Tycho Brahe.

—¿Por qué el nombre de Uraniborg? —preguntó.

—Porque Urania es la musa de la astronomía —contesté—. Cuando se le quedó pequeño el palacio, construyó además Stjerneborg, o el «Castillo de las Estrellas». Uraniborg se empezó a levantar en 1576 y fue el centro de la astronomía mundial hasta 1597, fecha en la que Tycho Brahe marchó al exilio. Más de veinte años de observaciones astronómicas.

—¿Y por qué tuvo que exiliarse? —volvió a preguntar Simón.

—A la muerte del rey Federico II le sucedió su hijo, Christian IV, joven y manipulable. Tycho y su familia eran muy influyentes en la corte, y eso les granjeaba un buen número de enemigos. Podíamos aplicar la famosa frase hamletiana de «algo huele a podrido en Dinamarca» perfectamente aquí.

—¿Le echó de la isla?

—Le hizo la vida imposible. Dejó de pagarle, confiscó parte de sus tierras, humilló a su familia. Tampoco los habitantes de Hven ayudaron mucho, pues veían a Tycho Brahe como un tirano que les obligaba a trabajar sin cobrar. Entonces Tycho recogió todos los instrumentos que pudo, y junto con su familia y sus incondicionales inició un penoso peregrinaje por el norte de Europa. Tycho tenía amistades y su fama era enorme, por lo que pronto encontró acomodo. Y en el mejor lugar posible: la corte de Rodolfo II, rey de Bohemia. Por aquel entonces, era el año 1599, Rodolfo todavía era una persona lúcida, un rey apasionado por las ciencias, las letras y las artes, y nombró a Tycho matemático imperial. Le asignó una pensión (que normalmente Tycho nunca recibía a su debido tiempo) y un castillo muy cerca de la corte en Praga para que levantara su nuevo observatorio: Benátky.

—¿Y Kepler?

—Kepler aparece justo en ese momento. Tycho comenzó a trabajar en Benátky con una docena de ayudantes, y reanudó las observaciones astronómicas alrededor de junio de 1600. Pero necesitaba un buen matemático. A raíz de la publicación de su libro sobre los sólidos perfectos y los planetas, Johannes Kepler se presentó a los ojos de Tycho Brahe como un excelente candidato, joven y bien preparado. Además, la situación económica y familiar de Kepler era casi desesperada, por lo que éste no tardó en aceptar la invitación del danés. O, tal vez, fuera Kepler quien pidiera trabajo a Tycho. Hay un extraño cruce de cartas entre ambos al respecto, llenas de malentendidos. Y de orgullo, mucho orgullo.

Hice una pausa para terminar mi segundo café, que se había quedado frío.

—El resto de la historia ya la conoces. Trabajaron juntos por espacio de un año, hasta la curiosa, y extraña, muerte de Tycho. En ese espacio de tiempo el gran danés asignó a Kepler la tarea de desentrañar la órbita de Marte. Para ello, le confió los datos obtenidos tras cinco lustros de observaciones realizadas con una precisión asombrosa. Kepler pensó que podría resolver el problema en una semana, pero le llevó más de ocho años conseguirlo.

Dejé la taza en la mesa. Simón parecía satisfecho con las explicaciones y los dos refrescos.

—Pues si no tienes más preguntas, pago y nos vamos —zanjé—. Tengo que preparar el equipaje para mañana.

—Gracias por la invitación, Héctor —dijo Simón levantándose de la mesa—. A tu vuelta te prometo que habré averiguado más cosas.

—Ojalá —sonreí—. Espera —añadí, sujetándolo suavemente del brazo—. No te olvides del libro que te he traído.

Simón leyó el título: *Los mitos de Cthulu*, por H. P. Lovecraft.

—Te gustará.

—Suena bien —me respondió.

—Entonces, ¿cuántos días vas a estar en Italia?

—Cuatro. Cinco a lo sumo. Ya conociste a John, tan impulsivo como generoso.

Julián no estaba interrogándome —al menos en el sentido estricto del término—, pero yo tenía la sensación de que el actual prior no se sentía cómodo con mi repentino viaje. En cualquier caso, en ningún momento se opuso a mis intenciones. No había ninguna falta en ello y, además, no iba a descuidar mis tareas docentes.

—Sí, claro. Una persona encantadora y muy inteligente —añadió—. Diviértete por Roma y no dejes de visitar ni los Museos Vaticanos, ni el Foro, ni el Coliseo, ni el Panteón, ni tantas otras cosas. Yo estuve hace ya muchos años, y me entusiasmó cada rincón de esa ciudad. Si quieres, puedo hacer unas llamadas y os busco alojamiento —se ofreció—. Nos sobran casas de la Compañía en Italia. ¡Ah! —me recordó—: Las audiencias con el Santo Padre son los miércoles, no lo olvides.

—No. Gracias, Julián. John ha reservado ya todo. Queremos aprovechar también para hacer un recorrido astronómico pasando por alguna otra ciudad. No hay ciudad italiana sin *duomo,* y casi no hay *duomo* sin meridiana.

No estaba muy seguro de si Julián entendería el capricho de recorrer iglesias no sólo por ser nuestra devoción oficial, sino también por pura afición. Ni siquiera sabía si el prior tenía suficientes conocimientos en astronomía como para saber qué era una meridiana. Pero suponía que sí y resultó que estaba en lo cierto.

—En efecto. En Roma podéis encontrar una en la iglesia de Santa María de los Ángeles. Y, hablando de *duomos,* yo recuerdo haber pisado la meridiana del *duomo* de Milán, y la de Florencia, en la fabulosa catedral coronada por la cúpula de Brunelleschi. Hay otra en Palermo también, pero Sicilia ya os cae demasiado lejos. Aunque si queréis ver la auténtica meridiana, tendréis que ir a Bolonia. La construyó un astrónomo muy famoso. Tú tienes que saberlo.

Se quedó dudando mientras intentaba recordar el nombre. Tuve que ayudarle.

—Cassini.

—Sí, eso. Giovanni Cassini. Uno de nuestros protegidos.

—Pensábamos ir a san Petronio, claro.

—Este tipo de instrumentos y construcciones tuvieron su auge en el siglo XVII —continuó. Me estaban sorprendiendo gratamente las extensas y detalladas explicaciones de Julián al respecto—. Había que determinar exactamente cuándo celebrar la Pascua. Incluso aquí, en nuestra pequeña iglesia dedicada a Santa Marta, se quiso incluir una, pero las dimensiones finales no lo permitieron.

—¿En serio? No tenía ni idea —exclamé boquiabierto.

—Sí. Seguramente si buceas a fondo por el archivo encontrarás papeles con el boceto, que nunca pudo llevarse a cabo. Cuando se levantaron la iglesia y el antiguo convento, se alojaron aquí algunos altos cargos de la Compañía. La idea inicial era construir una gran iglesia en este suelo, y dotar la Casa con una gran biblioteca. Pero el dinero se esfumó por culpa de la persecución, poco antes de la primera prohibición de la Compañía. O, al menos, se ocultó hasta que mejoraron las cosas. Y cuando mejoraron ya era muy tarde, y la Orden había decidido retomar las labores misioneras con más fuerza, aplazando la cuestión constructora para otra ocasión más propicia que nunca llegaría. De ahí que Santa Marta no sea gran cosa. Y no tenemos biblioteca como tal, excepción hecha del pequeño reducto que tú administras. Carmelo habría podido contarte muchas historias sobre ello.

Suspiró con hondo dolor. Pareció sincero. Me acordé entonces de la única revelación que el fallecido prior me había hecho pocos días antes de morir: la existencia de los subterráneos. ¿Sabría Julián que existían?

No me atreví a preguntarle.

Seguí juzgando más prudente no revelar su existencia a nadie, ni tan siquiera a él. Era consciente de que desobedecía una norma fundamental en la convivencia de la Orden, pero en aquellos momentos no estaba seguro de nada ni de nadie.

—Saca muchas fotos en Italia, Héctor. Nos gustará verlas. Sobre todo a mí —añadió.

—Por supuesto.

Y entonces recordé otro de los consejos de Carmelo, el de fotografiar el laberinto antes de que éste fuera clausurado para siempre. Curiosamente, no había llevado la cámara en ninguna de mis expediciones anteriores.

Tal vez tuviera tiempo para una última visita antes de salir hacia Roma.

No pensaba estar en los corredores más allá de treinta o cuarenta minutos. Tenía muchas cosas que preparar, papeles que ordenar, gestiones que resolver. La invitación —o, mejor dicho, casi la orden— de John me había cogido, lógicamente, de improviso. Planifiqué las horas siguientes casi al minuto. El resultado fue que apenas me quedarían un par de ellas para dormir, por lo que decidí prescindir de esta cuestión y resolverla echando una cabezada cuando ya estuviera en el tren camino de Madrid. Conociendo el habitual caos aeroportuario de Barajas, prefería llegar sobrado de tiempo que perder el vuelo a Roma.

Bien pasada la medianoche, me dirigí a la capilla. El equipo consistía en la habitual mochila con los planos y alguna herramienta simple, la linterna con sus pilas de recambio, los consabidos chocolates y, esta vez sí, la cámara fotográfica digital. Quizá resultaba exagerado llevar comida para una excursión de no más de treinta minutos, pero cada día que pasaba me volvía más maniático y cuidadoso.

No había nadie en la capilla. Ni un alma.

Salvo, quizá, la de Carmelo.

Eché un vistazo con tristeza a la hornacina donde estaban sus últimos restos. Involuntariamente, me encomendé al antiguo prior como a un santo. Y emprendí la bajada por el mismo lugar por el que él, tan sólo unas semanas antes, me había guiado.

Todo discurrió con normalidad. En cada rellano que formaban los tramos de escaleras primero, y en cada bifurcación de los pasillos después, sacaba una fotografía. El flash iluminaba brevemente el momento. En la zona romana me detuve para tomar imágenes con mayor cuidado. También lo hice así en la pared del grabado con la frase de Galileo, cuyo autor era, casi con toda seguridad, el antiguo bibliotecario jesuita Lazzari. La última etapa de mi recorrido era llegar hasta el muro de Planck. Con este nombre lo había bautizado en mi plano, en honor a la frase exclamada por John cuando nos topamos ante él.

Le hice varias fotografías, hasta que la batería de la cámara dijo basta.

Entonces regresé por donde había venido, dejé todo como estaba en la capilla y me volví a la habitación a terminar de preparar el equipaje.

«Querida Juana,

»Ve con ellos.

»No hay nada de malo. Siempre que te mantengas firme y serena.

»Aunque tú y yo sabemos que John no es el hombre que te mereces. El hombre con el cual puedas por fin formar una au-

téntica familia cristiana. No es más que un ateo que vive de los subsidios de su país. País que, creyéndose todavía imperio, piensa que puede alumbrar a otro Newton, o a otro Maxwell, alimentando a este tipo de parásitos. Cientos de ellos socavan cada día el erario británico, hundiendo a sus compatriotas en algo que podríamos denominar sin temor a equivocarnos miseria científica. Víctimas de la euroesclerosis. Estos subsidios a científicos pervierten el deseo de trabajar, minan la familia patriarcal y erosionan el fervor religioso, que son los tres resortes de la prosperidad. Héctor, el sacerdote español, parece por el contrario un hombre cabal, aunque demasiado influenciado por el primero.

»Nuestro interés por encontrar y descifrar el Manuscrito *sigue intacto. Seguimos necesitando de ti, igual que tú necesitaste de nosotros. Entonces te dimos ayuda y ahora tú nos estás devolviendo el favor. Y con creces. No sabes cuánto te estamos agradecidos. Has hecho un gran trabajo en la* Lista Voynich, *y ahora no puedes detenerte. No al menos por una cuestión sentimental.*

»Por eso se hace necesario que continúes con tu sacrificio que es, a la vez, una vía de expiación personal y de acercamiento al Creador.

»Mi secretaria te gestionará el viaje a Europa. Le he dado instrucciones muy concretas para que te las haga llegar por correo electrónico. Estaremos junto a ti en todo momento, aunque pensamos que no corres riesgo alguno.

»Sé discreta. Compórtate de acuerdo a tu sexo y nada sospecharán. Contén tus impulsos. Ya sabes lo que sufriste. Llévate contigo los Evangelios y repásalos cuando te asalten las dudas, o sientas flaquear en tu ánimo.

»Sabes dónde y cómo encontrarnos.

»Cualquier novedad, cualquier pista o hallazgo, háznosla saber de inmediato.

»Él siempre va contigo.

»Rezaremos por ti.

»Un abrazo de hermano,

»Thomas».

23

John me estaba esperando en uno de los autoservicios del aeropuerto de Fiumicino, en Roma. Mi avión se había retrasado un poco, pero el suyo había llegado puntual como un reloj. Nos dimos un abrazo y comenzamos pidiendo un *expresso* cada uno.

—Otra vez juntos. Parecemos novios —bromeé.

—No te hagas ilusiones, cura —contestó John sin perder la sonrisa.

—Y bien, ¿qué planes tenemos? —le pregunté al tiempo que encendía mi teléfono móvil, desconectado obligatoriamente durante el vuelo. Antes de salir había activado el *roaming*, por si surgían noticias imprevistas desde la Casa.

—Podemos ir directamente a Bolonia esta tarde —contestó John—. Hay un Eurostar a las nueve. Otra opción es quedarnos esta noche en Roma y hacer algo de turismo por la mañana. Y si prefieres —continuó—, hay una tercera posibilidad, que es una escala en Florencia. Está a mitad de trayecto e incluye también meridiana.

Mi móvil pitó alertándome de la llegada de un mensaje guardado en el buzón. Me quedé mirando la pantalla, alucinado. John se dio cuenta y continuó con las bromas habituales de quienes se acaban de reencontrar.

—¿Tu novia?

—Más bien la tuya —respondí para su asombro—. Llega a las once de la noche desde Miami. Dice que la esperemos.

La esperamos, naturalmente. John estaba eufórico. Y sus nervios iban en aumento conforme caían los sucesivos *expressos* y *capuccinos*. No quiso pasarse al descafeinado, como prudentemente hice yo para así poder conciliar el sueño por la noche. Supuse que él no pensaba dormir. Aprovechamos la espera para reservar alojamiento por Internet en un buen hotel de la calle Príncipe Amadeo, muy cerquita de la estación Termini y también de la iglesia de Santa María la Mayor. Tres habitaciones individuales, por si acaso venían mal dadas. O por simple y natural precaución.

La inminente llegada de Juana nos había descolocado por completo. Fue inútil intentar trazar un plan de ruta sin ella. John prácticamente había olvidado por qué nos habíamos reunido en Roma. Su único interés en esos momentos era reconciliarse con la guapa mejicana. Y yo, sinceramente, también deseaba con fuerza que fuera así. Más que nada para poner orden en aquellas extrañas vacaciones y volver a reconducir, con cierto criterio, las investigaciones sobre el *Manuscrito Voynich*.

A las once y media apareció Juana por la puerta marcada en los monitores electrónicos. Me pareció más delgada y más alta. Se había cortado el pelo —mucho, como un chico—, y apenas nos sonrió. Su ropa también era mucho más discreta de lo habitual: una falda larga y un suéter amplio, cubiertos ambos por un abrigo largo que, además, le quedaba francamente ancho. En definitiva, no era la misma que luciera un escueto bañador en las playas canarias.

Su saludo también fue lacónico.

—Hola, Héctor —comenzó conmigo, besándome las dos mejillas como solía hacer—. Te agradezco que me hayas esperado.

Como si no existiera John. Finalmente, se volvió hacia él.

—Hola, John.

El inglés la abrazó y ella rápidamente lo separó. Fue cortante como un bisturí.

—Ni lo sueñes. Lo nuestro se acabó. Si estoy aquí —añadió alejándolo con las manos— es únicamente para resolver el misterio del manuscrito. No me gusta dejar las cosas a medias.

John pareció resignarse —al menos en esos instantes iniciales— y me miró pidiendo ayuda. Yo me encogí de hombros y cambié el rumbo de la conversación.

—Hoy pasaremos la noche en Roma —dije—. Hemos reservado habitaciones en el hotel Universo.

—Muy propio de unos astrónomos —rio por primera vez Juana.

—Pura casualidad —contesté—. Venga, vamos a la parada de taxis antes de que nos den las tantas.

Por el camino le expliqué a Juana algunas de nuestras conclusiones. Parte de la historia jesuita que había encontrado los últimos días, menciones acerca de los subterráneos —sin entrar todavía en gran detalle—, y algo de la vida de Cassini.

—Nuestro propósito es visitar Bolonia —acotó John, que hasta el momento había permanecido en silencio.

Juana no le miró —las cosas no habían empezado bien entre ellos—, y me preguntó a mí directamente.

—¿Por qué Bolonia?

—Queremos ver si encontramos algo en la meridiana de San Petronio. Aparece en los papeles del convento. Y fue construida por Cassini con la ayuda de Riccioli, uno de los jesuitas científicos de la época, amigo (es un decir) de Kircher.

—Que seguramente tuvo el manuscrito —apostilló la chica.

—Sí. Eso parece claro para toda la Lista Voynich —afirmé.

—No es mal plan. Aunque algo endeble —me replicó.

—Hay más cosas. Pero a su debido tiempo, Juana —y zanjé la introducción porque ya estábamos llegando al hotel y no creía oportuno hablar delante de desconocidos. No es que tuviera reparos del taxista. Es que, realmente, Juana se me presentaba como una persona completamente diferente. Cenamos unos sándwiches en la cafetería del hotel y subimos a nuestras respectivas habitaciones. Quedamos para desayunar temprano y ver la ciudad.

Como había imaginado, John no durmió en toda la noche. Las ojeras le colgaban escandalosamente de los párpados.

—¿Qué te parece? —me preguntó a la mañana siguiente, antes de que Juana apareciera a desayunar.

—¿Qué me parece el qué? —contesté con otra pregunta a la suya, haciéndome el despistado mientras ponía mantequilla en el pan.

—¿Qué va a ser? Está cambiada, ¿no?

—Está enfadada. O sigue enfadada —contesté—. Supongo que con los días se le pasará algo. O eso, o me amargáis el viaje.

En ese momento entró Juana en el salón. No se había arreglado mucho respecto a la noche anterior. Y tampoco tenía aspecto de haber dormido demasiado, *jet-lag* incluido. Con aquel par de almas en pena me disponía yo a vivir uno de los momentos más excitantes que un sacerdote católico puede experimentar. Ver en persona al Santo Padre, al vicario de Cristo en la Tierra. Aunque fuera de lejos, con lluvia, con viento y con frío. La climatología no era precisamente espléndida en aquel comienzo de año en Roma.

Sin embargo y con todo ello, la mañana resultó inolvidable. En lo que a mí concernía, me propuse desengancharme de la pareja tanto como me fuera posible, y así poder disfrutar de esas primeras horas en Italia. Caminaba delante de ellos, que siempre iban en silencio, cruzando las calles en busca de los mejores ángulos para las fotografías. ¡Había tanto que ver! Dejamos atrás Santa María la Mayor y tomamos vía Cavour hasta llegar al Foro, con el grandioso Coliseo a nuestra izquierda. Luego subimos por Vittorio Emanuele hasta dar con el río Tíber. Cruzamos, cómo no, por el puente de Sant'Angelo, que va a parar el castillo del mismo nombre donde está enterrado el emperador Adriano. Y por la vía de la Conciliación enfrentamos la Ciudad del Vaticano. Cuando llegamos, la plaza elíptica de San Pedro estaba a rebosar de fieles, curiosos y turistas. Nosotros teníamos un poco de todos ellos. Yo era el fiel, Juana la curiosa y John, obviamente, no tenía otro aspecto que el de un clásico turista.

Les propuse separarnos durante una hora, reuniéndonos al cabo de ese tiempo en un céntrico restaurante para comer. No me plantearon objeciones. Cada uno podría disponer de su tiempo como quisiera.

Yo me mezclé con la gente.

Había algo maravilloso en aquel lugar.

Rezamos todos juntos una plegaria al Señor. Los jóvenes cantaban —cantábamos— mientras el papa dirigía la oración, y el tiempo pareció detenerse. Nadie quería abandonar el lugar.

Ni siquiera incluso después de que el papa se hubiera despedido bendiciendo a la multitud.

Me sentía como nuevo cuando llegué al sitio de reunión acordado. El reloj marcaba casi una hora más de lo pactado, así que seguramente yo iba a ser el último en acudir a la cita. Con ese retraso, posiblemente ya se habrían roto algunos platos.

Pero para mi sorpresa, allí estaban John y Juana hablando animadamente y tomándose un martini cada uno.

Las cosas parecían mejorar.

O no.

—Dime la razón.

John dudaba.

—No sin estar Héctor delante. Mira —se interrumpió—, allí viene ya.

—Hola pareja —saludé en plena euforia papal, metiendo evidentemente la pata hasta el fondo.

—No somos una pareja, Héctor. Al menos, ahora ya no —respondió agriamente Juana—. ¿Cómo te ha ido?

—Inolvidable —me limité a contestar—. ¿Y vosotros?

—Yo intenté visitar los Museos Vaticanos, sin éxito —habló John—. No abren los días de audiencia papal.

—Otra vez será el ver la Sixtina —traté de consolarlo—. Quizá tengamos tiempo a la vuelta de Bolonia. ¿Cuándo salimos?

—Cuando yo sepa por qué tenemos que ir allí —interrumpió Juana, cada vez más agresiva. John me miró estupefacto, sin saber qué decir, pidiendo ayuda. Estaba claro que durante mi ausencia Juana se había dulcificado intencionadamente, con la pretensión de sonsacar información al ingenuo de John. Pero éste, aparentemente, había aguantado los embates. Aunque todo me indicaba que su integridad se estaba resquebrajando por momentos.

Así que tomé las riendas.

—No estás obligada a venir —dije.

Juana no se esperaba esa contestación tan contundente por mi parte.

—Yo no he dicho que no quiera ir, al contrario —pareció recapacitar—. Pero me gustaría saber qué vamos a buscar. Si no lo sé —añadió—, de poco voy a servir.

—La idea de escribirte fue de John, no mía —seguí forzando la máquina—. Y la idea del viaje también. Si quieres ayudar —concluí—, vuelve a ser la que eras.

John me miraba asombrado, preguntándose hasta donde llegaría, suplicándome con la mirada que no hiciera enfadar más a Juana. Ésta me contestó:

—Yo no he cambiado. Sois vosotros. Cuando decidáis contarme qué sabéis, avisad. Estaré en el hotel.

Y dicho esto cogió su bolso y su abrigo, pagó los martinis y se marchó sin decir una palabra más.

La comida fue ligera, no teníamos casi apetito. Estábamos cansados y apenas hablamos. Yo me lamenté en silencio de mi actitud con la chica, pero John no se atrevió a echármelo en cara. Al contrario, fue él quien intentó levantar el ánimo de ambos, proponiendo una actividad para aquella tarde.

—Venga, Héctor. Termina ese café y vamos a visitar la iglesia de Santa María de los Ángeles. Ya pensaremos qué hacer con Juana más tarde.

Ninguno de los dos habíamos visto nunca una meridiana salvo en los libros. Convenía ir entrenados a Bolonia. La iglesia de Santa María de los Ángeles y de los Mártires resultó estar muy cerquita de nuestro hotel, justo enfrente de la Estación Central Termini. Se edificó en parte de lo que era el complejo termal de Diocleciano, el *Caldarium*. Y el diseño, del mismísimo Miguel Ángel, en los últimos meses de su vida.

—Mira, allí está la meridiana.

Allí estaba. Una línea recta fabricada en bronce encajada en el mármol del pavimento de más de cuarenta metros de longitud. Los carteles explicaban que había sido diseñada y construida por Francesco Bianchini en 1702, siguiendo el modelo de la ideada años antes por Cassini en Bolonia.

—Ajá. Es una preciosidad —exclamó John al verla al tiempo que, como un niño, caminaba por encima de ella anteponiendo un pie al otro—. Lástima que no sea mediodía —añadió.

—Sí. Pero podemos venir mañana. Nos queda a un paso.

Yo no había hablado.

Era la voz de Juana.

Estaba detrás de nosotros, como espiándonos. Al ver mi expresión de sorpresa, casi de enfado, reaccionó con inteligencia.

—Quería rezar y el conserje del hotel me dijo que ésta era la iglesia más cercana.

Puse cara de no creerme nada. ¿Quería rezar y no lo había hecho horas antes con el papa, en el mismísimo Vaticano? Siguió con su justificación.

—Vale. Además he mirado en Internet. Sabía que aquí se encontraba una de las meridianas más famosas. Que nos hayamos encontrado es pura casualidad —añadió con un gesto divertido, cómplice, que me desarmó.

—Está bien, Juana —cedí—. Hablaremos.

Cenamos los tres en una bonita pizzería en la plaza de la República. Allí comencé con las explicaciones.

—Las meridianas comenzaron a construirse con el fin de establecer con absoluta precisión la celebración del día de Pascua, la resurrección del Señor. Según el Concilio de Nicea, este día tiene que coincidir con el primer domingo de luna llena después del equinoccio de primavera.

—Son, entonces, un calendario muy preciso —quiso cerciorarse Juana.

—El más preciso en su época. La recta marca la trayectoria del Sol en el instante del mediodía, a lo largo de todo el año. O de parte de él, si es que la meridiana no tiene longitud suficiente. Por ejemplo —continué—, en Florencia. El agujero en la formidable cúpula de Bruneleschi está tan alto que la luz del Sol sólo se filtra dentro de la catedral unas pocas semanas en torno al solsticio de verano. Pero, por otra parte, la proyección del disco solar es magnífica.

—¿Y el *Voynich*? —quiso saber con urgencia Juana.

—Tenemos sospechas —contesté.

—¿Sospechas de qué? —insistió con más ansiedad.

Miré a John. Éste dejó el tenedor sobre el plato, se limpió con la servilleta los restos de tomate de las comisuras de los labios, y tomó la palabra. Todo con gran tranquilidad.

—Pensamos que hay dos libros. O, quizá, que el libro fue partido en dos por Lazzari, el bibliotecario jesuita que lo escondió.

Juana no pareció muy sorprendida por esta revelación, pero quiso saber toda la historia.

—La clave del disco astronómico puede que sirva para descifrar algo que se esconde en la parte desconocida del manuscrito —continuó John—. Mi idea es que, además, Lazzari utilizó el mismo día, la misma clave, para esconderlo.

—¿Quieres decir que el 11 de noviembre el Sol marcará algo en el suelo de la basílica de San Petronio en Bolonia?

Juana sacaba conclusiones con mucha velocidad. Era lista.

—O el 11 o el 21, quién sabe. Tal vez sólo sea una pista falsa —concluyó.

La cara de nuestra amiga se iluminó. Por fin sonreía abiertamente.

—Vamos entonces a Bolonia. Mañana mismo.

«Querido Thomas,

»Todo va bien. Mañana salimos hacia Bolonia. Han descubierto una relación entre los jesuitas que tuvieron el Voynich *y alguna de las construcciones de la Compañía allí.*

»Me mantengo firme. Con la ayuda de Dios, que tan bien se está portando con nosotros. Acabo de leer la noticia del resultado de las deliberaciones en el Consejo Estatal de Educación en Kansas. Una primera victoria de las muchas que vendrán.

»Muchos besos,

»Juana».

—¿Qué haces aquí?

Juana estaba en la recepción del hotel, sentada enfrente de uno de los dos ordenadores con acceso a Internet para los clientes. El reloj de la pared —cuya esfera imitaba un sistema solar— marcaba ya treinta minutos pasada la medianoche.

—Supongo que lo mismo que has venido a hacer tú. Mirar mi correo electrónico —sonrió disimuladamente.

—Sí —concedí—. Tengo a uno de los chicos del colegio enganchado con unas indagaciones históricas. Los dos estamos fascinados con ellas.

Me miró con curiosidad.

—Cuéntame más.

—Es un asunto muy curioso y apasionante. No tiene que ver directamente con el *Voynich*, pero podría perfectamente tener alguna relación accidental —comencé a explicar, al mismo tiempo que comprobaba que no había nuevos mensajes en la bandeja de entrada de mi cuenta en *Yahoo!*

—No voy a poder dormir si no me das detalles —sonrió Juana, que parecía haber cambiado totalmente su actitud en cuestión de horas.

—Hace unos meses se publicó un libro sobre la vida de Kepler. Esto en sí no sería noticia, porque hay muchas y muy buenas biografías sobre la vida del sabio alemán.

—Ajá —afirmó la chica, acercando su silla a la mía. El gesto me turbó algo. Con el buen humor parecía haber recuperado también la belleza perdida.

—Pero en este caso los autores del ensayo afirman algo completamente diferente. Aseguran que Kepler fue un asesino. Que mató a Tycho Brahe.

La cara de Juana revelaba la sorpresa.

—¡No me digas! —exclamó—. Que yo sepa, Kepler nunca se llevó muy bien con su mentor, pero no me encaja un asesinato.

—A mí tampoco. Ni a casi nadie en los foros de Internet ni en las universidades. Los autores —proseguí— basan sus conclusiones en restos de análisis forenses donde se demuestra que Tycho murió envenenado con mercurio.

—¿Y fue así?

—Parece que sí, en principio. Los propios daneses certificaron este extremo cuando analizaron los restos del astrónomo al abrirse su tumba, con motivo del cuarto centenario de su muerte. Pero también comprobaron que el mercurio era una medicina propia de la época. Y Brahe un experto en administrarlo con funciones curativas. Tycho era seguidor de Paracelso y de la medicina llamada alquímica.

—Entonces ¿qué ocurrió realmente? —quiso seguir conociendo Juana. Sus ojos negros brillaban como nunca. Como nunca que me hubiera fijado yo antes.

—Lo más probable es que se envenenara él solito —balbuceé. Luego pude volver a encontrar el tono de voz adecuado y terminar la historia—. Padecía de una infección urinaria a raíz de un banquete en el que no pudo levantarse a orinar. Los fuertes dolores y la desesperación le habrían llevado a aumentar la dosis recomendada.

—Ya. Pero, ¿por qué dices que podría tener relación con el *Manuscrito Voynich*? —insistió.

—Simplemente por el hecho de que tanto Tycho como Kepler fueron matemáticos imperiales de Rodolfo II, uno de los pocos dueños conocidos del libro. Además, Kepler vuelve a aparecer en alguna de las pistas que estamos siguiendo ahora. Se sabe por ejemplo —continué explicando, con la duda de si era o no conveniente seguir con las revelaciones— que Kepler tenía buenos amigos entre los científicos jesuitas de la época.

—Recuerdo que alguien en la Lista Voynich citó esa posibilidad —me interrumpió.

—Fui yo mismo —reí—. Con otro nombre, claro.

—¿Tú también? —ahora rio ella—. Nos habías asegurado que tú no hacías esas cosas.

—¿Por qué iba a ser menos que vosotros? Lo malo pronto se aprende —le contesté guiñándole un ojo.

—No deberías hacer eso —protestó sin perder la sonrisa de los labios.

—¿El qué? ¿Escribir con un seudónimo?

—No. Guiñarme un ojo. No es propio de tu condición.

Enrojecí y volví la cara hacia la pantalla nuevamente para evitar que ella se diera cuenta. Juana hizo como que no se percataba, y se levantó para despedirse y volver a su habitación.

—Te abandono por esta noche, Héctor. Lo siento —volvió a reír—. Por cierto, ¿no habrás traído por casualidad ese libro en el equipaje? Ya ves que no me es fácil conciliar el sueño, y menos con este *jet-lag* horroroso.

—Pues sí. Lo he traído con otro montón de ellos y de papeles. Mañana te lo bajo a la hora del desayuno.

—Gracias. Nos vemos entonces, a las nueve en el salón.

—Hasta mañana, Juana. Duerme bien.

Al día siguiente, Juana y John se me adelantaron a la hora del desayuno. Seguían sin dormir. Ni juntos ni por separado. Les saludé animoso —los ánimos entre todos parecían mucho mejores que el día pasado— y me dirigí hacia la mesa con el buffet. Antes dejé al lado de Juana el libro pedido.

—Gracias, Héctor —me dijo al tiempo que comenzaba a leer en voz alta la portada—: *Heavenly Intrigue: Johannes Kepler, Tycho Brahe, and the Murder Behind One of History's Greatest Scientific Discoveries.* By Joshua Gilder and Anne-Lee Gilder.

John intervino en la charla, mirando de reojo el ejemplar.

—Éste debe de ser el libro del que me hablaste, ¿no? Te he traído la fotocopia del artículo de aquel congreso austríaco que querías en relación con él.

Le miré con un «¿en qué estabas pensando?» escrito en mayúsculas en mi cara. John adivinó la expresión.

—Perdona —se justificó—. Ya sabes que estos días tengo muchas cosas en la cabeza.

Volví a la mesa con un par de tostadas, mantequilla, mermelada y un huevo duro en el plato. Juana no apartaba su vista de la solapa del libro, con un gesto de sorpresa.

—¿Pasa algo? —le pregunté.

—No, nada —contestó dudando—. Me resulta familiar esta pareja.

No le di mayor importancia y cambié el rumbo de la conversación:

—¿Hoja de ruta? —espeté.

—Primero, la aplazada visita a la meridiana de Santa María de los Ángeles. Hay que estar allí a las doce en punto —dijo John.

—Y luego nos vamos a Bolonia —continuó Juana—. He mirado los horarios de trenes. Tenemos buenos enlaces. El viaje nos llevará algo más de tres horas —explicó—. Siempre y cuando pasemos por alto la visita a Florencia.

Lo dijo con pena.

—Quizás a la vuelta. Lo primero es lo primero —intenté hacerle ver.

Y era así. Apenas teníamos tres días por delante para hacer un buen montón de cosas. Y eso que no sabíamos lo que nos esperaba.

24

El Eurostar nos llevó con puntualidad hasta Bolonia, la antigua capital universitaria. Para ello atravesó las regiones de la Italia Central, deteniéndose en Florencia durante unos minutos. Por la ventanilla pudimos distinguir allí perfectamente los tres grandes edificios que forman uno de los núcleos artísticos más famosos del mundo: la catedral o *duomo,* el Baptisterio y la Torre. Antes de salir, en Roma, y con sólo cruzar una calle junto a la estación Termini, habíamos asistido en la iglesia de Santa María de los Ángeles al prodigioso espectáculo diario del paso del sol por encima de la meridiana. A las doce en punto la proyección de la imagen del astro rey iluminó el suelo de mármol de la nave, justo en el centro de la banda cromada que marca su trayectoria. No pudimos por menos que aplaudir, lo cual resultó bastante grotesco para los fieles que, en aquel momento, asistían a los oficios religiosos.

Llegamos a Bolonia cuando empezaba a anochecer.

Salimos de la estación caminando, arrastrando las maletas. El hotel que habíamos escogido —obviamente por Internet— estaba a sólo unas manzanas de allí, en la misma Vía de la Independencia, una de las principales avenidas de la histórica ciudad boloñesa. Bolonia es una ciudad acogedora, con sus edificios de ladrillo y sus calles porticadas, y cuyos palacios medievales rodean las dos plazas principales: la plaza Mayor y la plaza de Neptuno. Éstas se encuentran flanqueadas, a su vez, por las dos iglesias más importantes. Una es San Domenico. Y la otra, obviamente, San Petronio.

Esa noche cenamos en una *trattoria* de la Vía de la Independencia. Y allí, entre platos de sabrosa comida italiana y un vino exquisito, planeamos nuestros movimientos para el día siguiente. Que, como es natural, pasaban por una inspección a fondo de la famosa basílica utilizada por Cassini para construir su meridiana.

—¿Qué dice ese libro? —pregunté a John, enfrascado en la lectura de una guía artística que habíamos comprado en una enorme librería junto a la antigua universidad.

—Muchas cosas. Que san Petronio se llama así en honor al patrón de la ciudad, un obispo del siglo V. Que es de los mayores edificios medievales italianos construidos en ladrillo. Y que fue comenzada en 1390 pero nunca terminada —zanjó John, pasándome el libro.

Continué leyendo que, en los comienzos, la iglesia estaba concebida para ser mayor que la basílica de San Pedro de Roma, pero que había tenido que reducirse drásticamente de tamaño cuando las autoridades eclesiásticas decidieron desviar parte de sus recursos financieros al vecino Palacio Archiginnasio. Este tipo de cosas —ésta en concreto— se dice que movieron a Lutero a enfrentarse al poder central católico. Durante los siglos XVI al XIX la Universidad tuvo su sede allí, en el Archiginnasio, por lo que San Petronio se convirtió en su iglesia. El interior de la basílica es de estilo gótico, con veintidós capillas a ambos lados de la enorme nave central. La distribución de los pilares que sostienen la nave y separan las capillas parece hecha a propósito para albergar la singular meridiana, que mide 67 metros. La más larga construida en el mundo.

—Este número no será casual —reparó Juana.

—No. No lo es en absoluto —contesté—. Cassini llevó a cabo cuidadosas observaciones del camino que seguían los rayos del sol con respecto a las paredes de la iglesia. Por fin decidió colocar un pequeño agujero de 2,5 cm de diámetro en la cubierta de la cuarta capilla del lado izquierdo, como puede verse en el grabado.

El grabado del libro era idéntico —o muy parecido— al que habíamos encontrado en mi convento. La planta de la basílica, tal y como Cassini la dibujó.

—¿Y? —Juana me pedía que continuase.

—Colocó el agujero a una altura de mil pies, según pone aquí. En nuestras unidades, algo más de 27 metros.

—Eso está mal —protestó John, que de pies, pulgadas y yardas sabía un rato.

—Usó el sistema métrico francés de la época. Lo siento, John —sonreí y continué—: A nivel del suelo, tal y como Cassini había predicho, la longitud de la meridiana representaría una parte entre seiscientas mil de la longitud de la circunferencia de la Tierra. Es decir, exactamente 66,7 metros. De ahí su tamaño —terminé de leer.

—Estoy deseando verla —comentó entonces Juana—. Pero ahora me caigo de sueño. ¿Qué tal si nos vamos a dormir y madrugamos mañana?

Estuvimos de acuerdo en que era la mejor elección posible a esas horas, así que pagamos, nos levantamos del restaurante y volvimos al hotel.

A las nueve de la mañana subíamos la escalinata que conduce a la entrada de la basílica de San Petronio. La fachada, inacabada, le da un aspecto pobre al edificio, que bien podría pasar inadvertido para un turista poco avezado. A nuestra espalda, la fuente de Neptuno, con el impresionante rey de los mares vaciado en bronce por Giambologna.

—¿Habéis traído la cámara de fotos? —preguntó nerviosa Juana.

Tanto John como yo llevábamos una. Y notas y apuntes acerca de los cálculos de Cassini.

Entramos en silencio. La iglesia estaba a oscuras y sólo se oía un rumor de oraciones que provenía del fondo, junto a la nave central, donde en una de las capillas una docena escasa de personas asistía a la misa. John me señaló el techo. Allí, en lo alto, y adornado por una especie de marco dorado imitando un refulgente Sol, estaba el agujero que daba vida a la meridiana.

No parecía gran cosa.

Justo debajo del orificio comenzaba la recta.

Al igual que en Roma, la recta estaba construida con estrechas láminas de bronce encajadas en lápidas de mármol. A lo largo de la misma, otra serie de lápidas se cruzaban con la recta, transversalmente. Parecían indicar los lugares en los que la imagen del sol al mediodía entraba en los distintos signos zodiacales. La meridiana salvaba milagrosamente los pilares de la enorme nave, dando la sensación de que ésta, la basílica, hubiera sido construida expresamente para alojar el instrumento, y no al revés. Ningún pilar había sido movido.

La línea unía Norte y Sur de forma milagrosa.

A la espera del mediodía, exploramos el resto de la iglesia. No había nada especialmente destacable. Una torre que hacía de campanario, un coro exquisitamente fabricado en la capilla llamada del Santo Sacramento y poco más. Nos llamó la atención el hecho de que gran parte de las paredes no estuvieran decoradas con frescos, como es costumbre, sino que simplemente estaban pintadas en tonos claros, rosas y blancos, quizá para contribuir a aumentar en algo la poca luminosidad del edificio. Perfecto para la astronomía, pero bastante lúgubre para las celebraciones religiosas. Según se acercaba la hora, nos sentamos en un banco de madera cercano a la meridiana para observar el movimiento de la mancha solar.

La imagen no era circular. Dada la fecha, primeros de enero y, por tanto, invierno, tenía una clara forma de elipse, con el eje principal a lo largo del meridiano. El grado de deformación del círculo solar cambia drásticamente con el transcurrir de los meses, ya que el sol cambia su altitud. Lo hace de la misma forma que las sombras de los árboles o los edificios se hacen más largas conforme cae la tarde. Cuando el sol se encuentra en la posición más alta en el cielo, en el solsticio de verano —el día de San Juan, en junio—, su imagen prácticamente es circular. Por contra, en el solsticio de invierno —en diciembre—, la elongación de la figura es la máxima.

—¿Te has fijado? —comentó John señalando el pavimento de la basílica.

—¿En qué? —contesté con otra pregunta. No entendía al inglés.

—En los dibujos del suelo. Son hexágonos. Como un gran panal.

—¿Y?

—Nada. Es curioso, nada más. Igual que los grandes telescopios modernos, construidos con espejos hexagonales. Parece una premonición.

—Sí —concedí—. Da la sensación de que este lugar está bendecido para la astronomía.

—¿Queréis callaros?

Juana estaba absorta en el movimiento de la mancha de luz sobre el mármol. A las doce en punto, la elipse de luz quedó cortada por la meridiana en dos mitades idénticas. Tal y como estaba previsto. Luego, lentamente, fue desviándose.

—Bien —dije, rompiendo el silencio posterior al acontecimiento—. Y ahora, ¿sabemos algo más?

Me quedé mirando a John, al igual que estaba haciendo Juana. Al fin y al cabo, él había sido el padre de la idea y el impulsor del viaje. Ya estábamos en Bolonia y ya habíamos visto en funcionamiento la meridiana de Cassini.

John habló por fin.

—Tendríamos que repasar la recta.

—Son 67 metros —protesté.

—Sólo en el tramo que corresponda a los días entre el 11 y el 21 de noviembre. Eso no es demasiado —replicó.

—Tal vez haya que estar aquí esos mismos días —intervino Juana—. Y tal vez algo se ilumine por efecto de la imagen solar —añadió.

Lo pensé un poco. John negó con la cabeza. Parecía seguro.

—No. No hay ninguna sombra posible —dijo—. Sólo un disco luminoso. Además, falta casi un año —añadió.

Y luego, volviendo a su idea inicial y con la vista fija en la meridiana, preguntó:

—¿Dónde cae el 11 de noviembre?

—Según la división clásica, en Escorpio. Este signo llega hasta el día 23, así que —completé— las dos fechas caen en el mismo sector de la recta.

Nos dirigimos los tres hacia el tramo de meridiana junto al cual estaba grabado el signo de Escorpio. No había nada diferente allí. Absolutamente nada.

Por la tarde debatimos si era mejor dar marcha atrás y gastar el par de días que nos quedaban por delante visitando Florencia. John no quería opinar. Se sentía decepcionado y, de alguna forma, culpable por habernos traído hasta allí. Además, Juana no había mostrado el más mínimo signo de interés por él, aun cuando su trato era mucho más cordial y amistoso con nosotros dos —especialmente conmigo—, que al comienzo del viaje. Fue ella la que propuso que permaneciéramos en Bolonia un día más. Yo acepté y John tuvo que resignarse.

Y aquella noche volvimos a encontrarnos los dos solos en la recepción del hotel, casi en las mismas circunstancias que dos noches antes en Roma.

—Hola Héctor —me sonrió—. Aquí estoy, terminando de escribir un correo electrónico.

—¿Echas a alguien especialmente de menos? —me inmiscuí torpemente, pensando que quizá no le había costado mucho esfuerzo sacar a John de su vida. Ella se dio cuenta de la intención de la pregunta y volvió a sonreír.

—No. No hay ningún otro —me confesó—. Pero aquello que te escribí iba en serio. No voy a volver con John —zanjó convirtiendo la sonrisa de sus labios en una mueca de seriedad. De enfado, incluso.

—Lástima —repliqué—. Os veía tan felices juntos…

—Se acabó, de verdad. No insistas —me interrumpió, al tiempo que con el ratón activaba el botón de envío de mensajes—. Podemos ser amigos. Incluso resolver el *Voynich* si nos esforzamos. Para eso he venido. Pero no más.

—Vale, como tú digas. No te insistiré. No soy quien para hacerlo.

—Gracias —dijo ella.

—Y en relación con esto —pregunté—: ¿Te has hecho evangélica? No quisiste asistir a la audiencia del papa en Roma —le hice notar—. Nunca hemos hablado seriamente de religión tú y yo.

—Soy cristiana, como tú —contestó—. Aunque ya no creo en el papa de Roma, como pudiste comprobar. Así que no, la respuesta a tu pregunta es que no. No soy católica. He vuelto a sumergirme en la Biblia desde el principio, intentando recuperar la fe.

La miré con dudas. Ella lo notó.

—Tengo buenos amigos en Méjico y en los Estados Unidos que me ayudaron cuando la crisis. Y mi padre —añadió—. Les debo mucho. Creo que ya te lo expliqué en aquel correo.

Era cierto. No quise seguir indagando en sus creencias, que no estaban tan lejanas de las mías, y cambié la conversación hacia el tema que nos había llevado hasta Bolonia.

—Algo se nos escapa en la meridiana. Tengo esa sensación —dije.

—Yo pienso lo mismo. Por eso no he querido marcharme de aquí. Es una pena que John haya tirado la toalla tan pronto. —Y añadió—: Antes no era así.

Pero se equivocaba, porque John irrumpió de golpe por las escaleras sin tan siquiera advertir de que iba en pijama, tanta era su excitación. Incluso comenzó a explicarse en inglés:

—*It's the fucked Kepler!*

—Más respeto —replicamos Juana y yo al unísono, que habíamos entendido perfectamente la expresión malsonante de John—. No perdamos las formas —añadí yo.

—Kepler —repitió John, comenzando nuevamente a expresarse en su más que correcto español—. La clave está en Kepler —insistió.

—Sí —admití—. Hay un montón de pistas relacionadas con Kepler. Pero no en la meridiana.

—También en la meridiana —sonrió John.

Uno de los resultados científicos más importantes extraídos por Cassini del uso de aquella meridiana había sido la comprobación de la segunda ley de Kepler, aquélla que dice que un planeta barre en su órbita áreas iguales en intervalos de tiempo iguales. Se lo recordé a John, pero me negó con la cabeza.

—No, no es eso. Recuerda lo que me dijiste de Lazzari.

—¿El qué? —dudé.

—Que posiblemente conociera el significado del libro antes de romperlo. Y que la clave de una parte llevaba al escondite de la segunda.

—Eso lo dijiste tú —contesté—. Y fue la razón para venir aquí.

—Da igual quién lo dijera —replicó alterado John—. El caso es que Lazzari sabía que el diagrama astronómico era la supernova de Tycho. Poco después John Dee la habría dibujado convirtiendo la fecha de su aparición en el cielo en la clave buscada. O en una de las claves.

—Me estoy perdiendo —intervino Juana casi en tono de súplica. John se volvió hacia ella.

—Kepler fue amigo de los jesuitas y pudo tener algo que ver en la solución, si es que la hubo —dijo—. Y Lazzari pudo utilizar este hecho para camuflar la segunda parte. Una pista clarísima.

—Clara y meridiana —bromeé, jugando con las palabras—. Sigo sin tener ni idea de por dónde vas, inglés.

—¿Que tienen en común Tycho y Kepler? —preguntó.

—¡Mil cosas, joder! —exclamé, perdiendo la paciencia—. Prácticamente todo. Trabajaron juntos, recuerda.

—Incluso puede que algo más —terció Juana, aludiendo al libro que le había prestado y sonriendo, no sé si tanto por mi debilidad o como por la arrogancia que manifestaba John.

—¿Cuántas supernovas han aparecido en nuestra galaxia en estos últimos mil años?

—Pues no muchas, ya lo sabes —respondí más calmado—. Descontando la de los chinos, sólo dos. La de Tycho y la de...

—¡La de Kepler, idiota! —me insultó cariñosamente John.

Yo no sabía qué decir. Parecía muy sencillo, contado así.

En efecto, Kepler había contemplado con sus propios ojos la explosión de una segunda supernova en 1604, sólo tres años después de la muerte de Tycho. Éste es un caso paradójico en la historia de la astronomía, el que dos de los mayores científicos —discípulo y maestro, además— hubieran constatado cada uno de ellos un hecho tan magnífico. Esta segunda supernova se conoce hoy en día, obviamente, como la «supernova de Kepler». Es la última supernova que ha estallado en la Vía Láctea, y es todavía detectable con los telescopios de rayos-X e infrarrojos.

Sabiendo qué era lo que teníamos que hacer al día siguiente, subimos a dormir a nuestras habitaciones. Aunque ninguno de los tres, por más que lo intentamos, consiguió conciliar el sueño aquella noche.

♎

—Ajá —dijo John—. Busquemos el tramo que corresponda al 9 de octubre.

El 9 de octubre de 1604 es la fecha en la que apareció en el cielo la supernova de Kepler. Nos habíamos levantado muy pronto aquella mañana para aprovechar el día y comenzar las investigaciones. Tanto que tuvimos que esperar a que la basílica abriera sus puertas para la celebración de la misa de ocho.

—Libra, junto a Escorpio —observó Juana mientras se dirigía presurosa a la zona señalada con este signo zodiacal. La seguimos sin dejar de mirar al suelo.

Tampoco había nada especial por allí.

Si el día anterior no eran más de doce las personas que estaban asistiendo a la misa, en aquel horario madrugador el número de fieles se reducía a sólo tres más el párroco. Éramos bandos parejos. Tanto que el cura se acercó hasta nosotros preguntando, lógicamente, si podía ayudarnos en algo. Chapurreando una mezcla de italiano y español le expliqué que yo también era sacerdote, jesuita por más señas, y además astrónomo, y que estaba fascinado con la meridiana de Cassini. Mi homólogo italiano me sonrió y se ofreció en lo que pudiera ayudar. Le agradecí la oferta y él me invitó a acompañarle en la celebración de la santa misa. Dado que aquella investigación matutina no tenía el aspecto de arrojar ningún descubrimiento sorprendente, acepté y dejé solos por unos minutos a mis compañeros de viaje. Giovanni —que así era, casualmente, el nombre de aquel buen cura—, me alcanzó un alba y una estola y me invitó a subir al altar con él.

Desde el fondo de la nave tenía una perspectiva totalmente diferente de la basílica. Podía ver claramente los diez enormes pilares que sustentaban toda la bóveda, cinco a cada lado. La meridiana rozaba dos de ellos, a mi derecha. Los chicos estaban agachados junto al primero, el más cercano a la puerta principal. Entonces sonreí y levanté la vista al cielo.

Y agradecí al Espíritu Santo su ayuda.

Al terminar la Eucaristía volví con ellos.

—¿Qué? ¿Algo nuevo? —pregunté burlón.

—No —contestaron, sin advertir el tono de mi voz—. Aquí tampoco hay nada —añadió un nuevamente abatido John.

—No es un buen astrónomo este inglés —dije mirando hacia Juana que, a su vez, me miraba con cara de extrañeza—. Porque los astrónomos siempre miran hacia arriba, nunca hacia abajo —añadí al tiempo que tomaba la cabeza de John por la barbilla, haciéndole levantar la vista del suelo.

No había que mirar al suelo. Había que mirar al propio pilar.

Porque justamente en el signo de Libra coincidía la recta de la meridiana con la primera de las enormes columnas. Ésta tenía una base de unos dos metros de altura y cuatro de diámetro, y se elevaba unos quince metros hasta un capitel que imitaba el estilo clásico corintio. Y antes de unirse con los tirantes de las arcadas presentaba un marcado saliente.

—¿Habrá algo allí? —preguntó curiosa Juana, que había adivinado todos mis últimos pensamientos.

—Ni idea. Pero ojalá no hayan limpiado en mucho tiempo. En tres siglos o así —sentencié.

—El año pasado.

Giovanni había hablado a mi espalda.

Nuestra cara reflejaba la impotencia. Sin embargo, aquel cura italiano no dejaba de sonreír.

—Las paredes habían perdido el color blanco desde hacía mucho tiempo —explicó—, y el templo era todavía más oscuro de lo que es ahora. Con una pequeña ayuda del obispado contratamos una empresa de limpieza. Los operarios utilizaron un simple equipo de aire a presión para levantar todo el polvo acumulado sobre los capiteles en más de doscientos cincuenta años. Luego repintamos un poco, lo que dio de sí el presupuesto —terminó.

—Supongo que no pasó nada raro —planteé con no pocas precauciones.

—Pues no —contestó—. Cayeron algunas cosas, como restos de nidos de palomas o clavos. También encontraron una plomada en lo alto de uno de los pilares, supongo que de la misma época de Cassini. Es lo único que no tiré a la basura. Tal vez fuera este pilar, no sé.

No era demasiado. Una plomada olvidada de las muchas que

se utilizarían para nivelar aquella enorme basílica y, posteriormente, para construir el perfecto instrumento astronómico. Sin perder las esperanzas, le pedí que me la mostrara. No puso objeción alguna.

Mientras esperábamos al párroco nos sentamos en silencio. Juana parecía ausente, tal vez cansada después del mucho viajar y el poco dormir. John la contemplaba perdido, sin saber qué decir. Ya iba a proponer pasar nuestro último día en Italia haciendo turismo en la bella ciudad de Florencia, cuando por fin apareció Giovanni con el objeto pedido.

—Aquí está. La guardaba envuelta en este periódico viejo.

La tomé con cuidado. Era un cilindro de hierro oxidado, de unos quince centímetros de largo. Pesaba bastante.

—Déjame ver —pidió John alargando la mano.

John no se imaginaba lo que podía pesar ese chisme. La torpeza hizo que se le escurriera entre los dedos.

La plomada cayó al suelo con el consiguiente estrépito. El ruido metálico resonó en toda la basílica. O los ruidos, porque eran dos los trozos que rebotaban contra el suelo, amenazando con rayar el mármol blanco de la meridiana.

Le pedí disculpas a Giovanni con la mirada y me levanté a recoger los pedazos. La plomada se había abierto al caer. De una de las mitades, que estaban huecas, sobresalía un papel. Se lo pasé a Giovanni. Al fin y al cabo, era suya la plomada y también lo que contenía. No me esperaba otra cosa que no fuera algún dato de la ingeniería del edificio. Tal vez un número con el peso del artilugio o una indicación de su uso. En absoluto me esperaba la frase que Giovanni nos iba a recitar:

—«*Robustae mentis esse solidam sapientiam sustinere*».

—Que más o menos quiere significar —lo dijo en su aceptable español, y yo lo confirmé con la cabeza—, lo siguiente: «Una mente fuerte es necesaria para sostener un conocimiento sólido».

Giovanni se encogió de hombros y nosotros nos miramos como alelados. Cuando reaccionamos, apuntamos la frase en una libreta y nos despedimos educadamente de nuestro improvisado ayudante.

Ya poco pintábamos allí.

Y

Durante la comida desmenuzamos lo ocurrido. John pensaba que podía tratarse de otra frase de Galileo, de Kepler o incluso de su tocayo Dee. Al fin y al cabo a Lazzari le gustaba adornarlo todo con anagramas, enigmas y frases crípticas. Yo era además partidario de la idea de que, nuevamente, nos encontrábamos ante una frase de doble sentido. Había que seguir buscando sin desfallecer en el intento. Lo que fuera que hubiera que descubrir, merecía la pena. Juana se comía su helado despreocupadamente. Hacía sol y el frío no se notaba. No iba a renunciar a su postre favorito.

Sin darnos cuenta, enfrascados los dos como estábamos en la discusión del posible significado de la frase, desapareció. Sólo nos percatamos de ello cuando se volvió a sentar, unos diez minutos después, con un par de folios de impresora en la mano.

—El próximo tren a Roma es a las cinco. Tenemos que darnos prisa —nos interrumpió.

—¿Y Florencia? —pregunté yo.

—La pista nos lleva de vuelta a Roma. Y nos queda poco tiempo —contestó.

Uno de los papeles era el horario de trenes. El otro, una fotografía del conocido obelisco de la Plaza Minerva, en Roma. Un pequeño elefante sostenía el monumento egipcio, de unos cinco metros de altura. Sabíamos que el autor de la composición escultórica no era otro que el famoso Gian Lorenzo Bernini, y también sabíamos que quien había descifrado los jeroglíficos era nuestro viejo conocido Athanasius Kircher, el más que posible poseedor del *Manuscrito Voynich* durante un buen número de años. Lo que no sabíamos —y nos enteramos cuando Juana dio la vuelta a la página en la que había una reproducción ampliada de la escultura— era que, en la base del monumento, estaba escrita la dichosa frase:

—«*Robustae mentis esse solidam sapientiam sustinere*».

También nos dimos cuenta de que enfrente del restaurante había un cibercafé y de que *Google* abre las veinticuatro horas al día.

25

«Querida Juana,

»Estamos estudiando los datos que nos envías. Realmente apreciables. Está claro que el Voynich *ha tenido una vida azarosa, como corresponde a su naturaleza sobrehumana. Sabíamos que Cassini había sido un astrónomo próximo a los jesuitas que estuvieron relacionados con el manuscrito, pero no teníamos la certeza de que tuviera algo que ver directamente con el libro. Su mentor, Riccioli, es un personaje más oscuro, el envidioso rival de Kircher el sabio. ¿Sabías que a Athanasius Kircher se le conoce con el apelativo de "el último hombre que lo sabía todo"? La Compañía de Jesús es una orden cerrada, no te creas todo lo que ellos cuentan de sí mismos. Su devoción por el papa, casi enfermiza, les hace peligrosos. Y su afán por las misiones les lleva a inmiscuirse en la política, a criticar nuestros intereses en Latinoamérica y en África, incluso a sabotear nuestras empresas. Muchos de ellos se vuelven comunistas. Olvidan que el pobre para tener éxito necesita sobre todo el acicate de su pobreza. Las ayudas estatales, o internacionales, sean del tipo que sean, no hacen sino fomentar la pereza. Sólo el hambre hace a los hombres trabajadores y despierta su ingenio.*

»Estoy seguro de que algo de interés encontrarás en esa meridiana.

»Respecto a tu curiosidad acerca del libro que me citas, no es ningún misterio. Josh y Ann-Lee Gilder son unos formidables periodistas. Su ensayo sobre Kepler es magnífico. Y su apellido no es casual. Son primos carnales de George Gilder, que ha escrito una elogiosa crítica sobre el libro en nuestra propia web.

»Ellos han hecho lo que otros no se atrevieron: llegar hasta

el fondo del asunto. Josh y Ann-Lee han inferido de cartas perdidas y otros documentos sin traducir —a saber por qué—, así como de un muy serio análisis espectrográfico y forense, que Tycho Brahe fue asesinado con una dosis letal de mercurio por su arrogante discípulo, quién otro que Kepler. El libro es un delicioso análisis de las relaciones entre ciencia y tecnología, y de cómo un astrólogo sempiterno y tozudo, Kepler, emerge como el precursor de una ciencia abstracta políticamente correcta para los cansinos científicos de hoy, que dicen asombrarse del calentamiento global en múltiples universos paralelos poblados por supercuerdas generadas a partir de vibraciones de la nada. Sólo hay que leer sus fantasías en las páginas de revistas como Scientific American *o* Nature. *Allí pontifican con sus propias predilecciones sobre la forma y el modo en el que se comporta un mundo como el nuestro, absolutamente impredecible sin el ánimo del Creador, a quien en su soberbia ignoran. Brahe era un astrónomo exquisito, enfrentado a la seudociencia astrológica de Kepler. No le faltaban a éste motivos para asesinarlo.*

»Por supuesto que el libro tiene todo nuestro apoyo. No nos va a detener ninguna comisión científica, escandalizada por la verdad desnuda de que uno de sus más ilustres miembros, el astrólogo Kepler, sea tildado de asesino. Lo que en realidad fue. Esa misma patulea de patos mareados que defienden sin más criterio que el propio prurito personal a gente como él, o como al nefasto Darwin, que tanto daño ha hecho y está haciendo en la formación de nuestros jóvenes, que crecen descreídos pensando que las cosas se hacen solas, como por ensalmo, sin querer saber —porque nadie quiere o se atreve a decírselo— que hay una inteligencia superior que gobierna el bien y el mal, y que nos ha hecho muy diferentes de los animales, a su propia imagen divina.

»No te canso más. Ya sabes cuánto me gusta escribir.

»Como siempre, sabes dónde y cómo encontrarnos si es necesario.

»Como siempre, cualquier novedad, cualquier pista o hallazgo, háznosla saber de inmediato.

»Rezamos por ti cada día.

»Un abrazo de hermano,
»Thomas».

—Volvemos a encontrarnos, como cada noche.

—Sí —sonrió Juana girándose hacia mí, apartando por un instante su cara de la pantalla del ordenador. Habíamos llegado a Roma ya de noche, cansados del ajetreo de todo aquel día. Nos alojábamos en el mismo hotel ya conocido junto a la estación Termini, lo que resultaba especialmente cómodo para todo aquel trajín de viajes y movimientos que nos traíamos. Al día siguiente nos esperaba, nuevamente, la Ciudad Eterna.

—¿Has traído el plano, John?

Me respondió afirmativamente. Teníamos sólo un día por delante, así que no convenía callejear demasiado. Y era una lástima. La mañana espléndida, luminosa, invitaba a pasear despreocupadamente. Echamos un vistazo al papel desdoblado. El obelisco sobre el elefante estaba en la llamada plaza Minerva, enfrente de la iglesia de los dominicos dedicada a santa María y que antes había sido, precisamente, un templo romano consagrado a la diosa de la Sabiduría: Minerva. Allí se aunaban, por tanto, las tradiciones romana y cristiana como en muchos otros lugares de la ciudad.

—Yo creo que lo más rápido es volver a la plaza de la República, donde cenamos el otro día, y luego tomar la Vía Nazionale. Salimos a escasamente tres o cuatro manzanas de la plaza. Que está justo detrás del formidable Panteón —dije.

El Panteón, el templo dedicado a todos los dioses. Para muchos, el más bello edificio de Roma. Difícilmente habríamos tenido tiempo de verlo de no ser porque quedaba junto a nuestro objetivo. Acordamos una parada allí una vez hubiéramos visto el obelisco de Kircher.

El paseo apenas nos llevó veinte minutos. En la plaza Minerva nos esperaba nuestro elefante con su pesada carga a la espalda, un obelisco egipcio de algo más de cinco metros de altura. Un monumento diseñado por el famoso escultor y arquitecto Gian Lorenzo Bernini, pero que fue llevado a cabo por su discípulo Ercole Ferrata en 1667. Dimos unas cuantas vueltas alrededor del animalito y le hicimos docenas de fotos. A Juana le apetecía posar con él.

—Venga, vamos a lo nuestro. Frivolidades las justas —sonreí a la mejicana.

—Eres un aburrido —contestó una extrañamente divertida Juana.

—Según la guía que hemos comprado —comencé a explicar—, en Roma se encuentran nada menos que trece de los treinta obeliscos egipcios que se conservan en el mundo. En el propio Egipto sólo quedan siete. El nuestro, el de Minerva, es el más pequeño de todos los romanos. Se cree que fue erigido por el faraón Apries, el cuarto rey de la vigesimosexta dinastía, y que habría gobernado entre los años 589 y 570 antes de Cristo. Tendría un gemelo, que se encuentra también en Italia, pero no en Roma sino en la pequeña ciudad de Urbino. De su emplazamiento original habría sido desmontado por los romanos en el siglo I. Y en una fecha desconocida posterior, oculto y enterrado.

Mis compañeros de viaje me escuchaban con atención, así que continué.

—Los dominicos se lo encontraron excavando en su jardín, allá por el año 1665. Aquí enfrente —dije, señalando la iglesia de Santa María Sopra Minerva—. Entonces el papa Alejandro VII decidió levantarlo de nuevo, en el sitio donde lo vemos. Ocurrió dos años después. Aunque el propio papa no pudo asistir a la solemne inauguración porque había muerto justo dos meses antes, en mayo de 1667 —terminé.

—Oye Héctor, ¿esa iglesia no es famosa por otra cosa? —comenzó a preguntar John.

—En efecto, John. Es la misma en la que Galileo fue obligado a abjurar de su teoría heliocéntrica. Exactamente el 22 de junio de 1633. Lo dice la guía:

«*Yo, Galileo Galilei, hijo del difunto florentino Vincenzo Galilei, de setenta años de edad, comparecido personalmente en juicio ante este tribunal y puesto de rodillas ante vosotros, los Eminentísimos y Reverendísimos Señores Cardenales Inquisidores, con la vista fija en los Santos Evangelios que tengo en mis manos, declaro que yo siempre he creído, creo ahora y con la ayuda de Dios continuaré creyendo en lo sucesivo en todo cuanto la Santa Iglesia Católica Apostólica Romana cree, predica y enseña».*

—¿Y qué dice esa guía de Athanasius Kircher? —quiso saber Juana.

—Nada. Esta guía es sólo para turistas—me lamenté.

—Pues háblanos como a turistas —pidió John.

—El obelisco —comencé—. Granito rojo. Cinco metros cuarenta y siete centímetros. Casi trece si incluimos la decoración. Que comprende el elefantito, el pedestal y la base de cuatro escaleras. En cada una de las cuatro caras del obelisco hay inscripciones relacionadas con el rey Apries y con divinidades egipcias. El mensaje no está muy claro, pero son cosas relacionadas con la vida después de la muerte, lo que fascinaba a los egipcios.

—Ya. Pues no es mucho. Y en jeroglíficos no estamos muy puestos, todavía —comentó Juana con ironía, refiriéndose al *Voynich.*

—Y aquí está la famosa frase —dijo John.

En efecto, una lápida de piedra había sido grabada en el pedestal con inscripciones latinas, parte de las cuales formaban la frase que habíamos encontrado dentro de la plomada en San Petronio de Bolonia. El significado de todo el conjunto venía a ser el siguiente:

«Quien vea las imágenes grabadas de la sabiduría egipcia en el obelisco portado por el elefante, el más fuerte de los animales, se dará cuenta de que una mente fuerte es necesaria para sostener un conocimiento sólido».

—Al parecer, el papa y los dominicos querían expresar la fuerza de la sabiduría, asociando ésta tanto a la Virgen María como a la antigua diosa Minerva. El elefante simboliza la fuerza —expliqué.

—Y, además, la memoria —completó John.

—¿Y bien? —quiso saber Juana.

—No tenemos mucho más —contesté, sentándome en la escalinata, justo debajo de la trompa del paquidermo de piedra.

—Pues no —corroboró John—. De Kircher sabemos que era

un fanático de la egiptología, y que terminó escribiendo el llamado *Obeliscus Aegyptiacus*, en el que descifra o intenta descifrar algunos de los jeroglíficos de los obeliscos romanos. Lo publicó en 1666.

—La fecha de llegada del *Voynich* a Roma —repasé—. Athanasius Kircher lo tendría en su poder hasta 1680, año en que murió. Se supone que formó parte de su famoso Museo.

—Y ahí le perdemos la pista —terminó Juana, en un tono más bien pesimista—. Venga, levanta —dijo a continuación, estirándome de la manga—. Vamos a dar una vuelta por el Panteón, a refrescar las ideas y alegrar la vista.

Dar una vuelta por el Panteón es lo lógico. En sentido literal.

Penetramos en su interior a través del imponente pórtico formado por dieciséis enormes columnas corintias. Una vez dentro, una rotonda inmensa de más de cuarenta metros de diámetro, cubierta por una cúpula de exactamente la misma altura, configura el mayor espacio diáfano construido en la Antigüedad.

—*Amazing!* —exclamó John. Ni Juana ni yo pudimos articular palabra, ni en español ni en ningún otro idioma.

Según la visión del mundo romana, la Tierra estaba cubierta con la cúpula celeste, y éste es el sentido del Panteón. Si pensamos en una esfera completa inscrita en la gran sala circular, y cuya mitad superior formara la bóveda, tendríamos la representación del globo celeste reposando en el suelo.

—Sus dimensiones son pluscuamperfectas —dije, recurriendo nuevamente a la guía—. De este edificio dijo Miguel Ángel que tenía un diseño divino y no humano. La cúpula se apoya en un tambor cilíndrico, siendo su altura idéntica a su diámetro. Y la única fuente de luz la proporciona ese agujero en el techo, justo en lo más alto.

Miramos hacia arriba. Allí estaba el *óculus*, una abertura de nueve metros de diámetro en el ápice de la cúpula. La luz que entra por ella se desliza suavemente por un piso construido con los mejores mármoles y pórfidos traídos de todo el Imperio, y asciende por los muros como un gigantesco reloj solar. John se dio cuenta de este hecho y me lo hizo notar.

—Espera que lo miro con detalle —le pedí mientras consultaba la guía—. En efecto, colega. La orientación del edificio es tal —continué—, que cada 21 de junio, en el solsticio de verano y justo a las doce del mediodía, la abertura ilumina exactamente la entrada principal.

—Me lo temía —rio John.

—Pues sigue iluminándonos —terció Juana—. Me encanta cuando lees, cura.

Me sentí halagado y seguí con la lectura del libro:

—Las proporciones y la estructura del Panteón son representativas de la concepción religiosa de los romanos. El Panteón era la morada de todos los dioses, y los romanos pretendían sintetizar la gran variedad de cultos en la Ciudad Eterna, ciudad cosmopolita por excelencia. Esta circunstancia fue respetada por los cristianos, que en el año 609 consagraron el templo como propio con el nombre de Santa María de los Mártires. De hecho —apunté—, todavía se celebran misas y actos religiosos aquí.

—¿Te gustaría? —dijo Juana adivinándome el pensamiento, como casi siempre.

—Claro, a quién no. Es un lugar impresionante.

—Sigue con la historia, por favor.

—El origen del Panteón se remonta al año 27 antes de Cristo, en el que es levantado por Agripa. El templo fue devorado por las llamas cien años después y es Adriano quien ordena su reconstrucción. Parece ser que es él mismo quien dirige las obras, junto con el gran arquitecto Apolodoro de Damasco. El edificio es un prodigio de técnicas arquitectónicas, y no fue superado en peso y tamaño hasta el siglo XVI, en el que Brunelleschi levantó su famosa cúpula en Santa María del Fiore, en Florencia.

—El *duomo*, que nos quedaremos sin ver —se lamentó Juana.

—No podemos ver toda Italia en una semana —objeté y continué con la lectura—. La cúpula descansa sobre un muro de seis metros de espesor, que encierra en su interior todo un complejo sistema de bóvedas y arcos de ladrillo que trasladan el peso del hormigón a los puntos de mayor resistencia. Los materiales de relleno se van aligerando conforme subimos en la cúpula que, en su parte superior, apenas tiene metro y medio de grosor…

—¿No hay una parte más interesante? —me interrumpió John—. Ya sabes, astronomía y cosas así.

Busqué en la prolija guía. En efecto, había más explicaciones.

—En el interior del cilindro, y dada la distribución de las cargas, el diseño permitió la apertura de ocho nichos, uno ocupado por la puerta principal y los otros siete en alternancia de formas rectangulares y semicírculos. En estos siete nichos estarían colocadas, en el inicio, las imágenes de las siete divinidades planetarias: la Luna, el Sol, Mercurio, Venus, Marte, Júpiter y Saturno.

—Ajá —admitió John—. Pero ahora pocas deidades quedan, por lo que veo.

—En efecto —seguí con el párrafo—. El Panteón se dedicó, además de a templo cristiano, a sede de la Academia de los Virtuosos de Roma, dándose sepultura aquí a los grandes artistas italianos. Todos estos restos se trasladaron posteriormente, a excepción de los del gran Rafael. Que sigue allí —señalé.

Nos acercamos a la tumba del pintor renacentista. Ocupaba un lugar señalado entre dos de los grandes nichos. Estos espacios intermedios habían sido adornados igualmente con grupos escultóricos o cuadros. En total la guía marcaba quince lugares diferentes alrededor de la circunferencia del templo, incluyendo los mencionados nichos principales. En el frente, justo en el lado opuesto a la puerta y en uno de los nichos semicirculares, estaba el altar mayor.

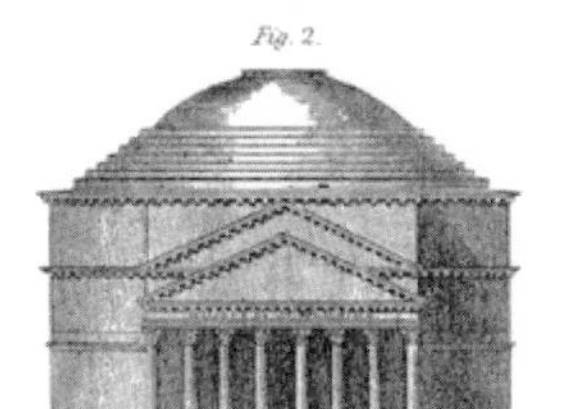

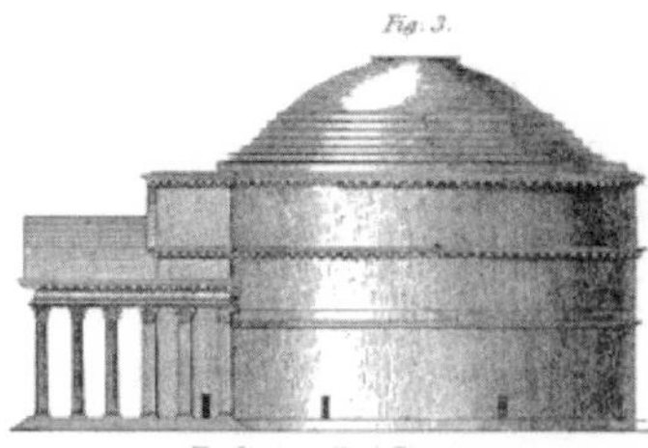

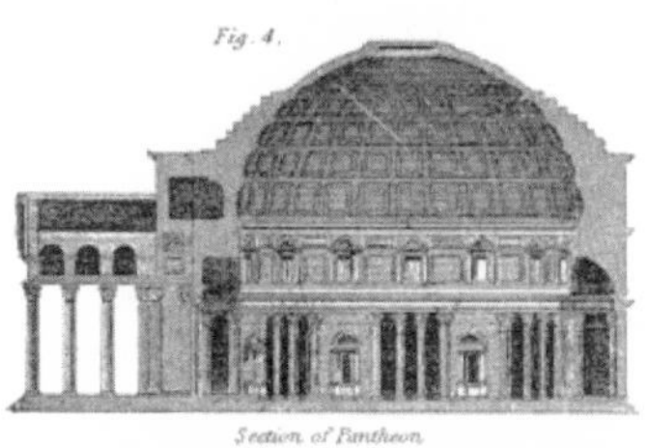

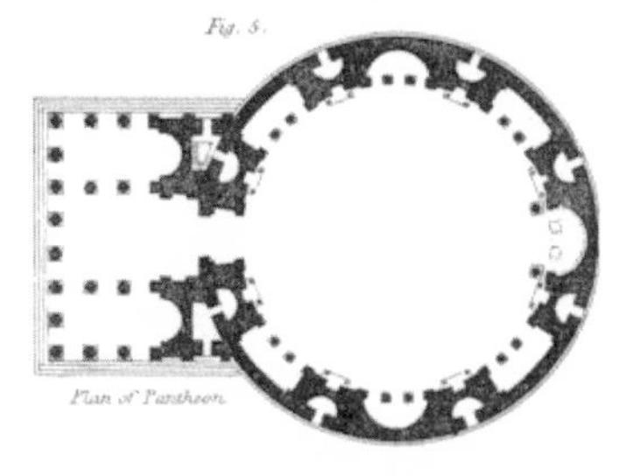

—¿Y esto? —dijo John señalando otra tumba.

—También tenemos reyes —dije—. Concretamente Víctor Manuel II y Umberto I. Ocupan los nichos semicirculares principales, si descontamos el altar mayor.

El Panteón daba para mucho. Encontramos otra coincidencia formidable en el libro. Al parecer, la cúpula del gran telescopio estadounidense situado en Monte Palomar, en las proximidades de Los Ángeles, y que alberga un formidable espejo de cinco metros de diámetro fabricado en vidrio *pirex* —el mayor durante décadas—, está construida siguiendo las mismas dimensiones del Panteón: 44 metros de diámetro e idéntica altura. Mientras charlábamos sobre esto y otras cosas, Juana vagaba por el interior del templo, mirándolo todo. De repente dio un grito que resonó en todo el edificio.

—Habrá visto un ratón o algún turista le habrá tocado el culo —sugirió guasón John.

—No seas gamberro y vamos a ver qué le ocurre.

Juana vino a nuestro encuentro, gesticulando pero sin poder decir palabra. Cuando por fin se tranquilizó, dijo:

—A ver, chicos. Por simple curiosidad, ¿qué parte del Panteón iluminaría el sol a través del agujero de allá arriba en torno al 11 de noviembre?

La miramos como si hubiera perdido el juicio. Pero ella insistió.

—Pongamos que del 11 al 21, para estar seguros. Y al mediodía. Más o menos —añadió.

John comenzó a pensar.

—Pues dada la orientación norte-sur del edificio, y si sabemos que en el solsticio de verano la luz incide justamente en la entrada, podemos razonar de forma parecida a como lo hicimos con la meridiana. Para esas fechas que dice Juana tendríamos el sol casi en el lado opuesto, ligeramente a la izquierda —concluyó.

Señaló una escultura al lado izquierdo del altar mayor.

—Digamos que allí, a ojo de buen cubero.

—Veo que le estás cogiendo el tranquillo a nuestras expresiones —bromeé.

—¿El qué?

—Déjalo estar y vamos a mirar.

Juana se quedó justo en el centro geométrico del Panteón, esperando. Seguramente que sonrió cuando nos oyó gritar a nosotros también.

Y es que al pie de la estatua de aquel santo varón de piedra estaba escrito su nombre:

St. Athanasius.

—Parece cosa de brujas —dijo John con la boca llena.

Nos habíamos sentado a comer en la terraza de un restaurante en la misma plaza de la Rotonda, en el exterior del Panteón. El sol calentaba tanto que los abrigos molestaban, y los turistas no dejaban de aparecer por todas partes. John siguió hablando mientras daba cumplida cuenta de unos *spaghetti carbonara.*

—Lazzari nos llevó hasta el obelisco, pero lo que realmente quería era que fuéramos al Panteón. Supondría que quienquiera que adivinara sus pistas, acabaría entrando allí, relacionando a Kircher con su nombre de pila. Nada usual por otra parte.

—Y, en cualquier caso, esto parece un reto exclusivo para astrónomos —remarqué yo, mientras masticaba un pedazo de pizza. Juana era la que menos comía. Apenas había probado una ensalada y ahora ya lamía su habitual helado.

—¿Qué sabemos de esa escultura? —preguntó John.

Volví a tomar la guía entre mis manos, manchándola con el aceite de la comida.

—Que fue esculpida en 1717 por un tal Francesco Moderati. No hay más.

—Ni idea. No es un artista muy famoso.

—No tanto para lo que aquí se gastan. Estamos rodeados de arte por todas partes.

—Y eso que no hemos ido a Florencia —volvió a recordar con tristeza Juana.

—No haber hallado la pista del elefante —le objeté, riendo. Y luego añadí, apartándole el pelo de los ojos cariñosamente—: Chica lista.

—¿Qué más esculturas y cuadros hay en el Panteón? —preguntó ella entonces.

—Veamos. Según este esquema que hay aquí pintado —señalé un grabado del libro—, tenemos una *Asunción,* la capilla de San José en Tierra Santa (o de los *Virtuosos*), *Santa Agnes,* el mencionado *San Atanasio, San Rasio,* la capilla de la Virgen de Gracia, *Santa Ana con la Virgen Bendita, La coronación de la Virgen,* la capilla de la Anunciación y la *Virgen del Cinto.* Todo esto en cuanto a motivos religiosos. Luego —añadí— las ya conocidas tumbas de los reyes y de Rafael.

—¿Y qué más sabemos de san Atanasio? —preguntó John.

—Eso no viene aquí, pero te puedo decir de mi propia cosecha que fue obispo de Alejandría durante el siglo IV. Tuvo sus más y sus menos con Arrio, del que procede la herejía conocida como arrianismo, que negaba la naturaleza divina de Cristo, difundiendo la creencia de que no hay tres personas en Dios, sino una sola, el Padre. Por esta defensa de la ortodoxia a san Atanasio se le considera uno de los doctores de la Iglesia —añadí.

Juana se había quedado mirando el esquema de la planta en forma de rotonda del Panteón, y la distribución de vírgenes y capillas.

—¿Tenéis aquí los esquemas del *Voynich*? —pidió.

—Claro —dijo John, sacando un manojo de papeles desencuadernados de su gastada mochila—. ¿Cuál quieres?

—Ése de las mujeres desnudas en latas, el mismo que Héctor vio pintado por su antiguo prior.

Juana comenzó a cotejar el diagrama que John había puesto sobre la mesa con el plano del Panteón que aparecía dibujado en mi guía.

—¿Veis lo mismo que yo? —preguntó.

Aquello iba a resultar asombroso.

En el viejo diagrama, las figuras de las mujeres en estado de gestación se colocaban en dos círculos, todas alrededor de un motivo central. En este caso, tal motivo era una cabra, y ésta parecía representar el signo astrológico de Aries.

—El bicho puede indicar un mes determinado —empezó a explicar Juana, sin poder dejar de mover las manos—. Por ejemplo, cuando el Sol alumbre desde el centro en abril, si es que esta cabrita representa al signo de Aries. Pero lo más curioso son las mujeres gestantes encerradas en esas latas.

—¿Por qué? —pregunté.

—Porque podrían ser vírgenes, en el sentido cristiano. Y las latas, nichos. Y los nichos alrededor de un círculo... Eso.

Juana estaba señalando al Panteón.

John y yo nos miramos sin saber qué decir.

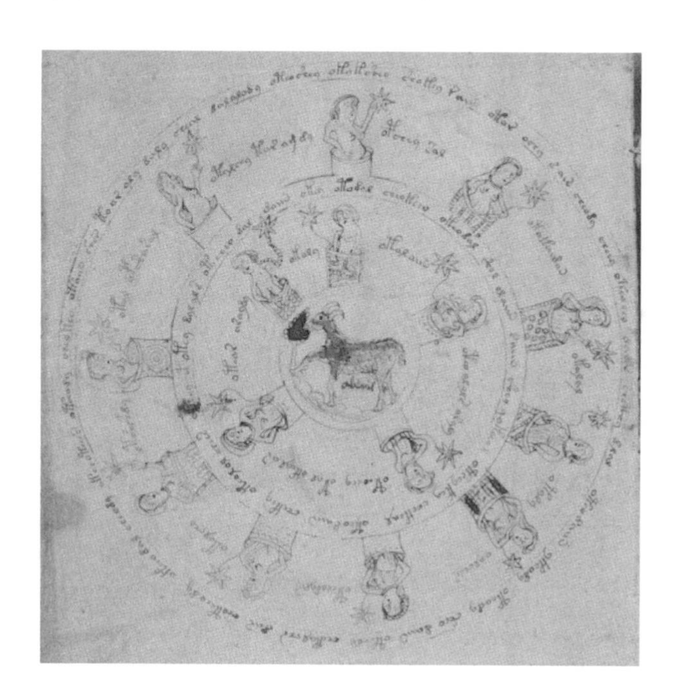

Estuvimos en silencio como unos cinco minutos, cada uno absorto en sus propios pensamientos, en su propia interpretación de aquel diagrama que antaño nos pareciera incomprensible y que ahora nos parecía mucho más simple. John fue el primero en hablar.

—Las mujeres de los nichos llevan una estrella cada una, por lo que veo.

—Eso también encaja —dije yo, agarrando de nuevo la guía turística entre mis manos—. En cada uno de los antiguos casetones de la cúpula —leí— había colocada una estrella de bronce sobre un fondo azul, representando así el firmamento o lugar donde las estrellas permanecían firmes o inmóviles en la cosmología clásica. Se han perdido con el paso de tiempo, así como el recubrimiento exterior de la cúpula, que originalmente estaba formado por tejas, también de bronce dorado. Eso ocurrió en el siglo VI —seguí leyendo—, para aprovechar el metal. También el mismísimo Bernini extraería bronce del pórtico en su tiempo para construir su extraordinario baldaquino en la basílica de San Pedro.

—Hablando de tiempos, ¿cómo nos encaja esto con el *Manuscrito*? —pensó Juana en voz alta—. ¿Y cómo con Lazzari?

—Pues aquí tenemos el primer misterio —le respondí—. Prácticamente todos los cuadros y las estatuas relacionadas con la Virgen que están hoy en el Panteón fueron realizados en el siglo XVII y la primera mitad del XVIII. Esto coincide francamente bien con Lazzari porque, por ejemplo, la estatua de san Atanasio se colocó en 1717. En ese aspecto, Lazzari pudo haber hecho encajar el dibujo muy fácilmente.

—Sólo que el diagrama es mucho más antiguo. De finales del siglo XVI, si la paternidad del dúo formado por John Dee y Edward Kelley es la correcta —me ayudó John con el razonamiento—. Por tanto, o bien suponemos que, en efecto, el mago inglés podía adivinar el futuro en su bola de cristal y saber cómo se iban a colocar pinturas y esculturas en el Panteón de Roma un siglo después de él, o bien nos encontramos frente a una simple casualidad. Y vemos lo que queremos ver —concluyó.

Juana no se daba por vencida.

—Tiene que haber alguna explicación lógica —dijo.

Se subió las gafas hasta el pelo y apoyó la barbilla en la palma de la mano, en actitud pensativa. Volvía a estar muy guapa.

—Y la hay, claro que la hay —gritó al fin triunfal.

—Esta chica lleva dos días con las neuronas en ebullición —bromeó John.

La aludida no hizo caso de la frase y comenzó su explicación.

—En efecto, vemos lo que queremos ver. O lo que Lazzari quería que viéramos. Ni Dee ni Kelley, posiblemente, estuvieron nunca en Roma. A saber por qué rayos se les ocurrió pintar esos monigotes en su momento. Pero —continuó— seguramente Lazzari vio en el Panteón lo mismo que hoy hemos visto nosotros. Una serie de vírgenes en círculo, con el sol entrando por lo alto. Y la estatua de San Athanasius, el nombre de pila de Kircher, a cuyo obelisco nos ha llevado desde Bolonia.

—No entiendo a dónde quieres ir a parar, Juana —repliqué aprovechando una pausa de ésta para tomar aliento.

—A que ahora sabemos, sin ninguna duda, que el *Voynich* está en el centro de toda esta peregrinación. Y lo que es más importante, que Lazzari tuvo y conoció a fondo el libro. Y también Kircher.

—Y también Anselmo Hidalgo, el antiguo prior español. Porque sus dibujos coinciden con los del grabado que esquematiza el Panteón visto por Lazzari —completé afirmando con la cabeza, ya convencido de lo que Juana estaba contando.

—De acuerdo —admitió un pragmático John—. Ahora sabemos que lo que fueron sospechas son ahora certezas pero, ¿dónde buscar?

—En el único sitio que se aparta del guión —contestó enigmática Juana.

—¿Y cuál es? —preguntamos John y yo al unísono, abrumados por el caudal de deducciones de la mejicana.

—Athanasius, claro —contestó—. No puede estar ahí por casualidad. El sol siempre marca el mismo lugar dentro del Panteón en el mes de noviembre, así que Lazzari no pudo acertar en su posición por azar.

—Pero la estatua se colocó en 1717 —recordó John algo irritado por no ser capaz de razonar a la velocidad de Juana—. Lazzari apenas habría nacido o sería un niño.

—Para moverla hace falta una grúa —añadí—. Y los yogures con vitaminas no estaban en los supermercados por aquellas fechas —bromeé, tratando de quitarle tensión a la conversación.

—Alguien lo hizo antes por él. ¿O acaso nos faltan jesuitas con influencias en la Roma de principios del siglo XVIII? —preguntó, mirándome como si yo fuera el responsable de todo lo sucedido en mi Orden durante siglos.

Asentí. La Compañía había gozado de un gran poder durante esa época, y muy fácilmente algún otro eslabón perdido en la cadena de poseedores del *Voynich* pudo haber hecho colocar allí mismo la estatua del antiguo obispo de Alejandría.

—Está claro que la posesión del *Manuscrito Voynich*, y quién sabe si la traducción, ha pasado de padres a padres —volví a bromear—. Jesuitas claro. Y que no sólo fue Lazzari quien ocultó parte o todo el libro. Es posible que él no moviera nada, y se limitara a completar la estrategia, teniendo en cuenta el difícil papel que le tocó jugar cuando la primera supresión de la Compañía.

—¿Volvemos a entrar? —sugirió entonces John.

—Es casi una obligación —contestó Juana.

Allá que fuimos otra vez.

—¿Y en qué tenemos que fijarnos ahora, Juana? —pregunté una vez estuvimos de nuevo dentro del impresionante templo romano.

—En el diagrama del *Voynich*, por supuesto —respondió Juana con seguridad absoluta—. Tus amigos se dieron cuenta del enorme parecido de ese diagrama en concreto con el Panteón, así que decidieron utilizarlo como pista a posteriori. Imagino que no les costó mucho esfuerzo ni influencias colocar una estatua de san Athanasius en el lugar correspondiente a la fecha clave.

Juana terminó su razonamiento al tiempo que caminaba resuelta hacia la gran estatua del santo situada en una hornacina cerca del altar mayor. Al llegar junto a ella, se sentó en el suelo —lo que no era algo extraño entre los turistas, que incluso jugaban a las cartas en aquel templo sagrado— y cruzó las piernas. Llevaba en la mano la copia del diagrama que John había traído.

—Bien —comenzó—. De momento, siéntense conmigo —dijo, utilizando el tan educado plural, común en Sudamérica. A John no le extrañó la expresión, bien porque él no llegaba a tal nivel de sutileza gramatical con nuestro idioma, bien porque su español estaba impregnado de canarismos y allí es de uso corriente.

Nos sentamos con ella, formando un extraño trío a los pies

de la estatua de un santo del siglo IV en el templo de todos los dioses.

—Ajá —dijo John al rato—. Ya tengo algo. Las estrellas.

—¿Qué estrellas? —pregunté.

—Fíjense en el círculo exterior de vírgenes. —John también utilizó el mismo plural, inadvertidamente.

Había diez figuras grávidas y cada una portaba una estrella. Nada más.

—Por favor, Héctor —me pidió—. Cuenta cuántas imágenes femeninas hay en el Panteón.

—Está bien —obedecí levantándome—. Daré una «vuelta al ruedo» —y sonreí al decirlo.

La operación me llevó unos diez minutos. Tomé nota en mi libreta de varios detalles que expliqué una vez hube regresado apresuradamente al punto de partida, deseoso por saber qué tenían que ver las estrellas en todo eso.

—La distribución de cuadros y esculturas concuerda con lo escrito en la guía. Hemos gastado bien el dinero —reí—. Además de las ocho vírgenes y santas que ya conocemos, podemos añadir una segunda santa Agnes, en un cuadro en la que aparece junto a san Lorenzo en la capilla de la Anunciación, y otra virgen en un cuadro de la capilla de san José, en la que aparece en una Adoración de los Magos. En total, diez representaciones femeninas.

—Exacto. Gracias, Héctor —dijo John—. Era lo previsible conociendo a tus ilustres antepasados en la Compañía. Pues bien —añadió—, hay una de ellas que es diferente.

—Lo tengo —gritó Juana—. Una de ellas tiene la estrella en la otra mano.

En efecto, nueve de las mujeres «enlatadas» —por así decirlo— sujetaban una estrella con su mano izquierda. Sólo una lo hacía con la derecha. Había un error en el dibujo.

—Vamos a contar entonces. Seguro que los jesuitas se percataron de este hecho curioso en el grabado, así que es de esperar que nos hayan dejado más pistas.

—¿Por dónde se empieza a contar en un círculo? —pregunté.

—Valiente jesuita estás hecho. En ti no habrían confiado los secretos del *Voynich* seguro —rio Juana—. Obviamente, por la mujer señalada con el símbolo central. Y para no complicarnos mucho más el razonamiento, giraremos en el sentido de las agujas del reloj.

—¿Y qué mujer señala la cabra? —seguí preguntando, algo incómodo por mi falta de perspicacia. Hacía más de tres horas que no me tomaba un café.

Sin ninguna compasión mis amigos se estaban riendo de mí.

—Héctor —se compadeció Juana—. Aries es un carnero. ¿No tenemos mujeres con un cordero por ahí?

—¡Agnes! —grité golpeándome la cabeza con la palma de la mano.

Vincenzo Felici había esculpido para el Panteón una Virgen con el cordero, y poco después esta escultura había sido colocada en una hornacina a la derecha de la tumba de Umberto I. Según el diagrama del *Voynich*, nos encontrábamos a cinco vírgenes de distancia del objetivo. Nos levantamos y, una vez en el punto, comenzamos a caminar en el sentido de las agujas del reloj. La quinta representación femenina que encontramos era un cuadro que tenía como protagonistas a la virgen del Cinto y a san Nicolás de Bari.

—En efecto, aquí está el error. La cuenta es correcta.

Ahora eran ellos los que no sabían de qué estaba yo hablando. Una pequeña venganza intelectual.

—Por favor —suplicó Juana impaciente.

—Muy sencillo. Según la tradición cristiana, el cinto sería un trozo de lana de color verde de un metro de largo o así, terminado en pequeñas sogas para ser atado, que la Virgen María habría dado a santo Tomás en el momento de su ascenso al cielo. Se considera esta tela como una reliquia, y por ahí circulan unos cuantos pedazos de ella —añadí.

—¿Y el error? —preguntó John, pidiendo que terminara la historia.

—Salta a la vista. El del cuadro no es santo Tomás, sino san Nicolás de Bari. Así que —concluí jactándome de mi habilidad detectivesca—, el pintor cometió, posiblemente por encargo, un error deliberado.

—Y nuestra carísima guía, ¿qué cuenta del cuadro? —insistió Juana.

Tomé el libro y leí:

—Óleo sobre lienzo con las figuras de la Virgen y san Nicolás. Pintado en 1686 por un artista desconocido.

—Ni a propósito —exclamó John.

—Al contrario —repliqué yo—. Parece todo perfectamente planeado. La fecha casi coincide con la de la muerte de Athanasius Kircher. A partir de entonces el manuscrito comenzó a rodar.

—¿Mira alguien?

Juana estaba ya de puntillas levantando el cuadro.

—¿Estás loca? —le dije—. Puede tener una alarma conectada.

Pero nada sonó, al menos nada que nosotros pudiéramos oír desde dentro del Panteón. Tampoco nadie se percató de la maniobra. A esas horas ya eran pocos los turistas que deambulaban por allí.

—Apunta —pidió Juana—. «*Mensus eram coelos, nunc terrae metior umbras.*»

—¿Qué dices? —preguntó John, que no entendía qué hacía Juana.

—Es lo que está escrito aquí, detrás de la tela —contestó. Juana volvió a dejar el cuadro como estaba. Justo en ese momento, vi a una pareja de vigilantes del templo que se acercaba hacia nosotros con paso apresurado. Comenzaron a temblarme las piernas.

—Por favor, váyanse. Tenemos que cerrar por hoy.

Obedecimos antes de que tuvieran que pedírnoslo dos veces.

La noche se nos había echado encima y había que hacer las maletas y preparar el regreso. Al día siguiente yo estaría otra vez en mi colegio, donde me esperaban los días venideros un buen montón de alumnos con energías renovadas después de las vacaciones navideñas. John regresaría a sus clases e investigaciones en Cambridge. Y Juana... Quién sabe dónde volvería ella. Ésa fue la última noche que pasamos juntos en Italia. Pedimos unos sándwiches y un termo de café en el restaurante y nos fuimos directamente a los ordenadores habilitados para los clientes en la recepción del hotel. En ese momento los dos estaban ocupados, así que tuvimos que esperar unos minutos antes de poder comenzar a indagar sobre la nueva pista. John leyó sus notas.

—«*Mensus eram coelos, nunc terrae metior umbras.*»

—«Yo solía mirar los cielos, ahora miro las sombras de la Tierra.» —traduje rápidamente—. Es bonito. Parece claramente otra pista.

—Sí —Juana se mostraba de acuerdo—. La Virgen estaba subiendo a los cielos en el cuadro, así que tal vez tendremos que buscar algo que se pueda ver desde arriba. Una sombra quizá, posiblemente señalando algo.

—Estoy de acuerdo —John se unió a nuestra reflexión en voz alta—. Y, seguramente, esta última frase de Lazzari tendrá también su doble sentido. Vamos a buscarlo.

Un cliente del hotel había terminado su sesión de Internet. Juana se sentó y nosotros permanecimos detrás de ella, mirando la pantalla. Nuestra amiga tecleó la frase en la página de *Google*. Éste nos devolvió al instante 34 resultados de la búsqueda, todos idénticos:

—«*Mensus eram coelos, nunc terrae metior umbras. Mens coelistis erat, corporis umbra jacet.*» *Epitaph by Johnannes Kepler himself.*

—«Yo solía mirar los cielos, ahora miro las sombras de la tierra. Mi mente perteneció al Cielo, la sombra de mi cuerpo yace aquí.» Epitafio de Johannes Kepler escrito por él mismo —traduje.

—Perdonen que no me levante —bromeó Juana con el más que famoso epitafio de Groucho Marx.[7]

Y es que, al igual que nosotros, se había quedado asombrada ante el significado que había arrojado la pantalla.

7. A pesar de la creencia extendida, esta frase no pertenece a Groucho Marx sino que es apócrifa. Realmente no está escrita en su tumba. Tan sólo fecha, nombre y una estrella judía aparecen grabadas en la lápida. (*N. del A.*)

26

Aquella semana fuera del Colegio me había desconectado por completo de los asuntos cotidianos. La comunidad era un hervidero de problemas y las clases estaban a punto de reanudarse. Julián, el nuevo prior, no era ajeno a las dificultades que entrañaba su recién estrenado cargo, y procuraba evadirse de las preocupaciones siempre que podía permitirse algún pequeño descanso. Quizá mi vuelta constituyó una excusa para tal evasión, quizás alguna razón oculta que se me escapaba le hizo aparecer muy pronto por mi habitación con una gran sonrisa dibujada en la cara.

—Bienvenido a casa, Héctor —dijo, dándome un abrazo inusitadamente intenso—. Cuéntame, cuéntame cómo te ha ido por Italia.

Yo también le sonreí abiertamente, y no sólo por las muestras de cariño con las que se prodigaba, sino por la invitación a recordar los buenos momentos que acababa de vivir con mis amigos por aquel país. Comencé a relatarle nuestra llegada a Roma, la experiencia de haber visto por primera vez al Santo Padre en directo. El sobrecogedor ambiente en la plaza de san Pedro, las oraciones y los cánticos. También le hablé de nuestra visita a Bolonia y de la meridiana de Cassini, aunque no le mencioné los detalles de nuestros descubrimientos relacionados con Kircher y Lazzari. Por último le referí que el viaje había terminado donde empezó, en Roma, puesto que aquella ciudad era tan grande y había tantas cosas que ver, que habíamos preferido perdernos por sus calles antes que realizar una visita apresurada a Florencia, nuestra gran omisión.

—Yo creo que hubiera hecho lo mismo. Cinco días son muy

pocos para recorrer Italia —dijo, sin dejar de estrecharme los brazos—. ¿Tendrás fotos, supongo? Hace años que no puedo volver.

Las tenía, claro, pero aún no había dispuesto del tiempo necesario para descargar la memoria de la cámara digital en el ordenador. Se lo hice saber a Julián, pero no pareció importarle.

—Venga, ponte a ello. Mientras tanto yo preparo unos cafés. Eso si soy capaz de entender este aparato tan extraño que tienes —añadió riendo mientras inspeccionaba mi cafetera exprés—. Así me desconecto un rato de los asuntos de la Casa. No hemos levantado la cabeza de la mesa durante estos días —explicó.

No puse ninguna objeción, y mi único temor en esos momentos era que Julián pudiera operar incorrectamente mi preciada cafetera, un regalo de mis padres en el día de mi último cumpleaños. Mientras él trajinaba con el depósito del agua y llenaba el compartimento del café, yo conectaba mi cámara a uno de los puertos USB del ordenador principal de la habitación, el que estaba en mi mesa de trabajo. Los archivos pasaron rápidamente de un dispositivo a otro, unas cien fotografías en alta resolución. Luego conmuté el monitor de mi ordenador para poder ver las fotografías en uno más grande —de diecinueve pulgadas—, que estaba sobre una mesa auxiliar. Julián bromeó sobre el particular.

—Cibercafé Héctor. Café y ordenadores —rio, tendiéndome una taza.

—Espero que te des cuenta de lo precario de las instalaciones —reí también—. Así que solicito humildemente una modesta pero necesaria partida presupuestaria para la mejora de las mismas en el próximo ejercicio.

—La tendrás, te lo aseguro —concedió—. En cuanto sepamos dónde nos vamos a instalar y tengamos los medios para ello.

—¿Ya es definitivo?

—Ya lo era a finales de año. El ayuntamiento no ha cambiado un ápice su postura, a pesar de las gestiones desde Madrid en los últimos días. Las fechas de desalojo se mantienen. Así que vete haciendo a la idea de tener que enseñar informática a alguna monjita durante los próximos meses en los que seremos realquilados.

No era un panorama muy halagüeño. Estando lejos, las cosas siempre parecen más sencillas. Pero Julián no parecía preocupado en exceso.

—Hay que aceptar las cosas tal y como nos las envía el Señor —interrumpió mis pensamientos—. Además, lo que sí parece seguro es que conseguiremos una notable mejora de las condiciones económicas iniciales. También nos garantizan el mantenimiento de módulos y número de alumnos, sea cual sea nuestro nuevo emplazamiento. Sólo hay que empezar a levantar el nuevo colegio lo antes posible para no perder más de un curso.

—Dicho así, no parece tan trágico.

—No. No tiene por qué serlo. Y ahora —continuó—, vamos con esas fotos romanas.

En lugar de abrir las fotografías de una en una —con lo que hubiera tenido tiempo de pensar qué era lo que iba a verse con unos segundos de antelación—, decidí utilizar el programa de visualización de diapositivas. Era mucho más práctico y me ahorraba el trabajo de manipulación con el ratón. Dado que John y Juana apenas se habían rozado durante el viaje, lo más escandaloso que podría aparecer en pantalla serían bromas de jóvenes turistas. Además, tampoco Julián era una persona anticuada o pacata. Así que activé el botón de PLAY y me senté al lado de mi prior. La primera fotografía estaba sacada desde el avión.

—Dios mío, cómo crece esa ciudad —exclamó.

Una tras otra, treinta fotografías de Roma —incluyendo calles, fuentes, plazas e iglesias, amén de unas cuantas instantáneas más del Vaticano— aparecieron en pantalla. Julián estaba entusiasmado, y las comentaba todas. Ningún rincón romano le era desconocido. Su primera crítica —si puedo denominarla así— estuvo relacionada con la audiencia papal.

—¿Eso es todo lo que viste al Pontífice? —objetó.

—Eso es todo lo que da de sí el zum de mi cámara —repliqué resignado—. ¿Aumentamos los gastos y compramos una nueva?

—Ya veremos, ya veremos. Venga, sigue.

Nuevas imágenes de Roma, y algunas más del grupo. Julián comentó entonces con simpatía:

—Tus amigos, ¿son novios?

—Lo fueron —contesté, sin mucho entusiasmo.

—Lástima. Lo poco que les he conocido me han parecido dos personas muy sensatas.

Coincidí con él, pero no me extendí en explicaciones ni en razones que yo mismo no entendía. El siguiente bloque de fotografías era de Bolonia. También Julián conocía la ciudad, aunque no tan en detalle como Roma.

—¿La Plaza Mayor?

—Ajá. La fuente de Neptuno. San Petronio está justo detrás.

—Sí, ya recuerdo.

La meridiana de Cassini se repetía en una docena de imágenes. No hablamos sobre ella más de lo que lo habíamos hecho la primera vez, y volvimos a la segunda visita a Roma. El obelisco de Santa María Sopra Minerva llamó su atención.

—El *Porcino della Minerva* —comentó, utilizando la denominación habitual del elefantito entre los romanos.

—En efecto —remarqué—. Con el obelisco a sus lomos que descifrara Athanasius Kircher, uno de los más ilustres jesuitas.

Julián me miró con cara de pensar: «Este chico sabe demasiado». O así lo interpreté yo, pero sin esconder una mala intención. En ningún momento se me pasó por la cabeza entrar en detalles acerca de lo que buscábamos en aquel lugar, y menos aún cuando otra docena de fotografías —éstas correspondientes al Panteón— salieron en pantalla. La abundancia de detalles recogidos no pareció extrañarle.

—El Panteón es un lugar inolvidable. Único. No me asombra que os haya fascinado. ¿Ya no hay más? —preguntó al quedarse la pantalla en negro.

—Creo que no —dije, levantándome para apagar el monitor.

Desgraciadamente, me equivocaba.

Había metido la pata hasta el fondo. Con las prisas, olvidé que no había vaciado de la cámara las fotografías tomadas en los subterráneos del convento, justo el día antes del viaje a Italia. Las había descargado inadvertidamente junto con las otras, y ahora comenzaban a salir lentamente en pantalla.

No sabía qué hacer. ¿Tal vez apagar bruscamente el ordenador? ¿Fingir un desmayo como una adolescente? Me quedé mudo.

Julián me ayudó algo:

—¿Caracalla? No. Parecen las catacumbas, quizá.

Yo continuaba en silencio.

En sus palabras había ironía. Me estaba mirando, pero su sonrisa era esta vez muy diferente. Se levantó, me dio las gracias por el rato entretenido que le había hecho pasar, dejó la taza sobre la mesa y salió.

—No te molesto más —dijo—. Tendrás cosas urgentes que hacer.

—Sí —balbuceé—. Aún tengo que preparar las clases de mañana.

Si es que conseguía concentrarme en ello.

Una lluvia insistente golpeaba las ventanas de la clase. El aguacero mantenía a mis alumnos pegados a los asientos de sus pupitres, sin la habitual inquietud que produce saber cercana la hora del recreo. Tal vez el motivo de la tranquilidad fuera el propio aburrimiento producido por mi charla, tal vez la somnolencia del primer día de clase después de las largas vacaciones navideñas. No eran muchos aún los que miraban el reloj de la pared, pero tampoco demasiados los que tomaban apuntes de mis palabras. Inasequible al desaliento, seguí con la explicación de mis órbitas, esperando tanto o más que ellos que el bendito timbre sonase.

—¿A qué velocidad deberíamos lanzar una piedra hacia el cielo para que no volviera a caer? —pregunté con voz más alta de lo habitual, intentando despertar así al respetable.

—¿De qué tamaño? —contestó a mi pregunta con otra un despistado que no había comprendido la ecuación que acababa de escribir.

—El tamaño no importa —respondí, sonriendo.

La broma consiguió llamar la atención y fueron varios los que se rieron. Simón levantó una mano en la que llevaba una calculadora de bolsillo. Había sido el primero en resolver el cálculo.

—A cuarenta mil kilómetros por hora —dijo muy seguro de sí mismo.

—Muy bien, Simón.

Después de la felicitación continué con la explicación.

—La respuesta que ha dado vuestro compañero Simón —al que miraban con una mezcla de envidia, odio y admiración mal disimuladas— es la llamada velocidad de escape, es decir, la velocidad mínima necesaria para que un cuerpo logre escapar de la atracción gravitatoria de un astro. Si realizamos el cálculo que hemos escrito en la pizarra, veremos que, para nuestra Tierra, esta velocidad de escape es exactamente de 40.320 km/h. Por lo tanto, cualquier cuerpo, ya sea una piedra o un cohete, lanzado desde la superficie a esa velocidad o mayor, escapará de su atracción.

Las cuestiones espaciales parecían interesarles. Newton y Kepler no estaban tan lejos de George Lucas como ellos creían, aunque a este último no le importara mucho tomarse ciertas licencias científicas por el bien de su cuenta corriente.

—Puesto que la fuerza de atracción gravitatoria aumenta con la masa —continué—, es más difícil escapar de Júpiter que de la Tierra. La velocidad de escape depende, además de la masa del astro, del radio de éste. Así, si el radio de la Tierra fuera menor, y aunque su masa fuera la misma, la velocidad de escape sería también mayor.

—¿Y si fuera un planeta tan pequeño como un balón? —preguntó el mismo alumno que tanto se preocupaba por las dimensiones de las cosas.

—En este caso el tamaño sí importa —volví a sonreír—. La velocidad de escape necesaria podría ser mayor que la propia velocidad de la luz. Si viviéramos en un planeta así, nunca podríamos salir de él.

—¿Un agujero negro? —preguntó Simón.

—Ajá. Ni siquiera la luz podría escapar de su atracción gravitatoria. Es una forma sencilla de describirlo.

El timbre sonó por fin y los chicos salieron de la clase a una velocidad como la de escape o mayor.

Simón se quedó y se acercó a mi mesa con unos papeles arrugados.

—¿Más hallazgos? —le pregunté con cara sorprendida.

—Es todo de lo más divertido —contestó mientras ordenaba las notas y los folios impresos de un sinfín de páginas de Internet.

♈

Después de comer revisé los papeles que Simón me había traído. El chico me había metido prisa, porque quería seguir buscando en cuanto le diera más pistas. Me resultaba gratificante que al menos uno de mis alumnos pusiera tanto empeño en desvelar cuestiones científicas. No quería defraudarle y, además, yo mismo estaba involucrado en aquel enorme embrollo. Sus papeles no me defraudaron a mí tampoco, en absoluto.

Simón había continuado la historia en el momento en que Johannes Kepler llega a Praga, la capital de Bohemia. Esto ocurrió el 19 de octubre de 1600. Pasados unos primeros meses difíciles para Kepler —debido a su delicada salud y a problemas familiares que lo hicieron ausentarse de la capital más de lo deseado—, el astrónomo alemán se estableció finalmente en esta ciudad. Al poco tiempo Tycho lo habría presentado ante el emperador Rodolfo II, que lo recibió con amabilidad y le encomendó colaborar con el astrónomo danés en las nuevas tablas de efemérides que estaba elaborando. Tablas que, como sabemos, terminaría después de muchos años y que han pasado a la Historia con el nombre de aquel emperador tan particular: rudolfinas. La vida de Kepler a raíz de su entrevista con el emperador daría un vuelco. De las penurias como profesor de matemáticas en una pequeña localidad austríaca, a colaborador del mismísimo matemático imperial. La fortuna —los astros, incluso— parecía por fin sonreírle.

Poco duró la tranquilidad. Sólo unos pocos días después de su encuentro con el emperador, Tycho fue invitado a un banquete por el antiguo patrón de Edward Kelley —Peter Ursinus Rozmberk—, en su palacio cerca del puente que conducía al Castillo de Praga. Tycho moriría días después supuestamente por una obstrucción urinaria.

Había un detalle nuevo en esta historia ya tan conocida. La aparición de Edward Kelley en escena. Sin embargo, por aquellas fechas, el estafador y charlatán inglés había muerto. Simón había indagado en su vida en Bohemia, cosa que yo no había hecho en tanta profundidad. La diferencia entre sus pesquisas y las mías era que yo me había centrado en la relación de Kelley con el *Manuscrito Voynich*, mientras que Simón —indiferente respecto al manuscrito y completamente centrado en el posible asesinato de Tycho Brahe— lo había hecho en su vida en Praga.

El chico coincidía con algunas de mis propias deducciones. Edward Kelley y John Dee habían salido de Inglaterra y viajado a través del Este de Europa por invitación de un noble polaco, Olbrecht Laski. Habrían predicho el ascenso de éste al trono de Polonia, la única cosa que aquel crédulo conde quería oír. Fueron con él a Cracovia y, desde allí, decidieron continuar ruta hasta Bohemia, sabedores de la fama de generoso mecenas de lo sobrenatural que tenía el emperador Rodolfo. Laski ya estaba arruinado. Las notas históricas de Simón citan a un español, un embajador de nombre Guillén de san Clemente, como el artífice de la reunión entre Rodolfo II y la pareja de truhanes. Era el año 1585. Sin embargo, esa primera audiencia no resultó positiva. John Dee, demasiado entusiasta y posiblemente engañado por su médium Kelley, profetizó al emperador una nueva era gloriosa, comenzando con la victoria definitiva sobre los turcos. Para ello bastaba con que Rodolfo cambiara su vida pecadora.[8] Aquello no le gustó al emperador. Las cosas no mejoraron con una carta que le remitiría Dee posteriormente. En ella el mago le hablaría de sus éxitos en la transmutación de los metales. Rodolfo, experto en la materia, comenzó a sospechar de la pareja y ordenó a uno de sus secretarios investigar. El resultado fue la orden de expulsión para ambos en 1586 —animado por el papa católico Sixto V—, con la acusación de practicar magia negra. John Dee abandonó entonces Bohemia, pero Edward Kelley se refugiaría en el castillo, en Trebon, de Peter Ursinus Rozmberk, que le ofrecería asilo y gastaría inmensas sumas de dinero financiando sus experimentos secretos.

No parecía haber habido una gran relación entre la pareja de aventureros y el emperador Rodolfo II. ¿Cuándo le habrían vendido el libro que más tarde se convertiría en el *Manuscrito Voynich*? No había ninguna mención hacia él, salvo unas vagas anotaciones del hijo de John Dee que, en su huida, habría es-

8. Se dice que Rodolfo II era bisexual y que le atraían poderosamente tanto los niños como las niñas. Nunca contrajo matrimonio. (*N. del A.*)

crito sobre una gran cantidad de dinero obtenida de la presunta venta de uno de los libros de ciencias ocultas de su padre.

Tal vez el libro no había sido vendido a Rodolfo II.

De lo que no había casi dudas era del tema de conversación en la fatal noche del 13 de octubre de 1601, fecha en la que Tycho Brahe acudió a cenar a casa de Peter Ursinus Rozmberk.

Simón había subrayado la palabra en rojo: alquimia.

¿Qué hizo Kelley con Peter Ursinus Rozmberk durante esos años previos a la llegada a la corte del astrónomo?

El chico había juntado un par de páginas de información al respecto. Poco antes de la orden de expulsión de Bohemia firmada por Rodolfo II, las relaciones entre John Dee y Edward Kelley ya eran difíciles. El primero creía estar perdido sin los poderes mágicos del segundo, y éste lo aprovechaba en su propio beneficio. Un mal día Kelley decidió no seguir interpretando mensajes angélicos y códigos cabalísticos, y le dijo a John Dee que quería abandonar. Éste sintió miedo de verse solo, así que firmó un vergonzoso acuerdo por el cual los dos compartirían todas sus posesiones, orden que Kelley dijo haber recibido mismamente de un ángel, Dios sabe cuál. Kelley no era tonto, pero sí más pobre que Dee, y además no tenía una mujer tan hermosa como él, Jane Fromond, a decir de las crónicas inusualmente bella. El extraño pacto incluía también, obviamente, a las esposas. Jane Fromond se habría negado a tal componenda, lo que, unido a la orden imperial, hizo que el matrimonio Dee abandonara Bohemia y volviera a Inglaterra, donde el mago moriría en la pobreza más absoluta a finales de 1608. Desaparecida su valedora —la reina Isabel I—, y despreciado por su sucesor —Jacobo I—, John Dee tuvo que vender toda su biblioteca, libro a libro, para sobrevivir durante esos años.

La suerte de Edward Kelley no fue muy diferente, aunque en esos primeros años a la sombra de Rozmberk la diosa fortuna parecía serle propicia. Se volvió a casar con una mujer checa, que le dio un hijo, una hija y una suculenta dote. Por su parte, Rozmberk le ayudó en la adquisición de varias villas y granjas, campesinos incluidos, como era lo normal en aquellos tiempos. Olvidado o perdonado, quién sabe, por un Rodolfo II que incluso llegó a nombrarlo caballero, compró dos lujosas mansiones en la misma Praga. Pero entonces ocurriría algo inesperado que marcaría su destino, de igual forma que un suceso similar había marcado el de Tycho Brahe: se batió en duelo. Los motivos no están claros, pero en aquel incidente resultó muerto un soldado bohemio. Los duelos estaban prohibidos y Rodolfo ordenó encarcelar a Kelley. Allí, en la cárcel, los oficiales del emperador aprovecharon la ocasión que se les presentaba. Sabían de los presuntos poderes mágicos del embaucador, así que lo torturaron con la pretensión de hacerle confesar acerca de la llamada *aurum potabile*. Creían que este «líquido dorado» podría proporcionarles la eterna juventud. Que no la consiguieron resulta claro. En un descuido de sus vigilantes, Kelley intentó escapar saltando por una ventana, pero se rompió una pierna al llegar al suelo. Liberado para recibir tratamiento médico, tuvieron que amputarle el miembro fracturado y gangrenado. Todo iba de mal en peor para Kelley. Nuevamente Rodolfo ordenó su ingreso en la cárcel, esta vez presionado por los católicos que seguían viendo en él a un peligroso nigromante. Y nuevamente intentó escapar del mismo modo y con idéntico resultado desastroso. Al saltar sobre el carro conducido por su hijo se rompió la otra pierna. Ante el temor de ser capturado y pasar el resto de sus días inválido en prisión, Kelley se suicidaría ingiriendo un veneno que él mismo había preparado. Rodolfo II ordenó entonces confiscar todos sus bienes. Éste sería el momento —pensé— en que el manuscrito podría haber pasado a manos del emperador. Era una segunda posibilidad, incluso compatible con la primera —en la que suponemos habría sido adquirido por parte de Rozmberk—, si el libro hubiera seguido estando físicamente en las manos de quien, teóricamente, decía poder entenderlo.

Esto ocurrió cuatro años antes de la llegada de Kepler a Praga.

Aquello era casi todo lo que había de interés en la información recopilada por Simón. No dejaba de ser, ciertamente, una colección de entretenidas historias con su punto de fantasía. Pero muy bien documentadas. Al terminar las clases de la tarde le agradecí todo lo que se estaba esforzando y le animé a continuar en la investigación siguiendo la línea de Kepler y su estancia en la corte de Rodolfo II. Las posibles relaciones entre un —en principio— inocuo y secundario Rozmberk, primero con Kelley y luego con Tycho Brahe, también parecía un buen camino a seguir. Demasiado interés en la alquimia en todos ellos. Para mis adentros sospechaba que tal vez el *Manuscrito Voynich* había aparecido en Praga, pero no en la corte de Rodolfo, sino en las ricas posesiones del noble Peter Ursinus Rozmberk, mucho más solvente en lo económico que el mismo emperador. Que John Dee y Edward Kelley podían haber sido los autores del legajo estaba ya casi fuera de toda duda, y el pagano tal vez el mencionado Rozmberk, aunque el significado del libro continuara siendo un misterio para todo bicho viviente.

Ya en mi habitación me recosté en la cama. Estaba cansado. El viaje a Italia no había tenido pausa, y a mi vuelta las clases habían comenzado de forma inmediata. Tenía un montón de asuntos pendientes que resolver, de papeles por leer, de información que buscar. Y tenía un sueño atroz, porque a mí, al igual que a mis alumnos, la madrugadora reentrada en las aulas también me había golpeado. Así que reuní todas las escasas fuerzas que me quedaban y me incorporé. La máquina de café no quedaba tan lejos. Dos pasos.

Vacié el depósito en el cubo de la basura. El café estaba más suelto de lo habitual, y caí en la cuenta de que el último usuario del aparato no había sido yo, sino Julián. Yo acostumbro a cargar más la mano en las dosis de cafeína. Recordé con disgusto el final de mi encuentro con el prior, y ya con una taza de café humeante entre las manos, me acerqué al ordenador.

Como no acostumbro a apagar la torre, la última fotografía seguía en la pantalla y apareció al encender el monitor. Allí estaba mi particular e insalvable muro de Planck, inmortalizado en una instantánea digital de tres millones de píxeles. El flash de la cámara le había dado un aspecto aún más impenetrable del que realmente tenía, reflejando toda la luz que había osado alcanzarlo. Un muro especular, brillante y, en cierta forma, desafiante. Amplié la imagen y me puse a enredar con ella utilizando el popular *Photoshop*. Jugué con el contraste y los contornos, cambiando los colores. No buscaba nada en concreto, pero se me ocurrió que quizá podría entrever algún agujero, algún entrante o saliente, algo fuera de lo habitual.

Lo había. Y no dejaba de tener su gracia.

Durante la excursión, John se había entretenido grabando en la pared con su navaja las palabras: «John, Greenwich».

No me di cuenta de cuándo ni de cómo lo había hecho, pero se había ganado una pequeña bronca por dañar patrimonio histórico español y además jesuita. «Valiente *hooligan*», pensé riéndome.

El café me despejó totalmente. Así que olvidé por completo la idea de descansar con una siesta reparadora. Tenía muchos asuntos en los que pensar y no iba a avanzar mucho tumbado en la cama con la vista fija en el techo. Decidí levantarme de nuevo y leer. Todavía no había intentado la traducción del artículo del profesor Volker Bialas que John me había facilitado. Leer alemán me provoca tremendos dolores de cabeza, pero sumergirme en las consideraciones acerca del libro de los Gilder que había escrito la, quizá, mayor autoridad viva sobre la figura de Johannes Kepler me animó.

Eran sólo cuatro páginas. Y el título ya contenía alguna pista —más bien una ironía— sobre su contenido: *Das Gift der Publicity*. Literalmente, *El veneno de la publicidad*. La palabra «*Gift*» presenta significados muy distintos en alemán e inglés. En el primer idioma significa veneno. En el segundo, regalo. Bialas jugaba con el doble sentido desde la primera línea. El veneno sería el que, presumiblemente, Kepler habría hecho ingerir a su maestro Tycho. Un regalo envenenado. El libro, obviamente, también lo era para los lectores. Y así lo argumentaba Volker Bialas:

«*El libro se describe en su portada como uno de los mayores descubrimientos en la historia de la ciencia. Pero no hay que hacerle caso. No es ni más ni menos que una obra sensacionalista escrita con el único propósito de hacer dinero. Respaldado por un enorme esfuerzo económico en publicidad en los países de habla alemana —la propia Alemania y Austria—, el público fue adoctrinado desde varios periódicos locales y nacionales. Así, por ejemplo, el semanario* Profil *titulaba el 3 de mayo de 2004: "A la gloria por el asesinato y el robo". De igual modo, el 18 de mayo, el* Süddeutsche Zeitung *también jugaba con las palabras: "Mercurio: el mensajero de la muerte en un vaso de leche", aludiendo al significado original del mensajero de los dioses —Mercurio— en la antigua mitología. Peor fue lo publicado por el* Oberösterreichische Nachrichten, *que abogaba porque la Universidad de Linz cambiara su nombre, hasta hoy dedicado a honrar la memoria de su vecino más ilustre: Johannes Kepler...*».

Los comentarios eran ciertamente interesantes. Pero mi alemán dejaba mucho que desear. Lamenté no ser capaz de profundizar más en este idioma en Internet, donde seguramente habría podido encontrar nuevas opiniones sobre el libro y su contenido. Armado de paciencia, comencé la penosa traducción de la segunda página:

«*En cuanto al contenido del libro, los Gilder construyen dos líneas de investigación. Una primera basada en técnicas de medicina forense. Y una segunda referente a la biografía de Kepler, en cuyo punto de intersección la culpabilidad del que fuera matemático del emperador Rodolfo II parece, para los autores, demostrada*».

Así era, en efecto. Yo había sacado la misma conclusión de la lectura del libro. Para el profesor Bialas, la línea biográfica era la más importante. En ella se dibuja una imagen terrorífica de Kepler, como la de un hombre colérico y violento sin escrúpulo alguno. Los Gilder no ahorran en descalificaciones ni en arriesgadas afirmaciones: «*Sin Tycho Brahe, Kepler sólo hubiera sido una nota al pie en los libros de historia*», «*Kepler vivía amargado y marginado de la sociedad*», «*... El Misterio Cosmográfico era un callejón científico sin salida, una fascinante pero mal elaborada visión de Kepler sobre el universo*», «*Kepler jugaba con dos barajas, haciendo concesiones y requiebros tanto a calvinistas como a católicos*» o «*... después de la muerte de Tycho, Kepler fue nombrado matemático imperial, uno de los puestos de mayor honor y gloria en Europa, lo que tanto le importaba*». Los Gilder no dibujan a un científico, sino que caricaturizan a un enemigo. Una de las personalidades más íntegras de la historia intelectual de Europa se convierte a sus ojos en un delincuente y, a su entender y desde la óptica actual estadounidense, en un marginado social, un maniático fantasioso, malencarado, cruel, interesado y oportunista. En resumen, un indeseable. Un criminal.

Volker Bialas seguía desgranando y destrozando en su modesto artículo científico los argumentos esgrimidos por los Gilder en su famosa y bien respaldada económicamente publicación. Algunos tan evidentes que parecía increíble que hubieran calado entre los lectores: ¿Por qué habría de matar Kepler a quien es su maestro, a quien le presenta al emperador, le consigue un sueldo vitalicio, le presta los datos de sus observaciones astronómicas e incluso su propio dinero? El estudioso alemán se sorprende del hecho de que Kepler, hombre de baja extracción social y que alcanza gracias a su afán y trabajo la fama y los honores, sea vilipendiado por poner en práctica el que, en buena lógica, sería el comportamiento típico para aquellos ciudadanos de los Estados Unidos que hasta hoy mantienen la filosofía del llamado sueño americano.

La segunda parte del artículo daba cuenta de los aspectos médicos y forenses en la muerte de Tycho Brahe. De los estudios de los restos de pelo de bigote del cadáver del astrónomo danés, exhumado cuatro siglos después. La alta concentración de mercurio encontrada en dichos análisis revelaría que la muerte de Tycho no fue debida a una infección de orina o a un malfuncionamiento del hígado o del riñón, sino a un envenenamiento con metales pesados, concretamente mercurio. O no. ¿Es posible determinar con tal exactitud como pretenden los Gilder cuándo comenzó el envenenamiento, con precisión de horas, en una muestra de pelo de hace cuatrocientos años?

Al igual que Simón, Volker Bialas había profundizado en el asunto. Tycho Brahe pasó treinta años trabajando con experimentos alquímicos. Ya en 1571 habría comenzado estas investigaciones de la mano de su tío Steen Bille. Uraniborg contaba con un muy bien surtido laboratorio para, entre otras cosas, desarrollar medicamentos contra epidemias. En resumen, Brahe había estado durante décadas trabajando con mercurio.

Pero había un detalle más, digno del doctor House[9] y que, seguramente, sorprendería a mi buen alumno Simón en cuanto se lo contara. Es muy famosa la historia del duelo de juventud de Tycho Brahe —ocurrido en 1566—, en el que perdió la nariz de un certero tajo de su adversario. Desde entonces y hasta su muerte, treinta y cinco años después, Tycho usó diariamente una prótesis fabricada con una aleación de oro y plata y, posiblemente, cobre. La prótesis tenía que adherirse después de que la herida se hubiera limpiado cuidadosamente con un producto especial. Desde el siglo XIV el componente principal de esta clase de emulsiones limpiadoras para las heridas —que hoy conocemos vulgarmente como desinfectantes— es… el mercurio.

Lo que Bialas sugería —y más tarde yo mismo comprobaría asombrado en Internet— era que el uso diario durante toda su vida de cierto medicamento basado en mercurio podía ser una explicación más que lógica a los anormalmente altos niveles de este metal hallados en los restos capilares de Tycho Brahe.

Como House habría deducido sagazmente con estas pistas, Tycho Brahe era un astrónomo excéntrico con una tendencia compulsiva a pintarse la nariz con mercromina.[10] Día a día su bigote —adminículo piloso normalmente situado debajo de la nariz y, por tanto, sumidero de cualquier sustancia que resbale por ella—, así como su poblada barba, fueron acumulando mercurio en cantidades industriales.

Así que probablemente se murió de cualquier otra cosa. Incluso puede que, en efecto, de una infección de orina tras una tremenda borrachera. Y es que la explicación más sencilla es, normalmente, la correcta.

9. *House* es una famosa serie televisiva de ficción estadounidense en la que un médico excéntrico —encarnado por el magnífico actor inglés Hugh Laurie— emplea métodos propios de Sherlock Holmes para averiguar la causa de las dolencias en sus pacientes. (*N. del A.*)

10. La mercromina es el nombre comercial y moderno del mercurocromo, antiséptico inorgánico empleado comúnmente en heridas superficiales de la piel y mucosas. Otro antiguo antiséptico basado en mercurio es el mertiolato. (*N. del A.*)

27

«Querido Thomas,

»El viaje de vuelta ha sido bastante pesado, con un montón de escalas. Tengo un jet-lag horroroso, apenas he podido dormir y lo hago todo al revés. Pero ya estoy en casa, con mi padre. Cada día que pasa lo encuentro más anciano. La enfermera que le cuida me pidió un trabajo para su hermana y su cuñado en Estados Unidos. Son una familia hermosa, con cuatro niños, llena de amor y cariño, todos muy laboriosos y creyentes. Te enviaré su dirección para que les ayudes.

»La estancia en Roma concluyó con sorpresa. Toda la trama jesuita gira en torno a Kepler, como suponíamos. Unos a otros se han ido pasando el libro dejando pistas para conocer su localización y significado. Parece que, en un momento dado, tal vez por enemistad entre los sabios Riccioli y Kircher, dividieron las claves. O tal vez fuera como precaución, quién sabe lo que pasó por sus cabezas. A Wilfred Voynich no le debió de resultar nada fácil hacerse con el que pensaba era el manuscrito principal. Mucho dinero y una buena amistad con los jesuitas fueron una buena estrategia.

»Todavía no he conseguido averiguar el papel del viejo Anselmo Hidalgo en la trama. Sé por boca de Héctor que se conservan pertenencias suyas en la Casa. También que dibujó o copió grabados del Voynich*, y que estos dibujos no son casuales. Los han utilizado varias generaciones de jesuitas para proteger los papeles en Roma. Gracias a estas sutiles indicaciones encontramos la última pista, la frase lapidaria de Johannes Kepler escrita en la parte posterior de un cuadro en el Panteón. Aún no sabemos qué significa, pero sospechamos que se trata*

de un paso más hasta el código secundario, el que revelaría el sentido de los párrafos ocultos en el manuscrito de Yale. Si Hidalgo lo escondió en España pronto lo sabremos, cuando podamos entrar libremente por esos laberintos con la maquinaria. Wilfred Voynich menciona al cura español en su primer testamento, al igual que hace con Petrus Beckx. Es una suerte que sólo nosotros tengamos constancia de la existencia de este escrito, legado por su viuda a mi abuelo. Dios siempre hace las cosas con un fin, nada deja al azar.

»Ya casi lo hemos conseguido. Sólo tenemos que averiguar algo más sobre Kepler. Aunque a mí no me parece un frío asesino como a los primos de George Gilder.

»Muchos besos,

»Juana».

«Tengo un jet-lag horroroso, apenas he podido dormir y lo hago todo al revés.» En condiciones normales, bien dormida y bien descansada, difícilmente me habría enviado a mí un correo electrónico que correspondía a otra persona. Y aquello resultaba, por suerte o desgracia, muy revelador. Casi tanto como la identidad del destinatario real. Desplegué el encabezado del correo. Juana y su interlocutor —cuyo nombre completo, Thomas van der Gil, figuraba claramente en la información adjunta al mensaje—, utilizaban un domino común. Ese dominio en la Red correspondía al Discovery Institute. No sabía por qué Juana jugaba con John y conmigo, ni tampoco el motivo del engaño o sus intenciones finales. Las de su amigo Thomas —claramente detrás de la especulación inmobiliaria que nos acosaba desde hacía meses— eran más transparentes. Buscar y encontrar un tesoro pero sin los necesarios planos, metiendo las tuneladoras hasta donde hiciera falta. Como si fuera un alcalde obsesionado con las líneas de metro y las elecciones.

¿Y quién era ese tal George Gilder?

Me volqué en Internet.

Casi todos los artículos que encontré sobre él lo colocaban en el ala derecha —muy a la derecha— del espectro político estadounidense. Un personaje con peso y voz propios dentro de los famosos *neocons* que alientan y apoyan al partido Republicano. Escritor, filósofo y gurú sobre cualquier cosa relacionada con nuevas tecnologías y comunicaciones. Miembro destacado y cofundador del denominado Discovery Institute, organismo que ha acuñado el término «Diseño Inteligente…».

Me detuve sorprendido. Éste era un asunto frecuente en los periódicos, bastante más que el supuesto asesinato de Tycho Brahe a manos de Johannes Kepler. La enseñanza del creacionismo —o de esta nueva forma revisada y edulcorada de él— estaba siendo objeto de fuerte debate en las instituciones académicas estadounidenses. Recordé haber charlado sobre el asunto con Simón, cuando desmenuzábamos la exótica relación de John Dee, Edward Kelley, Enoc y la piedra filosofal.

Seguí buscando datos sobre George Gilder. Según *Wikipedia* —tenía que ser forzosamente famoso como para tener su propia entrada— había nacido en 1939 en Nueva York. Estudió en la Universidad de Harvard, donde tuvo un profesor ilustre: Henry Kissinger. Allí funda varias revistas dedicadas a la opinión política. Después de graduarse —en la década de los sesenta—, trabaja escribiendo discursos para varios políticos y personajes de renombre, como por ejemplo Nelson Rockefeller o Richard Nixon. En los setenta y ochenta, firmando como escritor independiente, publica libros de gran éxito. En ellos se destapa como un provocador racista y machista para unos, o un visionario de las finanzas y las nuevas tecnologías para otros. Durante la presidencia del republicano Ronald Reagan alcanza su máxima influencia dentro de la Administración norteamericana. Llegan los años noventa y se convierte en el hombre al que todos quieren escuchar. Es la época de la locura de las nuevas empresas de telecomunicaciones y tecnología, de las fabulosas y rápidas ganancias de las *puntocom*. Pero en el año 2000 explota la burbuja del Nasdaq, y con ella pierde el 90% del valor de sus acciones, quedando descalabrado moral y públicamente.

Hoy en día parece haber recuperado parte de su influencia, repartiendo su tiempo a partes iguales entre las actividades proselitistas del Discovery Institute y las feroces críticas a algunos conocidos empresarios americanos, especialmente hacia Bill Gates.

Sonreí aunque me sentí desbordado. E impresionado por la

importancia de las amistades de Juana. Codeándose con estrechos colaboradores de algunos de los últimos presidentes americanos, como Reagan o los Bush. Ahí es nada.

Muy importante tenía que ser lo que buscaban.

Aquella noche la cena en la casa fue tranquila.

Desfondados después de tantas semanas de batallas administrativas, la última oferta municipal parecía haber contentado a la mayoría. Julián había hablado de ello con optimismo y un punto de satisfacción personal. Ya todos éramos conscientes de que no teníamos fuerzas suficientes para luchar contra elementos mucho más poderosos que nosotros mismos. Yo ahora sabía un poco más que el resto. Pero juzgué prudente no exponer públicamente que, quizá, alguien muy cercano a las alturas —terrenales y no divinas— podía estar detrás de la operación. Me hubieran tomado por loco.

Casi no hubo tertulia durante el café nocturno y pronto se retiraron todos a sus habitaciones. Y como la ocasión se presentaba propicia, decidí darme otro paseo por los subterráneos.

Siempre descubría algo nuevo.

—¿Quién anda ahí?

Enfoqué la linterna hacia donde había oído pasos.

Había llegado junto al muro y estaba examinando con cuidado los garabatos supuestamente dejados por John. Las marcas en las piedras no eran recientes, por lo que mi confusión era absoluta. Entonces había escuchado el sonido de unas pisadas justo detrás de mí.

—Salga —insistí.

Julián se puso a tiro de mi linterna. No me sorprendió verlo por allí. Era la única persona posible.

—Tú —dije, fingiendo extrañeza.

—¿Quién si no? —respondió con tranquilidad.

—Me lo imaginaba. ¿Por qué me encerraste aquella noche? —le pregunté recordando la fatídica fecha de la muerte de Carmelo.

—Estaba tan nervioso como tú —sonrió y se sentó a mi lado—. Creía que yo era el único que sabía de la existencia del subterráneo.

—Carmelo me facilitó una llave pocos días antes de su muerte. Él mismo me acompañó en la primera excursión —expliqué.

—Ya —dijo Julián chasqueando la lengua. Parecía molesto por esa confianza desvelada entre su antecesor y yo—. ¿Qué más te reveló?

Me pensé la respuesta. No sabía de qué parte estaba Julián, ni siquiera si él y Carmelo habían tenido posturas similares respecto a la venta. Pero era mi superior.

—Insistió en que hiciera unas fotos aquí abajo, por si podían servirnos para presionar a la inmobiliaria —respondí con franqueza, arriesgando en la contestación.

—Supongo que son las que vimos juntos en tu ordenador.

—Supones bien. No estuve muy cuidadoso —sonreí forzadamente.

—¿Hay algo más? —preguntó—. ¿Te dio algo que hubiera encontrado aquí abajo?

Hice otra pausa y decidí continuar. Estaba cansado de tantos misterios. Pensé sinceramente que quizá Julián podría ayudarme.

—Me habló también de Anselmo Hidalgo —concedí.

—Fue prior nuestro a principios de siglo, el encargado de levantar el Colegio tal y como lo hemos conocido. Supongo que hay cosas sobre él que yo no sé —remarcó, demandando más información.

—Ni más ni menos que yo —respondí con ambigüedad—. Estuve estudiando sus antiguos escritos y papeles hasta que el propio Carmelo me quitó la caja que contenía su legado. No entiendo por qué lo hizo, después de animarme encarecidamente a ello.

—Yo me llevé la caja —confesó—. No hallé nada de interés en ella. Luego la coloqué en su habitación después de morir, para que tú la encontraras. Por fortuna no sospechaste —añadió con alivio.

—¿Por qué te la llevaste? —pregunté, alzando el tono de mi voz, que resonó fuertemente entre los muros del subterráneo.

—Por curiosidad. Quería conocer a fondo la estructura inicial del Colegio, cotejar escrituras y actas notariales, leer el acta fundacional. Entonces me encontré con el plano de este lugar.

Parecía franco.

—No fue difícil encontrar una entrada —continuó—. Más complicado veo hallar una salida —dijo, girando la cabeza en todas direcciones—. Salvo dar la vuelta, claro.

—¿Por qué no se la pediste directamente a él? —volví a preguntar, sin poder olvidarme de la caja de Hidalgo y su contenido.

—Lo hice. Pero no quiso dármela —y sentí de nuevo su incomodidad al constatar que el viejo prior había confiado en mí antes que en él, su brazo derecho durante muchos años—. No insistí. Estaba muy enfermo y obsesionado con seguir en este lugar.

—¿Enfermo?

—Sí. Me pidió que no lo revelara. Una dolencia cardíaca incurable salvo con un transplante, desaconsejado debido a su edad —dijo bajando la voz—. ¿Más preguntas, Héctor?

—Una más —me la jugué—. ¿Qué sabes de un libro del siglo XVI al que llaman *Manuscrito Voynich*?

—Nada —negó sin tan siquiera pensar—. ¿Es nuestro?

No sabría decir si estaba disimulando o mintiendo.

—No. Pero pudo haberlo sido. No tiene mayor interés. Juana y John están interesados en él y piensan que los jesuitas estamos detrás de su extraña historia, llena de vicisitudes —le expliqué ocultando gran parte de la verdad, al igual que él había hecho conmigo.

—Si puedo ayudarte —dijo, levantándose de la piedra— no dudes en acudir a mí. Y ahora me voy arriba. Hay demasiada humedad aquí abajo y mis articulaciones empiezan a notarla.

—Me quedaré un rato, si me lo permites —contesté—. No nos quedan muchas oportunidades para conocer cómo vivieron aquí los primeros jesuitas.

—De acuerdo —concedió.

—Y, por favor, esta vez no me cierres la puerta.

—No lo haré —dijo sonriendo a la vez que me alborotaba el escaso pelo que todavía adornaba mi cabeza.

ϒ

La nueva incursión por el laberinto subterráneo de la Casa no me aportó pistas nuevas respecto a un posible paradero del *Manuscrito*, o a un pasado escondrijo de todo o parte de él. En cuanto a la torpe inscripción sobre el muro, el mismo John se adelantaba a mis conclusiones cuando en un correo electrónico me decía —muy serio— que no había escrito nada en aquella enorme pared. El mensaje acababa de llegar a mi bandeja de entrada, así que intenté la comunicación directa vía *Messenger*. En efecto, todavía estaba al otro lado del ordenador.

—*Hello, Englishman* —tecleé con sorna.

—*Hi, father* —contestó con igual intención John.

—No culpable —envié.

—Serán otro John y otro Greenwich —escribió.

—Puede ser. Pero al descubrir esas palabras las asocié contigo de inmediato.

—La solución es simple, Héctor. John Dee nació, vivió y estudió en Londres. Y debió de observar desde las colinas de Greenwich. Era astrónomo, recuerda.

—En ese caso tenemos pistas ya repetidas. Redundantes. Si nuevamente fue Lazzari quien pintó esta frase, vuelve a referirse al *Voynich* y al mago inglés como autor. No aporta nada nuevo.

—No lo parece. ¿Sabes algo de Juana? —añadió cambiando de tema—. Sigue sin querer escribirme. No me responde a los mensajes.

—Mejor será que te olvides de ella de una vez. Creo que juega con dos barajas y a veces confunde las cartas —respondí con ironía, jugando yo con las palabras.

Le resumí a John el extraño correo que había ido a parar a mi cuenta. John quiso saber más acerca de los Gilder, pues era el único del trío que no había leído el libelo que condenaba a Johannes Kepler a la silla eléctrica. Conocía bastante de las actividades del *Discovery Institute* porque también, al igual que en Estados Unidos, hacían proselitismo en Cambridge y otras universidades inglesas.

—De igual forma que cuestionan la teoría de la evolución

están empezando a cuestionar el Big Bang. Parece increíble, pero es tal como te lo cuento. Duermen con una Biblia debajo de la almohada y la desenfundan en cuanto te descuidas. El último show lo han montado en la mismísima NASA. La actual administración estadounidense está acomodando la política científica a sus intereses religiosos e industriales. Desde el calentamiento global a las células madre, pasando por la manida teoría evolutiva de Charles Darwin, británico por cierto. Los astrónomos respirábamos tranquilos en comparación con los paleontólogos y biólogos. Hasta ahora, en que han llevado el Diseño Inteligente al corazón de la investigación. Un tipo llamado Deutsch y que, nombrado por la misma Casa Blanca, trabaja (perdón trabajaba, porque han descubierto que había falseado su currículum y lo han echado) como relaciones públicas de la NASA, obligó a un diseñador web a añadir la palabra «teoría» después de cada mención al Big Bang en las páginas de la agencia espacial.

—Muy elocuente e interesante —acoté.

—Por supuesto que el Big Bang es una teoría científica, pero la anotación respondía a otros propósitos. Para esta persona, que comulga con todas y cada una de las ideas del *Discovery Institute*, «el Big Bang no es un hecho, es una opinión» y «no debería hacerse una afirmación como ésa sobre la existencia de un universo que descarte el diseño inteligente de un creador».

—Buf. Difícil de tragar hasta para un creyente como yo.

—Los jesuitas sois diferentes. Siempre habéis estado a la vanguardia.

—No te creas.

—No te quites méritos. He oído que en el Vaticano sois los únicos que defendéis abiertamente la evolución, con una pléyade de jesuitas científicos y biólogos.

—Algo habrá de cierto.

—Perdona, me reclama un alumno de doctorado. Charlamos otro rato, Héctor.

—*Bye*.

—*Bye*.

Y

A la mañana siguiente, como cada día, volví a las clases. Enseñar ciencias —y más para un sacerdote— se estaba convirtiendo a juicio de muchos en un acto valiente. Pero el único riesgo que yo le veía a mis quehaceres cotidianos era el de morir de aburrimiento.

—Y dado que, como ya sabemos, la Tierra es una esfera…

Miré a mis alumnos. Ninguno puso cara de sorpresa. Todo un avance. Continué.

—… para localizar un punto sobre su superficie recurrimos a las coordenadas. Utilizamos dos. Llamamos latitud a la distancia angular entre nuestro punto y el ecuador. Y longitud, de forma similar, a la distancia angular respecto al meridiano cero. De esta forma —proseguí— podemos determinar de forma inequívoca la posición de cualquier lugar sobre la esfera terrestre.

—¿Qué es un meridiano? —preguntó alguien situado en el fondo de la clase.

—Un círculo imaginario sobre la esfera que pasa por ambos polos. Los puntos situados sobre un meridiano tienen todos, por tanto, la misma longitud —añadí, al tiempo que dibujaba un esquema en la pizarra—. La distancia entre el polo y el ecuador sirvió también para definir inicialmente el metro, patrón de longitud, que se estableció como una parte entre diez millones de esa distancia.

Un par de chicos bostezaron. No me desanimé. Otro estaba levantando la mano.

—¿Cuántos meridianos hay?

—Tantos como quieras —contesté—. Pero a efectos prácticos, y dado que la Tierra gira sobre sí misma en veinticuatro horas, se dividió la naranja en veinticuatro gajos. Que son lo que conocemos como husos horarios. Así que —calculé para todos— cada una de estas líneas está separada de sus vecinas por una hora de reloj o quince grados, ya que trescientos sesenta grados, toda la esfera, corresponden a veinticuatro horas.

—¿Y por dónde empezamos a contar? —preguntó el mismo chico que, por una vez, no era Simón. Me acordé al escucharle de mi propia objeción, aquélla estando dentro del Panteón romano y que había terminado por conducirnos a la última pista de Kepler, aún pendiente.

—Tiene bastante que ver con la historia —respondí—. Por Londres.

El timbre del recreo sonó. En medio del escándalo formado por el tropel de chicos luchando por salir, aún tuve tiempo de gritar:

—¿Algún voluntario para averiguar la historia del meridiano cero?

Pero cuando terminé sólo quedaba Simón en clase. Como de costumbre, no tuvo objeción en aceptar el reto.

28

—El meridiano de Greenwich sirve de meridiano de origen. A partir de él se miden las longitudes en grados. El observatorio de Greenwich corresponde a la longitud cero, por lo que también se llama meridiano cero y primer meridiano.

Simón había empezado a leer sus notas subido a la tarima. Coincidían con las mías. Había recurrido como yo a la búsqueda en Internet y a la conocida enciclopedia libre, la *Wikipedia*.

—Se adoptó como referencia en una conferencia internacional celebrada en 1884 en Washington, a la que asistieron delegados de veinticinco países —continuó—. En dicha conferencia se firmaron varios acuerdos. Los más importantes fueron que existiera un único meridiano de referencia para todos los países y que éste fuera el que pasara por Greenwich. Votó en contra Santo Domingo y se abstuvieron Brasil y Francia.

—Cosas de la política —acoté, dándole una palmada en el hombro y enviándolo de nuevo a su pupitre, no ocurriera que sus compañeros empezaran a silbarle. Seguí yo con las explicaciones pertinentes.

—En realidad, y aunque resulte sorprendente, Francia quería una isla española. ¿Alguna idea de cuál?

Nadie supo dar ninguna sugerencia. Entonces les hablé de la isla canaria de El Hierro, la más pequeña de ellas y, además, el territorio conocido situado más hacia el Oeste en los tiempos antiguos. Por esta razón se la conoce también precisamente como la isla del meridiano. Fue el cartógrafo y astrónomo Ptolomeo quien en el siglo II utilizó esta isla como origen de coordenadas. No había nada más lejos. En el XVII los franceses adoptaron el mismo criterio, con el añadido ya sabido de que la isla estaba situada casi exactamente a veinte grados de París, lo que era una casualidad muy de agradecer. Pero ganó la batalla Londres —o lo que es lo mismo, Greenwich—, porque dos terceras partes del transporte marítimo ya usaban en aquella época la referencia inglesa. Y ello porque desde el año 1675 el Royal Greenwich Observatory —fundado por el rey británico Carlos II— servía no sólo para corregir y hacer más precisas las tablas de movimientos estelares —cosa harto difícil, dada la enorme precisión que habían alcanzado con Kepler— sino principalmente para determinar la largamente buscada longitud de los lugares, perfeccionando así el arte de la navegación.

El asunto me era conocido dada su relación con mis investigaciones sobre el *Manuscrito Voynich*. Por el trance de hallar una forma para determinar la longitud habían pasado el mismo John Dee —cartógrafo con Mercator—, Giovanni Cassini —que encontró un método para hacerlo basado en las observaciones de los satélites galileanos de Júpiter—, o el jesuita Athanasius Kircher y su ya conocida declinación magnética. Tal era el problema para los países que centraban su economía y comercio en la navegación —sin ir más lejos el Imperio Británico—, que Sir Cloudesley Shovell, almirante de la flota inglesa, creó en 1714 el llamado Premio Longitud para cualquiera que pudiera desarrollar un método práctico que determinara la longitud en el mar. Diez mil libras si el error era menor que un grado. El ganador fue un relojero llamado John Harrison, que terminó cobrando el premio de manos del rey Jorge III en 1773. Harrison había conseguido con sus precisos relojes que los errores en la determinación de la longitud fueran más pequeños que medio grado ya en 1761.

Las fechas encajaban.

—Héctor, ¿estás bien?

Uno de los chicos me estaba tirando de la manga.

Agité la cabeza y dije que sí, que estaba perfectamente, pero di por terminada la clase argumentando que tenía algo importante que hacer.

Y así era. Llegué apresuradamente a la habitación y me senté a teclear como un poseso para contarle a mi compañero de fatigas británico lo que acababa de descubrir.

—John Harrison. Royal Greenwich Observatory.

ϒ

Las pistas bullían en mi cabeza. El rompecabezas comenzaba a tener significado. Las piezas parecían ordenarse y agruparse solas, y yo sólo tenía que encajarlas. Uno reconstruye un puzle como si fuera un gigante, mirando desde arriba, buscando la mejor perspectiva para comprender qué es una línea de horizonte, qué la superficie del mar, qué el cielo.

El llamado problema de la longitud corría paralelo al *Manuscrito Voynich*. Había sido la obsesión de Athanasius Kircher en vida, el hombre que lo sabía casi todo. ¿Había descifrado también el manuscrito? Seguí rebuscando entre páginas y páginas —de Internet y de papel—, intentando juntar más piezas. Su biografía es tan extensa, y sus escritos tan abundantes, que uno siempre puede encontrar datos nuevos. Los que aparecieron en pantalla aquella tarde me hicieron feliz:

«En 1633 el entonces emperador del Sacro Imperio Romano, Fernando II, sabedor de las capacidades del sabio alemán, ofreció primero a Athanasius Kircher un empleo de profesor de matemáticas en Viena, y luego el mismísimo puesto de matemático imperial, vacante desde hacía tres años debido a la muerte de Johannes Kepler. Kircher aceptó el cargo, pero una vez en ruta hacia la corte recibió una contrapropuesta del cardenal Barberini, que le llamó a Roma. Kircher se sometió a la obediencia debida como buen jesuita y, finalmente, recaló en Roma, donde llevaría a cabo la mayor parte de sus investigaciones hasta el día de su muerte».

Kircher como sucesor de Kepler, que a su vez había sido el sucesor de Tycho. Casi podía pensar en Kircher como en el nieto del sabio danés. Continué.

Kircher había hecho muchas cosas. Muchísimas.

«Nadie hasta Athanasius Kircher había conseguido sacar información de los jeroglíficos egipcios. Nadie les había encontrado sentido. Kircher los estudió obsesivamente, dedicando a ellos la mayor parte de su vida. Él habría conseguido determinar —según sus propias palabras— que el antiguo lenguaje egipcio había sido el realmente hablado por Adán, y que Moisés era de hecho el legendario ocultista egipcio Hermes Trime-

gisto, pudiendo los jeroglíficos ser traducidos a través de una misteriosa simbología no relacionada con la semántica...»

Otra vez el lenguaje de Adán y de Enoc. Y otra vez la figura legendaria y fantástica de Hermes Trimegisto. Tan misterioso e insondable que hasta el término hermético deriva de su nombre. Hermes Trimegisto habría sido un filósofo egipcio y uno de los padres de la alquimia. Hoy se sabe que las obras atribuidas a él fueron escritas varios siglos después de que hubiera supuestamente vivido, pero su figura permanece viva —aunque él no tuviera existencia real— entre aquellos que creen en sus escritos.

No dejaba de ser curioso que a Hermes Trimegisto se le considerara como el mensajero de los dioses entre los filósofos ocultistas de Grecia, Roma o el mismo Egipto. Ello debido a su relación con el primer lenguaje hablado por los humanos. Por eso —en términos alquímicos y con una perfecta correspondencia con la mitología—, Hermes Trimegisto era la encarnación del mercurio. Seguí buceando en la figura del sin par personaje hasta dar con lo que buscaba:

«El hermetismo es un conjunto de escritos de filosofía, magia, astrología y alquimia puestos bajo la advocación del dios Hermes Trimegisto (Trismégistos), una síntesis helenística del Hermes griego y el Tot egipcio. Hermes es Mercurio, hijo de Zeus, mensajero o heraldo de los dioses, nacido en Arcadia, adornado con el caduceo o vara de oro, el pétaso o sombrero y alas en los pies. Dios elocuente y astuto, inventor de la palabra y de las lenguas. Es fácilmente identificable con el Tot egipcio, escriba de los dioses y participante en el juicio de los muertos. Cosa que ocurre muy pronto, en torno al siglo IV *antes de Cristo. Se transforma así en "Trimegisto" por la traducción del título del dios Tot, que es "grande-grande", convertido por los griegos en "mégistos kaì mégistos kaì mégistos" (el tres veces muy grande). Abreviado: trismégistos. En latín: Trimegistus».*

Creía tener ya el porqué.

—No te entiendo ni una palabra, Héctor.

—No resulta sencillo de explicar, John —contesté en el chat—. Tal vez sea culpa mía. No soy un buen profesor, me temo.

—No sé qué decirte…

—Creo que ésa es la razón de quienes buscan un segundo manuscrito. Todo encaja.

—¿Y qué tiene que ver Juana con todo eso?

—Me temo que mucho. Posiblemente entró en la *Lista Voynich* para obtener información. Es una experta en cifrado matemático. Lo sabes tan bien como yo.

—Se enamoró de mí…

—Eso fue un accidente.

—Y yo de ella.

—Eso fue una imprudencia, inglés.

—Creo que aún lo estoy.

—Eres bobo.

—No me tortures más —suplicó—. ¿Cómo han llegado hasta vosotros?

—Por medio del testamento del mismo *Voynich*. Supongo que en él explicaría cómo fue la transacción del Manuscrito, un secreto que la Compañía de Jesús habría obligado a guardar al viejo librero como parte del pacto de compraventa.

—De buscar información sobre ese asunto me encargo yo. Voynich vivió muchos años en Londres.

—De acuerdo.

—¿Algo más? ¿Sabemos algo más de John Harrison?

—Buf —resoplé sobre el teclado—. No. No he tenido tiempo.

—¿Y de Lazzari?

—Tampoco.

—¿Hidalgo?

—Sigue esperando que me ocupe de él así como de los que le precedieron.

—¿Kepler?

—Es mi favorito. En cuanto pueda sigo hurgando en su vida.

—Bien. Intentaré hacerte una visita dentro de dos semanas —añadió.

—Bye, John.

—Bye, Héctor.

Y

Quien vivía ajena de momento al reciente aluvión de informaciones era Juana. No habíamos hablado ni sobre John Harrison y el problema de la longitud en relación con el *Voynich,* ni tampoco de Hermes Trimegisto y las teorías de Athanasius Kircher. A pesar de que fingía despreocupación —e incluso buen humor—, a raíz de la lectura de su carta dirigida al misterioso Thomas van der Gil —e interceptada involuntariamente por mí—, yo había decidido optar por la prudencia. Claro que no todos actuaban igual.

«Hola, Héctor, mi jesuita favorito:

»La vida aquí en Méjico es aburrida. Os echo de menos, sobre todo a ti. No es lo mismo investigar desde la habitación que hacerlo pisando el terreno. La mente se abre camino más fácilmente cuando estamos juntos. A pesar de eso, no te pienses que no estoy trabajando. Lo estoy y mucho.

»He vuelto con los programas esteganográficos, aunque sin resultados notables. Parece que todo se hubiera acabado con el grabado del calendario. He reproducido el mecanismo de este diagrama y lo he aplicado ahora a las palabras en voynichés que acompañan a los dibujos de las vírgenes enlatadas. Hasta tengo unos discos con cartulina, otra vez. Pero girando los pasos marcados no he hallado ni la madre del cordero ni el cordero con la madre que lo parió. Lo normal es que este grabado no tenga más vida propia que la que quisieron darle los jesuitas dos siglos más tarde. Será parte del camuflaje que rodea los pocos mensajes que guarda el Voynich.

»Tengo bastantes cosas más en relación con el epitafio de Johannes Kepler. Me puse a buscar en cuanto John me alertó sobre la pista de Athanasius Kircher y Hermes Trimegisto. Creo que nos vendría bien chatear a los tres juntos para intercambiar opiniones.

»¿Mañana a tus cinco de la tarde? A John le viene bien.

»Un besazo con mucho picante, para que te sonrojes.

»Te quiero como a un hermano,

»Juana»

«Definitivamente, con quien hay que tener cuidado al hablar es con John, y no con Juana», pensé fastidiado. Aunque tampoco veía mal del todo que ésta continuara trabajando en las investigaciones con nosotros. Una vez que sabía —o creía saber— cuáles eran las intenciones de sus otros amigos, no aprecié mayor peligro. Cosa diferente era el posible intento de traducción del *Voynich*. Seguía convencido de que estábamos muy lejos de resolverlo, así que incluso hasta la ayuda de unos excéntricos y ultraconservadores millonarios americanos podría ser aceptada. El futuro de mi Casa también estaba en el centro del problema, pero de mis últimas charlas con Julián no podía sino extraer la conclusión de que, al fin y al cabo, obtendríamos un buen rendimiento económico de la venta del edificio. Así que resignadamente tuve que decirme a mí mismo que, en este objetivo común por descifrar el jeroglífico más enrevesado de la historia, cualquier compañero de viaje era bienvenido por extraño e interesado que fuera.

Aunque no por ello descuidaría a Juana.

La traducción del *Manuscrito Voynich* no había experimentado avances significativos desde el día en que hallamos la relación casual entre el dibujo astronómico que ilustraba una de sus páginas —y que habíamos interpretado certeramente como una supernova—, y los nombres de los meses del año. La fortuna nos había sonreído al suponer que los caracteres que rodeaban el dibujo —dispuestos en tres círculos concéntricos— podían moverse como la combinación de una caja fuerte. En realidad, eran combinaciones de prefijos, sílabas y sufijos, similares, en la construcción, a las propuestas por algunos de los investigadores de la Lista Voynich. A partir de este singular y sorprendente hallazgo habíamos trabajado los tres —Juana, John y yo mismo— en solitario.

La principal conclusión de la validez del modelo era que algunas de las pistas históricas —hasta entonces meras conjeturas— se habían revelado como ciertas. La fecha de la supernova descubierta y atribuida al astrónomo danés Tycho Brahe colocaba las combinaciones de caracteres en su posición adecuada. Dado que también John Dee había dejado escritos relacionados con esta explosión estelar —y que habría cotejado el mismo

Tycho—, el mago inglés aparecía a nuestros ojos como el más que posible autor del manuscrito. Este hecho era ya un notable avance respecto a la traducción. La pareja formada por John Dee y Edward Kelley sería la autora del libro, que terminaría por llegar —en un momento u otro— a la corte de Rodolfo II, emperador del Sacro Imperio Romano.

¿Cuál era el contenido real del libro? De las propias aficiones y devociones de ambos charlatanes se infería que algo relacionado con el mundo de la alquimia. Bien en su faceta curativa —los grabados de plantas sugerían esta posibilidad—, bien en su aspecto más conocido, que no era otro que el presunto hallazgo de la piedra filosofal. Pero más allá del contenido, lo intrigante —y más importante— era el continente. ¿En qué lenguaje estaba escrito y dónde se encontraban las claves para su traducción? Aquí se abría un interrogante todavía no cerrado. Si suponíamos que, años más tarde, los jesuitas habían conseguido una traducción correcta del libro, alguien tenía que haber hecho el trabajo con su ayuda.

La que llamábamos pista jesuita había dado buenos resultados. Por una parte, una sucesión de personajes relacionados con la Compañía había hecho alusión —más o menos directamente— a la existencia del libro. El primero de la lista era obviamente Athanasius Kircher, al que se le habría enviado el manuscrito desde Bohemia —por vía de Marcus Marci, médico y amigo de Kircher en Praga— hasta Roma. Kircher ya tendría con él, quizá, la traducción. A partir de él estarían enterados en mayor o menor medida otros sabios de su época, como su rival y no menos inteligente hermano jesuita Giambattista Riccioli, o el discípulo y protegido de éste, nada menos que el famoso astrónomo Giovanni Cassini. Los siguientes jesuitas habrían mantenido discreción en relación con el misterioso ejemplar hasta llegar a Lazzari. Éste, bibliotecario principal de los jesuitas, se habría encontrado con un encargo tan difícil como era el de proteger los ejemplares más valiosos ante una inminente supresión de la Compañía. Él habría dispersado los libros, escondiendo unos y dividiendo otros. Al *Manuscrito Voynich* posiblemente le habrían aplicado los dos métodos, tal era su valor. La división habría separado el texto cifrado de las claves para encontrar los posibles mensajes. Con sólo la primera parte, y salvo en casos muy claros o sencillos —y entiéndase por sencillos algo como el diagrama de la supernova, enrevesado hasta el límite—, la traducción era imposible.

De los textos del *Voynich*, sólo la parte cifrada habría salido a la luz. Esto ocurrió a principios del siglo XX. El libro, tal y como hoy lo conocemos y tal como se conserva en la universidad estadounidense de Yale, fue comprado por un librero llamado Wilfred Voynich. La venta ocurrió en Roma, en una de nuestras Casas acuciada por las deudas y la ruina. La segunda parte del libro que conociera Athanasius Kircher —el conjunto de claves— está en paradero desconocido. Tal vez, como algunos creen, fuera traído a España por Lazzari. Y tal vez, como unos pocos piensan, esté todavía entre estos muros.

¿Quién habría traducido el *Manuscrito Voynich*?

Aquí ya no podía trabajar con certezas, sino con especulaciones. Huido John Dee a Inglaterra, queda solo en Bohemia Edward Kelley con el libro. Kelley trabaja en cuestiones alquímicas con Peter Ursinus Rozmberk, el que unos pocos años más tarde sería anfitrión de Tycho Brahe en la fatídica noche de la borrachera que lo conduciría a la tumba. Brahe compartió con su brillante discípulo Johannes Kepler todos los datos astronómicos de la órbita de Marte —recopilados durante treinta años—, en el intento de desentrañar su peculiar movimiento. Un auténtico tesoro. ¿No podía haber intentado también traducir con él nuestro misterioso libro, sabiendo que dentro del mismo se contenían —o decían que podían contenerse— algunas de las claves y secretos de la alquimia? Parece lógico. Si a ello añadimos que el *Manuscrito Voynich* cae en manos de los jesuitas pocos años después, y que los amigos de Kepler entre éstos eran muchos y buenos —tantos que Kepler fue acusado y amonestado por los suyos a causa de esta amistad rayana en la traición religiosa—, cabe pensar que el *Voynich* pasó por sus manos.

Si hubo alguien con la genialidad, la inteligencia y la tenacidad necesarias como para traducir el *Manuscrito Voynich*, ese alguien tuvo que ser sin duda ninguna Johannes Kepler.

29

«Los jesuitas siempre hemos sido misioneros y educadores. Hemos fundado colegios, primero por toda Europa, y luego por el resto del mundo. Siempre hemos admirado a los hombres brillantes, inteligentes y razonables.»

Con estas palabras arrancaba uno de los capítulos de un precioso libro de historia acerca de la Compañía de Jesús que había encontrado en la biblioteca. Un volumen enorme y antiguo. Lo abrí con la esperanza de encontrar alguna referencia a Kepler entre sus páginas.

En efecto, así fue. Una cita breve pero significativa.

«A lo largo de su azarosa vida, Johannes Kepler tuvo una compleja relación con nosotros. Algunos miembros de la Orden le granjearon su amistad y le dieron santuario y acomodo cuando los propios miembros de su iglesia se los negaron. Ellos lo apoyaron, promocionaron su trabajo, y rezaron por su conversión. De tanto en cuanto, rumores acerca de esta última corrieron por Praga, como ya había ocurrido antes en Graz pero, desgraciadamente, Kepler nunca renegó de su luteranismo…»

Y ello a pesar de que nunca fue reconocido entre los suyos. Esta circunstancia es el origen de que a Kepler se le haya colocado el calificativo de «el Galileo protestante». Una vez en Praga, ciudad a la que llegamos en 1556, los jesuitas entramos en escena de la misma forma que habíamos hecho antes en Graz. Fue san Pedro Canisius quien dirigió la reconversión de toda Bohemia a la fe católica. Allí en Praga fundamos una nueva universidad, la llamada Clementina que, como todos los centros de estudio jesuitas, pronto se convirtió en lugar de influencia y atracción política. Hasta entonces la iniciativa había correspondido a los utraquistas —seguidores moderados de Jan Hus (Hussitas), una forma de catolicismo liberal más cismática que herética—[11] que regentaban la universidad Carolina desde su fundación en 1348 por el emperador Carlos IV. Rodolfo II, al igual que había hecho su padre, Maximiliano, quiso situarse al margen de las discusiones y diferencias religiosas. Pero la fuerte influencia de su madre católica le llevó a aumentar la presión sobre la facción protestante. Con este fin invitó a los capuchinos a unirse a los jesuitas en Praga, y así la contrarreforma cobró más fuerza. En 1602, dos años después de la llegada de Kepler —y ya convertido en matemático imperial—, el emperador declaró que sólo católicos y utraquistas podían permanecer en Bohemia, expulsando a los protestantes. Sin embargo, Kepler no tuvo que abandonar Praga. Por una parte, su bien ganada fama —no era un simple profesor de matemáticas, sino el mejor del imperio—, y, por otra, la amistad con los jesuitas, impidieron que tuviera que exiliarse una vez más. Además, Rodolfo II no fue un emperador celoso en exceso del dogma religioso, a menudo demasiado ocupado y preocupado en remediar sus propios males, frecuentemente sumido en profundas depresiones. Apesadumbrado y triste, con el pasar de los años se hizo más introvertido aún. Sus crisis y alucinaciones fueron en aumento día a día. Temeroso de lo que le rodeaba, se hizo acompañar cada vez más a menudo por astrólogos y alquimistas, matemáticos y astrónomos como el propio Kepler, magos de toda condición e incluso por unos pocos rabinos místicos.

—Como Judah Loew, gran rabí de Praga y maestro de la Cábala.

Simón había vuelto con más información. Me había llenado la mesa con más papeles —si cabe, que no cabían— y estaba comenzando a abrumarme con todo tipo de datos, fechas y hechos, algunos de los cuales rozaban lo inverosímil.

—¿Y ése quién era? —pregunté, feliz en mi ignorancia.

11. Una de las grandes quejas de los hussitas era la división entre clérigos y laicos a la hora de recibir la comunión. Los primeros lo hacían bajo ambas especies, pan y vino, o *sub utraque specie* —de ahí el nombre de utraquista—. Los segundos sólo bajo la forma del pan.

—Un tipo bastante singular. Pudo coincidir con Tycho Brahe y Johannes Kepler en la corte de Rodolfo II. No sé si llegarían a verse en persona, pero las fechas me cuadran. Tú me diste la pista, sin querer —añadió.

—No recuerdo haberlo nombrado. Ni tan siquiera sé quién es.

—Me diste un libro de Lovecraft. Un genio, por cierto.

—Sigo sin ver la relación —objeté.

—Si no entendí mal el libro, los mitos de Lovecraft son un montón de bichos y dioses y seres extraterrestres e inhumanos que llegaron a la Tierra antes que los hombres. Y aquí siguen.

—Más o menos. Un particularísimo panteón —dije, volviendo a recordar para mis adentros la visita a Roma y el enigma pendiente.

—Pues bien. Me gustó tanto que me puse a buscar por Internet. Me encanta la literatura fantástica y de terror. Entonces me encontré con el Golem.

—¿El Golem?

El nombre me era familiar.

—Sí. El Golem. Y también los homúnculos. Recuerda que hablamos de ellos cuando investigamos a Paracelso.

—Sí —admití—. El homúnculo. Esta palabra aparece por primera vez en los textos alquímicos de Paracelso. Llegó a decir que había creado uno de estos falsos humanos a partir de huesos, esperma y fragmentos de piel y pelos de un animal, del cual el homúnculo sería un híbrido. Se supone que este ser tiene que servir fielmente a su creador, no tiene inteligencia propia y ejecuta literalmente las órdenes de su amo, por brutales que éstas sean. Algo fantástico.

—Ajá —asintió—. Los mitos de Lovecraft están inspirados parcialmente en estas fantasías. Y muchos piensan que el homúnculo y el Golem son la misma cosa.

—¿Pero qué es el Golem y qué tiene que ver con ese judío? —volví a preguntar, cada vez más intrigado.

—Ese judío se llamaba Judah Loew ben Bezalel, nombre completo de Judah Löw, hijo de Bezalel. Fue un místico y un gran erudito de los textos sagrados. Pasó gran parte de su vida en Praga como rabino. Fuera del judaísmo es muy famoso porque a él se le atribuye la creación del Golem.

—Que es... —hice continuar a Simón.

—Entre otras cosas, una evolución de Pokemon —bromeó Simón—. Pero antes de esta ignominiosa caída, y dentro de la literatura fantástica, el Golem es un ser sobrenatural creado a partir del barro al igual que hiciera Dios con Adán en el libro del Génesis. Salvo que en este caso es creado por un humano y, por lo tanto, los resultados no son tan buenos —siguió hablando entre risas mi alumno—. Judah Loew habría dado vida a uno de ellos, no en la literatura, sino en la vida real. Según la leyenda apócrifa, lo creó para defender a los judíos del gueto de Praga de los ataques antisemitas. Para ello recitó unos cuantos cánticos escritos en la lengua de Adán y Enoc. Puede reconocerse a un Golem porque lleva escrita la palabra «*emet*» en la frente, uno de los nombres hebreos de Dios. Este ser inhumano se habría hecho cada vez mayor y más violento, matando a todo aquél que se cruzaba en su camino y llevando el horror a las calles de Praga. La pesadilla acabó cuando se le prometió a su creador, el rabino Judah Loew, que cesaría la violencia contra los judíos. Entonces éste borró de su frente la primera letra, transformándose la palabra «*emet*» en «*met*», que significa muerte. Y fin del Golem.

—¿Hay algo de real en toda esta historia fantástica? —pregunté, bastante sorprendido de las pesquisas de Simón.

—Aunque pueda parecer que no, sí. El rabino existió y es famoso entre los judíos por sus estudios de los libros sagrados. Su tumba es muy visitada en Praga como atracción turística. También está datado al menos uno de sus encuentros con Rodolfo II.

—¿Cuándo?

—Exactamente el 23 de febrero de 1592. Desde 1588 ostentaba el cargo de gran rabino de Praga, y como su fama era tan grande el emperador lo mandó llamar. En la audiencia estuvieron presentes también su hijo Sinai y su yerno Isaac. La charla discurrió en torno a la Cábala, tema que fascinaba a Rodolfo II y del que Judah era experto. Murió en 1609 en la misma ciudad de Praga, por lo que pudo perfectamente haber conocido tanto a Tycho como a Kepler. No hay constancia de ello, pero parece que antes sí tuvo uno o varios encuentros con John Dee y Edward Kelley.

—Entonces —pregunté con sorna—, ¿crees que Tycho fue asesinado por un Golem bien adiestrado?

—No lo descarto —rio—. Aunque sigo inclinándome por el veneno.

—Yo no —le confesé—. Será que veo mucho *House*.

Le expliqué a Simón mi teoría de la mercromina. Como imaginaba, se mostró encantado con la idea y me animó a publicarla. Pero, ¿dónde?

—Ya estoy.

Juana había acudido puntual a su cita en la pantalla. John lo hizo poco después. Por el par de minutos que transcurrieron sin que aparecieran palabras en mi monitor, deduje que estaban teniendo una conversación privada. Lo asumí como normal —John me había advertido que no iba a dejar de insistir en el asunto— y cuando terminaron con sus cosas comenzamos a conversar los tres a través de la Red.

—Lo primero que he buscado es la tumba donde está enterrado Kepler —empezó Juana—. Aquí viene la primera decepción. Johannes Kepler fue inhumado en el cementerio protestante de San Pedro, en la localidad de Regensburg, el 17 de noviembre de 1630. Al funeral asistió una gran cantidad de gente. Algunos le conocían, otros sólo habían oído hablar de él. En la tumba se colocó una lápida con su propio epitafio, el que conocemos, escrito quién sabe si en un momento de lucidez, depresión o premonición.

—«Yo solía medir los cielos, pero ahora mido las sombras de la Tierra. Aunque mi alma pertenece al Cielo, la sombra de mi cuerpo yace aquí» —recordé yo las bellas palabras utilizadas para la ocasión—. ¿Por qué una decepción? —pregunté.

—Porque incluso muerto y enterrado, Kepler no pudo escapar de las miserias de la guerra —contestó Juana—. Unos pocos años más tarde la ciudad de Regensburg fue el centro de un violento episodio, involucrada en el feroz conflicto de la guerra de los Treinta Años (1618-1648). Muchos protestantes habían llegado a Regensburg para refugiarse, y allí cayeron entre dos fuegos: las fuerzas del emperador por una parte, y las de sus propios compañeros luteranos de la otra. En esa batalla la caballería arrasó el cementerio de San Pedro, y la losa que cubría los restos de Kepler quedó destruida. No hay ni rastro ni de ésta ni de la lápida. Nadie sabe realmente dónde están sus huesos ahora.

—Entonces, ¿nada? —intervino por primera vez John.

—Nada de nada. Aunque recientemente se ha levantado un monumento en su memoria en el lugar aproximado.

—Frustrante —apostillé—. Entonces el epitafio no es una pista.

—No te creas, Héctor. Ahora voy con la parte interesante y sorprendente —me interrumpieron las letras que el teclado de Juana escupía en mi pantalla—. Hermes Trimegisto. Según vuestras averiguaciones, Athanasius Kircher pensaba que era un antiguo filósofo que habría tenido existencia real. Y no sólo eso. Además lo habría identificado con Moisés, siendo capaz de traducir los primeros jeroglíficos, escritos en el lenguaje de Adán.

—¿Y? —pregunté algo molesto por la cantidad de datos que le había proporcionado John.

—El legado más importante que se tiene de Hermes Trimegisto es la llamada Tabula Smeragdina o «Tabla Esmeralda». Según la tradición o la leyenda, este escrito es la fuente original de la filosofía hermética y la alquimia. El texto fue originalmente grabado por Hermes sobre tablas o paneles de esmeralda, colocado en la Cámara del Rey dentro de la Gran Pirámide de Keops y presumiblemente encontrado por el mismísimo Alejandro Magno. Toda esta historia es apócrifa, pero el contenido de las tablas ha llegado hasta nosotros y es bien conocido entre los estudiosos de la filosofía oculta por lo menos desde el siglo X.

—No veo la relación con el epitafio —objeté.

—La verás si lees ambos y, sobre todo, si te fijas en el lema principal del mismo: «Lo que está abajo es como lo que está arriba, y lo que está arriba es como lo que está abajo».

—Pues sí —interrumpió John—. Kepler habla de lo mismo en su sentencia final. Que primero miraba hacia arriba y luego hacia abajo. Y a la inversa.

—Es todo un galimatías, aunque tendría cierta lógica desde el punto de vista de Athanasius Kircher y del jesuita que, presumiblemente, escribió la frase detrás de aquel lienzo en el Panteón romano —volví a intervenir—. ¿Cuál es el texto completo, Juana?

—Lo copio y lo pego ahora mismo. En principio, se cree que este texto sería la receta para la preparación de la piedra filosofal, que sería usada como sabemos para transmutar los metales básicos en oro. Dado que el sol se refiere al mismo oro en la alquimia, y éste quedaría por encima de todas las cosas, cualquier otro metal podría convertirse y llegar hasta él —explicó—. Y, ahora, voy con el texto completo. La versión conocida está en latín, aunque lógicamente hay dudas respecto a que el original también estuviera escrito en esta lengua. La traducción aproximada es la que sigue:

Verdadero, sin falsedad, cierto y muy verdadero:
lo que está abajo es como lo que está arriba,
y lo que está arriba es como lo que está abajo,
para realizar el milagro de la Cosa Única.
Y así como todas las cosas provinieron del Uno, por mediación del Uno,
así todas las cosas nacieron de esta Única Cosa, por adaptación.
Su padre es el Sol, su madre la Luna,
el Viento lo llevó en su vientre, la Tierra fue su nodriza.
El Padre de toda la Perfección de todo el Mundo está aquí.
Su fuerza permanecerá íntegra aunque fuera vertida en la tierra.
Separarás la Tierra del Fuego, lo sutil de lo grosero, suavemente, con mucho ingenio.
Asciende de la Tierra al Cielo, y de nuevo desciende a la Tierra,
y recibe la fuerza de las cosas superiores y de las inferiores.
Así lograrás la gloria del Mundo entero.
Entonces toda oscuridad huirá de ti.
Aquí está en la fuerza fuerte de toda fortaleza,
que vencerá a todo lo sutil y en todo lo sólido penetrará.
Así fue creado el Mundo.
Habrá admirables adaptaciones,
cuyo modo es el que se ha dicho.
Por esto fui llamado Hermes Tres veces Grandísimo,
poseedor de las tres partes de la filosofía de todo el Mundo.
Se completa así lo que tenía que decir de la obra del Sol.

—No puede ser casualidad el epitafio de Kepler —escribí, tras leer la traducción de la Tabla Esmeralda—. No leyendo cosas como: «Asciende de la Tierra al Cielo, y de nuevo desciende a la Tierra, y recibe la fuerza de las cosas superiores y de las inferiores».

—Eso es lo que quería haceros ver—tecleó Juana satisfecha.

El *chat* había terminado así. Al menos, en lo referente a Juana, que había excusado permanecer más tiempo conectada porque su padre la reclamaba para no sabemos qué asunto doméstico. En cuanto a John, habíamos intercambiado un par de frases más en privado, y en ellas me indicaba que me haría llegar por correo electrónico sus propias averiguaciones sobre Wilfred Voynich. Todo ello —dijo—, al margen de Juana. Ahora estaba abriendo ese mensaje con el archivo adjunto.

Wylfrid Michal Hadbank-Wojnicz —el nombre completo y real de Wilfred Voynich— había nacido el 31 de octubre de 1865 en Kaunas, Lituania. Hijo de un modesto oficial polaco llegó, gracias a su talento, a graduarse como químico en la Universidad de Moscú. Pronto se vio arrastrado por los ideales anarquistas y comunistas, pasando a militar en una organización clandestina. Debido a ello fue detenido y desterrado a Siberia. En 1890 consigue volver a Rusia y de ahí escapa primero a Hamburgo y luego a Londres.

John me indicaba en su correo que esta circunstancia era precisamente la que le había proporcionado más información acerca de la vida y milagros de Wilfred Voynich.

En Londres Wojnicz se casó con Lily Boole —hija del famoso matemático del mismo apellido—,[12] y con ella y otros exiliados del Este de Europa comienza a trabajar en la estructura y propaganda de una organización revolucionaria de tipo comunista. Así, por ejemplo, se sabe que introdujeron clandestinamente en

12. George Boole (1815-1864) fue un matemático y filósofo inglés. Como inventor del álgebra que lleva su nombre —la base de la aritmética computacional moderna—, Boole es considerado como uno de los fundadores del campo de las ciencias de la computación. (*N. del A.*)

Rusia traducciones del *Manifiesto Comunista* de Engels y de *El Capital* de Marx, por ejemplo. Pero Wojnicz no sólo trabajó con literatura revolucionaria, sino que también tradujo al inglés a muchos autores rusos importantes. Ahí es donde comienza a fraguarse la profesión de librero, traductor y ensayista de Voynich que hoy conocemos. Wylfrid Michal Hadbank-Wojnicz abandonó entonces su nombre lituano —consideraba que era muy difícil de pronunciar para los ingleses—, y a partir de entonces firmó como Wilfred Michael Voynich o, simplemente, Wilfred M. Voynich. Su inteligencia y curiosidad le llevaron a interesarse por los libros antiguos, raros o incunables, y a comerciar —y, por tanto, ganar dinero— con ellos. En 1897 ya se había convertido en un librero y coleccionista muy influyente. Sin embargo, a pesar de sus habilidades innatas con el negocio, resulta imposible saber cómo consiguió hacer tanto dinero en tan poco tiempo, o cómo pudo hacerse con colecciones tan valiosas de manuscritos antiguos. En 1898 publicó el primer volumen de un catálogo de libros raros —que se prolongó hasta un cuarto en 1902—, con más de 1.100 páginas lujosamente encuadernadas. En ese año, 1902, ya es considerado como el vendedor de libros antiguos más conocido de Londres. Su tienda estaba ubicada en el número 1 de Soho Square.

Voynich hizo numerosos viajes por Europa en busca de libros para sus catálogos. En uno de ellos —en 1912—, recala en Italia, y más concretamente en el colegio jesuita de Villa Mondragone en Frascati, cerca de Roma...

John empezaba aquí a contar cosas ya conocidas por todos. O casi conocidas. El bibliotecario del lugar, un español de nombre Anselmo Hidalgo —por fin aparece—, le ofreció una colección de varios volúmenes, entre los cuales Voynich encontró un ejemplar particularmente extraño. Un pequeño libro escrito a pluma sobre pergamino de ternera plagado de ilustraciones con extrañas plantas, mujeres desnudas, tuberías y cartas astrales. Escrito en una lengua desconcertante que no supo descifrar.

Obviamente, se trata del libro que hoy conocemos como *Manuscrito Voynich*.

El resto de la carta de John era bastante sucinto. En 1914 Voynich se separa de su mujer Lily Boole y traslada su negocio a Nueva York. En 1915 —el mismo año que Hidalgo viaja a España para hacerse cargo de la dirección de nuestra nueva Casa de la Compañía de Jesús—, el *Manuscrito* aparece por primera vez en público. Concretamente, en la revista *Bulletin of the Art Institute of Chicago*, que Voynich utilizaría como trampolín para dar a conocer a los expertos los entresijos del volumen que había adquirido años antes. A partir de ahí vienen los muchos y vanos intentos de traducción.

Había un montón de cosas de interés en la información facilitada por John.

Pero también huecos que tenía que llenar por mí mismo.

Aquella tarde me pasé más de tres horas trabajando en el archivo.

No toda la historia de la Compañía de Jesús podía encontrarse en Internet. Tenía que mancharme las manos a la antigua usanza. Al modo de Lazzari y el propio Hidalgo. Empecé por los dietarios, que eran los libros más antiguos. No parece raro —pensé con ironía— que, tildados de mercantilistas, sean los libros de cuentas los únicos que nos interese conservar. Encontré partidas de gastos con el nombre de Lazzari. Había algunos viajes a Toledo anotados a su nombre y a los de otros que me resultaron desconocidos. Este punto coincidía con las reseñas históricas, que nos cuentan que el padre Lazzari, entonces bibliotecario del Colegio romano, consiguió una audiencia con el cardenal Zelada —el más antijesuita quizá de los cardenales del papa Clemente XIV— para interceder por los fondos de la Compañía. Éste, Zelada, habría accedido llevándose parte a su propia biblioteca toledana.

En los volúmenes de historia de la Compañía contrasté otros datos que daba por sabidos. Desde el final de la guerra napoleónica —1814— hasta 1824, el nuevo papa Pío VII restaura nuestra Orden y nuestras pertenencias. La lista de edificios principales es larga, especialmente en Roma: la iglesia del Gesú, el Collegio Germanico, el Collegio Romano, el Noviciado de San Andrés, la iglesia de San Ignacio, el Observatorio Astronómico —por supuesto—, y el Panteón.

No sabía que el Panteón hubiera pertenecido a nuestra Compañía.

Y lo había sido justo en la época de movimiento del *Manuscrito*.

Con ese dato tenía menos dudas acerca de la facilidad para la colocación de pistas dentro de él por parte de mis ilustres antecesores.

Volví con Lazzari e Hidalgo. El segundo había aceptado —de forma voluntaria, sugerida o, tal vez, impuesta— la dirección del nuevo Colegio en España, levantado sobre las ruinas del antiguo convento que Lazzari —de quien sin duda tendría sobradas referencias— había visitado para proteger los fondos bibliográficos jesuitas. Hidalgo, que habría vendido el *Manuscrito Voynich* al mismo Voynich, tal vez lo hizo pensando que su secreto estaba bien guardado a falta de las claves para descifrarlo.

O, a la inversa, acudió a España para buscar precisamente esas claves. Si Voynich había pagado una buena cantidad de dinero por un libro ilegible, seguramente estaría dispuesto a pagar otra —mucho mayor, quizá— por un segundo volumen que pudiera traducir el primero.

30

Un acontecimiento imprevisto venía a interrumpir mis indagaciones.

Aunque decir imprevisto no era muy correcto.

Y, además, lejos de interrumpir mis pesquisas, más bien las reforzaba y animaba. John haría coincidir su visita con el próximo eclipse anular de sol que se acercaba. El mejor lugar para su contemplación era, precisamente, la franja central de España. Una franja que se extendía desde Galicia hasta Valencia, pasando por toda Castilla. Un acontecimiento formidable que no tendría lugar de nuevo hasta dentro de veinte años.

Así que no había nada de imprevisto. Los eclipses se predicen con exactitud matemática desde hace muchos siglos. Y buena parte de culpa en ello la tienen, cómo no, Tycho Brahe y Johannes Kepler.

Mis alumnos estaban casi tan entusiasmados como yo. Un acontecimiento astronómico único y de belleza única: la ocultación del Sol por la interposición de la Luna, dejando un estrecho anillo de luz solar alrededor de ésta. Faltaba todavía una semana y ya todos los chicos tenían preparadas las pertinentes gafas oscuras de protección, rudimentarios telescopios para observar la corona solar proyectada sobre una lámina de papel, o cámaras fotográficas con sus correspondientes filtros. La cita estaba perfectamente marcada en el calendario.

Aunque los eclipses solares son relativamente frecuentes y cada año pueden observarse algunos en distintas partes del mundo, éste era singularmente atractivo. En España no ocurría algo así desde el año 1959, y hasta el 2026 no se esperaba otro semejante. Toda una vida. Como para perdérselo. Y el último anular —tal vez el más espectacular— se contempló en la Península Ibérica el 9 de enero de 1777, hacía 228 años.

—Héctor, ¿qué es exactamente un eclipse anular de sol? —me asaltaron.

—En un eclipse —les expliqué— la Luna se interpone entre la Tierra y el Sol, ocultándolo. Lo que va a pasar dentro de unos días es un eclipse casi total de Sol, ya que el disco de la Luna se internará completamente por delante del disco solar. Sin embargo, al estar más lejos de lo habitual, el disco de la Luna es algo más pequeño. Como consecuencia, no se hará completamente de noche y podremos ver un anillo de luz alrededor de nuestro satélite. La palabra eclipse significa desaparición en griego —añadí a lo anterior—. Hay historias preciosas de eclipses.

—Cuéntanos alguna —rogó una de las chicas, especialmente receptivas hacia el acontecimiento.

—En el mundo antiguo, cuando no era posible calcular adecuadamente los movimientos de los astros celestes, los eclipses causaban el pánico. Da casi lo mismo de qué pueblo hablemos. Mayas, chinos o egipcios, tanto da. Por lo general, se les atribuían desgracias y calamidades. Por ejemplo, entre los chinos, se pensaba que un dragón devoraba el Sol. Los astrónomos debían prever esos momentos para que el Emperador no tuviera problemas, y durante los mismos hacían repicar campanas para ahuyentar a la bestia. Dos astrónomos imperiales chinos fueron ejecutados por equivocarse en las predicciones. Los indios mayas llevaban a cabo sacrificios humanos para ahuyentarlos. Otros pueblos sustituían a su rey durante las horas de oscuridad, para que fuera otro quien cargara con la desgracia. Pero con la llegada de la astronomía —continué— se comenzó a encontrar cierta periodicidad entre los eclipses. Hace ya cuatro mil años que los astrónomos mesopotámicos se fijaron en que cada 223 meses se producía uno de estos fenómenos. Pero no fue hasta mucho más tarde en que se consiguió predecir uno. Fue el griego Tales de Mileto en el año 585 antes de Cristo. Con un resultado maravilloso.

—¿Por qué? —preguntó Simón, que todavía no había abierto la boca.

Tomé un libro que había traído para la ocasión. Eran las crónicas de Heródoto. Leí un breve párrafo:

«Y el día cambió súbitamente a la noche. Este suceso había sido predicho por Tales, el milesio, quien había avisado a los jonios de ello, anunciándolo muy cerca del sitio donde tuvo lugar. Los medas y los lidios, cuando observaron el cambio, cesaron la lucha, y rápidamente acordaron la paz».

Después de la lectura, continué con la explicación.

—Herodoto nos cuenta aquí cómo la predicción de Tales, considerado uno de los primeros pensadores griegos, puso fin a una batalla antes de que se desatara. El mismísimo Aristóteles dijo que este eclipse marcaba el momento exacto en el que nace la filosofía.

—Héctor, tú siempre estás diciendo lo mismo —se quejó un chico—. Que todo empieza con la astronomía.

—Y es que, sinceramente, lo creo así —contesté sonriendo—. Desde el mismo instante en que el ser humano comenzó a caminar erguido, ya dejó de mirar al suelo. Así que el siguiente paso, que era levantar la vista al cielo, sólo fue una cuestión de tiempo. Entonces empezó a hacerse preguntas, a razonar y a pensar. Y se hizo inteligente.

—Pero la inteligencia es un don divino, ¿no? —replicó la primera chica, siempre excelente en los exámenes de religión.

—Lo es como un todo —contesté—. La creación es obra de Dios. Y el hombre lo más parecido a él. Pero no busquemos explicaciones divinas a lo que la ciencia es capaz de explicar de forma sencilla con su método.

—Mi padre dice que es imposible que un mono se convierta en un hombre. Y que la Biblia dice lo contrario —volvió a la carga el chico escéptico.

—¿Y qué más dice tu padre?

—Que no se fía de los jesuitas.

Toda la clase se echó a reír y yo con ellos. El timbre del recreo sonó y me sentí afortunado de haber sido salvado por la campana. Esa mañana los chicos me estaban dando por todos lados.

—Héctor, ¿podrías subir un momento después de las clases? Tengo que hablar contigo.

La voz de Julián al otro lado del teléfono sonó amable. Nuestra última conversación de fundamento había tenido lugar en los sótanos de la Casa, junto al enorme muro de piedra que tapiaba las antiguas cloacas romanas escondidas muchos años atrás. Le confirmé la cita, tanto por amistad como por obediencia.

Ahora estaba tocando en su puerta.

—Pasa —dijo su voz tras la madera.

Su despacho estaba atestado de papeles. A su ya conocida tarea de ecónomo —lo que le había convertido de facto en el encargado de nuestra subsistencia—, unía ahora la de prior, por lo que también cualquier tipo de decisión relacionada con nuestro futuro inmediato estaba en sus manos. Que seguramente además se encontraría entre esos papeles.

—Quiero que veas esto.

Me tendió una carpeta con unos cuantos folios amarillos dentro. Unos diez, tal vez doce.

—¿Qué son estos documentos? —le pregunté antes de empezar a leer tan siquiera los encabezados.

—Estaban entre las pertenencias de Carmelo. En uno de los cajones de su mesa —añadió.

Me sorprendieron sus palabras. Antes de pedir nuevas explicaciones, hojeé su contenido. El documento era una especie de testamento escrito en inglés. Las últimas voluntades de un tal... Wilfred Voynich. Lo que Julián me estaba entregando era el contenido del portafolio —que yo había encontrado vacío cuando llevé a cabo mis tareas de archivero— hallado en el despacho del que fuera anterior prior.

—El otro día me preguntabas sobre un manuscrito con ese nombre: Voynich. Recordé después haberlo visto en algún sitio. ¿Era esto lo que buscabas? —añadió.

—Sí y no —dudé en la respuesta—. Por supuesto, estos documentos son de un gran valor para mí. Pero lo que se conoce como *Manuscrito Voynich* —continué— es otra cosa. Un antiguo códice del siglo XVI que todavía permanece sin traducir. Estos papeles parecen pertenecer a su descubridor en la época moderna, un librero inglés de origen ruso de principios de siglo.

Julián me miraba con una mezcla de extrañeza y de sorpresa. Y yo a él avergonzado. Había dudado de él. Julián sabía de la existencia de los subterráneos, probablemente sabía que algo de valor podía esconderse en ellos —la oferta por el edificio era especialmente agresiva como para tratarse sólo de una mera especulación urbanística—, pero no parecía tener ni idea de los avatares del viejo escrito quizá minuciosamente elaborado por el mago inglés John Dee. Continué con alguna explicación más.

—Por alguna razón que se me escapa —dije con prudencia—, la Compañía de Jesús ha tenido en su poder ese manuscrito escondido durante varios siglos. Tal vez porque su contenido versase sobre materias poco apropiadas o, tal vez, porque nuestro propio orgullo y vanidad nos ha llevado a intentar traducirlo antes de sacarlo a la luz.

—¿Sabes dónde está? —me preguntó Julián con verdadera curiosidad.

—En una universidad estadounidense, en Yale —contesté—. Es motivo de estudio de cientos de personas en todo el mundo.

—Entonces, ¿dónde está el problema?

—En que aún nadie ha podido con él. Se especula —volví a mi prudencia— con el hecho de que, si fue traducido en el pasado por algún jesuita, éste guardó las claves en alguna parte. Hay ciertas pistas —y ahí rocé el límite de lo que me estaba permitiendo decir en voz alta— que conducen a España. Por cuestiones relacionadas con las prohibiciones de la Compañía y la ocultación de nuestros libros y manuscritos —concluí.

—¿Las tenemos en el archivo?

—¿El qué? —contesté a su pregunta con otra haciéndome el distraído.

—Las claves, qué va a ser.

—No, claro que no. Al menos, que yo sepa —respondí con cara de circunstancias.

—Entonces no tenemos nada que hacer ni decir en este asunto. Quédate con esos papeles si quieres.

—Gracias, Julián. Me vuelvo a mi habitación.

—A ti por tu trabajo, Héctor. Nos vemos en la cena.

Hasta la hora de la cena —y bastante rato después— permanecí enganchado al testamento del viejo Wilfred Voynich. Las primeras páginas eran formalismos propios de abogados, párrafos farragosos —llenos de largas listas de pertenencias— en los que se establecían las condiciones por las que los bienes del librero eran transmitidos a diferentes miembros de la familia Voynich. O a distintas sociedades culturales y científicas de la época que no siempre aparecían especificadas. Por esta circunstancia, las prolijas relaciones de libros que se cedían no estaban completas, sino que faltaban muchas páginas. Por lo que pude deducir del preámbulo del documento, éste tenía que ser dividido a la muerte del autor, haciéndose llegar una copia del texto común más una serie de páginas específicas a cada uno de los beneficiarios. En la lista de éstos aparecía el nombre —entre otros muchos— de Oswaldo Pizarro. Deduje que era un pariente de Juana, tal vez su propio abuelo. Encajaba con lo que ella misma había escrito a Thomas van der Gil.

Lo que yo tenía en las manos era la copia testamentaria dirigida a Anselmo Hidalgo, prior de nuestro convento jesuita en el año 1915. El testamento estaba fechado en 1930, un año antes del fallecimiento de Voynich. Éste posiblemente nunca supiera que Hidalgo ya estaba muerto, pero por alguna razón —que luego encontraría en las explicaciones que contenía el legajo— se vio obligado a desvelar antes de morir algunas cuestiones que habían permanecido en secreto mientras vivía.

Las cuatro últimas páginas del documento estaban dedicadas a lo que Voynich llamaba «El libro cifrado de Roger Bacon». Wilfred Voynich murió convencido de que el manuscrito —que más tarde llevaría su propio nombre, el mismo con el que ha llegado hasta nosotros— era indudablemente una obra del sabio franciscano. Se detallaba su adquisición y las condiciones del trato y la compraventa. También incluía un largo párrafo de agradecimiento a la Compañía de Jesús por la cesión de tan valiosa obra para su estudio por la comunidad científica. En las mencionadas condiciones del trato se señalaba explícitamente la prohibición por parte de los jesuitas de que Voynich revelara el origen del libro, su precio exacto, el nombre de sus interlocutores —por alguna razón desconocida debió de filtrarse al menos el del propio Anselmo Hidalgo, pues John había dado con él— así como el método seguido por la Compañía para salvaguardar el libro de claves.

Por lo tanto había un libro de claves del que Voynich tenía noticia.

Y eso no era todo. El librero declaraba no haber podido encontrarlo y, por tanto, devolvía a su interlocutor jesuita —Hidalgo— el procedimiento facilitado por la Compañía para su localización. Lo que seguía a continuación me resultó sorprendente. Voynich reproducía en la última página del testamento enviado a Anselmo Hidalgo una versión deliberadamente desordenada de... ¡la Tabla Esmeralda! El antiguo texto del fabuloso —por fabulado— Hermes Trimegisto había sido usado por los jesuitas para esconder la segunda parte del manuscrito, tal y como habíamos imaginado nosotros. Por tanto, estábamos trabajando en la dirección correcta. Los sucesivos guardianes jesuitas de las claves no habían hecho otra cosa que continuar el celo de Athanasius Kircher. Y daba la impresión —por la desazón implícita en los textos finales de Voynich—, de que nadie ya, ni tan siquiera dentro de mi propia orden, era capaz de volver a encontrar tan preciado tesoro. En algún momento de la historia, quizá por causa de las dos supresiones, quizá por olvido o desidia, la transmisión de la información se había interrumpido.

«El Padre de toda la Perfección de todo el Mundo está aquí.
Se completa así lo que tenía que decir de la obra del Sol.
Verdadero, sin falsedad, cierto y muy verdadero:
lo que está abajo es como lo que está arriba,
y lo que está arriba es como lo que está abajo,
para realizar el milagro de la Cosa Única.

Aquí está en la fuerza fuerte de toda fortaleza,
que vencerá a todo lo sutil y en todo lo sólido penetrará.
Así fue creado el Mundo.
Por esto fui llamado Tres veces Grandísimo,
poseedor de las tres partes de la filosofía de todo el Mundo.

Su padre es el Sol, su madre la Luna,
el Viento lo llevó en su vientre, la Tierra fue su nodriza.
Su fuerza permanecerá íntegra aunque fuera vertida en la tierra.

Separarás la Tierra del Fuego, lo sutil de lo grosero,
suavemente, con mucho ingenio.
Asciende de la Tierra al Cielo, y de nuevo desciende a la Tierra,
y recibe la fuerza de las cosas superiores y de las inferiores.
Así lograrás la gloria del Mundo entero.

Y así como todas las cosas provinieron del Uno, por mediación del Uno,
así todas las cosas nacieron de esta Única Cosa, por adaptación.
Entonces toda oscuridad huirá de ti.
Habrá admirables adaptaciones,
cuyo modo es el que se ha dicho».

Ya sólo quedaba Hermes Trimegisto y su extraña visión alquímica del mundo para saber qué habían hecho Lazzari y los suyos con el libro que Kircher, el último hombre que lo sabía todo, había podido leer.

Decidí enviar a John inmediatamente la primera de las cinco estrofas en las que los jesuitas habían reescrito el texto de la Tabla Esmeralda. Y a Juana también, qué caramba.

John fue el primero en contestar por medio de una sesión de *Messenger*.

—¿No tienes nada más difícil? —comenzó burlón.

—No es trivial, inglés —respondí enrojecido en la soledad de mi habitación, temeroso de estar haciendo el ridículo ante mi amigo a través de la Red—. Lo copio de nuevo —y transcribí rápidamente la primera parte del texto citado por Voynich, su primera estrofa.

—¿Y bien? —pregunté a continuación:—¿Cuál es tu explicación?

—Te lo resumiré en una sola palabra: Kepler.

—Para variar —acoté irónico—. Alúmbrame con tu luz, John —le pedí en el mismo tono.

—Es bastante sencillo, casi demasiado —comenzó—. Kepler escribió en 1619 la que él mismo consideró su obra cumbre: *Harmonices Mundi*, o *La Armonía de los Mundos*. En ella se recogen las últimas teorías de Kepler, incluida su Tercera Ley que establece que los cuadrados de los periodos de los planetas son proporcionales al cubo de las distancias medias al Sol. Todo sigue un orden perfecto. Por tanto, el Padre de toda la Perfección de todo el Mundo no es otro que Kepler.

—Cosa que, por otra parte, nos esperábamos —le interrumpí.

—«Se completa así lo que tenía que decir de la obra del Sol» —continuó John—. Está más claro que el agua. El movimiento planetario alrededor del astro rey queda zanjado para los restos por el sabio alemán. Todo es verdadero y cierto y muy verdadero. Más tarde Kircher, o quien fuera que utilizara el texto apócrifo esmeraldino a posteriori para guiar a los buscadores hacia las claves del Manuscrito, añade el famoso lema de «arriba y abajo, abajo y arriba», que también hace suyo Johannes Kepler en su epitafio. Una pista más que encaja a la perfección. La Perfección de todo el Mundo —remarcó John, volviendo a la primera línea de la estrofa.

—Espera, nos falta el final —le recordé—. ¿Cuál es el milagro de la Cosa Única?

Hubo un pequeño silencio en los monitores que se rompió con la aparición de un tercer invitado.

—¿No es un milagro resolver algo único como el *Manuscrito Voynich*? —escribió Juana.

Como me temía —y, tal vez, esperaba— John y Juana habían estado trabajando juntos en el párrafo que yo había enviado. La «Cosa Única» podía muy bien ser una alusión al *Manuscrito* y a su completitud. Según mis amigos, «realizar el milagro de la Cosa Única» no era otra cosa que resolver el enigma de sus páginas. Kircher lo habría leído y, a juzgar por esta primera estrofa, la solución al jeroglífico le había venido dada por el mismísimo Johannes Kepler. A quien rendía homenaje en el texto que analizábamos. Yo estaba pues en lo cierto. Y es muy posible que el propio *Manuscrito* le fuera enviado por el también jesuita Marcus Marci a sabiendas de que ya su nombramiento como matemático imperial era firme. Como sucesor de Kepler. De esta forma los jesuitas nos asegurábamos la posesión del preciado libro y, aunque finalmente Athanasius Kircher recalara en Roma, el libro iría para siempre con él.

Pensé que sería divertido devolverles la jugada del misterioso CD con que me habían enganchado semanas atrás para resolver el *Manuscrito*. Así que decidí enviarles el segundo párrafo:

«Aquí está en la fuerza fuerte de toda fortaleza,
que vencerá a todo lo sutil y en todo lo sólido penetrará.
Así fue creado el Mundo.
Por esto fui llamado Tres veces Grandísimo,
poseedor de las tres partes de la filosofía de todo el Mundo».

Con la diferencia de que, en este caso, yo no tenía ni idea de la solución al acertijo que estaba enviando.

Mientras mis amigos se devanaban los sesos por mí, yo todavía tenía algunos asuntos pendientes. Uno de ellos era el relativo a John Harrison, el relojero británico que había resuelto el problema de la medición de la longitud geográfica en alta mar. ¿Qué pintaba en toda esta historia y, sobre todo, qué pintaba su nombre pintado sobre el muro que cerraba el paso en nuestro laberinto subterráneo?

Me volví a volcar, como casi siempre, en Internet.

John Harrison no había tenido nada que ver con los jesuitas. Ni, tampoco, con el *Manuscrito* ni con sus intentos de traducción. ¿Sabría algo de claves o, al menos, de la clave para dar con un libro de claves? Si Kircher había pasado gran parte de su vida ofuscado por encontrar un método práctico para determinar la longitud geográfica, y también John Dee o el mismo Tycho Brahe, no parecía tan raro que este rasgo común a los principales protagonistas de los avatares del *Voynich* fuese tenido en cuenta por quien escondió las claves de su traducción. Unas claves que tenían que ser extremadamente precisas, tan precisas como lo había sido Kepler al calcular las órbitas planetarias alrededor del Sol. Y John Harrison era la encarnación de la precisión. El relojero perfecto.

El estudio del problema de la longitud geográfica comienza

cuando nos desplazamos hacia el Oeste. Nuestros relojes se retrasan sesenta minutos con respecto a la hora del lugar de partida por cada quince grados de navegación. Si sabemos con exactitud la hora local en dos puntos, podemos usar la diferencia entre ellas para calcular la distancia en longitud entre esos dos mismos lugares. Los navegantes del siglo XVII podían conocer la hora local observando el Sol —y con eso ya tenían uno de los dos puntos necesarios—, pero para navegar debían conocer la hora de algún otro punto de referencia, por ejemplo Greenwich. En el siglo XVII ya existían relojes muy precisos, pero eran de péndulo. Así que no funcionaban demasiado bien en un barco, en constante balanceo por el mar.

Para sincronizar el reloj de a bordo con el de Greenwich se idearon todo tipo de estratagemas. Algunas curiosas, como la de usar una red de cañones cuidadosamente distribuida por el Océano Atlántico que irían disparando una serie de señales sonoras. El fracaso de estos métodos y la importancia del asunto hizo que, en 1714, el gobierno inglés creara el famoso concurso dotado con veinte mil libras para premiar a quien pudiera determinar la longitud con un error de medio grado, lo que equivalía a sólo dos minutos de tiempo real medido con un reloj. ¿Quién iba a construir un reloj portátil tan preciso? Nadie excepto John Harrison.

Harrison inventó y fabricó varios relojes, y cada uno resultaba más preciso que los anteriores. El mejor de ellos medía sólo trece centímetros de diámetro y pesaba menos de dos kilos. El 18 de noviembre de 1761 William Harrison, su hijo, partió hacia las Indias Occidentales con este ingenio en un barco. Al llegar a Jamaica el 19 de junio de 1762 comprobaron que sólo se había retrasado cinco segundos respecto a las medidas astronómicas, que estaban basadas en la posición de las estrellas fijas respecto de la Luna. El resto de la historia de Harrison tiene más que ver con su empeño en cobrar el premio, sobradamente merecido, que con otra cosa. El último modelo del relojero fue utilizado por el capitán James Cook en su viaje de tres años desde los Trópicos hasta el Antártico. La variación diaria del mismo nunca superó los ocho segundos, lo que equivale a una distancia de dos millas náuticas. Todo ello resultaba francamente impresionante.

¿Cuál era el motivo de todo este afán?

En principio, navegar. Especialmente para los jesuitas, cuyas misiones se extendían y se extienden por todo el mundo. Athanasius Kircher quería una cartografía precisa y exacta de todo el globo terráqueo para esta tarea.

Entonces me acordé de nuevo del epitafio de Kepler:

«Yo solía mirar los cielos, ahora miro las sombras de la tierra.»

Johannes Kepler y Tycho Brahe observaron el cielo durante toda su vida. Y situaron y midieron las posiciones de las estrellas y los planetas con total precisión. Si Kepler se imaginaba después de su muerte en el cielo —dada su fe inquebrantable—, ¿qué mediría desde allí arriba? La respuesta era evidente.

—Entonces, ¿lo que buscamos es un mapa? —escribió John al otro lado del monitor.

—Así de simple, inglés. Desde arriba lo que se ve es la propia Tierra, pero más pequeña —contesté—. Y su representación en el papel es obviamente un mapa, un mapa que ha de ser preciso, muy preciso —contesté a su pregunta.

—¿Y dónde buscamos ese mapa? —intervino Juana, a la que también había convocado al chat.

—No lo sé realmente —escribí—. Supongo que habrá que seguir descifrando el texto devuelto por Wilfred Voynich a sus amigos jesuitas. En cualquier caso —continué— estamos buscando algo con una cartografía de finales del siglo XVII o principios del XVIII, lo que es prácticamente un mapamundi bastante aproximado a la realidad. Consecuencia de los avances tecnológicos de Harrison y los descubrimientos y las expediciones de Cook, amén de la expansión jesuita.

—Vamos con el texto, entonces —tecleó John—. Con lo poquito que tenemos.

—«Aquí está en la fuerza fuerte de toda fortaleza» —reproduje la primera línea del segundo párrafo—. ¿Sugerencias?

—Parece referirse directamente al Manuscrito —comenzó Juana, para seguir con una cuestión—: ¿Se puede considerar tu convento una fortaleza?

—Me temo que no —contesté—. No tenemos muros altos, ni almenas, ni fosos. Y nunca los hubo antes, en ninguna de las edificaciones anteriores.

—En ese caso, lo dejaremos así por ahora —continuó la mejicana—. De momento, pondremos que nos hace falta un castillo.

—Un castillo en Castilla es algo bastante común, ¿no? —intervino John—. ¿En cuál podían estar pensando los jesuitas?

—Los hay por docenas. Y eso suponiendo que, en efecto, trajeran hasta aquí ese libro de claves para descifrar el *Voynich* —contesté decepcionado por la escasa imaginación que estábamos demostrando—. Vamos con la siguiente frase, pareja.

—«Que vencerá a todo lo sutil y en todo lo sólido penetrará» —copió ahora Juana—. Ni idea.

—¿Qué penetra en un sólido? —pregunté.

—Un ácido o los rayos-X, por ejemplo —respondió John poco convencido—. Y estos últimos no se descubrieron hasta el siglo XX, así que descartados.

—Volvamos al ácido, entonces —sugerí—. ¿Quién sabe química?

—Yo mismo —volvió a intervenir John—. ¿Sulfúrico? ¿Agua regia?

—Lo último suena bien. Explícate —pidió Juana.

—El agua regia es una solución altamente corrosiva de color amarillo, formada por la mezcla de los ácidos nítrico y clorhídrico concentrados. Fue llamada de esa forma porque puede disolver los llamados metales regios, o metales nobles, como el oro y el platino. Es de los pocos reactivos que pueden hacerlo —escribió John como respuesta a su petición.

—Pues ahora me suena mejor —volvió a tomar la palabra y ocupar la pantalla Juana—. Si pensamos en alquimia, cuadra muy bien, porque el texto hermético está inspirado en la piedra filosofal. Y si pensamos en un lugar…

—Si pensamos en un lugar —le cortó John— puede ser algo tan fácil como un río de agua y un lugar, digamos, regio. El castillo de un rey con un río cerca.

—Eso acota algo la búsqueda, sí, aunque el argumento está cogido con pinzas —admití algo más animado—. Vamos a la tercera frase: «Así fue creado el Mundo» —escribí—. Esto es muy ambiguo.

—El mundo fue creado en seis días, y al séptimo Dios descansó. Está en el Génesis —escribió Juana.

Me temía lo peor y no me equivocaba.

—No seas disparatada —saltó de inmediato John—. Tenemos la preciosa teoría del Big Bang para explicar la creación del universo. No hay que recurrir a la Biblia ni a los sermones.

—Ajá, tienes razón —ironizó Juana—. Una preciosa TEORÍA, tú lo has dicho.

—Haya paz —tercié—. El Big Bang es un hecho científico demostrado, el origen del universo tal y como lo conocemos. Y también —y me coloqué deliberadamente del lado de Juana para evitar males mayores— los creyentes damos por bueno el argumento basado en la fe de que Dios es el primer Hacedor.

—El que puso la semillita —y ahora la ironía provenía de John—. Por favor, Héctor. No nades y guardes la ropa.

—No lo pretendo —repliqué algo molesto—. Tenemos entre los jesuitas al padre del Big Bang, ya lo sabes. Georges Lemaître fue un matemático formidable y sus argumentos físicos tenían y tienen una gran consistencia científica. Edwin Hubble no hizo sino confirmar con sus observaciones lo que el sacerdote belga había obtenido de trabajar con las ecuaciones de Einstein. Si el universo está en expansión como encontró Hubble utilizando los telescopios, resulta lógico pensar que, en el pasado, ocupaba un espacio cada vez más pequeño hasta que, en algún momento original, todo el universo se encontraría concentrado en una especie de «átomo primitivo». Esto es lo que casi todos los científicos afirman hoy día, pero nadie había elaborado científicamente esa idea antes de que Lemaître lo hiciera en un artículo publicado en la prestigiosa revista inglesa *Nature* en 1931. Si mal no recuerdo —concluí algo alterado por tener que teclear tan rápido.

—Héctor, no puedo creerte esas tonterías —volvió a la carga ahora Juana—. ¡Eres un sacerdote, un pastor de Dios, el Creador!

—¿Y qué tiene que ver? —me defendí con vehemencia pues estaba siendo atacado por todos los flancos—. Lemaître no fue un sacerdote que se dedicó a la ciencia ni tampoco un científico que se hizo sacerdote. Fue, desde el principio, las dos cosas. Son mundos compatibles. Varios científicos, incluido el mismísimo Einstein, veían con desconfianza la propuesta de Lemaître, que era una hipótesis científica seria porque, según su opinión, podría favorecer la concepción religiosa acerca de la Creación. Pero no era así. Lamaître jamás intentó explotar la ciencia en beneficio de la religión. Estaba convencido de que ciencia y religión son dos caminos diferentes y complementarios que convergen en la verdad. Lemaître, ya como Presidente de la Academia Pontificia de Ciencias, pensó que era conveniente clarificar esta situación tanto que incluso aconsejó a Su Santidad Pío XII que evitara un discurso que pudiera dar lugar a equívocos. Y Pío XII se guardó de hacerlo, haciendo caso al científico.

—Y entonces, ¿en qué quedamos? —preguntó inquieto John.

—Concédeme un minuto —le pedí.

Revolví rápido entre los libros de la estantería hasta encontrar el texto que buscaba. Para evitar tener que teclear la larga cita del sabio belga, busqué el párrafo con Google y lo pegué en la pantalla. Apenas tardé el minuto solicitado.

—«El científico cristiano tiene los mismos medios que su colega no creyente. También tiene la misma libertad de espíritu, al menos si la idea que se hace de las verdades religiosas está a la altura de su formación científica. Sabe que todo ha sido hecho por Dios, pero sabe también que Dios no sustituye a sus criaturas. La actividad divina omnipresente se encuentra por doquier esencialmente oculta. Nunca se podrá reducir el Ser Supremo a una hipótesis científica. Por tanto, el científico cristiano va hacia adelante libremente, con la seguridad de que su investigación no puede entrar en conflicto con su fe.»

—No me convences —escribió John.

—Tampoco a mí. Aunque por motivos completamente opuestos a los de John —hizo lo propio Juana.

—Entonces lo mejor que podemos hacer es volver a centrarnos en el texto de Wilfred Voynich y en su *Manuscrito* —les rogué—. No perdamos más el tiempo con este tipo de discusiones.

Y seguimos un buen rato desmenuzando el segundo párrafo.

Sin grandes resultados.

31

—Tengo más información del Golem.

Simón había irrumpido en el aula mientras sus compañeros seguían en el recreo, maltratando un balón de fútbol. Levanté la vista de los exámenes que estaba corrigiendo y la fijé en él.

—Cuenta.

—Verás. Los homúnculos del alquimista Paracelso y el Golem del rabino judío de Praga aparecen juntos muchas veces. Incluso se confunden.

Me extendió sobre la mesa una docena de páginas de Internet sacadas por la impresora. Había en ellas toda una serie de extraños hombrecillos, de las más variadas formas y colores. Las hojeé a la vez que negaba con la cabeza.

—Simón, la mayor parte de estas cosas son fantasías. Realmente, todo es fantasía. Nos estamos alejando del asunto principal, que no es otro que la muerte de Tycho Brahe, astrónomo y alquimista. Y un científico serio, no un brujo —remarqué.

Me miró desolado.

—Bueno, de todas formas quizá te sirva —alegó en su defensa—. Yo te lo dejo todo.

Y se marchó por donde había venido.

Ordené la mesa, volviendo a apilar por un lado los exámenes de los chicos y por otro los papeles que Simón había traído. No tenían ningún orden, pero la página que había quedado encima de todas las demás llamó mi atención. Hablaba de la mandrágora, una extraña planta con componentes alucinógenos que siempre se ha asociado a los ritos mágicos. Los exámenes eran bastante aburridos, así que comencé a leer del montón de Simón.

Según esa fuente —más que dudosa, pues venía con el enlace de una página web de una editorial de publicaciones de ciencia-ficción— había distintas variantes de homúnculos según cuál fuera el método empleado para crearlos. Uno de ellos implicaba usar mandrágora. Las creencias populares sostenían que esta planta crecía donde el semen eyaculado por los ahorcados —durante las últimas convulsiones antes de la muerte, algo bastante frecuente al parecer— caía al suelo. Las raíces de la mandrágora tienen una forma vagamente parecida a un ser humano, como un muñeco. Para poder dar lugar al hombrecillo real, la raíz de la planta había de ser recogida antes del amanecer —de una mañana de viernes y por un perro negro, para ser precisos—, y ser entonces lavada y regada con leche y miel y, en algunas recetas, también sangre. El humano en miniatura resultante guardaría y protegería a su dueño con fidelidad absoluta, igual que hacía un Golem.

Era una cosa bastante curiosa.

Ya en la habitación busqué más información acerca de esta extraña planta. La palabra mandrágora se cree que procede del griego, y significa «dañina para el ganado». En su composición química hay principalmente alcaloides, por lo que tomada en gran cantidad puede ser venenosa. Por la misma razón se ha venido utilizando habitualmente como anestésico, ya que estos alcaloides merman los impulsos nerviosos. Las raíces de la mandrágora son gruesas y habitualmente se bifurcan, con una graciosa apariencia de hombrecillo como ya sabía. Pertenece a la familia de las solanáceas, del latín *solanum,* que viene a significar «Planta de las sombras de la noche».

Completé la breve parte relacionada con la botánica y la jardinería. La parte mágica era mucho más prolija e interesante. Según la leyenda, cuando una mandrágora es arrancada —es decir, sacamos al hombrecillo enterrado que hay debajo de la mata—, la planta grita de una forma terrible, tanto que puede hacer enloquecer o incluso matar a quien la escucha. Para evitar estos efectos indeseables, existe un procedimiento para su extracción. Este método consiste en atar a un perro a la planta y alejarse de él, azuzándolo. El perro —que posiblemente morirá por efecto del horrísono grito— sacará las raíces de la mandrágora a la luz, y permitirá al dueño del mismo hacerse con la valiosa planta sin sufrir daño alguno. Además de anestésico o somnífero, la mandrágora es mencionada en el Génesis por sus efectos benéficos sobre las mujeres estériles. También tiene propiedades afrodisíacas.

¿Por qué me estaba llamando tanto la atención esta planta tan peculiar?

Sin ser consciente de ello, estaba dando vueltas al tercer párrafo de Wilfred Voynich:

«Su padre es el Sol, su madre la Luna,
el Viento lo llevó en su vientre, la Tierra fue su nodriza.
Su fuerza permanecerá íntegra aunque fuera vertida en la tierra».

Y es que aquello se parecía mucho, muchísimo, a una adivinanza cuya solución fuera la dichosa mandrágora. Una planta que vive del sol, pero que también necesita de la luna y las sombras para crecer. Cuyas semillas flotan en el viento y germinan en la tierra. Y que, según la leyenda, es vertida en la misma tierra por los ahorcados, permaneciendo, a pesar de su contacto con la muerte, fértil.

Era fantástico.

Claro que lo más curioso estaba por suceder todavía.

El *Manuscrito Voynich* era rico en grabados de plantas exóticas, la mayoría desconocidas o inventadas. Recordaba unas cuantas de ellas de raíces abultadas y carnosas con apariencia... de mandrágora.

Abrí el ordenador y, dentro ya, examiné las páginas fotografiadas del libro. Me fui a las últimas láminas. Una vez más —y como ya ocurriera en aquella ocasión en la que los jesuitas utilizaron los dibujos de mujeres enlatadas para referirnos al Panteón—, la relación era manifiesta. Una nueva pista colocada *a posteriori* por algún jesuita desconocido relacionaba otra vez el *Manuscrito* con la localización de las claves para descifrarlo.

Lo que parecían raíces de exóticas mandrágoras estaban dibujadas entre los extraños caracteres de *voynichés*. Pero lo más singular era que aparecían torres junto a ellas. Junto a todas ellas.

Torres de un castillo.

—¿Estás seguro de que ese párrafo ha podido ser utilizado para relacionar las raíces de mandrágora con un supuesto castillo en el que estaría escondido el libro de claves? —escribió John.

—Qué si no —contesté—. De ser así, tendríamos ya varias pistas coincidentes. Un castillo en Castilla, perteneciente a un rey y enclavado junto a un río. Y, quizá, un castillo utilizado además como prisión.

—Lo de la prisión no lo veo —escribió John.

—Échale imaginación —contesté.

—Se la echo pero no caigo.

—Piensa mal y acertarás —le ayudé—. Las mandrágoras tienen que ser frecuentes en una prisión, si suponemos que allí se ajusticiaba a un buen número de presos.

—Hum. Por los pelos. Y por lo que sé, en tu España se utilizaban más otros métodos para llevar a efecto la pena capital —opinó—. Por cierto, ¿no habías convocado a Juana al chat?

—Sí. Sí lo hice —le contesté—. Pero no se asoma.

Aún estaba escribiendo la última frase cuando apareció Juana tecleando palabras en los monitores a velocidad de vértigo.

—John, Héctor —empezó—. Lo de las mandrágoras es muy bonito, incluso su relación directa con el *Manuscrito* y la famosa página de las torres, pero el tercer párrafo de Wilfred Voynich está demasiado claro como para buscar explicaciones tan enrevesadas. Y parece mentira —añadió— que un par de astrónomos como vosotros no os hayáis percatado de algo tan evidente.

—¿Qué quieres decir? —le pregunté muy susceptible al comprobar que no era tan efusiva como a mí me habría gustado.

—A ver. Despacito y buena letra —dijo—. Copio: «Su padre es el Sol, su madre la Luna, el Viento lo llevó en su vientre, la Tierra fue su nodriza». Y ahora, pregunto: ¿Qué efecto producen la Luna y el Sol sobre la Tierra?

—¿Las mareas? —contestó John con buen criterio.

—Casi. Pero no —escribió, y seguramente se estaba riendo—. Otra pista: ¿Qué puede mover el viento de forma poética?

—¡La Luna para tapar el Sol! —respondí tecleando con rapidez.

—¿Un eclipse? —preguntó John, todavía sorprendido.

—Claro que sí. ¿Por qué vamos a complicarnos más? —dijo Juana.

—¿Y qué tiene que ver un eclipse con un castillo y todo lo demás? —protestó John, que no parecía muy despejado esa tarde.

Algo me rondaba la cabeza.

Y terminó por salir.

—¡¡SIMANCAS!!

Supongo que mis amigos entendieron y comprendieron mi mala educación cuando escribí el nombre del famoso castillo con mayúsculas.[13] Todo encajaba pieza por pieza desde el foso hasta la última almena. La luz se me había encendido al escuchar a Juana hablar de los eclipses. De las historias que había contado a mis alumnos, no era la de Tales de Mileto la que más les había impresionado, sino la de Simancas. Quizá por su proximidad a nuestra ciudad, quizá por la leyenda que rodeaba aquel fantástico suceso que tuvo como protagonista el eclipse de sol del año 939. En esa fecha se decidía el dominio sobre las tierras del Duero entre las tropas del rey de León —Ramiro II— y las andalusíes —del califa Abd al-Rahman III— junto a los muros de la ciudad de Simancas. Todo empezó cuando el ejército de Abd al-Rahman III tomó camino hacia el Norte contra los territorios cristianos. Éste logró reunir una gran hueste de hombres y, además, contaba con la ayuda de Abu-Yahya, el gobernador de Zaragoza. El leonés Ramiro II, por su parte, consiguió reunir un ejército formado —además de por las suyas propias— por tropas del conde de Castilla —Fernán González—, por soldados que venían de Galicia y de Asturias, y por otras fuerzas provenientes del Reino de Navarra. Las crónicas que se conservan de la época narran así lo sucedido:

13. En las comunicaciones via chat en Internet se considera de mala educación el uso de mayúsculas, pues éstas equivalen a gritar en el lenguaje oral. (*N. del A.*)

«Encontrándose el ejército cerca de Simancas, hubo un espantoso eclipse de sol, que en medio del día cubrió la tierra de una amarillez oscura y llenó de terror a los nuestros y a los infieles, que tampoco habían visto en su vida cosa semejante. Dos días pasaron sin que unos y otros hicieran movimiento alguno. Finalmente los de Al-Andalus perdieron la batalla y, al volver a Córdoba, Abd al-Rahman III mandó crucificar a trescientos oficiales por su cobardía».

Eclipse en Castilla equivale a la batalla de Simancas y a su castillo, situado en un lugar estratégico a los pies del río Pisuerga —un importante afluente del gran Duero—, sólo a diez kilómetros de la ciudad de Valladolid, la capital castellana. Las otras pistas encajaban por sí solas. El castillo actual fue construido en el siglo XV por el Almirante de Castilla Don Fadrique Enríquez, y más tarde fue cedido a la Corona. Por tanto, Carlos V y, especialmente, Felipe II fueron los reyes dueños del mismo. Allí decidieron ubicar nada menos que el Archivo General del Reino, uso que todavía tiene en la actualidad. Con tal motivo se hicieron importantes reformas durante los siglos XVI y XVII bajo la dirección de los arquitectos Juan de Herrera y Francisco de Mora. También fue usado como prisión del Estado.

Todo en perfecto orden, incluida la prisión.

Y lo más llamativo de todo era la inteligente elección jesuita. ¿Qué mejor lugar para guardar o esconder un valioso documento que el enorme Archivo de la Corona española? El sitio perfecto para mantener un legajo completamente oculto durante décadas y décadas. A lo largo de los siglos XVI y XVII el Archivo de Simancas fue el centro de la acción administrativa de los vastos dominios de la Corona, y es hoy, por ello, centro de investigación casi obligado de cuantos estudiosos se ocupan de la historia de Europa. España, la gran potencia del orbe durante los mandatos de Carlos V y de Felipe II, tenía en Simancas el núcleo de toda su organización.

Tanto Juana como John —que adelantaba así unos pocos días su ya anunciada venida— reservaron inmediatamente billetes de avión a Madrid. Se mostraron tan entusiasmados como yo ante la perspectiva de tener una pista sólida para encontrar al fin la manera —quizás en forma de segundo libro, o libro de claves— de poder traducir el *Manuscrito Voynich*. En un par de días volveríamos a reunirnos todos.

—Estás guapísima —dije nada más ver bajar del vagón de tren a mi amiga Juana.

—Tú tampoco estás mal, si me permites decirlo —contestó sonriendo al tiempo que me tendía su enorme y ya bien conocida maleta. Casi me tumba.

Nos saludamos con los consabidos besos en las mejillas. Y un fuerte abrazo. Me pareció que temblaba al estrecharme.

Apenas dos horas más tarde estaba prevista la llegada del tren de John. Así que decidimos esperarle en la cafetería de la estación. No quise preguntarle la razón por la cual no se habían reunido previamente en Madrid para viajar juntos, pero me la imaginaba. Las cosas seguían sin ir bien, y siempre que había que ponerse a trabajar en el *Manuscrito Voynich* trataban de que yo estuviera con ellos. O entre ellos, más bien.

Aproveché la circunstancia para interrogarla. No me había atrevido a hacerlo por carta ni por teléfono, pero ahora me sentía seguro estando en mi territorio y entre mis elementos. Mi ciudad, mi Casa, casi podría decir también que mi castillo y una taza de café bien cargado encima de la mesa. Me armé de valor y comencé a preguntarle.

—Juana, ¿por qué quieres realmente desentrañar el misterio del *Manuscrito*?

Me miró sorprendida. Al cabo de unos segundos, contestó.

—Supongo que por las mismas razones que tú. O las mismas de John y tantos otros de la Lista Voynich. Curiosidad. Nos apasionan los misterios, los enigmas, las claves.

Puse cara de no aceptar la respuesta como válida. Ella lo intuyó.

—Tal vez alguien te pidió que lo hicieras —dije.

—Y si así fuera, ¿en qué cambia las cosas? —preguntó desafiante.

—Básicamente en nada —contesté—. Pero me gusta saber si puedo confiar en mis amigos.

—Puedes estar segura de mí —dijo mirándome a los ojos. Luego añadió—: Sí, alguien me pidió ayuda. Y a ese alguien le debo mucho. Muchísimo.

—¿Y para qué quiere ese alguien traducir el *Voynich*? —seguí preguntando ya más tranquilo, pues intuí en Juana la voluntad de aquel que quiere librarse de una pesada carga, del que se acerca a su confesor confiando en que éste lleve algo de paz a su corazón.

—No puedo responderte a eso, Héctor —contestó—. De verdad que no puedo.

Me decepcionó la respuesta. Entonces fui directo al grano.

—¿Quién es Thomas van der Gil?

—Un amigo.

—¿Eso es todo? —me impacientaba.

—Un amigo mío y de mi padre —contestó bajando la mirada y la guardia. Siguió hablando—: Me ayudó cuando lo de la clínica, ¿recuerdas? Te lo conté en una carta.

—Sí, lo recuerdo. No tienes nada de qué avergonzarte —añadí.

—Es un hombre extraordinario. No te imaginas hasta dónde llegan sus influencias, quiénes son sus amigos.

—Algo sé. Internet es muy grande. Pero no entiendo qué tiene de extraordinario para ti el que un hombre sea influyente y poderoso.

—Es más que eso, Héctor. Es su forma de hablar, de convencer. De hacer llegar la fe a cualquiera. Una vida nueva cada mañana.

—Yo soy jesuita, Juana —le interrumpí algo molesto por su devoción hacia ese personaje—. Y aunque todavía no he tenido la fortuna de ser destinado a misiones, también sé lo que es difundir el mensaje de Jesucristo.

—Lo sé y te admiro también por ello. Pero ya una vez hablamos de que no tenemos la misma visión de la Iglesia.

—No se trata de eso ahora, Juana. Se trata de mi convento y de mi Casa, de mi gente.

—No sé cómo has averiguado que somos los compradores del edificio. Pero no tendría que extrañarme en absoluto, conozco tu inteligencia —añadió.

—¿Y para qué? —pregunté algo enfadado ante la repentina sinceridad de Juana—. ¿De qué os sirve ese montón de piedras? La traducción del *Voynich* no está allí.

—Eso aún no lo sabemos —respondió, recobrando la seguridad en sí misma.

—Sabes tan bien como yo que la pista de Simancas es segura. La interpretación del testamento de Wilfred Voynich es clarísima.

—También nosotros tenemos parte del testamento —replicó.

—Lo sé —afirmé—. Supongo que ésa fue la razón por la que decidisteis intentar la compra de nuestros terrenos.

—Claro que fue ésa la razón —admitió—. Sabemos del viaje de Lazzari a tu Casa y de la compraventa del *Manuscrito* a Anselmo Hidalgo desde mucho antes de que tú empezaras a buscar papeles en vuestro archivo. En cuanto lo supimos, hicimos la primera oferta.

—¿Eso incluía las amenazas? —quise saber alzando ligeramente la voz.

Juana se asustó.

—Nadie te amenazó.

—¿No?

Estaba empezando a perder la paciencia.

—No —contestó—. Yo misma me ocupé de todo. Y te aseguro que no se me da muy bien saltar tapias de noche ni pintar graffiti.

Recordé entonces que, en efecto, Juana me había visitado —como un Waldo reconvertido en espléndida mujer— justo al día siguiente de aparecer la pintada escrita en *voynichés* en las paredes del patio del colegio.

—No iba dirigida a ti —admitió.

Me sorprendí. Juana se disponía a continuar con la explicación, dando por bueno el hecho de que, tarde o temprano, yo tenía que conocer la verdad.

—¿La cólera de Aquiles no cae sobre Héctor? —pregunté abriendo mucho los ojos.

—¡No! —exclamó riendo por primera vez—. La cólera de Aquiles cae sobre Agamenón, el jefe supremo de los ejércitos griegos. Recuerda el rapto de Criseida y Briseida.

No recordaba yo mucho de la Ilíada.

—Sólo tratábamos de presionar a tu antiguo prior. Fue una mala idea, supongo.

Y tanto. Sobre todo si conocían cuál era el verdadero estado de salud de Carmelo. Éste —además de dar clases de griego en el colegio—, conocía parte de la historia del *Manuscrito* por sus muchos años como superior de la Casa, se había interesado brevemente por su extraño vocabulario, había guardado en su propia mesa de trabajo el legado testamentario de Wilfred Voynich y, además, era hijo de unos humildes ganaderos. Todo lo había yo averiguado después de morir él.

—Ya —comprendí—. Agamenón y su porquero.

—Eso es. Y él lo entendió —añadió Juana—. Pero no quería oír nada de ventas. Julián ha sido mucho más receptivo —confesó—. De verdad que sentimos mucho lo que ocurrió con Carmelo. En cuanto supimos la noticia, doblamos la oferta e hicimos llegar al nuevo prior nuestras más sinceras condolencias.

No sabía qué pensar. Si Julián —mi actual prior— ya había acordado un precio justo por los terrenos y, además, el segundo *Voynich* no estaba como parecía ni en el archivo de la biblioteca ni en el laberinto subterráneo, tanto daba que la piqueta convirtiera en polvo todo aquello. Al fin y al cabo se decía de nosotros que éramos una orden mercantilista. Qué importaba ya.

En ese momento anunciaron por megafonía la llegada del tren de Madrid en el que venía John.

—Vamos al andén, Juana —dije, tomándola de la mano al tiempo que dejaba un billete de cinco euros sobre la mesa para abonar la consumición—. Tu ex novio está a punto de llegar.

Y le sonreí. Y ella me devolvió la sonrisa cómplice.

Los dos queríamos resolver a toda costa el misterio del *Manuscrito Voynich*. Tiempo habría para más conversaciones.

Juana se alojaba en el mismo hotel que utilizara en su primera visita —uno con muchas estrellas, tal y como recordamos entre bromas—, mientras que John aceptó la invitación de Julián para volver a quedarse en una habitación libre de nuestra Casa. Esa primera noche —una vez que hubimos dejado a Juana descansando del largo viaje desde Méjico en su firmamento particular—, John y yo nos sentamos junto a sendos cafés en la mesa de mi habitación. También quería tener una conversación privada con él, cara a cara.

—¿Cómo estás? —comencé.

—Confuso. Para serte sincero, no sé muy bien si voy o vengo —contestó con deliberada ambigüedad.

—Explícate —quise saber.

—Es respecto a Juana. La sigo queriendo —reconoció.

—No pierdas la esperanza —intenté animarle.

—El caso es que ella no es la misma. No lo es desde aquel viaje a Canarias. Cuando discutimos.

—Ella tiene otras prioridades, otros objetivos. Otras amistades —revelé.

John me miró con cara de circunstancias. Tragó saliva antes de atreverse a preguntar.

—¿Otro hombre?

—No. No en el sentido que piensas. No está enamorada —contesté.

—¿Entonces?

—A veces hay deudas que uno nunca termina de pagar. Algunos lo denominan chantaje sentimental. Otros, de forma más gráfica, lavado de cerebro. O incluso comedura de tarro.

—¿Comer un tarro? —preguntó John al oír esta expresión totalmente imposible de comprender por él.

—Eso dicen mis chicos —reí—. No te preocupes más por Juana. Ella está bien —continué—. Y estoy seguro de que no ha podido olvidarte.

—Te creeré, cura. Y ahora —añadió cambiando completamente el tema de la conversación—, dame más detalles de Simancas. No puedo esperar a mañana.

32

Nos reunimos los tres a desayunar en una céntrica cafetería muy cerquita del hotel de Juana. Volví a referir —esta vez con la mejicana delante— lo que sabía en relación con el antiguo Archivo de la Corona española, y el porqué de mi convicción de que era éste, y no otro, el lugar donde los jesuitas habrían escondido el método de traducción del *Manuscrito Voynich*. No tenía ni idea todavía de cuál podría ser el formato del documento buscado. Tal vez unas páginas arrancadas del original —como podría sospecharse por el estado del ejemplar guardado en Yale—, tal vez un simple mapa —como parecía indicar la pista de John Harrison, el relojero que trabajara para el Royal Greenwich Observatory—, o tal vez un manuscrito completamente diferente y a buen seguro incluyendo la firma de Johannes Kepler como autor y la rúbrica de Athanasius Kircher como propietario.

—Volvamos al testamento de Wilfred Voynich que se ha guardado en mi Casa durante años —comencé—. Ya vimos que el primer párrafo no era otra cosa que un homenaje del autor hacia Johannes Kepler, el más que probable traductor del *Manuscrito*. El segundo párrafo planteaba más interrogantes. Comenzaba con la frase: «Aquí está en la fuerza fuerte de toda fortaleza».

—Que asociamos rápidamente con un castillo —me acotó Juana.

—En efecto —continué—. Y ahora más que eso. El Archivo Real, ubicado en el antiguo castillo de Simancas, recibió también el nombre de La Fortaleza. La frase cobra por tanto más sentido si cabe. Dentro de la fortaleza hay varias cámaras incombustibles que protegen los legajos. Así que tiene toda la lógica del mundo hablar de una «fuerza fuerte de toda fortaleza».

—De acuerdo en todo —me interrumpió ahora John—. Sigue con el resto.

—La segunda frase es una mera pista de localización. El ácido que penetra en lo sólido. El más conocido en aquella época era el agua regia. Damos por buena la explicación del río y los reyes, en este caso Carlos V y su hijo, Felipe II.

—Y nos atascamos al llegar al tercer renglón: «Así fue creado el Mundo» —dijo Juana.

—Ajá —admití—. Propongo saltar esta frase para evitar nuevas e inútiles discusiones religiosas sobre su significado.

Me miraron algo sorprendidos pero aceptaron mi propuesta.

—Las dos últimas frases tienen bastante sentido por sí mismas. Fijaos que el jesuita que redactó la pista ha eliminado del original de la Tabla Esmeralda el nombre de su autor, Hermes Trimegisto, el tres veces grandísimo. ¿Por qué? —me pregunté en voz alta—. Seguramente para darle el significado apropiado.

—¿Qué quieres decir? —preguntó a su vez un intrigado John, al tiempo que releía nuevamente el texto—: «Por esto fui llamado Tres veces Grandísimo, poseedor de las tres partes de la filosofía de todo el Mundo».

—El adjetivo grande, o *magno*, ha sido aplicado escasas veces a lo largo de la historia. Y siempre a conquistadores, emperadores o personajes de especial poder. Tenemos a Alejandro Magno o a Carlomagno, por ejemplo. O santos como san Alberto o san Gregorio. ¿Quién podría poseer las tres partes del mundo en su época?

Me miraron sin saber qué contestar.

—Alguien que fuera rey de un vastísimo imperio integrado por Castilla, Aragón, Cataluña, Navarra, Valencia, el Rosellón, el Franco-Condado, los Países Bajos, Sicilia, Cerdeña, Milán, Nápoles, Orán, Túnez, Portugal y su imperio afroasiático, toda la América descubierta y además Filipinas. Alguien en cuyo imperio no se pusiera el sol —terminé.

—Felipe II —dijo Juana.

—Eso quería haceros ver. El gran impulsor del Archivo.

—¿Y el tercer párrafo? —preguntó John.

—Creo que queda zanjado con la explicación astronómica de Juana y los eclipses. Para nuestra vergüenza, John —sonreí.

—Tu asociación con la mandrágora no parece descabellada —concedió Juana.

—No es tan buena como la tuya. Creo que me dejé llevar sin querer por la fantasía, como si fuera un niño —respondí pensando en Simón, mi eficaz ayudante—. Además —continué—, fue el famoso eclipse de la batalla de Simancas el que me abrió los ojos. A partir de ahí creo que tendremos que desbrozar el camino hacia el *Voynich* sobre el terreno.

—¿Cuándo? —preguntó John con ansiedad.

—Mañana mismo —respondí—. No tengo clases en todo el día. Hay autobuses a Simancas cada dos horas.

Y les tendí un pequeño folleto del Castillo-Archivo de Simancas para que lo leyeran. Entonces me despedí de mis amigos para volver al Colegio y continuar con mis labores docentes mientras ellos hacían turismo por la ciudad.

Los dejé finalmente a solas.

—Los datos históricos sobre la fortaleza de Simancas son mucho más antiguos que su actual castillo.

Había comenzado a leer una prolija guía que llevaba en la mochila, junto con muchos más papeles. Aunque la excursión hasta Simancas no era muy larga, pensé que sería un buen entretenimiento para el viaje. La pareja me escuchaba con atención. Juana —como era su costumbre—, se había sujetado el pelo negro con unas gafas de sol y no perdía detalle de cuanto oía. A su vez, inevitablemente, John no apartaba su vista de Juana. Los demás viajeros, turistas en su mayoría, no prestaban mucha atención a un trío de estudiantes, que no era otra la apariencia que teníamos.

Yo seguí con lo mío durante un buen rato.

—La peculiar posición de la población de Simancas sobre el valle del Duero, donde confluye con el río Pisuerga, la convirtió en un punto estratégico en el dominio leonés de la línea del río frente al poder musulmán. La famosa batalla de Simancas, el año del eclipse, es buena prueba de ello. Simancas constituyó la población más importante de la zona hasta que Valladolid comenzó a desarrollarse y, paradójicamente, la eclipsó. Hoy apenas cuenta ya con cuatro mil habitantes.

—¿Cuándo se construyeron el castillo y el archivo? —me preguntó Juana.

—Según este librito, Enrique IV ordenó en 1467 a Pedro Niño, que era el regidor de Valladolid, que levantase una fortaleza en la ciudad de Simancas. Pero es el entonces Almirante de Castilla, Fadrique Enríquez, el que se adelanta y toma la villa para el bando contrario —seguí leyendo—. Por tanto, Enríquez es el primer señor de la actual fortaleza. Más tarde los Reyes Católicos recuperarían para la Corona distintas fortificaciones estratégicas en el corazón de Castilla: una de ellas es Simancas, que se convertirá, junto con Medina del Campo y Arévalo, en una de las fortalezas castellanas más poderosas. Al término de la llamada revuelta de los Comuneros,[14] el emperador Carlos V la utilizaría como prisión para algunos de estos ilustres rebeldes. Con el rey Carlos acaba la guerra y el castillo pasa a convertirse, por orden suya, en el Archivo General de la corona castellana. El Archivo fue transformado y ampliado en sucesivos reinados. Primero por su hijo Felipe II (el gran artífice de su esplendor) y luego por su nieto Felipe III. Continuaron las reformas durante los posteriores reinados tanto de Felipe V como de Carlos III. Hoy en día continúa con el mismo uso de Archivo General.

—Es bastante famoso —remarcó John.

—Es uno de los archivos históricos más importantes del mundo —añadí con orgullo—, y en Europa sólo es superado

14. La revuelta y guerra de las Comunidades de Castilla fue un levantamiento contra la Corona que tuvo lugar entre 1520 y 1521, protagonizado por las ciudades del interior de la Corona de Castilla. Algunos historiadores la califican como la primera revolución moderna, contra las pretensiones del rey Carlos I de España y V de Alemania de modificar el gobierno y otorgar los puestos de poder a extranjeros. Por ello, por sus contenidos democráticos y liberales, esta revuelta de los Comuneros es considerada por unos pocos como la primera revolución moderna de Europa y precursora de la francesa. (Extraído de *Wikipedia*)

por el del Vaticano. Guarda documentación valiosísima de la corona de Castilla y de todas las posesiones del imperio español en su época de mayor gloria.

Estábamos llegando.

El aspecto de la fortaleza de Simancas no difiere demasiado del de otros castillos de su época, y su estado de conservación es excelente. Según la guía que llevaba, la razón era doble. Por una parte, porque siempre ha estado habitada, siendo el alcaide de la fortaleza sustituido por un archivero —cargo que se heredaba, pasando de padres a hijos— cuando el castillo perdió su función militar. Y por otra, por las continuas obras, ampliaciones y restauraciones que se han llevado a cabo a lo largo de los siglos para mejorar su funcionalidad como archivo. No en vano, está considerado como el archivo histórico dotado de normativa propia más antiguo del mundo.

La fortaleza está rodeada por una muralla completa de forma pentagonal, con sus cubos redondos unidos por lienzos de piedra, su camino de ronda y su almenado. El castillo está separado de la muralla por un foso con dos puentes fijos, y tiene dos puertas de acceso.

Juana estaba muy impresionada del aspecto tan sólidamente medieval del recinto.

—No salen caballeros a recibirnos —comentó en forma jocosa.

—Tampoco es Camelot —contestó John apelando a su orgullo británico.

Mientras ellos se entretenían con historias de mesas redondas y torneos fantásticos, yo iba contrastando la información de la guía con lo que mis ojos encontraban. En efecto, cuatro grandes torres guardaban las cuatro esquinas del castillo. Una quinta, más pequeña, estaba situada en la entrada principal.

—Cuatro cubos. Como marca el plano del libro —dije.

—¿Cubos? —preguntó John, que desconocía el significado del término.

—Hablando de castillos, los cubos no son más que torreones circulares —contesté—. Tendrás que aprenderte la palabra.

—¿Entramos ya? —pidió impaciente Juana.

—Entremos —concedí.

El interior del castillo tenía una sala de recepción moderna, con mobiliario moderno y varios ordenadores, obviamente también modernos. Detrás del mostrador principal, una joven sonriente nos saludó con amabilidad y nos preguntó si veníamos a ver el castillo como turistas o como estudiosos para realizar alguna consulta bibliográfica. Tanto Juana como John volvieron sus cabezas hacia mí, delegándome la responsabilidad de una contestación inteligente y apropiada. No lo pensé mucho.

—De momento queremos visitarlo —respondí.

La entrada era gratuita. La recepcionista nos tendió tres folletos.

Eché un vistazo al mío.

«El Archivo General de Simancas es uno de los archivos más importantes de Europa. La consulta de sus fondos es imprescindible para el estudio de la historia que abarca desde fines del siglo XV *—reinado de los Reyes Católicos— hasta 1800, la época conocida como Edad Moderna. A este inigualable valor documental une una singularidad especial: la arquitectónica, pues aunque tiene apariencia de castillo en realidad es un archivo construido ad hoc a mediados del siglo* XVI*, lo que lo convierte en el primer edificio construido para archivo. Es pues, simultáneamente, joya documental y joya arquitectónica.»*

Nada especialmente novedoso, pero seguí leyendo.

«Durante los reinados de los Reyes Católicos y Carlos V el castillo continuó con las funciones de fortaleza: depósito de armas, de dinero y prisión. En 1540 Carlos V decide guardar los documentos más importantes en una de las torres del castillo. Para ello acondiciona el piso alto del cubo situado al Norte, que pasa a denominarse cubo del Archivo. Era el comienzo del Archivo de Simancas. Pero es su hijo, Felipe II, quien decide ocupar todo el espacio de la fortaleza para utilizarlo como archivo. Encarga el trabajo al arquitecto Juan de Herrera, que llega a Simancas en 1574 y levanta los planos del actual archivo, aunque respetando ciertas partes que dan apariencia de castillo: muro que rodea al archivo, estructura de los cuatro cubos o torres, cubo de entrada y capilla.»

El folleto incluía el recorrido turístico por el interior del edificio.

Decidimos comenzar por la capilla, para fastidio de John.

La capilla había sido reformada por la familia Enríquez en el siglo XV. No había gran cosa que reseñar allí, salvo unas cuantas imágenes con escaso valor artístico y unos escudos de armas, probablemente de la misma familia Enríquez. Hasta que a John se le ocurrió levantar la cabeza.

—¡Estrellas!

En efecto, toda la bóveda estaba pintada con estrellas.

—El castillo de las estrellas —dije maravillado al mirar, recordando el antiguo observatorio desaparecido del gran Tycho Brahe en la isla de Hven.

—No es un mal comienzo —sonrió Juana.

Pero el resto de la visita resultó bastante aburrido.

El acceso sólo estaba permitido a ciertas áreas, como el patio interior y las dos grandes salas de lectura. Nada más. Entre ambas se situaba el mencionado cubo del Archivo, que posteriormente había sido rebautizado como cubo de Felipe II. Fue este rey quien acondicionó la estancia en la que se encontraba el depósito del archivo dividiéndola en dos pisos —archivo alto y archivo bajo— que se encuentran unidos por unos bellos corredores de madera. Además del cubo de Felipe II se encuentran el cubo de obras y bosques, el cubo de Carlos V, y el cubo o torre del Obispo, que fue coronado con una vistosa cubierta en forma de campana con linterna en su parte superior.

Apenas hablé durante el breve paseo, salvo para satisfacer la curiosidad de John.

—La linterna es una torre pequeña más alta que ancha y con ventanas, que se pone como remate en algunos edificios y sobre las medias naranjas de las cúpulas de las iglesias. Por allí entra la luz para iluminar la estancia.

—Una especie de tragaluz o claraboya —matizó Juana.

—Más o menos —admití.

—No deja de ser curioso —respondió John a nuestras aclaraciones, encantado con el invento.

No pudimos subir a ninguna torre ni hacer más averiguaciones. Tampoco había nada por allí que nos recordara en lo más mínimo a las pistas del *Manuscrito Voynich*. Y ni mucho menos teníamos forma de preguntar por él.

Obviamente, no tendría ficha en el Archivo.

Decidimos volver y pensar tranquilamente junto a una buena cena castellana.

—Entonces, ¿qué sugieres? —preguntó Juana.

—Pensar con cuidado nuestro siguiente paso —contesté—. No sabemos por dónde tirar.

—Tenemos todavía dos estrofas de la Tabla Esmeralda por traducir —dijo John al tiempo que apuraba un vaso de vino—. Qué bueno está esto, por cierto.

—Los párrafos son bastante confusos, John. Y la mayor parte del castillo está cerrado a curiosos como nosotros —añadí—. Simancas sigue siendo una fortaleza inexpugnable, como pretendieron los creadores del Archivo.

—Y también los jesuitas —sonrió Juana que, para no variar sus frugales costumbres respecto a la dieta, sólo había pedido una ensalada y agua mineral—. En relación a ellos, me gustaría pedirte una cosa, Héctor.

—Pide por esa boquita llena de aceite de oliva.

Se rio divertida ocultando su sonrisa con la servilleta.

—Quiero ver el otro archivo.

—¿Qué otro archivo? —pregunté sin reparar en lo fácil de la pregunta.

—El tuyo, cuál va a ser. John ha visto tanto el archivo de tu convento como los famosos subterráneos. Yo no —se quejó.

—Ya te dije que no hay nada allí —respondí molesto por la

petición inesperada—. He bajado varias veces. Además —completé la argumentación negativa con ironía—, dentro de poco será tuyo. Es cuestión de tiempo.

John nos miraba extrañado. Le resumí algo de mi charla anterior con Juana, sin entrar en muchos detalles.

—Tampoco es un secreto ya —le dije a John—, que Juana tiene amigos muy interesados en el *Manuscrito Voynich*.

La chica agachó la mirada sintiéndose culpable. Me di cuenta de que no estaba siendo justo con ella.

—Tanto da —corregí—. El caso es que los tres, por distintos motivos, queremos resolver de una vez por todas este misterio.

—Aunque nadie me lo hubiera pedido —protestó—, yo querría conocer el significado del libro por mí misma. ¿Y bien? —añadió.

Volvía a referirse a su petición de visita al laberinto.

—De acuerdo —contesté—. Se lo comentaré a Julián. Le entregué las llaves la última vez que hablamos del subterráneo. Supongo que no pondrá inconvenientes en que revolvamos un poco por allí abajo.

No hubo inconvenientes.

Al día siguiente Julián se mostró muy atento con Juana y con John, como era costumbre en él. Estuvo de acuerdo con la visita, tal vez la última antes de entregar el edificio a los promotores inmobiliarios. La única condición que estableció fue la de la discreción.

—Prefiero que bajéis de noche, cuando toda la comunidad duerme. No creo necesario tener que dar explicaciones al resto, y más habiéndose decidido ya nuestra marcha de aquí. Y si encontráis algo de interés en relación con ese extraño libro que buscáis —concluyó su breve recomendación—, tenéis que decírmelo. Héctor, tú mismo puedes abrir discretamente la puerta de la biblioteca para que entren tus amigos.

John y Juana fueron puntuales, y exactamente a medianoche estaban tocando con sus nudillos en la entrada.

—Adelante —dije—. No hay frailes en la costa.

Ya tenía preparado el equipo básico. Como siempre, compuesto de pilas y linternas, unas pequeñas herramientas, bloc de notas, cámara de fotos y algo de abrigo. Y unas chocolatinas.

—Eso engorda —protestó Juana.

—No es obligatorio que te las comas —le contestó John mientras se metía la primera de ellas en la boca.

—Venga. No perdamos el tiempo. He quedado con Julián en que me dejaría las llaves puestas.

Bajamos sin mayores contratiempos. Le mostré a Juana las distintas estancias y los corredores según íbamos pasando por ellos. Llevaba conmigo los dibujos y esquemas dentro de la libreta. Se detuvo curiosa ante los restos romanos y también ante la frase de Galileo grabada por Lazzari. La etapa final nos condujo hasta el muro que John había bautizado de forma cósmica como de Planck.

—Y de aquí no se puede pasar —dijo el inglés.

—Salvo con tus excavadoras —murmuré al oído de Juana. Ésta pareció no oírme, o fingió no hacerlo. Se quedó mirando fijamente el conjunto de bloques de piedra perfectamente alineados.

—¿Qué obstruye? —preguntó al cabo de un rato.

—La nada absoluta —bromeé relacionando mi respuesta con la propia metáfora de John—. Por el ruido que se escucha detrás, y por la orientación de todo el conjunto, hay aguas residuales cayendo desde cierta altura sobre un cauce más ancho, posiblemente del mismo río que pasa por la ciudad. Supongo que lo levantarían para evitar accidentes —especulé.

—¿Y eso no te sugiere nada? —volvió a preguntar Juana.

—¿Qué me habría de sugerir? —respondí encogiendo los hombros y mirando a John, que se unió a mi expresión.

—El lienzo de un muro de piedra como el de un castillo. El río pasando justo por debajo —contestó.

—Estamos a bastantes kilómetros de Simancas, si es lo que pretendes insinuar.

—Pero conectados por el mismo río, ¿no?

—Sí —admití.

—¿Qué te hace suponer que Lazzari y los otros utilizaron el Archivo de Simancas de una manera convencional? —siguió preguntando de forma incisiva la muchacha.

—La lógica, supongo —contesté.

—¿Es lógico llevar un resto de manuscrito del siglo XVI al Archivo Histórico General de la Corona y que no le hagan una ficha? ¿A un manuscrito carísimo que posiblemente había pertenecido al sobrino de Felipe II y que nadie sabía lo que era?

—No parece lógico, Héctor —se alió John con la mejicana.

—Lo más fácil es pensar que tus predecesores lo escondieran allí de una forma que podríamos denominar como atípica —siguió razonando Juana—. Los partidarios de la supresión de la Compañía de Jesús podrían haber rebuscado en este convento hasta los cimientos, pero nunca entrar en una cámara sellada que contuviera documentos reales. Reales con mayúscula —remarcó.

—¿Y qué te hace suponer que sigue allí? —pregunté con cierta molestia ante la perspicacia demostrada por mi compañera de expedición.

—La intuición —sonrió—. Mucho más fuerte que la lógica.

—Una opción es que tu amigo Thomas compre el castillo de Simancas y lo tire abajo —comenté con sorna a Juana mientras preparaba los cafés.

Estábamos juntos en mi ciber habitación sopesando las posibles acciones a seguir. John no prestaba atención en ese momento a nuestra conversación, enfrascado en la respuesta a un correo electrónico urgente. Uno de sus colaboradores decía haber descubierto una supernova en una galaxia lejana, muy lejana.

—Thomas es capaz de eso y de más —respondió Juana con malicia.

—Y nuestro Ministerio de Cultura de vendérselo sin ningún reparo —dije, continuando con la broma—. Desmantelar archivos castellanos es una de sus especialidades favoritas.[15]

—¿Alguna otra idea brillante? —insistió Juana.

—Vayamos despacito —propuse—. Si tu descabellada sugerencia fuera cierta, significaría que los maquiavélicos jesuitas

15. En 2006, el Ministerio de Cultura español decidió —en medio de una fuerte polémica social— el traslado de parte de los fondos del archivo histórico de la guerra civil desde la ciudad castellana de Salamanca a Cataluña. (*N. del A.*)

del siglo XVIII encontraron la forma de llegar al Archivo de Simancas sin ser vistos. Que entraron en la fortaleza como Pedro por su casa y que, una vez allí, movieron los muebles y los retratos de los nobles a su antojo para poder poner las claves del *Manuscrito Voynich* en un anaquel a prueba de curiosos —razoné con ironía—. Y éste dentro de una cámara a prueba de bombas —terminé.

—Con muchos adornos de tu cosecha pero sí, básicamente es así.

—Y luego —continué— utilizaron el antiguo texto de la Tabla Esmeralda para adaptar el escondite y guiar a los posibles buscadores del libro.

—Ajá —asintió Juana—. Una vez más usando pistas *a posteriori*.

—¿Me he perdido algo? —preguntó John queriendo unirse a la conversación.

—Básicamente no —contesté—. Aquí nuestra amiga está sugiriendo que unos encapuchados que no eran capuchinos sino jesuitas fletaron un bote desde ésta su casa y, a golpe de remo, llegaron hasta Simancas para esconder el libro.

—Te veo mordaz hoy —comentó John sonriendo.

—Será el sueño que me vence —reconocí.

—¿Y por qué no hacemos lo mismo? —propuso Juana entusiasmada—. Una reconstrucción de los hechos, como hace la policía.

Me quedé mirándola estupefacto. Aunque más sorpresa si cabe me causó la respuesta de John.

—Por mí, ahora. Estáis ante un modesto remero de Cambridge —exclamó ufano.

—Joder, vaya par de locos —contesté yo, llevándome las manos a la cara.

Apenas había remado media docena de ocasiones en mi vida. Y Juana ni tan siquiera eso. John sí era un experto, pero eso no nos libraba de una paliza tremenda. Encontrar la embarcación —una piragua para cuatro tripulantes— fue mucho más sencillo de lo que imaginé.

Sólo tuvimos que tomarla prestada del modesto club náutico fluvial, amarrada como estaba en el embarcadero.

La corriente del río nos ayudó. Aún con eso, nos llevó bastante más de una hora alcanzar la villa de Simancas. Tuvimos que echar pie a tierra un par de veces para salvar los saltos de agua construidos por las viejas harineras que, aunque antiguos, no lo eran tanto como para interrumpir el cauce del río en el siglo XVIII. Todavía era noche cerrada cuando distinguimos las torres iluminadas de la fortaleza.

—A partir de ahora —dijo John—, hay que estar atentos a cualquier posible entrante natural que forme el río. Una cueva, un recodo oculto, todo aquello que nos pueda resultar extraño.

—No es por fastidiar —respondí con poca fe—, pero hacer esto de día hubiera sido mucho más sencillo.

—Deja de protestar y apunta con la linterna hacia la orilla —me hizo callar Juana, encantada con la imprevista excursión que habíamos organizado.

Exploramos varios posibles senderos que partían del río hacia la villa. Ninguno conducía a ninguna parte.

—¿Y eso?

John había encontrado lo que era una especie de antigua tapa de alcantarilla forjada en hierro. A escasos metros de la orilla y en una zona inaccesible desde otro lugar que no fuera el propio río.

—Ayúdame —me pidió entre jadeos.

Conseguimos levantarla y apartarla de la boca. Un olor espantoso nos tiró de espaldas cuando nos asomamos a la entrada.

—No es buena idea —dije.

—La muralla externa del castillo está a menos de cien metros —protestó Juana.

—Héctor tiene razón —intervino John—. Si esto es una fosa séptica, lo más seguro es que mañana nos encuentren a los tres tan tiesos como pajaritos.

—Pues yo entro.

Antes de que pudiéramos detenerla, Juana ya estaba descendiendo por la escalera herrumbrosa a tres o cuatro metros por debajo del nivel del suelo. John me miró y la siguió.

Y yo a ellos entre oraciones.

Por fortuna, una vez dentro, el aire se hizo más respirable. Di gracias al cielo por ello. Las galerías guardaban cierta similitud con las del convento, estrechas y húmedas, y se iban alternando con algunos tramos de escaleras que subían o bajaban según obligara el terreno.

—¿Cuánto tiempo llevaría este sitio sin ser visitado por nadie? —preguntó John, que era el que encabezaba la marcha.

—Tres siglos por lo menos —contesté yo—. Y éste es el fin del trayecto —exclamé iluminando con mi linterna una puerta lateral de madera carcomida—. A empujar, John.

La puerta cedió al primer embate, saltando de sus goznes oxidados. El ruido nos asustó algo.

—Debemos de estar justo debajo del castillo —murmuró Juana.

—Pues más nos vale que no haya vigilancia —comenté yo—. Con este escándalo no quedará nadie despierto allá arriba.

—¿Y ahora? —preguntó John.

Habíamos llegado a una estancia más amplia. Varios muebles antiguos estaban apilados, así como una gran cantidad de instrumentos y herramientas.

—Esto parece un almacén abandonado —dije—. Sugiero retirar los armarios de las paredes, a ver qué encontramos.

Entre nubes de polvo, y con bastante más esfuerzo que el que nos había llevado tirar la puerta, conseguimos hacer a un lado un par de aquellos viejos armarios de roble. No hizo falta mover más. Una pequeña abertura en la pared, por donde apenas podía pasar una persona agachada, se escondía detrás.

—Voy yo y os cuento luego —dijo Juana adelantándose y deslizándose por la oquedad con cierta facilidad. No tardó ni medio minuto en volver.

—Creo que lo conseguimos —dijo con euforia—. Al otro lado también hay un armario. Alguien le hizo unos agujeritos a la altura de los ojos. Lo que se ve detrás es una sala ya restaurada. No sé muy bien de qué se trata, pero es territorio civilizado.

Volvimos a empujar John y yo, con la lógica dificultad debido al espacio reducido. En efecto, estábamos ya dentro del castillo de Simancas.

—No está mal el lugar —reí.

Habíamos ido a salir a la llamada cámara de tormentos.

La guía la señalaba como de interés. Allí había sufrido castigo el obispo de Zamora, don Antonio Acuña, capitán comunero de Castilla, que tomara parte activa en la batalla de Villalar. Los tres famosos comuneros —Padilla, Bravo y Maldonado— fueron ejecutados al día siguiente de la batalla, pero él fue encerrado en el castillo de Simancas dándosele la oportunidad de arrepentirse. El muy ingrato no sólo no se arrepintió, sino que por el contrario estranguló al alcaide de la fortaleza. Al tratar de huir fue capturado de nuevo y ejecutado, en uno de los cubos del castillo llamado ahora por ello Torre del Obispo. Corría el año 1521.

—Primera dificultad —dije, ya situado en el centro de la amplia estancia y señalando a las paredes—. Cámaras de vigilancia.

—Apagadas —terció John mientras examinaba una de ellas—. Sólo las deben de conectar durante las horas de apertura al público, para observar a los visitantes. Eso nos permite extraer una segunda conclusión también positiva.

—¿Cuál? —pregunté.

—Que no hay vigilancia nocturna. Si las cámaras están apagadas, los monitores también lo estarán. No puede haber nadie para mirarlos.

—¿Y eso otro? —intervino Juana señalando más artilugios electrónicos.

John volvió a emitir su opinión de experto.

—Nada de qué preocuparse. Sensores contra incendios con sus respectivas alarmas. Mientras no fumemos todo irá bien —bromeó.

—¿Qué hora es? —pregunté.

—Casi las seis, pronto amanecerá —contestó Juana—. Según el folleto que nos dieron, el Archivo abre a las nueve y media. Imagino que los empleados llegarán como una hora antes.

—Pues entonces tenemos poco más de dos para fisgar —señaló John.

—Subamos a las estancias principales —apremié.

Recorrimos el castillo con casi total libertad. Con la excepción de las cámaras acorazadas —e incombustibles— que estaban situadas en el cubo de Felipe II, no encontramos ninguna puerta bajo llave. Unos simples cordones y unos carteles impedían el paso al personal no autorizado. Nos disponíamos a subir a las torres —que era lo último que quedaba por visitar— cuando John detuvo la expedición.

—¿Por qué no nos movemos con más cabeza? —pidió—. No sabemos qué buscamos. Vamos de un lado a otro como tontos —protestó.

—¿Qué sugieres? —le pregunté parándome en seco—. No tenemos mucho tiempo para pensar.

—No lo sé —contestó—. Pero al menos revisar los párrafos de Wilfred Voynich que tenemos pendientes.

Juana me miró y luego sacó de su mochila un papel arrugado con el texto que yo mismo les había facilitado.

—Nos quedamos aquí, en esta frase. —Y leyó—: «Separarás la Tierra del Fuego, lo sutil de lo grosero, suavemente, con mucho ingenio. Asciende de la Tierra al Cielo, y de nuevo desciende a la Tierra, y recibe la fuerza de las cosas superiores y de las inferiores. Así lograrás la gloria del Mundo».

—Primera línea —repitió John—: «Separarás la Tierra del Fuego, lo sutil de lo grosero, suavemente, con mucho ingenio».

—¿Buscamos una chimenea? —sugerí, poco convencido.

—No. Eso no es ingenioso en absoluto —me echó en cara Juana—. Por cierto —continuó volviendo la cabeza—, ¿no queríamos un mapa?

Estábamos en una de las salas de lectura más pequeñas, normalmente cerrada al público. Por sus pequeñas ventanas podíamos ver el patio central y su modesto jardín. En una de las paredes de la sala, libre de estanterías, colgaba un gran tapiz desde el techo hasta el suelo: un enorme mapamundi.

—¿Podría ser? —preguntó John iluminándolo de frente con su linterna.

—Podría —dije yo—. Tiene el aspecto de haber sido confeccionado en el siglo XVIII. Aparece el Nuevo Mundo completo, amén de las tierras oceánicas y las costas australes.

—Todo lo que John Harrison y James Cook añadieron a los mapas —acotó John—. Pero no veo nada especial en él.

Juana se acercó y comenzó a acariciar la tela. Deslizó su dedo por la suave superficie a lo largo de toda Sudamérica, empezando desde Méjico.

—Patriota —reí.

—Idiota —me contestó—. ¿No ves que es facilísimo?

Apenas pude oír sus palabras porque un extraño mecanismo —con un ruido estridente sencillamente insoportable— se puso en movimiento. Faltaban tanto el aceite en sus viejas ruedas dentadas como el café en mis neuronas gastadas.

—¿Cómo lo has hecho, *manita*? —pregunté asombrado al ver abrirse una pequeña puerta escondida detrás del tapiz.

—Separando la Tierra del Fuego, obviamente —rio—. Y con mucho ingenio.

—Se ha accionado un resorte al presionar sobre la Patagonia —terció John—. La Tierra del Fuego. Era tan simple como leer la frase toda en conjunto. De forma literal.

—Exacto —admitió triunfal Juana—. Y ahora, vamos dentro.

La siguiente frase de la estrofa resultaba más sencilla. La puerta que acababa de abrirse como por ensalmo conducía a un pasillo intramuros, y éste a una de las torres.

—Nos lo ponen fácil los jesuitas —dijo Juana recitando de memoria—: «Asciende de la Tierra al Cielo, y de nuevo desciende a la Tierra». Hay que subir y bajar.

—Subir y bajar para nada es una tontería —objeté—. Y cansado.

—Algo habrá allá arriba, aguafiestas —me animó John, que ya estaba afrontando el primer tramo de escaleras.

Pero no encontramos nada, salvo el sol entrando furioso por los largos ventanales. Dada la hora y el cansancio acumulado, decidimos volver por donde habíamos venido con todas las precauciones del mundo.

Ya sabíamos el camino para la próxima vez.

33

El regreso resultó mucho más sencillo. Volvimos sobre nuestros pasos, dejando todas las cosas en los mismos lugares en que las habíamos encontrado, y luego desandamos el subterráneo. Ya en la salida, escondimos la piragua entre las cañas —no era plan volver remando contracorriente y menos de día y con la fatiga acumulada—, y campo través terminamos por salir a la carretera. Paramos el primer autobús hacia la ciudad que llegó y, una vez en casa, nos despedimos para descansar.

Aunque yo no pude hacerlo.

Me desveló el café y la tempranera llamada de Matías. Simón me estaba esperando en la biblioteca desde hacía un buen rato.

—¿A qué debo el honor? —le saludé con ironía y muchísimo sueño.

—Traigo más cosas, Héctor.

—Más te vale que sean interesantes o puedes darte por suspendido *a divinis* —contesté.

—¿Para siempre?

—De las cosas divinas —contesté sin querer ni poder explicar nada más.

No comprendió mi respuesta, pero tampoco pareció importarle mucho. Estaba deseando contarme sus últimos descubrimientos. Yo le había animado a seguir aportándome cualquier dato que fuera de interés en relación con la alquimia o con la mandrágora. O con ambas cosas.

—Mira esto —dijo, tendiéndome un folio impreso obtenido a saber de qué página de Internet—. Los alquimistas solían simbolizar los siete metales por medio de un árbol, y así indicar que todos ellos eran ramas de un mismo tronco. Un tronco común que era el origen y esencia de todos ellos.

—La piedra filosofal, otra vez —interrumpí con cierto fastidio, cansado de la noche en vela y escéptico ante las historias fantásticas de Simón.

—La analogía entre metales y plantas no se acaba aquí —continuó—. Para los alquimistas los metales se desarrollan de la misma forma en que lo hacen las plantas, y en ese proceso no necesariamente tienen que ser tocados por la mano humana. La semilla se desarrolla en la tierra, crece la planta, da flores y frutos, y todo ello simplemente por la acción de las influencias naturales. Lo mismo puede aplicarse para los metales.

—No veo dónde quieres ir a parar. ¿Plantamos un tornillo? —bromeé.

—Todo objeto existente en la naturaleza tiene una esencia propia, que permanece incluso cuando lo reducimos a cenizas —siguió leyendo Simón inasequible a mi ironía—. Esta esencia permanece hasta que los restos han sido completamente descompuestos. Se creía que algunos alquimistas podían volver a revestir la esencia de materia y hacerla de nuevo visible.

—¿Qué alquimistas? —pregunté—. Los ha habido a cientos.

—Aquí dice que unos llamados herméticos.

—¿Herméticos? —me sorprendió la respuesta.

—Sí. Uno de ellos fue capaz de resucitar una rosa de sus cenizas en presencia de la reina Cristina de Suecia. En el año 1687.

—Algún charlatán, supongo —dije con desdén.

—Como todos los jesuitas —rio, y en ese momento no entendí su broma—. Este tipo no sólo estudió las rosas, sino también los girasoles. Y las mandrágoras, claro. Además de su relación con los metales. Escribió un libro que se llama *Ars Magnetica Opus Tripartitum*, en el que se cuenta, por ejemplo, cómo los girasoles se orientan hacia el sol atraídos por una fuerza magnética invisible proveniente del astro. Los antiguos, como los egipcios o los griegos, ya consideraron a los girasoles plantas sagradas. Y, por supuesto, también a las mandrágoras.

—¿Qué más tienes de las raíces de las mandrágoras? —empecé a interesarme.

—Que los antiguos germanos las reverenciaban. Las llamaban *alrunes*, y las tenían guardadas en pequeños cofres donde les ponían comida y vino para alimentarlas, porque pensaban en ellas como en hombrecitos que les protegían de los malos espíritus y los demonios. Ya Hipócrates aconsejaba su empleo para combatir la melancolía y la depresión. También los sirios, árabes y caldeos conocían sus virtudes medicinales y mágicas. Igual que los persas. Kircher —leyó— escribió sobre los poderes ocultos que éstos le atribuían, y también de los efectos asombrosos que produce cuando se toma.

—¿Kircher, has dicho? ¿Athanasius Kircher?

—Claro. El científico jesuita —respondió—. Creía que sabías de quién te hablaba. El del libro del magnetismo. El que resucitó la rosa.

—Kircher escribió de muchas cosas en su vida. De muchísimas —me excusé por mi falta de perspicacia.

360

Me quedé trabajando un rato en la biblioteca después de que se marchó Simón. Luego subí a mi habitación y empecé a navegar frenéticamente por Internet buscando más información. En efecto, Kircher había simpatizado con la filosofía hermética, aunque no comulgaba con las tradiciones de los alquimistas. Parecía quedarse a medio camino entre unos y otros. Fisgué también en las páginas de la Lista Voynich. Todos los días hay gente aportando ideas. En concreto, busqué los comentarios acerca de botánica. Según la mayoría de los estudiosos del libro, las únicas plantas claramente identificables en todo el *Manuscrito Voynich* eran los girasoles y las raíces de mandrágora. Y los primeros no se habían descubierto en la fecha de confección del manuscrito.

Por alguna razón que se me escapaba, tenía la impresión de que Athanasius Kircher había llegado a una conclusión idéntica o parecida a la mía. Una vez reconocidas estas dos plantas, el sabio jesuita pudo haber querido profundizar en su estudio. Y más si, presumiblemente, tenía la posibilidad de traducir los textos que acompañaban los dibujos.

Posibilidad que yo no tenía.

Seguí leyendo pantalla tras pantalla. Hay varias páginas del

Voynich que contienen dibujos y grabados de lo que parecen ser mandrágoras. Casi siempre acompañados de frascos de medicinas. O de torres. Había disparidad de criterios entre los estudiosos del *Voynich* al respecto. Unos argumentaban que, de ser plantas medicinales y curativas, era lógico pensar que los extraños cilindros dibujados a su izquierda fueran simplemente frascos. Otros —yo entre ellos— sólo veíamos torres.

Además yo había asociado mandrágora y torres con un castillo, aunque la brillantez de Juana, planteando la solución a la tercera estrofa —un eclipse—, había hecho que me olvidara del asunto.

Volví a la página de las torres y me fijé en más detalles. Si Kircher había estudiado con tanto interés las mandrágoras, quizá quienes escondieran las claves del *Manuscrito* habrían tenido la misma deferencia para con estas plantas tan simpáticas y «humanas». Tal vez no tenía que haber dejado tan pronto de lado mis propias conclusiones.

Además, había cuatro torres.

Una por cada cubo del castillo de Simancas.

Y una de ellas tenía raíces. Raíces de mandrágora.

—Creo que el libro de claves está en la torre del Obispo.

—¿Lógica o intuición? —preguntó sonriendo Juana.

Nos habíamos reunido para comer. Ellos habían dormido bastante más que yo y aparentaban una frescura que yo no tenía. Hice lo que pude por argumentar mi teoría.

—Ambas cosas, Juana —contesté—. La frase de la Tabla Esmeralda nos habla así—: «Asciende de la Tierra al Cielo, y de nuevo desciende a la Tierra». Y nos encontramos en el camino con una torre en la fortaleza de Simancas. Todo lógico.

—Pero no era la torre del Obispo —intervino John—. Creo que se trataba del cubo de Obras y Bosques, la menos importante de las cuatro.

—Y no encontramos nada —zanjé.

—Quizá no buscáramos bien. No tuvimos mucho tiempo —volvió a intervenir Juana—. Pero el tapiz nos condujo hasta ella.

—Lo sé. Y eso es precisamente lo que no me encaja —recobré el uso de la palabra—. Hasta ahí funciona la lógica, hasta llegar a esa torre. Pero mi intuición me dice que tenemos que buscar en la torre del Obispo.

—Conociéndote, seguro que tu intuición se basará en algún tipo de razonamiento —dijo John.

—Encontramos las figuras del Panteón del Roma en el *Manuscrito* y creo que hemos encontrado los cubos del castillo de Simancas también allí —expliqué—. Y una de ellas es diferente, aquélla de la que de su base sobresalen raíces de mandrágora.

Les volví a enseñar el dibujo.

—Yo creo que tiene que ser la torre del Obispo—continué—, porque éste era el lugar escogido para las ejecuciones. Donde crecían las mandrágoras, según la leyenda.

—No perdemos nada por mirar. Me fío de la intuición, ya lo sabes —sonrió Juana—. Además, tenemos que volver. Anoche dejamos el trabajo a medias.

—Pero esta vez iremos en autobús. Tengo unas agujetas terribles en los brazos —dije contento.

El último autobús nos dejó en la villa a las ocho de la tarde. Teníamos tiempo de sobra antes de adentrarnos en el subterráneo y, desde ahí, entrar en el castillo. Como la noche era buena, nos sentamos en una terraza de la plaza principal del pueblo para planear la estrategia a seguir y darle unas cuantas vueltas más al texto hermético usado por los jesuitas.

—«Asciende de la Tierra al Cielo, y de nuevo desciende a la Tierra, y recibe la fuerza de las cosas superiores y de las inferiores. Así lograrás la gloria del Mundo» —volví a leer.

Me miraron sin ideas nuevas. Insistí.

—¿Cómo se logra la gloria? —pregunté—. La gloria del mundo entero.

—¿Riqueza? ¿Tal vez poder? —probó Juana.

—¡Venciendo en la batalla! —sentenció con orgullo John.

Era simple. El párrafo anterior había aludido a un eclipse, al eclipse de la batalla de Simancas. El del triunfo de las tropas leonesas sobre las musulmanas.

—Joder, ahora está más claro —exclamó la siempre educada Juana—. En esa batalla el rey leonés Ramiro II recibió «la fuerza de las cosas superiores y de las inferiores». Obviamente contó con la astronómica ayuda del eclipse, que es una cosa superior. Y de las tropas gallegas, asturianas y navarras, que podemos definir como cosas inferiores.

—Perfecto —asentí—. Pero todavía no sabemos qué buscar en la torre.

—Ni tan siquiera sabemos aún en qué torre —me abrumó John.

Esperamos media hora más y nos levantamos de la mesa. Emprendimos el camino hacia la entrada oculta atravesando una finca abandonada. Después de un pesaroso subir y bajar, y no sin antes confundir un par de veces el camino, encontramos la vieja alcantarilla.

Apestaba más que la noche anterior.

—Venga, daos prisa —apremié sin poder evitar tener que llevarme una mano a la nariz para protegerme del intenso hedor—. Tenemos que poner este castillo patas abajo esta noche.

—No dejaremos piedra sobre piedra. Además —añadió John a mis palabras—, me gustaría terminar pronto hoy para estar bien despejado mañana por la mañana y poder contemplar el eclipse con tranquilidad.

En efecto, el eclipse anular de sol estaba programado —y no había visos de que se fuera a cancelar la actuación— para la mañana siguiente. Comenzaría a ser visible a las diez en punto, terminando un par de horas después. A las diez horas y cincuenta y ocho minutos —como un reloj—, el eclipse estaría en su fase más espectacular, con casi toda la superficie del Sol oculta por la Luna.

—Yo tengo que estar sin falta con los chicos en el patio —dije también—. Y, además, tengo que montar antes los telescopios y los prismáticos. Y atender a los padres, que muchos vendrán con sus hijos. Y protegerlos con gafas a todos —fui añadiendo deberes con una mezcla de alegría y fastidio.

—Pues menos charla y adentro.

Juana, al igual que había hecho la vez anterior, tomó la iniciativa y se introdujo ágilmente en aquella boca negra y maloliente. Al cabo de unos pocos metros de bajada y algunos más de caminata en horizontal, ya nos habíamos acostumbrado al desagradable ambiente y avanzábamos a buen ritmo. No tardamos en llegar a la primera puerta y, desde allí, a la cámara de torturas que constituía nuestro acceso secreto a la fortaleza de Simancas.

—Todo igual que anoche —concluí con rapidez iluminando a ráfagas la estancia con mi linterna—. Vamos directamente a la sala del tapiz.

Cada cosa estaba en la misma posición en que la habíamos abandonado tan sólo unas horas antes. La pequeña sala de lectura parecía no ser utilizada casi nunca y permanecía cerrada al público, reservándose su uso al de almacén de documentos más o menos recientes. El ordenador de la única mesa era lo más antiguo.

—Joder. Es un 286. Y con MS-DOS —rio Juana.

—El que utilizaba Felipe II —bromeé yo también.

—No perdáis el tiempo y venid.

John ya estaba accionando el resorte escondido tras el tupido tapiz. El mecanismo volvió a funcionar con el mismo escándalo que la primera vez.

—Se queja por tener que trabajar dos veces consecutivas en tres siglos. *Made in Spain* —bromeó ahora John.

Miré a John perdonándole la vida y luego, uno tras otro, entramos en el estrecho pasillo que quedó al descubierto. Nada nuevo hasta las escaleras de la torre. Juana nos detuvo.

—Si no recuerdo mal, ayer fuimos arriba directamente, ¿no?

—Recuerdas bien, Juana —respondí.

—«Asciende de la Tierra al Cielo, y de nuevo desciende a la Tierra» —me ayudó John—. Primero arriba y luego abajo.

—Y arriba no había nada de nada —siguió razonando en voz alta la mejicana.

—Nada —confirmé—. Esta pequeña escalera se une a la principal de la torre casi enseguida. Una vez arriba no vimos más que unas ventanas estrechas y unos nidos de golondrina. Los documentos de esta zona quedan abajo.

—Ni tan siquiera hay muebles o estantes. Sólo la madera del tejado —siguió completando mis argumentaciones John.

—Insisto en que ésta no es la torre que buscamos —recobré la palabra—. Tenemos que buscar en la torre del Obispo, justo en la esquina opuesta a ésta.

—Y entonces, ¿por qué hay que entrar por aquí? —volvió a preguntarse Juana.

—Para que hicieras alarde de tus conocimientos de geografía —me burlé.

Juana no me hizo caso y comenzó a bajar las escaleras a toda velocidad.

—Espera, loca. Que te puedes caer.

—¡Bajad! —chilló.

Cuando John y yo llegamos, Juana sonreía satisfecha señalando un nuevo corredor, tan estrecho como todos los anteriores.

—*Voilà* —exclamó ufana—. Apuesto lo que queráis a que este pasillo recorre diagonalmente el subsuelo de la fortaleza.

En efecto, así era. Y en el otro extremo, una nueva escalera. Que supuestamente ascendía por la torre del Obispo.

—No me muevo hasta que no me lo expliques —le supliqué.

—Héctor, cariño —me sonrió con picardía—. El texto dice que subamos y luego que volvamos a bajar de nuevo. Lo que presupone que hemos tenido que bajar una primera vez.

—Si tú lo dices —dije, y afronté la subida de las empinadas escaleras muy poco convencido de las razones de Juana, pero satisfecho por encontrarme ya dentro de la torre del Obispo, aquélla en la que años atrás fuera ejecutado el obispo comunero Antonio Acuña.

Como ocurría en la primera torre, la escalera oculta desembocaba en la principal y se escondía de ésta por un sencillo sistema de puerta y contrapuerta. Si se recorría el camino a la inversa, el desvío quedaba oculto por el ángulo de la pared.

—Es posible que los restauradores modernos del castillo conozcan estos pasillos. Toda fortaleza que se precie tiene salidas de emergencia para poder escapar de los sitiadores.

—Seguramente —acoté la acertada afirmación de John—. Pero estos últimos tramos no comunican con el primer pasadizo, así que el secreto principal de la entrada junto al río permanece intacto.

—Como el *Voynich*, por ahora —nos devolvió a la realidad y a nuestra obligación la siempre acertada Juana.

Llegamos debajo de la cubierta en forma de campana. Su construcción era más reciente que la propia torre y estaba adornada por una preciosa linterna, de noche tristemente apagada. Para subir a la linterna sólo había una larga escalera de madera de aspecto frágil, sujeta a las paredes interiores de la torre mediante unos cáncamos y unas cuerdas.

—¿Subirá alguien allí a menudo? —preguntó John.

—A juzgar por cómo está esto —dije, al tiempo que meneaba la mencionada escalera—, yo creo que no.

—*Stairway to Heaven*[16] —musitó Juana levantando la cabeza.

—Supongo que la escucharás siempre en el sentido correcto —reí.

—Por supuesto —me devolvió la broma—. De mañana no pasa que John nos la traduzca, del derecho y del revés.[17]

—Faltaría más —aceptó el inglés.

—Fijaos en una cosa —dije, recuperando el hilo de la con-

16. *Stairway to Heaven* (*Escalera al Cielo*), es el título de la posiblemente más conocida canción del grupo de rock británico Led Zeppelin, publicada en 1971. (*N. del A.*)

17. Según algunos fundamentalistas cristianos, si un fragmento de la canción es reproducido en sentido inverso, se oyen palabras que supuestamente comienzan con «Oh, aquí está mi dulce Satán». El grupo obviamente siempre ha negado tal cosa, así como que se trate de una apología de la heroína.

versación y señalando de nuevo la estructura que culminaba la torre—. El cubo se resuelve con esta cúpula en forma de campana, sin tambor ni nervaduras, pero con la bonita linterna que se supone será una intensa fuente de luz durante el día. Si está bien diseñada —añadí—, la luz se distribuirá uniformemente en el espacio debajo de la torre. Allí —y reconduje mi mano para señalar el suelo bajo mis pies.

—Bien por los detalles arquitectónicos, Héctor —me aplaudió Juana—. Pero aquí no nos sirven tanto como en el Panteón de Roma.

—Tal vez sí —especuló John.

Nos miramos.

—¿En qué dirección están orientadas la torre y la linterna? —preguntó.

—Al Este —le contesté, ratificando lo que tanto él como yo estábamos pensando.

—Ajá —confirmó con la cabeza.

—¿De qué va el juego esta vez? —preguntó Juana con una mal disimulada intriga.

—Si no me equivoco, John está pensando en el eclipse de mañana.

—No te equivocas —dijo él.

—A la hora del eclipse —continué—, el sol todavía no habrá alcanzado su punto más alto, pero sus rayos entrarán de lleno por la cristalera de la linterna. Si fuera un día cualquiera, tendríamos aquí mismo una estupenda luz iluminando de forma homogénea y por completo la estancia, las escaleras y el fondo de la torre.

—Pero mañana no —volvió a interrumpirme John.

—No, mañana no —continué—. Mañana, y durante una media hora, las luces y las sombras jugarán aquí con los objetos, los marcos, las maderas y todo lo que vemos y lo que no.

—«Asciende de la Tierra al Cielo, y recibe la fuerza de las cosas superiores» —recitó Juana—. Ahora lo entiendo todo.

—Posiblemente hubo otro eclipse en las fechas de la primera supresión de la Compañía —añadí—. Aunque no os lo puedo confirmar ahora porque no he traído esas notas.

—Entonces, ¿qué hacemos? —preguntó John.

—Esperar. Por supuesto.

Juana había decidido por los tres.

No podíamos volvernos. En primer lugar, porque los funcionarios del Archivo nos habrían impedido al día siguiente acceder hasta lo alto de la torre sin una causa justificada. No había manera de conseguir un respaldo para una historia tan inverosímil como la nuestra. En segundo lugar, porque era muy tarde. El día siguiente era ya. Apenas faltaban dos horas para amanecer y unas seis para que comenzara el espectáculo astronómico.

Había otra razón de índole práctica. Podíamos ocultarnos con cierta facilidad en aquel lugar bajo la linterna, y no era probable que algún trabajador despistado del Archivo nos encontrara. Por allí arriba no había ningún depósito de legajos.

Así que echamos mano de los chocolates. Incluida la propia Juana.

—¿Cuánto falta? —preguntó un impaciente John.

—La Luna comenzará a ocultar el Sol en unos veinte minutos —contesté en voz baja.

Por fortuna, no nos habíamos olvidado tampoco del teléfono móvil. Una llamada bastó para excusarme ante Julián por mi ausencia en un día académico tan especial.

«Muy importante tiene que ser lo que estáis haciendo como para perderte tú un eclipse así» me había dicho, sin reclamar mayores explicaciones y asegurándome que el se haría cargo de todo.

—Ahora —dije cuando el reloj marcó la hora del comienzo de la ocultación solar—, atentos a todo lo que se mueva.

Según pasaban los minutos, la estancia donde nos encontrábamos empezó a llenarse de sombras. Respirábamos muy despacio, temerosos de que nuestro aliento pudiera entorpecer en algo el imparable movimiento lunar. A lo lejos escuchábamos el trajín de los empleados, algún teléfono y conversaciones banales sobre el mal estado de una fotocopiadora o un chiste recibido por correo electrónico.

—Vamos a verlo —gritó alguien desde una de las salas de

lectura anejas, sin duda refiriéndose al eclipse que estaba a punto de culminar.

John y Juana me miraron con la misma pregunta en sus caras.

—Faltan cinco minutos para las once —susurré—. O sea, sólo tres para el momento de máxima ocultación.

—¡Allí! —gritó Juana.

Juana estaba señalando el hueco de la escalera de la torre. Negro como el carbón.

—No veo nada ahí abajo —dije asomando la cabeza por encima de la barandilla. John tampoco veía nada raro.

—Mueve el marco de la ventana si alcanzas, por favor —me pidió.

No alcanzaba. Pero al moverme para intentarlo distinguí el mismo dibujo que posiblemente había visto ella. El entramado de la forja que protegía los cristales se proyectaba sobre el suelo de una forma peculiar. Los agujeros del metal actuaban de la misma manera que lo hacía el orificio superior en una meridiana, y toda la torre funcionaba como una cámara oscura. Igual que ocurría en las catedrales. A unos quince metros por debajo de nuestros pies el dibujo de un anillo —la proyección difractada de la figura formada conjuntamente por Sol y Luna— encajaba con uno de los herrajes de los antiguos baúles almacenados allí. Media docena de arcones forrados de terciopelo que hiciera fabricar Felipe II para transportar y guardar los legajos, y que estaban fuera de las alacenas cerradas con chapas de hierro que habían hecho las veces de cámara de seguridad durante siglos.

—¡Tiene que estar allí dentro, Héctor! ¡Estoy segura!

Juana estaba demasiado nerviosa y excitada. Se había subido de forma peligrosa a los peldaños de madera del tramo superior de la escalera dentro de la linterna. Uno de los antiguos cáncamos de hierro, oxidado y corroído por el inflexible paso del tiempo, se abrió con su peso y cedió.

John intentó agarrarla en su caída, pero no consiguió sino precipitarse con ella por el hueco de la escalera de la torre.

Las dos ambulancias tardaron menos de treinta minutos en acudir desde Valladolid. El escándalo producido por la caída había sido tremendo. Al momento media docena de personas habían acudido alarmadas por el ruido y los gritos. Juana se había roto el cuello. John, más afortunado, cayó encima de ella amortiguando el golpe y, aunque perdió el conocimiento, no sufrió más que la torcedura de un tobillo y algunas magulladuras y rasguños.

Yo no sabía qué decir ni cómo explicarlo.

Primero la policía y más tarde la juez de guardia me hicieron un sinfín de preguntas. Qué hacíamos dentro del Archivo. Quiénes eran los extranjeros y qué buscaban. Cómo se había producido la caída. Y quién era yo mismo, porque ni ella ni nadie allí se creían que fuera un sacerdote jesuita profesor de secundaria. Por suerte, uno de los funcionarios judiciales resultó ser el padre de dos de mis alumnos y me reconoció. A partir de esa primera aclaración, todo fue algo más sencillo.

Si es que algo en esas circunstancias podía ser sencillo.

Julián acudió alarmado a mi llamada desde las dependencias policiales, pero no quiso ni pudo preguntarme nada más. Bastante tenía yo con la presión de la juez y con tratar de explicar de forma coherente lo sucedido. Durante cinco largas horas respondí —o intenté responder— a todas las preguntas que se le ocurrían, intentando conservar la calma, rezar por mis amigos —en los primeros instantes de confusión había pensado que ambos estaban muertos—, y someterme con obediencia a los requerimientos de la investigación, todo a un tiempo. Además teniendo infinito cuidado de no mencionar ni hacer alusión a cualquier cosa relacionada con el *Manuscrito Voynich*.

Por la noche pude volver a la Casa.

Estaba destrozado por dentro y por fuera.

34

No pude pegar ojo durante el par de horas en las que estuve acostado en mi habitación. Al día siguiente, muy temprano, me dejaron entrar en el hospital a ver a John. Estaba consciente y con buen aspecto.

—¿Y Juana? ¿En qué habitación está?

No me atreví entonces a decirle a mi amigo que ella había muerto en la caída. Él apenas recordaba lo ocurrido. Le mentí diciéndole que sólo tenía heridas leves y que pronto estarían los dos de vuelta en casa. La verdad era que en esos momentos su cadáver estaba encima de la mesa del forense. Sólo dos horas más tarde su cuerpo sería conducido a Madrid, y de allí, por vía aérea, a Méjico. Llamé a la embajada de su país en España —tras mucho insistir y rogar—, y conseguí que me dijeran que su padre esperaba en el aeropuerto de la capital para hacerse cargo de sus restos. Poco más.

A mediodía tenía que presentarme de nuevo en el juzgado.

—¿Está usted mejor?

La juez parecía haber descansado mejor que yo y me sonreía. Me invitó a un café e incluso me ofreció fumar. Ella lo hacía de forma compulsiva.

Acepté el café con una mirada de gratitud.

—¿Volvemos a empezar desde el principio con la historia? —me preguntó con amabilidad.

Afirmé con la cabeza.

Le volví a explicar —intentando ser más convincente que la primera vez— que mis amigos y yo estábamos en Simancas de visita turística. Que éramos muy aficionados a la astronomía —no en vano John Carpenter era un reputado astrofísico en Cambridge—, y que queríamos ver los efectos del eclipse a través de una linterna del siglo XVI, similar a lo que podrían haber experimentado los señores de la guerra en la famosa batalla de Simancas. Confié —con buen criterio— en que la juez no fuera una experta en historia y pasara por alto los disparates cronológicos que estaba cometiendo en mi narración.

—¿Y por qué no pidieron permiso?

La pregunta era evidente pero la respuesta no tanto. Balbuceé algo parecido a que no teníamos tiempo y a que mis amigos tenían que volver a sus universidades. Que la burocracia española es terrible y que no me había planteado tan siquiera el intentarlo. Asumí la culpa.

—Qué me va usted a contar de la burocracia —comentó la juez, dando una profunda calada a su cigarrillo—. Pero siga. ¿Cómo coño entraron allí? Simancas siempre ha sido una fortaleza y ahora un Archivo del Ministerio con mil medidas de seguridad.

Intenté convencerla de que eso no era cierto del todo. Que no habíamos visto alarmas y que aprovechamos un descuido del vigilante jurado de la puerta para entrar a la carrera. Que no habíamos hecho nada malo ni anormal.

—¿Nada malo ni anormal? —me interrumpió escéptica—. Si usted cree que una mujer con la cabeza rota es algo normal, que baje Dios y lo vea.

En ese momento me acordé de Juana y me eché a llorar. La juez se compadeció de mí y volvió a llenarme la taza de café.

—Hemos comprobado lo de su amigo inglés del hospital —dijo mientras yo intentaba reponerme un poco—. Es quien usted dice que es. En cuanto a la mujer mejicana, su pasaporte está en regla y en la embajada avalan su inocencia. Su padre es todo un personaje allí en Méjico, parece. Vamos a pensar que todo ha sido un accidente fortuito.

—¡Pues claro que ha sido un accidente! —grité indignado—. ¿Me ve cara de mafioso?

—Cálmese —me pidió—. Tal vez no haya sido buena idea servirle tanto café.

—Ella se cayó porque la escalera cedió bajo su peso —proseguí, todavía alterado—. Estaba podrida. John intentó sujetarla y cayó con ella.

—En relación con este particular he citado al director del Archivo. Supongo que no tendrá inconveniente en contrastar algunos puntos con él.

—Claro que no. Además —añadí con una mueca de resignación—, usted manda aquí.

—Tampoco hay que dramatizar —me replicó al tiempo que hacía una señal a su secretaria. Ésta regresó un minuto después con un hombre bien vestido, de apariencia afable y con aspecto de haber superado largamente la cincuentena.

Me estrechó la mano mientras la juez nos presentaba. No parecía especialmente preocupado ni alarmado, y me expresó sus condolencias por lo ocurrido con Juana con una educación exquisita. No hubo reproches.

La juez volvió a tomar la palabra.

—El asunto de la conservación del edificio podría traer problemas tanto al Archivo como al Ministerio del que depende —empezó—. Aunque tengo que decir que sólo si los familiares de la víctima deciden emprender algún tipo de acción legal, cosa de la que por el momento no tengo noticias.

—La zona del accidente —explicó el director—, no está abierta al público. Por razones tanto de seguridad como de funcionamiento del propio Archivo. Los visitantes no pueden, salvo que exista un permiso expreso al efecto, acceder directamente a la documentación.

—Lo sé —admití.

—Por lo tanto —afirmó con una mezcla de tranquilidad y firmeza—, en ningún caso ni el Archivo ni el Ministerio serían responsables de lo sucedido. Y menos aún tendrían que indemnizar a terceras personas.

—No hay denuncia, insisto —explicó la juez—. Aunque todavía es muy pronto para saber qué hará la familia.

—Si es así, entonces no hay problema —zanjó el recién llegado.

—Y por parte del propio Archivo, ¿se van a emprender acciones legales? —volvió a preguntar aquella mujer nerviosa encendiendo otro cigarrillo. El director hizo una mueca de desagrado al sentir el humo delante de sus ojos y contestó a su pregunta.

—No hemos notado que falte nada. Y los desperfectos son mínimos —me miró—. Para nosotros no es más que un desgraciado incidente en el que unos chiquillos se nos colaron en el edificio.

Por descontado, ninguno de nosotros tres era un chiquillo. Estaba claro que el director del Archivo quería terminar con los engorrosos trámites legales cuanto antes. Y posiblemente tampoco quería saber mucho de los riesgos y la seguridad en el trabajo de sus propios empleados.

—Bien —exclamó la juez cerrando una carpeta, como queriendo indicarnos que el asunto estaba llegando a su final—. Eso facilita las cosas. Si ninguna de las partes tiene interés en hurgar en la herida, tanto mejor. Por supuesto que este juzgado tendrá abierta una investigación durante un cierto tiempo, y eso implica que, quizá, tenga que volver a llamarles. Los informes de los peritos llegarán algún día, los del forense también. Pero no quiero aburrirles con todo el procedimiento y sólo espero no tener que molestarles demasiado de aquí en adelante.

Nos miró con compasión. Agradecí nuevamente la mirada, al igual que había hecho al comienzo del interrogatorio.

—Y ahora —continuó— les ruego que me disculpen. Tengo otros asuntos urgentes que resolver. Lamento mucho haberles robado algo de su valioso tiempo.

—¡Espere!

Oí que me llamaban a la espalda. Volví la cabeza y vi en lo alto de la escalinata de los juzgados, saliendo por la puerta, al director del Archivo que me gritaba. Yo ya estaba cruzando la calle. Me detuve y le esperé.

—Gracias —dijo cuando me hubo alcanzado—. Quería hablar unos minutos con usted a solas, si no tiene inconveniente.

—No. Por supuesto que no —contesté—. Además, tengo que pedirle perdón por los enormes trastornos que mi comportamiento le está causando.

—Ha perdido una amiga —movió la cabeza—. Y ésa es suficiente penitencia, sea cual sea el pecado que cometiera. Venga —me agarró suavemente del brazo—. Me he dado cuenta de que le gusta mucho el café. Allí en ese bar de la esquina lo sirven excelente.

Entramos en el bar y pedimos las consumiciones. En efecto, el café era mucho mejor que en otros establecimientos. Tomó la palabra.

—¿Puedo preguntarle algo con franqueza?

—Adelante —concedí—. Estoy para pocas suspicacias a estas alturas, como bien comprenderá.

—¿Qué buscaba en el Archivo?

—¿Qué quiere decir? —respondí a su pregunta con otra, algo incómodo.

—Lo del eclipse está bien para engañar a una juez ignorante —contestó con un tono de complicidad—. Pero yo llevo muchos años allí dentro y no me lo creo.

—Pues es así, realmente —afirmé intentando ser convincente—. Fuimos a ver el eclipse a través de la linterna en la torre del Obispo.

Resopló.

—Sentí mucho lo de su prior. Era una excelente persona con una enorme cultura.

Me quedé perplejo. ¿Qué sabía aquel tipo de Carmelo?

—Me extrañó muchísimo enterarme de que un jesuita estaba fisgando por nuestro Archivo cuando el accidente. Tiene que haber algo más, ¿no?

—No puedo ni afirmarlo ni negarlo —concedí—, pero la Compañía está al margen de este episodio. Tanto John como la desafortunada Juana son amigos personales. Y muy buenos en sus respectivos campos de investigación.

—Verá. Siempre que cambiamos parte de los documentos de ubicación, nos encontramos con sorpresas. Siempre. Legajos traspapelados, arcones con doble fondo, páginas dobladas —comenzó a explicarse mientras pedía un segundo café—. Entre libros y documentos tenemos más de setenta y cinco mil entradas en el Archivo. Doce kilómetros de estanterías. Casi treinta millones de páginas. No paramos de sorprendernos. Imposible tener todo bajo control.

Comenzaba a intrigarme. ¿Habrían encontrado el libro de claves del *Voynich*? Continuó hablando.

—Y luego está el mobiliario. Conservamos los mismos muebles desde el siglo XV, salvo aquéllos que estamos añadiendo para modernizar el sistema bibliográfico y la seguridad de los propios documentos. Lo que ocurrió el año pasado tiene que ver con esto. Antes habíamos decidido —hizo una pausa para apurar su segunda taza—, jubilar de una vez para siempre media docena de los muchos arcones que el mismo Felipe II había mandado fabricar para que sirvieran como cajas fuertes. De momento los pusimos en la planta baja, pero los mandaremos al Museo Provincial en cuanto podamos. Un poco más de polvo —añadió— no les hará daño.

¿El eclipse había señalado los herrajes de cierre de un arcón movido el año pasado? Me desesperé internamente pensando en el estúpido accidente de Juana. No habíamos visto nada. Como siempre, habíamos querido ver. Mientras yo me lamentaba de éstas y otras cosas, el director seguía dándome minuciosas explicaciones de las reformas que había llevado a cabo.

—El caso es que hemos renovado las cámaras principales. Todo ignífugo e incombustible. Originalmente también estaba diseñado así. Y hemos instalado un sistema de alarmas carísimo que nunca funciona.

Había cambiado los cafés por coñac y se estaba dispersando.

—Quizá su amiga habría corrido mejor suerte si hubiera estado conectado —especuló—. En realidad, a quienes tendríamos que demandar es a los técnicos de la empresa de seguridad. Pero amigo, eso viene de Madrid. De Interior. Y yo con las comisiones de los políticos no me meto.

Empezaba a perder la paciencia.

—¿De qué conocía a Carmelo? —le interrumpí.

—Le llamé cuando aparecieron sus papeles —contestó.

—¿Sus papeles? —pregunté intrigado.

—Sí. Vaciamos un arcón que había permanecido oculto durante dos siglos o así. Estaba detrás de un muro que hubo que tumbar para meter el sistema de ventilación, precisamente en el fatídico cubo del Obispo. Joder, ésa es otra —volvió a cambiar el rumbo de la conversación—: aparecen pasillos detrás de cada cosa que se mueve. Ese castillo es un queso *gruyére*. Y los de Conservación del Patrimonio no hacen sino molestar.

No le faltaba razón en cuanto a lo del queso, pero le pedí que continuara hablando del que había sido mi prior.

—Dentro había papeles de la época de los Austrias, principalmente. Cosas relacionadas con el Patronato Eclesiástico y la Cámara de Castilla. Los documentalistas los calaron pronto. Pero también cosas que no tenían nada que ver con un Archivo Histórico.

—¿Por ejemplo?

—Dietarios de jesuitas. Y libros, también de jesuitas.

—¿Cómo sabe que los libros eran de jesuitas? —pregunté algo confuso.

—Porque todos tenían el correspondiente *ex libris*. El sello o signo de propiedad, ya sabe.

—Sí, sé lo que es un *ex libris*. Me ocupo de nuestra propia biblioteca.

—Entonces igual tendría que saber del asunto que le estoy contando.

Puse cara de ignorarlo todo y continuó.

—Como los libros ni eran nuestros ni tenían que ver con nada almacenado antes en el Archivo, me puse en contacto con su Orden. Carmelo, como prior en esta provincia, se hizo cargo de ellos. Trabamos una buena amistad a raíz de aquello, ya le digo.

—No. Carmelo no me puso al corriente de ese asunto —negué decepcionado.

—Pensé que sí y que tal vez ésa era la razón de que algún otro jesuita se hubiera colado para buscar algo más. En el fondo soy bastante novelero. Será deformación profesional —admitió.

—¿De qué eran los libros? ¿Recuerda el título o el autor de alguno? —pregunté con un hilo de voz.

—Desconocidos. Carmelo me explicó que seguramente eran ejemplares escondidos durante la primera supresión de la Compañía —contestó—. No recuerdo ningún nombre famoso entre ellos salvo el del manuscrito de Johannes Kepler, el astrónomo. Un librito lleno de preciosos grabados. Supongo que le habría gustado, dada su afición por las estrellas.

El corazón se me detuvo antes de preguntar de nuevo.

—¿Le dijo Carmelo qué iba a hacer con esos libros?

—Enviarlos a Roma para que los clasificaran. Nada más.

Llegué a casa cuando la hora de cenar estaba bien cumplida, así que fui directamente a la cocina para echarme algo al cuerpo que fuera diferente del café. Julián me encontró allí. Nuevamente guardó silencio y me palmeó la espalda. Le conté mi excursión por los juzgados y parte de la conversación con el director del Archivo. Él tampoco sabía nada de los antiguos libros jesuitas.

—Carmelo se volvió muy reservado durante los últimos años —dijo—. Ya lo has podido comprobar.

Quise saber si habría alguna forma de seguirle la pista a los libros.

—¿Por qué no dejas ya ese asunto, Héctor? —me contestó airado—. Mira lo que has conseguido.

Al consejo siguió una breve y nada sutil reprimenda que acepté como merecida. Quizás iba siendo hora de aparcar mis obsesiones y centrarme en los alumnos y en mi comunidad. De dejarme de fantasías.

Matías nos interrumpió.

—Héctor, coge el teléfono en la sala. Tienes una conferencia.

Me disculpé con ambos y salí de la cocina. Al otro lado de la línea un inconfundible acento mejicano me sorprendió.

—¿Padre Héctor? Al habla con Oswaldo Pizarro, acá en Méjico.

Enmudecí durante unos instantes antes de recuperar el control sobre mi cuerpo y mi cabeza.

—Sí. Está hablando con él —contesté—. Permítame enviarle un abrazo fraternal desde España. Lamento profundamente lo ocurrido con su hija.

Tras un breve silencio, en el que me pareció que mi interlocutor se enjugaba las lágrimas con un pañuelo, la conversación se reanudó.

—Gracias, padre. Dios nos da y nos quita. Ahora mi hija está junto al Señor. Recién recogí su cuerpo en el aeropuerto. Su alma está ya en el cielo.

Durante unos minutos hablamos de lo sucedido, de la fuerte y encantadora personalidad de su hija y también de los trámites de la Embajada y los juzgados, por fortuna ágiles. También le pregunté discretamente si pensaba iniciar algún proceso legal.

—No. No se preocupe. No voy a recuperarla con abogados y no necesito los dólares —zanjó—. Acabo de hablar con la juez de allá y así se lo he manifestado.

—Creo que es una decisión correcta —contesté.

—Así lo creo yo también. —Y añadió—: Nos gustaría conocerle, padre Héctor. ¿Cree usted que le sería posible venir al entierro de Juana?

Me sorprendió el plural, pues creía que era viudo. Entendí que se refería a la familia. Todavía no había tenido tiempo de pensar en funerales, pero me sentí en la obligación personal y moral de volar a Méjico. Le aseguré mi presencia en la capital mejicana y nos despedimos de forma cariñosa y afable. Julián no puso ninguna objeción para que, al día siguiente por la noche, embarcara hacia América. Le prometí que éste sería el final de la historia.

Pero le mentí.

Lo primero que hice a la mañana siguiente, antes incluso de ir a ver a John —que ya conocía por los médicos la suerte corrida por Juana, y estaba siendo sometido por éstos a un fuerte tratamiento con tranquilizantes—, fue rebuscar en mis cajones intentando encontrar el directorio general de la Compañía. Una vez en mis manos, localicé los números de teléfono precisos y me puse a la tarea.

Después de varias conferencias y múltiples esperas y consultas, nadie supo darme noticia en nuestro archivo central de Roma de unos libros antiguos remitidos desde nuestra Casa hacía menos de un año.

El presunto envío no aparecía.

Simplemente, el envío no había existido nunca.

35

Méjico D.F. es una ciudad inmensa.

Desde el avión, poco antes de aterrizar en el Aeropuerto de Ciudad de Méjico —que sigue siendo llamado por la mayoría Aeropuerto Internacional Benito Juárez, y es el más congestionado de Latinoamérica—, pude contemplar un sinfín de calles y edificios que apenas tienen cabida en la ya de por sí enorme cuenca formada por los volcanes y montañas que la rodean. La ciudad se construyó sobre lo que antaño fue un lago, y hoy viven en ella entre veinte y treinta millones de personas. Dar una cifra de los habitantes de Méjico D.F. es toda una aventura, igual que moverse por ella. Automóviles y autobuses compiten por ocupar los espacios libres con apresurados peatones y comercios callejeros de todo tipo. Aquí tiene cabida la pobreza de muchos, pero también el refinamiento y el lujo de unos cuantos.

Méjico D.F. desborda a cualquier visitante y también me desbordó a mí.

Mi guía —siempre compro una, allá donde vaya— afirmaba que, quizás, era la ciudad más grande del mundo. También la tercera más contaminada y una de las más sucias, con un promedio de siete ratas por habitante. Yo no veía ninguna, pero me estremecí sólo de pensar en su alcantarillado. Pocas ganas tenía de más aventuras subterráneas. Mucho que visitar y que admirar: más de mil quinientos monumentos, ciento veinte museos y una gigantesca red de metro donde cada día se mueven más de cinco millones de personas.

Todo me resultaba enorme.

Mi taxi pasó junto a la increíble plaza «de la computación».

Según el conductor, hay más de mil doscientas tiendas agrupadas en ese lugar, donde se puede encontrar *hardware* y *software* de todo tipo —con licencia o sin ella— para los ordenadores personales. La leyenda urbana dice que es posible entrar con las manos vacías y salir con todo lo necesario para construir una nave espacial.

Había más cosas inmensas en el inmenso Méjico D.F.

Como su cementerio.

Según mi inseparable guía, el más grande del mundo.

Marqué el número del celular de Oswaldo Pizarro.

—¿Aló?

—¿Oswaldo? Soy Héctor, el jesuita español. Acabo de llegar al hotel —respondí.

—Qué bueno saberle aquí. Espero que haya tenido un buen viaje.

—Estupendo —contesté.

—Ahorita terminamos con el funeral en nuestra comunidad. Ofició el apóstol Carlos Queiroa, que tuvo a bien asistir invitado por mi otra hija, Mercedes. Ambos platicaron sobre el paso de Juana a la presencia de Dios. Fue emocionante.

—Ajá —admití algo confundido por las expresiones de mi interlocutor y por el inevitable *jet-lag*. Tardé en recordar que Juana pertenecía a una confesión evangélica.

—Mi buen amigo español —continuó hablando su padre—, espero disculpe que no haya ido a esperarle al aeropuerto. Son demasiadas cosas para un viejo cansado como yo. Mando un *carro* para el hotel en segundos.

—No se moleste. Puedo tomar un taxi si me indica la dirección —respondí.

—No es molestia. Además, marchamos ahorita hacia el cementerio. Si le parece, nos vemos allí.

—Por supuesto —contesté, antes de colgar.

No habían transcurrido ni quince minutos —y menos de uno desde que había salido de la ducha— cuando llamaron de recepción indicándome que un coche me estaba esperando en la puerta del hotel. Me apresuré a recoger algunos efectos personales —el pasaporte, la agenda y una pequeña biblia por si alguien me pedía que dijera unas palabras— y bajé. Afuera me esperaba una, cómo no, inmensa limusina negra con los cristales tintados. El conductor estaba junto a una de las puertas abiertas, invitándome a entrar.

—Buenas tardes, padre Héctor —me saludó, reconociéndome tal vez por el crucifijo que me había colgado del cuello o, tal vez, por mi inequívoca torpeza de turista recién llegado al salir de hotel.

—Buenas tardes —contesté al saludo mientras me introducía en el enorme vehículo.

Tardamos más de una hora en llegar al cementerio. Durante el trayecto el conductor habló varias veces por su celular, dando y pidiendo instrucciones. Al parecer, el cortejo fúnebre se había dividido por causa del tráfico y buena parte de él deambulaba por la metrópoli intentando encontrar un camino despejado hacia el camposanto. Me pareció incluso que la policía nos abría el paso en alguna que otra ocasión. El conductor se percató de mi asombro y se limitó a decir:

—Hay un enorme respeto hacia los muertos acá en Méjico.

Asentí con la cabeza, satisfecho.

El entierro tuvo lugar en la capilla privada de la familia Pizarro. Estábamos allí no más de cuarenta personas. Abracé con emoción al padre de Juana, y ni él ni yo pudimos contener las lágrimas durante unos minutos. Igual me ocurrió con su hermana. Mercedes tenía un gran parecido físico con Juana, y a decir de todos ambas eran iguales a su madre, fallecida cuando todavía eran unas niñas. Un pastor evangélico cerró la breve ceremonia de inhumación con la lectura de unos salmos, lectura a la que fui cortésmente invitado. Compartimos por tanto oraciones durante esos minutos. Una vez que el féretro fue bajado a su tumba, los parientes y amigos comenzaron a marcharse.

Yo me quedé rezando en silencio hasta que sentí una suave palmada en la espalda. Era el conductor de la limusina.

—Por favor. Es tarde y el tráfico a estas horas es infernal.

Sonreí por el inadvertido y poco apropiado adjetivo. Cerré mi Biblia y le acompañé al aparcamiento.

Volvió a abrirme con educación la puerta del coche. Dentro había una persona sentada, esperándome.

Esta vez no viajaría solo.

—Permítame que me presente —dijo el intruso, delatándose con un fuerte acento norteamericano. Reconocí en él a uno de los asistentes al entierro. Uno de los pocos que no me habían saludado.

—Permítame que lo adivine —contesté mientras el chófer cerraba la puerta y nos dejaba a solas—. Van der Gil.

Afirmó con la cabeza y me tendió la mano.

—Thomas van der Gil, en efecto.

—No sé si es un placer —dije tan sorprendido como molesto estrechando su mano.

—Por favor. Espero que no se haya tomado a mal algunas de nuestras acciones. Sólo queremos sacar a relucir la verdad —añadió.

Me quedé mirándole fijamente. Tras sus pequeñas gafas y su elegante traje gris se escondía un hombre nervioso, dinámico y enjuto. De los que seguramente corren una hora al día antes de sentarse a desayunar mermelada de fresa en un jardín bien cuidado por su mujer y por media docena de inmigrantes sin papeles. Ya estaba intentando huir de estos malos pensamientos cuando el coche dio un frenazo.

Tal vez para confirmarme en los mismos.

—Malditos harapientos —exclamó. Y golpeó rabiosamente con sus nudillos anillados el cristal del conductor. Éste se limitó a encogerse de hombros por toda explicación.

—Este país es invivible. Menos mal que tenemos cogido a su presidente por las pelotas.

—Juana era mejicana —repliqué—. E hija de Dios como usted y como yo.

—Juana era una excepción. Increíblemente inteligente para ser mujer.

Volví a clavar mis ojos en él, esta vez con furia. No me ayudó nada su siguiente pregunta.

—Lo tiene, ¿verdad?

—¿El qué? —respondí devolviendo la pregunta.

—¿Qué va a ser? El libro de claves. Juana me escribía puntualmente.

—No sé de qué me está hablando —mentí demorando inútilmente las explicaciones.

—Y por eso la empujó —concluyó sonriendo.

Me hervía la sangre. No hubiera sido del todo correcto darle un puñetazo con un crucifijo colgando de mi cuello, así que tuve que contenerme apretando los dientes.

—Los jesuitas son soberbios por naturaleza. Y no digamos nada de los científicos. Acostumbran a matar para apropiarse de los hallazgos de otros —continuó provocándome.

—No hay tal libro —respondí tragándome los insultos que me venían a la boca—. No encontramos nada en la fortaleza de Simancas. Y, por descontado, yo no empujé a Juana. Hay una juez que investiga los hechos. Y un atestado que puede usted consultar. Y un testigo que, por fortuna, se recupera en el hospital. Aunque con el corazón deshecho —añadí pensando en mi amigo John.

—Detalles —siguió sonriendo—. Detalles que, como usted seguramente sabrá, se pueden modificar convenientemente. Por favor, colabore.

Me negué con la cabeza.

—¿Quieren más dinero? Ya hemos pagado por ese terreno el doble de su valor. Y posiblemente no hay nada allí.

—Dudo mucho que usted sepa cuál es el verdadero valor de una finca en España —ironicé—. De todas formas, no se trata de dinero.

—Verá —dijo, cambiando el tono de su voz y con ello su estrategia—. Llevamos años detrás de ese manuscrito cifrado. Más de los que usted imagina. No sólo Juana ha trabajado durante años en él, intentando su traducción. Nuestros mejores expertos en textos sagrados no dudan de su autenticidad y están ansiosos por saber qué contiene, por saber si esconde en sus páginas la prueba irrefutable de la intervención divina directa en nuestra evolución. Una prueba inequívoca y concluyente. La inteligencia es demasiado compleja como para haber sido creada por azar. No somos simios —añadió.

—En efecto, somos personas —le contesté desafiante—. Pero con un ancestro peludo común que caminaba sobre cuatro patas y no distinguía un huevo de una castaña.

—Usted, aunque jesuita y comunista —volvió a usar la provocación como arma— es sacerdote. Y está negando la existencia de Dios.

—No la estoy negando, ni mucho menos —repliqué—. De hecho, es mucho más lógico admitir que la racionalidad de la naturaleza refleja la acción del Dios personal que la ha creado. Una naturaleza con la capacidad de formar sucesivas organizaciones, tan complejas y sofisticadas como queramos. Eso —añadí—, hasta llegar a la complejidad necesaria para que pueda existir el ser humano y su inteligencia. Pero pensar que ese Dios ha sido tan torpe como para tener que modificar su propio diseño a cada paso que la naturaleza da, me parece simplemente estúpido.

—Observo que lleva usted una Biblia —dijo, mirando el asiento junto al mío—. Pero deduzco por sus palabras que la lee usted muy poco.

—La Biblia simplemente enseña que el mundo ha sido creado por Dios, y para enseñar esta verdad se expresa con los términos usuales de la época de sus redactores —dije, agitándola—. Cualquier otra enseñanza sobre el origen y la constitución del universo es ajena a las intenciones de la Biblia, que no pretende enseñar cómo ha sido hecho el cielo sino cómo se va a él.

—Bonita frase. Algún jesuita, supongo.

—No exactamente. Juan Pablo II —contesté.

—Tanto da. Católicos —rechazó con desprecio—. Siempre creyendo en teorías e hipótesis de científicos soñadores como Kepler o Darwin.

—La teoría de la evolución es más que una hipótesis —repliqué con vehemencia al tiempo que desdoblaba un recorte que había permanecido escondido dentro de las páginas de mi Biblia—: «En efecto, es notable que esta teoría de la evolución se haya impuesto paulatinamente al espíritu de los investigadores a causa de una serie de descubrimientos hechos en diversas disciplinas del saber. La convergencia, en modo alguno buscada o provocada, de los resultados de trabajos independientemente realizados unos de otros, constituye de suyo un argumento significativo en favor de esta teoría». Lo guardaba para la ocasión —añadí satisfecho al terminar de leer—. Otra vez Juan Pablo II.

—¿Y que hará su Santo Padre de turno cuando el significado real del *Manuscrito Voynich* vea por fin la luz? —replicó—. No siempre los jesuitas van a conseguir ocultarlo. Tanta devoción por el papa no puede ser buena.

—¿Y qué se supone que estamos ocultando los jesuitas?

—¿No has hecho los deberes, muchacho? —me preguntó él a su vez, cambiando repentinamente su educado tratamiento hacia mí por un tuteo insultante—. Incluso una mujerzuela tiene más luces que tú.

Esta vez sí estuve a punto de golpearle. Por algún divino azar, mi mano se enganchó en la cadena que me colgaba del cuello, impidiéndolo. Lo hubiera agarrado por la garganta. Disfrutaba provocándome. No se inmutó por el amago. Al igual que yo había hecho segundos antes, también él sacó un papel. Lo desplegó cuidadosamente y, después de cambiarse las gafas, comenzó a leérmelo.

—«Estimado Thomas: La explicación del texto hermético de los jesuitas está casi completa. Esta noche volvemos a Simancas con la seguridad de que allí se encuentra escondida la traducción realizada por Kepler. Ni John ni Héctor han reparado en el significado del último párrafo, el más importante.» ¿Quieres que siga leyendo, Héctor?

El último párrafo. Lo reproduje mentalmente:

«Y así como todas las cosas provinieron del Uno, por mediación del Uno, así todas las cosas nacieron de esta Única Cosa, por adaptación. Entonces toda oscuridad huirá de ti. Habrá admirables adaptaciones, cuyo modo es el que se ha dicho».

¿Qué significaba todo ese galimatías que Juana decía haber descifrado? ¿Y por qué no nos había comentado nada al respecto?

—Sáqueme de la ignorancia, por favor —concedí—. No creo que me sorprenda nada ya.

—Te sorprenderás. Y más si piensas que lo han escrito los jesuitas.

—El texto no es jesuita —le recordé—. Es un texto hermético muy conocido que simplemente fue usado por la Compañía para ocultar el supuesto libro de claves. No hay que darle más vueltas.

—¿Qué significado le darías a que «Todas las cosas provinieron del Uno, por mediación del Uno»?

—Hemos estado hablando sobre ello hace unos minutos. Dios es el Hacedor, el Uno. Apropiadamente escrito con mayúsculas.

—Correcto. Por una vez estamos de acuerdo.

—Espero que sólo una —zanjé.

—«Todas las cosas nacieron de esta Única Cosa, por adaptación. Entonces toda oscuridad huirá de ti. Habrá admirables adaptaciones, cuyo modo es el que se ha dicho.» —volvió a leer—. Aguardo nuevamente tus sugerencias al respecto.

No las tenía.

—Déjame que te ayude. Pero primero hagamos historia. El manuscrito fue encontrado en el siglo XVI, posiblemente por John Dee o Edward Kelley. Luego pasó al emperador Rodolfo II y de ahí a los jesuitas, puede que a través de Johannes Kepler.

—Aja —admití—. Es una línea de trabajo que hemos seguido durante todo este tiempo.

—¿Y no revelaron tanto Dee como Kelley que el *Manuscrito Voynich* fue escrito por el mismo Enoc? ¿No estamos hablando de la divina y directa concesión del don de la escritura del mismo Dios a los hombres? ¿No salieron así los hombres de su oscuridad? ¿No nos encontramos frente al primero de los lenguajes, el utilizado por nuestros primeros padres? ¿No son admirables adaptaciones de esa primera escritura divina nuestras lenguas actuales? ¿De dónde provienen el griego, el latín o el inglés, así como toda forma inteligente de comunicación? ¿Por qué un simio nunca podría escribir la *Divina Comedia* o *El Quijote*, ni aunque estuviera sentado enfrente de un teclado durante millones de años aporreando las letras?

Van der Gil estaba enrojecido y exaltado.

—¡Es Dios! —me gritó—. ¡La palabra de Dios desvelada!

Resoplé para poder introducir aire nuevo en mis pulmones.

—¡El azar es imposible! —sentenció golpeando con su mano mi Biblia.

Intenté reconducir la conversación hacia otros puntos todavía oscuros, mientras en mi cabeza procesaba a toda máquina la información que Thomas van der Gil me estaba facilitando.

—Y si eso fuera como usted dice, ¿por qué manchar el nombre de Johannes Kepler? ¿Por qué vilipendiar a uno de los grandes matemáticos de la historia, al único capaz de resolver el enorme desafío intelectual de desenmarañar ese supuesto legado divino?

—Porque era un criminal, amigo —respondió más tranquilo—. El orden social sólo puede mantenerse si el crimen no queda impune. El castigo ha de servir de escarmiento y advertencia para toda la sociedad. Es uno de los pilares del progreso y la prosperidad. En la relajación de las leyes anida la pobreza.

—¿Y todas sus pruebas incriminatorias se basan en el hallazgo de mercurio en el bigote de Tycho Brahe cuatro siglos después?

—Cualquier jurado de mi país lo declararía culpable. Y luego están los indicios.

—¿Qué indicios, aparte del hecho de que Brahe desinfectara su nariz con mercromina durante casi cuarenta años? —pregunté con indignación.

—Posiblemente Kepler robara el *Manuscrito* la trágica noche de la cena en el palacio de Peter Ursinus Rozmberk —contestó sin inmutarse y sin reparar en mis argumentos—. Según nuestras últimas averiguaciones Rozmberk era un alquimista muy influyente, amigo íntimo tanto de Tycho como de Edward Kelley. Éste último le habría vendido el libro, quizá porque Rodolfo II, aun siendo emperador, no podía pagarlo. Es muy probable que durante la cena Rozmberk tratara de convencer a Tycho para que trabajara en la traducción.

Yo conocía parte de esa historia, pero la libre interpretación de mi interlocutor me sacaba de quicio.

—¿Y para qué iba a querer Kepler un libro que presuntamente versaba de alquimia, una materia que no le interesaba en absoluto?

—Celos —contestó impasible—. Sabedor de que la traducción de aquel libro significaba un desafío matemático, querría demostrar a todo el mundo de que sólo él era capaz de resolverlo. Pero para eso tenía que eliminar a su rival y maestro, el gran Tycho Brahe. Lo mismo hizo con relación a los datos astronómicos de las órbitas planetarias que éste había recopilado con precisión milimétrica durante décadas. También los robó sin ningún escrúpulo.

Aquello no tenía ningún sentido, pero mi última pregunta tenía que desarmar por completo a ese hombre.

—¿Y cómo diablos descifró Kepler el *Manuscrito*?

Su respuesta me desarmó a mí.

—Pregunta a tus colegas en Roma. Algo sabrán.

El coche había llegado a la entrada de mi hotel. El conductor bajó para abrirme la puerta. Me invitó a salir.

—Espero volver a verte —se despidió Thomas van der Gil—. Pronto.

—Ya le dije antes que no es precisamente un placer —respondí, volviendo a estrechar instintivamente una mano que repugnaba.

—No te extrañes tanto por mis últimas palabras. Hemos hablado con el director de ese Archivo de ustedes en España. Ha resultado mucho más colaborador que los jesuitas. Y —añadió— mucho más barato.

—¿Qué va a pasar con nuestro convento? —pregunté, sin querer todavía liberarle la mano.

Se encogió de hombros. Luego sonrió y dijo:

—Si no encontramos el libro de claves de Kepler, tal vez encontremos petróleo. O armas químicas. Siempre se encuentra algo de valor cavando —ironizó.

—Ojalá encuentre la verdad —dije.

—Ése es el mayor de los tesoros.

—No lo dude —repliqué soltándole por fin la mano.

—Buen viaje de vuelta.

—Gracias.

Y dándole la espalda, entré en el hotel. Allí me dirigí directamente a la cafetería.

Al día siguiente volaba rumbo a Madrid.

36

Descolgué el teléfono. Matías me sacó del profundo sueño en el que me encontraba:

—El chico de siempre está aquí, Héctor.

Me asomé a la ventana. Simón estaba en la puerta de la biblioteca.

—Hola Héctor, ¿qué tal tu viaje? —me saludó agitando un periódico por encima de su cabeza.

—Bien —le grité—. Ahora bajo y te abro.

Había dormido casi doce horas. Nunca había acusado tanto un viaje en avión, por largo que éste hubiera sido. La visita de Simón serviría para reactivar mis neuronas. Casi nunca me defraudaba en sus hallazgos.

Camino de la biblioteca me acordé de John. Hice una rápida llamada con mi móvil al hospital. La enfermera me confirmó que había sido dado de alta esa misma mañana a primera hora. Me pregunté dónde se habría metido. La mayoría de sus cosas todavía estaban en una de nuestras habitaciones. Su propio móvil estaba desconectado.

—Hola Simón —saludé al chico estrechándole la mano con fuerza. Eso le hizo sentirse adulto. Tal vez influyera en mi apreciación el percatarme de su ya incipiente bigote así como de los periódicos que llevaba bajo su brazo.

—¿Has leído esto? —me preguntó sin darme tiempo a cerrar la puerta.

Extendimos uno de los diarios sobre la mesa:

«*El creacionismo gana terreno en el Vaticano frente al evolucionismo. E. G. (Corresponsal en Roma). Juan Pablo II pareció aceptar la teoría darwiniana de la evolución de las especies, cuando la definió como «algo más que una hipótesis». Pero en el Vaticano de Benedicto XVI causan incomodidad el evolucionismo y quienes lo defienden. Como el padre jesuita George Coyne, apartado de la dirección de la Specola Vaticana —el observatorio astronómico papal— después de criticar en diversas ocasiones a las autoridades católicas que, como el cardenal Christoph Schoenborn, arzobispo de Viena, sostienen que "el darwinismo es incompatible con el credo católico" y se muestran comprensivos con el movimiento creacionista, según el cual el mundo y el hombre fueron creados exactamente como cuenta la Biblia en el Génesis. El cese del padre Coyne, de 73 años, director del observatorio vaticano desde 1979, ha tenido una razón inmediata: sufre un cáncer de colon, está recibiendo quimioterapia y ha pedido la baja por razones de salud. Pero fuentes vaticanas citadas ayer por el* Corriere della Sera *reconocieron que la marcha de Coyne era deseada para acabar con sus declaraciones "polémicas". El sucesor de Coyne, el padre José Gabriel Funes, de 43 años, argentino y también jesuita, declaró al mismo diario italiano que, como director del observatorio, debía hablar "de estrellas y planetas, y sólo de eso"».*

—No tenía ni idea —admití—. Conocí a Coyne hace unos años. Vino a España a un simposio en Madrid. Ya sabía de su enfermedad. Pero el que no me suena de nada es su sucesor —añadí.

—El periódico dice que también es jesuita —observó Simón.

—Sí. Eso dice —afirmé con una mueca de fastidio—. Pero ni siquiera entre los miembros de la Compañía hay acuerdo absoluto en los temas científicos. Habrá que esperar a que se pronuncie el Santo Padre.

—Ya lo ha hecho, Héctor.

Simón desplegó otra página. Era del segundo periódico —esta vez no local, sino de tirada nacional—, pero la noticia también ocupaba grandes titulares. Pareciera que en unos pocos días —y conmigo ausente— se hubiera destapado la caja de los truenos.

«La Iglesia Católica, a punto de rechazar el Diseño Inteligente. La revista Nature *desvela los entresijos del seminario*

de Castel Gandolfo, por G. E. corresponsal en Italia. La revista Nature *acaba de hacer referencia al —en apariencia— próximo rechazo del Diseño Inteligente de parte de la Iglesia Católica. Al parecer es lo que, según Nature, cabe deducir de las declaraciones de Peter Schuster, biólogo molecular participante este verano en un seminario privado con el papa Benedicto XVI en Castel Gandolfo. Se afirmará algún modo de entendimiento teísta de la evolución, en el sentido de que ésta responde a un diseño divino que se mantiene por la acción continua de Dios. Quedaría, pues, rechazada la posición radical del Diseño Inteligente. Las discusiones en el encuentro sugieren que la Iglesia afirmará una forma de evolución teísta, que establecerá como principio general que la evolución biológica es válida, aunque ha sido puesta en marcha por Dios. A la vez, parece probable que rechazará el principio fundamental del Diseño Inteligente según el cual Dios es un relojero que interviene en los detalles.[...] "Me dio la impresión de que había un acuerdo general según el cual la biología evolutiva es una ciencia innegable, y no una hipótesis", declaró Schuster.»*

—Pues esto se contradice con lo anterior —dije, ligeramente extrañado—. Claro que se trata de periódicos muy diferentes —completé mi opinión, examinando las cabeceras de ambos diarios—. Los primeros quieren echarnos de aquí. A los otros no parece que les importe mucho unos cuantos curas de provincias.

La voz de Julián a lo lejos me interrumpió.

—Héctor, ¿ya te has levantado?

Era evidente la respuesta. Me limité a sonreír afablemente a mi prior.

—Sube en cuanto puedas, por favor.

Me despedí de Simón y emprendí el camino de vuelta.

¿Qué más podía haber ocurrido en mi ausencia?

Julián me recibió en el salón con un abrazo. Hablamos durante un buen rato de mi estancia en Méjico. Le confesé que todavía me encontraba muy cansado y abatido.

—Te vendrá bien el fin de semana para reponerte —contestó—. El lunes estarás como nuevo para lidiar otra vez con los chicos.

Asentí y agradecí los ánimos y el afecto.

—¿Hay novedades respecto a nuestro traslado? —le pregunté después.

Me confirmó las fechas para empezar la mudanza. También me enseñó el primero de los pagos de la constructora. La cifra era mareante.

—Y es sólo el veinticinco por ciento —me dijo, satisfecho.

—¿Y John? ¿No avisó que había salido del hospital? —pregunté a continuación totalmente indiferente a los asuntos económicos.

Negó con la cabeza.

—Estará bien. No te preocupes.

Intenté ser positivo y apartar de mi mente las malas sensaciones que me invadían respecto al inglés. Julián me ayudó en la desconexión con su siguiente pregunta:

—¿Conoces al padre José Gabriel Funes?

Era la segunda vez en veinte minutos que oía hablar de él.

—No. Al menos, no en persona —respondí—. Pero acabo de enterarme de que ha sido nombrado director del Observatorio Astronómico Vaticano.

—En efecto —me sonrió—. Y quiere que vayas a trabajar allí con él.

—¿Yo? —pregunté alucinado.

—Tú —me confirmó—. Alguien ha debido de contarle que aquí, en España, teníamos a un buen astrónomo y científico jesuita. Estudioso y capaz —justificó orgulloso.

—¿Qué alguien? —repliqué airado. Julián se extrañó del tono de mi pregunta, completamente inesperado y fuera de lugar.

—¿No te halaga la proposición?

—Sí, claro —balbuceé—. Pero todavía estoy mareado y mal dormido del viaje —me excusé—. Y preocupado por John.

—Piénsatelo —me palmeó la espalda—. Oportunidades como ésta no se dan muchas veces en la vida.

Volví a mi habitación.

Lo primero que necesitaba era una buena dosis de cafeína. Tenía que ponerme en funcionamiento cuanto antes. Con la taza en la mano, encendí el ordenador. Más de una veintena de correos electrónicos me esperaban en la bandeja de entrada. El más reciente era de John.

Recibido hacía apenas una hora.

Lo leí en voz alta, como si fuera una oración:

«*Querido Héctor,*

Mi avión a Londres saldrá en media hora. Estoy bien. En cuanto los médicos me han dado el alta he corrido a la estación y de allí al aeropuerto (te escribo desde una terminal de Barajas). No podía permanecer allí un minuto más. Por favor, envíame el resto de mis cosas a mi casa en Cambridge.

El Manuscrito Voynich *se acabó para mí.*

Un abrazo,

John.»

No era muy explícito pero sí muy elocuente.

Juzgué conveniente no contestar a su carta. Tenía que respetar su decisión. El *Manuscrito* sólo le había traído desdichas. No contribuiría en nada a su recuperación si le contaba que, en efecto, existía un libro de claves elaborado por el mismísimo Johannes Kepler. Que el director del Archivo de Simancas había encontrado. Y que Carmelo —mi antiguo prior—, había podido examinar antes de ¿remitirlo? al archivo general de la Compañía de Jesús en Roma.

Y que se me había escapado entre los dedos.

El timbre del teléfono volvió a sonar.

—¿Héctor? Tienes una llamada —dijo la voz de Matías al otro lado del hilo.

Me pasó la comunicación.

—¿Padre Héctor?

Un marcado acento argentino me puso en alerta.

—Sí, el mismo. Al aparato —respondí—. ¿Con quién hablo? —pregunté, conociendo de antemano la contestación.

—José Gabriel Funes —confirmó—. Hermano jesuita acá

en Roma. Recién incorporado a la dirección del Observatorio Astronómico en Castel Gandolfo.

—¿A qué debo el honor? —balbuceé, repasando la previsible respuesta en forma de ofrecimiento que hacía unos minutos me había anunciado Julián.

—El honor es mío —contestó con suavidad—. Compartimos pasiones, me han informado.

—En efecto —continué yo algo más tranquilo—. La pasión por Jesucristo y la devoción por la astronomía.

—Ajá —admitió—. Y tal vez algo más —añadió al tiempo que adivinaba una sonrisa en su boca.

—¿Qué más? —le pregunté directamente.

—La pasión por los manuscritos antiguos—desveló.

¿Las claves del *Manuscrito Voynich* en Roma, otra vez? Mi corazón empezó a latir de forma desenfrenada. No pude reprimir las siguientes preguntas.

—¿Lo tiene usted? ¿Puede traducirse? ¿Qué significa?

Al otro lado de la línea telefónica se hizo un silencio. Luego José Gabriel Funes volvió a hablar.

—Todo a su tiempo, Héctor. De momento —dijo, pensando mucho las palabras—, le ofrezco un trabajo acá.

—¿No puede traducirlo? —seguí insistiendo.

—Tengo las herramientas pero no tengo la inteligencia suficiente —admitió—. Me siento como Tycho Brahe frente a los datos de Marte. Y el Santo Padre aguarda impaciente.

Entonces añadió entre risas:

—Necesito conmigo a Johannes Kepler.

Algunas notas de interés

Aunque de su lectura —y su temática— pueda parecer lo contrario, *El Castillo de las Estrellas* está basado en hechos y personajes reales. Apenas el protagonista y narrador de la historia, así como sus dos amigos investigadores, son ficticios. El *Manuscrito Voynich* es, como se detalla prolijamente a lo largo y ancho de la novela, un volumen misterioso que todavía no ha podido ser descifrado. Está donde se dice que está —en la Universidad de Yale, en su biblioteca de *Libros Raros*— y un buen número de personas ha intentado —de momento sin éxito— su traducción. Las referencias al mismo dentro de Internet son numerosísimas, así que no aburriré al lector aquí con ellas. Me remito a *Google* como herramienta para los curiosos. Aquéllos que gusten de los libros de tapa dura más que de utilizar la red de redes pueden, por ejemplo, consultar un excelente ensayo recientemente publicado por la editorial Aguilar, y que con la firma de Marcelo Dos Santos lleva por título *El Manuscrito Voynich: El libro más enigmático de todos los tiempos*. También la llamada Lista Voynich existe en Internet, y no son pocos los investigadores de muy diversos ámbitos los que siguen trabajando en las distintas teorías que rodean su misterio. Por ejemplo, Gordon Rugg, que aparece citado en la novela como autor de un artículo sobre el *Manuscrito* en la prestigiosa revista *Scientific American* y cuya referencia en este texto es absolutamente real. Tanto la historia del libro, sus avatares, su desaparición y posterior salida a la luz —en las bibliotecas jesuitas—, así como los sucesivos intentos de traducción han sido respetados al máximo por este autor. Incluso me he permitido la libertad de «transtextualizar» —palabra de moda— alguna de ellas, como la del español Francisco A. Violat que, como el británico Rugg, aboga por la teoría del timo en su elaboración, utilizando para ello un sencillo sistema de discos que generarían —mediante *tríadas*— toda una serie de palabras fantásticas sin significado real alguno.

Y si real es el *Manuscrito Voynich*, no menos real —por desgracia— es la existencia del libro *Heavenly Intrigue*, firmado por el escritor estadounidense Joshua Gilder y su mujer, y que fue publicado en el año 2004. Hasta lo que sé, de momento sólo existen ediciones de *Heavenly Intrigue* en inglés y alemán, pero ambas pueden adquirirse en España por Internet. Al igual que el protagonista de *El Castillo de las Estrellas*, yo mismo utilicé *Amazon* para hacerme con él. Y *Google* para conocer algo más de la realidad de los autores. La muerte de Tycho Brahe es uno de los episodios —por cómo se produjo esta muerte— más curiosos en la historia de la astronomía, y su tormentosa pero fructífera relación con Johannes Kepler un acontecimiento clave en el devenir del conocimiento científico. El mismo Carl Sagan tuvo a bien dedicar gran parte de uno de los capítulos de su inolvidable serie documental *Cosmos* a esta singular alianza intelectual, que ocasionaría —en muy corto plazo— una auténtica revolución en la comprensión del universo. La coincidencia en el espacio y en el tiempo de gigantes como el propio Galileo, Johannes Kepler y Tycho Brahe marcó un hito no ya sólo en la historia de la astronomía, sino en la historia de la ciencia misma. Hoy nada sería igual sin ellos. Entonces, ¿a qué viene la publicación de un libro tan demoledor como inútil, tan tendencioso como sensacionalista? Este modesto científico metido a novelista no tiene la respuesta, pero sí ha intentado profundizar con imaginación en algunas circunstancias tan turbias como espurias que, en nuestra sociedad moderna y en nuestros días, están tratando de minar la credibilidad de la misma ciencia. La comunidad científica en su conjunto no ha permanecido impasible ante el atropello y la campaña de desprestigio sobre uno de sus miembros más ilustres, como es el caso de Johannes Kepler. Así —y de nuevo he utilizado situaciones y personajes reales—, el profesor alemán Volker Bialas denunció este hecho en un congreso de astronomía celebrado en Austria. Bialas es, posiblemente, la mayor autoridad viva sobre la figura de Kepler, y tuvo la amabilidad de facilitarme una copia de su ponencia relacionada con la teoría conspiranoica recogida en el libro de los Gilder. Le agradezco profundamente el favor, tanto a él como a Lotti Jochum —compañera en el Instituto de Astrofísica de Canarias— que tuvo a bien traducirme el texto del alemán, lengua que ignoro de cabo a rabo.

No puedo dejar de reseñar aquí tampoco mi enorme agradecimiento a todo el equipo de Roca Editorial —en especial a su directora, Blanca Rosa Roca—, por la confianza y ayuda demostradas en la publicación de esta novela. Ni dejar de mencionar a César Sanz, Ana Ruiz y Antonio Cruz, que tantos y tan buenos consejos me dieron durante su redacción.

Por un azar desconocido, el *Manuscrito Voynich* y Johannes Kepler se cruzan en la Bohemia de principios del siglo XVII, bajo el reinado del emperador Rodolfo II. Esta casualidad me ha servido para enhebrar buena parte de las historias que se encierran en *El Castillo de las Estrellas*.

Que yo sepa, no se conoce ningún vínculo entre ambos.

Pero eso no quiere decir que no existieran.

La Laguna, Tenerife, 1 de octubre de 2006

Este libro utiliza el tipo Aldus, que toma su nombre
del vanguardista impresor del Renacimiento
italiano, Aldus Manutius. Hermann Zapf
diseñó el tipo Aldus para la imprenta
Stempel en 1954, como una réplica
más ligera y elegante del
popular tipo
Palatino

* * *

* *

*

El castillo de las estrellas se acabó de imprimir
en un día de invierno de 2007, en los
talleres de Brosmac, Carretera
Villaviciosa – Móstoles, km 1
Villaviciosa de Odón
(Madrid)

* * *

* *

*